安魂曲B小调

Requiem in B minor

任彧 著

北京燕山出版社

图书在版编目(CIP)数据

安魂曲 B 小调 / 任彧著. ——北京：北京燕山出版社，2011.9
ISBN 978-7-5402-2702-9

Ⅰ．①安… Ⅱ．①任… Ⅲ．①长篇小说－中国－当代 Ⅳ．①I247.5

中国版本图书馆 CIP 数据核字(2011)第 186179 号

安魂曲 B 小调

作　　者：	任　彧
责任编辑：	夏　艳
封面设计：	胡梦茵　　任　彧
出版发行：	北京燕山出版社有限公司
图书策划：	北京华翰轩雅文化发展有限公司
图文制作：	北京华翰轩雅文化发展有限公司
社　　址：	北京市宣武区陶然亭路 53 号
邮　　码：	100054
电话传真：	86-10-65240430（总编室）
印　　刷：	河北省廊坊市广阳区九州印刷厂
开　　本：	710×1000　1/16
字　　数：	30 万
印　　张：	19.5
印　　数：	1-2000 册
版　　别：	2012 年 4 月第 1 版
印　　次：	2012 年 4 月第 1 次印刷

ISBN 978-7-5402-2702-9
定　　价：26.80 元

如出现印装质量问题，请打 13801070297 联系调换。

序

胡小伟

因为对关公文化的共同关注，我认识了小友杨松涛。几天前他突然打电话，说要出版一部年轻人写的小说《安魂曲B小调》，嘱我系序。

"时空穿越"（Chrono Cross）是近年新兴的小说影视题材。一般认为中国最早是香港作家李碧华的《秦俑》，后来被拍成电影《古今大战秦俑情》。凑巧我在20多年前在新西兰奥克兰大学讲学时曾与她有数面之缘，饮茶吃饭而已，可惜我对海外作家所知有限，而她的主要作品像《霸王别姬》、《青蛇》等也还没有上映，所以交游也就是泛泛而已，倒是天南海北地"瞎砍"了一气。请注意，这种毫无拘束的聊天，正写不是魏晋风度的"侃"，而是"砍大山"的"砍"。这个词儿据说是文革期间北大荒知青的发明，把"愚公移山"的艰苦劳作，转换成半年农闲的精神放松了。80年代有句顺口溜曰："北京人什么话都能砍，广东人什么钱都敢赚。"就是冲着这个词儿，来描绘北京爷们儿看似不着边际，却又神游古今那股劲儿的。

有人说，20世纪初美国作家马克·吐温《亚瑟王朝的康涅狄克州美国人》。讲述5世纪英伦的亚瑟王朝廷里突然来了个19世纪美国乡巴佬，算是世界上第一部"穿越小说"。我看未必，随手举例便是比他早400年的《西游记》，孙猴子被如来佛的五指山压了500年后才有观音寻访解脱，再与唐僧邂逅的。如果换算成公历，那么孙猴子闹天宫的时间至少在二世纪，地点也由天宫神界挪移到了人间歧路。这个"穿越"不可谓不大吧？更甭说孙猴子的本领，光就"一个筋斗十万八千里"，穿越速度就不是今天的火箭能够比拟的，得等到光子、量子火箭的发明了。再往前叨，魏晋志怪、唐宋传奇里还有不老少，包括白居易《长恨歌》的描写，为了解除唐明皇的情思，道士们"上穷碧落下黄泉，升天入地求之遍"的穿越努力。而历朝历代"关公显圣"的故事，也无不带有穿越色彩，这在杨松涛筹印的大套《关帝文化集成》里，故事就有的是，有兴趣的读者自可找来翻阅。

安魂曲B小调

问题在于"时空穿越"是否可能?有何意趣?

我们知道,人类空间通常是由"长宽高"三维空间展示出来的,这也是戏剧舞台设置的基础。随着科技进步,人们提出了"第四维",即"时间"维度的问题。今天科学理论说,光子速度为每秒30万公里,肯定超过了孙猴子翻筋斗,空间穿越只是眨眼间了。如果能够研发出超光子速度的火箭,就能依照时序追踪"倒程",一点点地回溯历史影像,就像今天拍摄影像后按一下"倒放"键似的。这才有可能实现"时间穿越"。这个想象非常诱人,因为它能部分还原大历史的真实图景。可惜目前只有爱因斯坦"相对论"的理论依据,相当一个时间段还无法实现。即使实现,也只能沿着一个时间轴线回返,而绝不可能随心腾挪,任意"穿越",更不可能看到未来世界还没发生的历史影像了。

真正能够完成这种"不可能任务"的,只能是人类的想象力。心之所欲,无所不之。虽然只能生活在现实的四维空间里,但是人类经验积累和探索欲望,更加激发对历史、未来的好奇心,和对于异域、外星的探知欲。随着近些年来科技手段日新月异,旅游交往方便快捷,尤其是电子技术和互联网风行普及,不仅"春风得意马蹄疾,一日看尽长安花"不在话下,"坐地日行八万里,巡天遥看一千河"也是小菜一碟,这自然催生了一大批喜爱穿越的读者和作者。而近年影视虚拟技术的发展,又使得具有深刻思想内涵的大片享有巨大的市场竞争力,如反映环保观念的《后天》(The day after tomorrow),表现人类应对共同灾难的《2012》等等。而花样翻新的电子游戏更容易地把人类想象力与时空转换背景结合在一起,以互动竞争方式发散思维,争奇斗技,又创造出一片新的空间,吸引更多的零零后参与。

毕竟老了,我追不上"穿越小说"及影视、游戏的步伐,更不能成为其爱好者和参与者了,但我愿意乐于为这种样式的文学鼓掌叫好,因为它把北京人的"砍山"发展了一大步,更大程度地解放了思维力和想象力,即便是俩人间较劲,也由只是活动口舌变成了手脑并用。也考验着作者、玩家的世界文明知识。而这些能力正是人类整个成长进程中,最值得骄傲的收获。《安魂曲B小调》亦是值得期待的文学精品,后生可畏。

因受所托,故序如此。

2012年6月2日于京西卧看山室

目 录
CONTENTS

序 曲
　　画　师 -------------------------- 1

基 音
　　旅　程 -------------------------- 7

主 音
　　五大家族 ------------------------ 25

泛 音
　　三个蕾娜斯 ---------------------- 47

和 弦

　　三　音　　王子与雕刻师 ---------- 61

　　五　音　　螺旋花园 -------------- 123

　　根　音　　阿兰古斯2071 --------- 173

安魂曲的小调

导 音
　　玫瑰酒杯--------------------------------245

主 音
　　流　放--------------------------------277

泛 音
　　亚伯拉罕·克劳斯纳--------------------301

序曲

画师

"雨水还在散落,我本想做一个永不再醒来的梦,醒来时却发现那只是一个梦。"

序 曲 画师

画　师

　　阴暗房间的墙壁上贴满了素描。一位戴眼镜的画师正快速环视画在每一张素描上同一个人物不尽相同的表情，接着他支起画架，放上画板和画布，拿起调色盘与画笔，他有些兴奋，画笔在画布上愉悦地跳动着，色彩迅速渲染出一个人物大致的轮廓。一个小时，两个小时，半天，他终于在第四天时完成了，他有些疲惫，摘下眼镜，揉揉眼睛。

　　这是一张肖像画。那上面的人物是一位穿着古代贵族服饰的年轻男士，身姿挺拔，拥有深红色的双眼、雪白的发丝，手中拿着一张灰色的面具遮住自己一半的脸孔，而从面具的位置向两边延伸到画面尽头，被无数奇异花纹的面具占满，排列成一个弧形。背景则充满混沌与不均匀的深紫色……那之中似乎淡淡透出了某种图案。整幅画唯有那深红色的双目透露出一丝生气。但再度戴上眼镜的画师看着这杰出的肖像画时，却露出阴郁的神情，念出一个名字："丹比尔·布兰克。"这时房间角落中睡着的小兀鹫听到声音醒了过来，一下子飞到画师的肩上。关于这位画师有这样一个传说，被他画过肖像的人都会在不久后死去，仿佛中了诅咒一般，但传说终归是传说，画作是不可能具有魔力的。

　　画师拉开窗帘，窗户已被雨所打湿，看不清外面的风景，他看了看屋里的时钟，指针指向9点零1分。他穿上黑色长衣，用布将画作盖起来，接着便提起早已收拾好的行李拧开门，走出阴暗的洋楼时，他回过头。在这里的半年多时间让他完成了刚刚的杰作，如今到了该告别的时候。那画中人正是这洋楼的主人，布兰克家族的首领丹比尔·布兰克。

　　失去轮转的天空，在乌云的加持下夜晚也依旧是惨淡的灰色。画师撑起黑色的雨伞，来到大门前，黑色的铁门缓缓打开。画师独步在街上，因为下着雨，一切都平静得出奇。不知不觉间，他来到一所孤儿院前，轻推开矮小的院门，孩子们的欢笑声不绝于耳。

他又看了看时间，喃喃道："9点40分，快到孩子们睡觉的时间了。"他嘴角泛起笑意，刚要默默转身离开时，一个声音叫住了他。

"是院长先生吗？"一位中年女性打着伞，匆匆走出来。"院长先生你怎么不进来呢？要出远门吗？"她看到画师手中的行李问道。

画师没有回答她，从口袋中掏出一个信封说："本想以后再寄过来的，正好现在就给你吧。"说着画师将信封交给中年女性便离开了。中年女性有些不明白，看着画师逐渐远去的背影，打开手中的信封，里面是一张支票，上面写着一个数字：三百万葛罗明。

雨渐渐地小了，画师收起伞，前面就是火车站了。

偌大的车站里，没有几个人影，空荡非常。画师与肩膀上的小兀鹫一同看着时间表，他发现自己来得太早了，列车出发的时间是12点30分，而现在是10点5分。

站台上安静得听不到一点杂音，只有坐在长椅上的画师稍显不平稳的呼吸声在演奏着。不知何时起，他身边竟又坐了一个人。是个端着手风琴，衣衫褴褛的流浪汉。流浪汉突然说话了，看样子是在对画师说："身为十二信徒之一的你如果现在离开的话，不仅是死亡画师的传说会就此终结，恐怕你一生也只能生活在逃亡中。"

画师没有回答，流浪汉也没有再多说，就这样两人沉默了许久，流浪汉站起来，似乎要离开了。但临走时留下几句话："画师你似乎忘记了一些事情，那位大人震怒的话，受害者将不光是你，还有你周遭的一切，其中就包括你远在世界另一端的母亲。"

画师似乎被触动了，他低下头想着什么……

时间一分一秒地过去，他突然站起身，决定回去，但他又想到几天前的夜里，与她的约定。那时……画师对面前的年轻女士说："周六晚上的12点，火车站。我会在站台上等着你。"

年轻的女士小声答应道："嗯……"

画师想到这里，又坐下来，他有些悔恨，但他并非没有考虑到远在世界另一端的母亲，而是感情的爆发让内心的矛盾选择忽视许久没有联络，

序曲 画师

又或许说是无法联络的母亲……他看着列车应该驶来的方向，天空变得越发灰白，铁轨的延伸也摸不清了头绪，这并非他的错，因为这个问题实在太难，凡间没有人能解开，或许只有上帝知道答案。

时间在接近时刻，画师依旧独自坐在那里，没有答案的他又向周围瞅了瞅，空无一人的站台上显得越发孤寂，落寞。"还有二十分钟。"他说着，突然站起身来，好像吃了一惊，但四周并没有任何能让他吃惊的东西出现，吃惊的缘由是他想到了一种可能性。

时间向12点钟越发地靠近，他所想到的可能性也变得越来越大。终于来到了12点整，伴随时钟敲响的声音，火车进站。不过依旧只有画师一个人坐在那里，纹丝不动，他瞳孔中映出的是列车车窗上反射出的自己，在这时，他的脑子一片空白。

半个小时过去了，列车离去，画师依旧没有任何动作，她没有出现，他所等的人没有来。

车站外，雨又开始大了，那之中只留下画师孤单、落寞的背影。他不知道自己接下来要去哪里，漫无目的地任凭雨水淋湿自己。

三个小时过去了，之前的流浪汉找到了画师。这时他手中不仅是手风琴还多了一个袋子，"我帮你取来了。"画师沉默地接过袋子，流浪汉接着说："并不是所有人都能像你一样坚强。"别了流浪汉，画师独自来到市郊一所教堂对面杂草丛生的小土丘上，掏出袋中被分解的狙击枪。

这里就是画中人，丹比尔·布兰克每个礼拜日都来的教堂，他每次都会坐在教堂主厅里相同的位子。所以只要对准位置就算有彩色玻璃窗的阻碍看不到本人也可以进行射杀。这也是画师跟在丹比尔·布兰克身边几个月以来所找出的唯一暗杀手段。

雨停了，乌云逐渐褪去灰黑，透出仿佛掺杂了血水的暗红。画师给狙击枪装上消音器，蹲下身，将枪口对准了教堂彩色玻璃窗上，耶稣图案的肋部。

5点50分，离礼拜开始还有十分钟，丹比尔·布兰克的轿车按时停在教堂周围的路上。画师松了松手，脸上没有任何表情，冰冷地像一尊石雕，肩膀上的小兀鹫也是纹丝不动。又过了一段时间，画师看一眼表，已经6点10分了。他心中盘算着：从6点开始丹比尔·布兰克会一直坐在那

安魂曲B小调

里直到6点45分弥撒结束，途中会有几次站起与跪下，但那些都不用担心，因为时间是固定的。

最终，在6点31分，他扣下了扳机。随着玻璃窗的碎裂，教堂内忙作一团，人们嘈杂的声音完全打破了教堂周围应有的安静。画师依旧没有任何表情，但就在将枪收进袋子里刚想离开时，他的面前出现了两名头戴诡异面具的不速之客，"大人，我们来迎接您了。"说的同时，两个面具人拔出别在腰间的刀，画师的右手则慢慢伸进怀里。但他突然感到背后传来一阵寒意，随即停下动作，原来冰冷的剑锋已经悄悄抵在了他后脖子上。他嘴角泛起苦笑说："这种迎接方式吗……"

节选自《所罗门文书·善恶卷》中"死亡画师"一节

基 音

旅 程

"那是旅程中的第一次相遇；相遇的不只是灵魂，还有命运。"

旅　程

房间中，没有开灯，拉开窗帘，金色的光芒直射进来，这并非熟悉的晨光，而是晚霞中孕育的黄昏所喷洒出的悲伤。

戴上眼镜，我从怀中拿出一张照片，随即将其付之一炬。看着相片上我冰冷的双眼以及女孩灿烂的笑容慢慢消融，真希望记忆也能像它一样燃成一片灰烬。接着提上行李与画板，打开房门，两个几乎相同样貌的年轻人跪在我面前，异口同声道："请带上我们。"

我没有理会他们，径直朝出口走去。

我叫做华沙·弗雪洛，只是名画师。而站在我肩上的小兀鹫名为"切"，取自一个很喜欢的历史人物。

乘出租车来到城市边缘的火车站，我在时刻表上搜索着目的地，名为奥瑞金的都市。在那里，一个人高价请我去为他画一幅肖像。

走上站台，列车共有三十节，前十五节都是豪华包间式的车厢，中间一节餐车，剩下十四节是普通车厢。登上第四节，我很快找到了自己的房间。房间内部很大，摆满了各式家具，甚至还有一个小型吧台。

我倒了杯酒，看着窗外想到：这或许会是一次漫长的旅行。

列车启动，不久开上一段高架在海面的铁路，夕阳与海面好像连接在一起，景色耀眼。不断加厚的云彩随着时间推移，逐渐改变了天空的颜色，远处的陆地也越发显露出了深沉的轮廓。猛然间风景刷地从海面变为一望无际的荒漠，矮小的枯木死树，零星点缀在深红色的土地上。只有云彩的红显得稍浅，也就是因为这样才能分辨出天空与大地的界线。

《所罗门文书·牲畜卷》里记载着荒漠深处似乎存在着某种奇异生物，

不过还从未有人见过它们的身影。

现在是 2078 年 8 月 3 日，地球停止转动的第二年。

地球停止转动本应是毁灭性的灾难，却奇迹般地平稳下来，当然也付出了不菲的代价。成千上万的人在祷告，地球依旧未曾转动分毫。整个地球，变成了两个极端的世界，永远的光明与永远的黑暗。永恒是任何生物都无法承受的一个词汇，所以现存的人们大多生活在两个极端世界的夹层——"黄昏地带"。

太阳斜挂在地平线尽头，焦黄色的昏沉感笼罩着天空与大地每分每秒，而我现在所乘坐的便是环绕地球一周，途经所有黄昏地带城市的列车。

尽管生存空间被极度压缩，人们的生活方式却没有多大改变。

而过去匿藏于黑暗的势力则在这个并不光明的时代中逐渐掌握了历史的动向。

我支起画架看着窗外的荒凉，再配合华贵的车窗与古典壁灯，一幅绝好的画作便呈现在眼前，我准备用画笔记录下来。

列车途经了荒漠中的几个城市，走走停停，每当列车停下时，我也停下画笔。不知不觉，很长的时间过去了，天空的颜色已变，乌云密布，宛如黑夜。画虽然完成了，不过我总觉得缺少些什么，扔下画笔，看了眼手表，现在是晚上 9 点 10 分。（因为没有自转，所以整个地球使用统一时间）外面下着大雨，我有点儿饿，来到餐车，在那里我碰到了中午才在火车上认识的一位女士。

她叫凡妮莎。我第一眼见到她时，她的美丽便让我的视线无法抽离，朦胧的棕色双眸，适中的鼻子与饱满的嘴唇让她笑起来格外迷人，而头顶的黑色贝雷帽与黑发搭配得刚刚好，给她气质中增添一分俏皮。凡妮莎说她是陪着女主人出来散心的，现在正是回程途中，她和我的目的地一样，都是奥瑞金。我告诉她自己是名画师，去奥瑞金是为了给人画肖像，她似乎对我的工作感到很好奇，我们聊了不少时间。每当她露出迷人的微笑时，我便会有些心跳加速。顿时想到未完成的画上到底欠缺了什么。

不久，列车又停下了，大雨中，一行人进入了车厢。而吃完饭的我刚好与他们擦身而过。全身黑色西装是他们的特征，当中为首的引起了我的注意：一个黑发的少年，个头不高，一百七十公分左右，外表十分冷峻，眼睛像翡翠一般，戴着红色耳环，刘海儿几乎遮住了他的右眼，身穿一件黑色外套。他似乎察觉到了我的视线，与我对看了一眼，我赶紧低下头，希望不要给自己惹什么麻烦。

列车缓缓开动，我回到房间拿起画笔，继续着创作。

转眼来到晚上 12 点左右，大雨依旧。坐在沙发上，端详画作的我突然听到外面传来细微的脚步声，而且数量还不少，似乎在向更前面的车厢移动。可再往前的车厢就只有那位名叫凡妮莎的女士以及刚上车不久的那一行黑衣人。

待脚步声离开第四节车厢，我将切留在屋里，慢慢打开门，走廊里没有任何人影。接着来到三、四节车厢的接合部，顺着窗户向更前面的车厢望去，却依旧没有半个人。这时我想到一种可能性，抬眼看了下车顶。外面雨很大，我将身子从侧面的车窗探出去，想一看究竟。果不其然，只见一些全身蒙着黑斗篷的家伙似乎要从车顶跳进某个包厢。

我将身子收回来，在好奇心的驱使下准备去前面的车厢一探究竟。可这时，又有一串脚步声从我背后传来，是那一行黑衣人。为首的少年用怀疑的眼光盯着我，似乎察觉到了什么，向更前方的车厢看去。接着他突然冲其余几个黑衣人使了下眼色，几人不约而同掏出安装了消音器的手枪。其中一个枪口对准了我，叫我别出声。

而少年则带领其他人去察看前面的车厢。

接下来的时间里，车厢安静得出奇。很快，另一名黑衣人过来将我带去了少年所在的包厢。进门，地上有不少血迹，但不见任何尸体，车窗开着。

"限一分钟之内让我了解你是做什么的。"少年坐在沙发上跷着腿冲我说。

在被几把手枪瞄准的情况下，我解释道："我是受邀前往奥瑞金给丹比尔·布兰克画肖像的画师。"听到丹比尔这个名字，少年斜了我一眼，这时一个黑衣人走进来在少年耳边说了什么，接着少年对我说："你可以回你的房间了，记得好奇心不要过于旺盛，画师。"

安魂曲の小调

临出房间时，我隐约听到少年和其部下说出了一个词——圣玛丽教团。

回到房间，只见屋里一片狼藉，我的行李被翻过了，庆幸的是画作并没有遭到损毁。看来是刚才那少年的部下所为。

今天晚上注定是一个不眠夜。轰轰轰！！凌晨时分，远方突然传来震天的巨响，连我肩上的切都吓得飞了起来。天空中的云彩瞬间就被吹的一干二净，夕阳的光芒再度映照天空与大地。一艘泛着白光，晶莹剔透的巨型方舟飞弋在无比遥远的天际。我自言自语道："难道是光线折射成的影像……"

车厢里没有人惊慌失措，因为大家都知道，今天，2078年8月4日对于整个人类来说，是极其重要的一天。因为这一天是名为"命运"的方舟起航的日子，它载着人类的命运驶向宇宙，寻找地球的替代品。

我拿出行李中唯一的乐器，一支陪伴了我许多年的长笛。看着远方越发模糊的残影吹奏起来，尽管水平一般，我还是希望这笛声可以给它多添一份祝福。可不久之后从新闻里得知，方舟的起航失败了，人们绝望的神情被印在了报纸头条以及许多广告牌上。

第二天清晨，火车到站。奥瑞金车站的造型宛如一座锐利刀扇形的黑色城堡，悬空的站台与城堡相接，铁路成弧形穿过整个城市。昨晚那黑衣的少年似乎率先下了车，因行装而耽搁了一会儿的我下车时没有再看到他。站台上，我向远端望去，整个城市以这城堡为中心向四周展开，不过一半的城市已被深埋在黑暗当中，另一半勉强还能受到夕阳的眷顾，城市边缘的地带则布满了尖刺状的建筑物。不一会儿，凡妮莎和她的女主人也从车厢里走出来。我迎上去，礼貌地打招呼后将昨晚的画送给了头戴贝雷帽的凡妮莎。"送给我？"她露出不可思议的神情，展开画卷，是一幅以窗外荒凉风景为主体、车内陈设为辅的画。比昨晚时多了一位华美的妇人，站在窗边看着窗外。

"真美……"凡妮莎惊奇着。旁边一脸东方气息的女主人也惊叹不已，还坏笑着用手肘顶了一下她。

"谢谢你，画师。"

"两位女士，我还有事，先告辞了。"说完我便转身离开了。

从车站北门出来，路边有不少人在发放传单，他们朝我走来。我本想避开的，但又有几人从另一个方向堵住了我。看着这些家伙奇怪的样子，为了不找麻烦我接过一张，上面写着一个日期，十天后的8月14日，还写着"圣玛丽教团"将会在哪些城市举行救世游行的公告。提起圣玛丽教团，那是一个打着救世为旗帜，整天进行游行示威的组织，偶尔也会干出一些激进行为。他们一直倡导驱除时代的阴霾和心中的恐惧，但除了游行和收容新的追随者之外却不见他们救济贫苦之人，邪恶和正义根本无从谈起。没走出去两步，我便将传单攒成一团扔进路边的下水道。

这时我看到不远处停着几台黑色轿车，还站着几个穿着黑西服戴墨镜的人，我猜他们是被派来接我的，便主动上前表明身份。果然，他们是丹比尔·布兰克的人。我上了车，汽车驶向城市北边——布兰克家族的私人领地。车里，切在我肩上有些不安分，我拍拍它的头说："再忍一会儿就到了。"城市颇具规模，车开得不慢，大概五十分钟后，才到达布兰克家族的领地。

大门口，两座奇异的建筑物分立左右。中间是一扇近二十米宽的黑色铁门。两个建筑物的主体由洁白的多立克式柱撑起，整体结合了古雅典与现代的工艺。从两个建筑物的主体延展出的弧形走廊各连接着另外两座高耸的塔楼，清晰地勾勒出了布兰克家族领地的边界。大门打开，里面是巨大的花园，只有零星的几座别墅和洋楼。正中，长型喷水池不停地变化着身姿。因为这里是奥瑞金的正北面，所以光线也依旧神奇地将整个布兰克家族的领地切为了两半，分属光明与黑暗。

这时我看到一个熟悉的身影，是昨晚那黑衣的少年，只见院子里，他和部下们被一个人指引前往院门口的奇异建筑物。看样子他也是布兰克家请来的客人。怪不得昨天我说出丹比尔·布兰克这个名字时，他看了我一眼。

很快载着我的汽车停在一栋沉入黑暗的洋楼前。下了车，一位女仆引着我走进这幽暗的建筑当中。内部也是漆黑一片，只能隐约感觉到一个狭窄的走廊，背后的大门"砰"的猛然关上，在这静谧的空间中，不只传来皮靴与地板之间的摩擦声，还有人类的惨叫声。只是细微到可以融入空气的流

安魂曲B小调

动，让人无法清晰分辨。我停下脚步冲女仆问道："你没有听到什么吗？"

"没有，先生。"女仆面无表情。

继续前行，在这狭长、幽暗的空间中我不敢大意。渐渐远处显露出零星的灯火，借着微弱的光亮我发现自己站在一个岔路口，我刚想转身问女仆，却发现她已经不见了。这时又出现了人类的惨叫声，是从我右手边的走廊传来的。这次连切都听到了，不安地张开翅膀。我安抚了一下它决定前去一探究竟。可我面前突然出现了一个人，惨叫声也戛然而止。"您好画师，我是布兰克家族的家臣阿尔佛·罗德，请跟我来。"这自称阿尔佛·罗德的人身穿紫色长衣，面容惨白，一头灰发。

他先带我来到了一层的某个房间，说让我休息下，下午才能见到主人丹比尔·布兰克。他还指派了一位用人供我差遣。

待在房间里，看着屋内的陈设，我想到自己恐怕会在这里住上很长一段时间吧。这全因为我的作画方式很特殊，我会先跟随在所画之人身旁观察对方的一举一动，然后随手画下素描，当认为自己已经深刻、完整地了解对方时，才会真正的动笔作画，那时已不再需要真人在面前了，我可以通过脑中的印象以及随手画下的素描来完成画作。

下午时分，那位名叫阿尔佛·罗德的仆人敲响了房门。

"主人有请。"他指引我上楼，我们俩进入二楼走廊右边的第二道门。

房间内，只有书桌上点着一盏台灯，昏暗不已。一个人影背对着我们坐在落地窗与书桌之间。透过窗，远方昏沉的淡紫色天空，在更加昏暗的房间衬托下显得目眩神迷，我紧盯着那人影……不由得有些紧张。

布兰克家族是盘踞在奥瑞金这座城市中势力最为显赫的一个家族。据传这个家族的买卖涉及极广，大到军工，小到赌场酒吧都在他们的涉猎范畴。更有夸张的说法是他们甚至是几家私人武装雇佣军的老板。而现在他们的家主，丹比尔·布兰克就在我面前。

"将自己置身于黑暗，其他一切便显得如此和蔼可亲。"说完，那人影转过身来。这是我第一次亲眼看到丹比尔·布兰克那血红色的双目，顿时心里泛起从未有过的波澜，因为在那空洞的深红色双眼中，我看不到任何光影。

"坐吧，画师。"诡异而英俊的丹比尔在举止和表情上可以说是无懈可击，声音和语气充满了平静与礼仪，在这黑暗的空间里，似乎连切都体会到了他那种令人毛骨悚然的感觉，异常安静地站在我肩上。我现在的感觉就好像赤身裸体地面对一头掩藏了獠牙的凶兽，他好像可以随时撕碎我的身体。

我小心翼翼地弯下身子，坐在丹比尔对面的沙发上。这时，刚才的女仆端进来两杯热腾腾的咖啡。但咖啡里没加奶和糖，我皱了皱眉头将刚接过来的咖啡放在一边。丹比尔则很享受地品尝着黑咖啡问道："这次旅行怎么样？很辛苦吧？从地球另一边坐火车过来。"

我微笑着回答说："哦，不辛苦，车外的风景一直陪伴着我，我还为它画了一幅画。"

"哦？荒漠的风景很好吗？不愧是传说中的画师，什么地方都可以取材。如果可以的画，我很想看看那幅画。"

"不好意思，那幅画我已经送给了一位女士。"

丹比尔露出笑容，"那真是太可惜了，你从前画的肖像画我看过不少，实在是太出色了，人物心理的每一个特征都刻画在了画面之上，简直不可思议。"

"呵呵，太过奖了。"

"你是怎么做到的？"

"长时间跟在所画之人的身边，多观察而已。"

对话出乎意料的轻松。但不知不觉间，丹比尔用依旧轻松的神情问了一句并不轻松的话："传说被你画过肖像的人，都会在不久后死去，好像那些人的灵魂被你的画抽走一般，而我丹比尔·布兰克是否也会在画完成时死去呢？"

"这并非我能决定。"

他盯着我的眼睛问："那谁能决定呢？"

"或许是上帝，或许是你的仇敌。"我面无表情地述说着。

一时间屋里的空气凝结住了，我感觉到一旁的仆人阿尔佛似乎在蠢蠢欲动，我也不再多说，因为这时任何的解释都只会画蛇添足，气氛僵持了大概几秒，丹比尔又恢复了之前轻松的表情说出了我的外号："死亡画师，你这句话我很赞同。"

我推推眼镜，用平稳的语气解释道："我只是将我看到的说出来而已。"

他笑着说："看来请你来果然是最正确的，请将我的灵魂画出来吧，我想知道它到底是什么样子。"

丹比尔说这句话时那种无畏的口吻深深烙印在我脑海，我答道："一定尽我所能。"

从这一刻起，我的工作便开始了。

接下来几天时间里，我观察到的丹比尔并无特殊之处，而且生活十分规律，每天早上6点准时起床，晨练一个小时之后吃早餐。上午以在办公室处理各种家族事务为主，偶尔也会弹起办公室里的钢琴。下午则一般去巡视家族产业。去一些不想让别人知道的地方时，便会给我放假。晚上偶尔会出席一些社交场合，但更多的是独自一人弹琴或者看书，一切都显得有条不紊。丹比尔还有个女儿，可是几天下来，却发现丹比尔几乎不与他的家人见面，他一切起居与公务都在这栋阴暗的洋楼里完成。还有一点令我不安的就是每当我走到那岔路口时，总会听到细微的惨叫声，但想一探究竟时，阿尔佛·罗德便会出现叫住我。

2078年8月5日，我来到布兰克家的第二天，这天上午，丹比尔会见了一位和我同时来到布兰克家的客人，也就是那黑衣的少年。

"主人在会客，您只需安静地坐在一旁便可。"我跟着阿尔佛的脚步上楼，进办公室，那少年正坐在丹比尔对面，身后还站了两个黑衣人。我默默地坐下拿出画板和笔，不时地瞅一眼这少年，我对他很好奇。

丹比尔脸上挂着轻松的神情说："离我们上次见面已经有段时间了，那时你的养父还在。"

少年回答说："嗯，半年多了。"

"对了听说你在火车上遇到了圣玛丽教团的袭击？"

"嗯，不过我进入包厢时，那些袭击者已经全都死了。"说时少年的目光有如冰霜般直射丹比尔。"我所做的只不过把尸体扔出车厢而已。"俩人的对话彰显出地位的平等，接着少年切入正题说："我希望你可以帮我个忙。"

"说说看。"

"我希望你能调和我与葛若林家族的关系。"

"你们两家的纷争不正是你挑起的?"丹比尔反问道。

少年的眼神看起来很空洞,回话说:"在养父离开的这半年多时间里,我想了不少,或许该给我和葛若林家一个机会,一个和解的机会。"

"但也就在你养父离开的这段时间里,你可是干了不少事情。"

"是的,因为我终于有力量可以复仇了,但现在一切都过去了。"少年难掩冷静表情下的激动。

"真的?"丹比尔有些怀疑。

"我最近想了很多。自己也改变了很多,也或许是我有些累了吧。"

"嗯……和解我无法保证,只能许诺给你一个调解的平台。"丹比尔显得比较谨慎。

"无论结果怎样,谢谢你能帮我这个忙。"

"不用客气,你暂时在这里住下吧,相信一两个礼拜之内就会有办法。"

其实对于这少年我还是有一定了解的,《所罗门文书·善恶卷》中记载着,这个比丹比尔矮一头的少年今年十六岁,名为艾伦·摩根,是被世人称为五大家族中摩根家的首领。而另外四个家族分别是丹比尔所在的布兰克家族,盘踞于王都龙城的龙蛇会,占据海湾城市奥佩托拉的葛若林家,以及高山都市斯塔莱特的龙头兰伯特家族。

半年前摩根家族的原首领克莱门特·摩根原因不明地死去,享年八十四岁。而艾伦·摩根作为其唯一子嗣便顺理成章地登上家族首领的王座。在内外一片反对声中,全力推行对抗葛若林家族的激进政策,以冷酷和残忍的手段镇压了内部的反对声,对外更是强硬,并以此建立了自己的威望。据说这一切都缘自他的身世,艾伦四岁那年,其生父安格斯盖尔·葛若林爱上一个名为玛维丝的女人后便将他的母亲抛弃,最终导致他母亲的郁郁而终。而原本作为葛若林家族第一继承者的他,因看不惯他父亲的做法,其后几年内多次做出过激行为,最终被他父亲流放。后被年迈无子嗣的摩根家族首领克莱门特·摩根看中其从小展示出的惊人才能收为养子。而另一方面葛若林家族于一年前他生父安格斯盖尔死后落入了玛维丝·葛若林手中。好像已经没有什么可以阻止艾伦·摩根复仇的怒火了。

办公室里丹比尔托着下巴，表情时而凝重，时而期待，来回变化着。阿尔佛站在一旁推测道："主人，我觉得艾伦·摩根并非真的想要和解。"

"他当然不是真想和解，不过他为此所付出的忍耐也真惊人，否则以他的性格怎么可能忍受我晾他一整天这件事，他现在做的一切都只不过是想借着和解之名让对方放松警惕，好让自己有可乘之机来报仇而已。"丹比尔说的是轻描淡写，"不过这确实是个好机会，同时拉拢他和葛若林家那个风骚的女人。"

"您想真的帮他们调解？"阿尔佛显出了不解。

丹比尔摁了摁两眼中间的睛明穴，露出微笑说："想要同时拉拢摩根和葛若林两家，就一定要真的改善他们之间的关系，而且我还要借这个机会壮大布兰克家族的声势。时间就定在8月14日，我要举办一场舞会，邀请海奥斯联盟中所有成员。"

丹比尔在这时提起了一个名词"海奥斯联盟"。而他所说8月14日同时也是圣玛丽教团游行的日子。这时响起敲门声。阿尔佛打开门，头戴贝雷帽的女士走了进来。我看到她，站起来吃惊地说："凡妮莎？"

"画师？"

丹比尔有些奇怪地问："嗯？你们俩认识？"

凡妮莎回答说："嗯。我们在火车上认识的，他还送了我一幅画。"

丹比尔好像突然想起了什么，表情轻松地说："我想起来了，你们坐的是同一趟列车。"

我向他问道："这么说，车上和凡妮莎一起的那位就是您的夫人？"

"嗯，她和我女儿就住在对面的别墅。"丹比尔稍作说明，接着打趣道，"凡妮莎，他就是传说中的死亡画师。"

听到这话凡妮莎吃惊地看着我，后退了一步。"真的吗？我一直以为那个传说是假的，那我的灵魂是不是也快被……"她佯装惊恐地说。

"放心好了，我的画永远不会抽取像您这样美若天使的人的灵魂。"我的回答让凡妮莎略有点脸红，她说："那我希望您的画也不要抽取我家主人的灵魂。"

"都是传说而已。"我笑着解释道。

"好了，凡妮莎，有什么要报告的？"丹比尔收起刚才轻松的笑容说。

"最近圣玛丽教团在世界各地的活动越发频繁了。对各大家族经营的产业都造成了不小影响。我们布兰克家族经营的几间俱乐部也受到了波及。是否有必要控制一下他们？"

"不必了，我相信他们以后会很有利用价值。"

下午时丹比尔和阿尔佛亲自去邀请14号舞会另一个主角葛若林家族，只留下凡妮莎陪着我。我打算利用这个下午去奥瑞金的黑暗面转转，因为我想起了母亲曾经说过，她早年曾在奥瑞金的西边住过一段时间。

整个奥瑞金被夕阳分成了两截。黑暗的那边几乎被完全废弃。只有无家可归的人与逃亡者混迹在那个地带。阴暗的街道中，一栋栋废弃的大楼不由得让人们感觉到人类的文明在神罚面前是如此的无助与无力。几只伤痕累累、饥饿的狼狗在路边喘着粗气……头顶的乌鸦并不出声，只是三五成群地站在电线上，用它们冰冷的双眼盯着我和凡妮莎。一阵冷风卷起地上的尘埃与垃圾，将它们带往越发死寂的深渊，留下的只有风与空间相切割时发出的至深哀嚎。我将黑风衣脱下来披在凡妮莎的身上，她没有拒绝，只是笑着看了看我。

不久我找到了母亲曾形容过的住处，推开公寓的门，不知从何而来的微弱光线给这黑暗的房间内披上一层深蓝色的薄纱。房子异常整洁，完全不像没人住。客厅的桌上摆放着鲜花。木质的地板被我棕色的皮靴踩得吱吱作响。客厅与玄关是一体的，连接着两间卧室与厨房和厕所。我进入其中一间卧室。似乎是女性的房间，粉红的床上摆着一个可爱的毛绒玩具。桌子上摆满了相框。我吃惊地拿起其中一个，是一位女性抱着一个灰发婴儿的照片，照片的左半边似乎还有一个人，但被剪掉了。

"是母亲……那这个婴儿就是我？"我有些不敢相信自己的双眼。

放下手中的相片，巡视其他相片。全都是母亲与什么人的合照，但那个人的部分都被剪掉了。"我似乎从未见过母亲如此高兴的样子，每一张都是……她身边的这个人到底是谁？"我陷入了沉思。

这时凡妮莎也来到这间卧室，说："另一间卧室什么都没有。"我在凡妮莎没有看到时，将一张母亲的照片藏入怀中。然后对她说："我们走吧。"

之后我和凡妮莎打算回市区，但途中遇到一个小插曲，异常僻静的街道中不知哪儿传来了哭声。循着哭声，穿过几条街口，在一个阴暗的拐角处发现了一个看起来只有六七岁、穿得破破烂烂的小男孩蹲在那里抽泣着。走过去，我蹲下拍了拍那个孩子，问道："孩子，你怎么了？"孩子抬起哭花的小脸蛋，支支吾吾说了什么，我和凡妮莎都没听明白。

"孩子，你是饿了吗？"凡妮莎问道。

孩子一边哭着一边摇摇头，又说了什么，但依旧是泣不成声。

"孩子，你遇到了什么吗？"我问。

这时孩子哭着，用手指了指他的右边，又说了什么。

我摸着孩子的头说："来，你带我去。"接着孩子牵着我的手，将我们领到了一座大楼内。里面空空如也，似乎还没来得及添置物品，便被废弃了。而在这空荡荡的大楼里，同样衣衫褴褛的几个孩子聚在窗边，哭声不断。我走过去。看到几个孩子围着一个虚弱的小男孩。这小男孩骨瘦如柴，浑身是伤，似乎刚刚发生了一场激烈的搏斗，靠着墙坐在窗边。这时其中一个看着年龄稍大、并没有哭的孩子回过头来："迪特，这个陌生人是谁？"但是领我们来，这个叫迪特的小男孩在看到那个坐在窗边的小男孩时，哭得更厉害了，完全无法回答问题。凡妮莎轻轻搂住哭泣的小迪特。

我问那个年龄稍长的孩子："发生了什么事？"

可以看得出，年龄稍大的孩子也是强忍泪水，看着坐在窗边的孩子说："珊迪，他就要离开我们了，但在去往另一个世界前，有个问题让他不能安心。但是我们所有人都不知道答案，友好的陌生人，你是否可以帮帮他呢？"

我走到坐在窗边的孩子面前，蹲下，轻轻拍了下他的肩膀。

"珊迪。"

那孩子好像恢复了知觉，吃力地抬起头，睁开双眼，瞳孔也越发的混浊了，呼吸极其细微，说："你好……陌生人……"他停顿了很久，"我的妹妹……她在一年前去了另一个世界……我没能第一时间去陪她……这一年来……我的样子改变了许多……"孩子咳嗽了几声："……在天国的她是否还能认得……"还未说完，头已经深深地低了下去。

安魂曲B小调

"放心吧，孩子，她一定会认得你的。"我心中充满无奈。凡妮莎也将脸转了过去。小迪特眼泪止不住地滑落。那个稍大的孩子依旧是强忍泪水，对我说："谢谢你，陌生人。"我抱起那孩子冰冷的身躯。其他的孩子都大哭起来。

"他妹妹埋在哪里？"我问道。

"在夕阳与黑暗的边界，一处……废弃的工地……"那个稍大的孩子也无法控制自己，哽咽了起来，硕大的泪珠顺着少年的脸庞掉落了下来。我走到那孩子身旁说："他会和他妹妹团聚的。"凡妮莎也走过去抱了一下那个孩子，并将一枚金币塞进了孩子的口袋。在我和凡妮莎刚走，大楼内传出了一首悲哀的童谣。似乎是小迪特的声音，那歌声悠扬、深邃、清澈，让听者为之动容，为之落泪。

歌词大意：

> 当我们从黑暗中醒来，
> 第一感受总是妈妈的爱。
> 飞去天国，母亲的爱。
> 天空中，充满了阴霾。
> 我与朋友一起遥望星空，
> 但那里总是如此的朦胧。
> 他们说天空是妈妈住的地方，
> 可以感受到温暖唯一的殿堂。
> 我真的希望可以拥有一双翅膀，
> 带着我飞到天国里妈妈的身旁。
> 我真的希望天空可以变得蔚蓝，
> 让我不必再在梦中拼命地呼喊。
> 但是，
> 这里有我的朋友，
> 我无法舍弃他们。
> 这里有我的朋友，
> 我不能独自进入那道门。

我们互相亲吻，
希望留住仅存的一点余温。

之后我们在交界处找到了废弃的工地，在里面看到一块碎石搭建的墓碑，接着我们将珊迪和他妹妹葬在了一起。我拽下脖子上的十字架放在墓前。"不要再想了。"这时凡妮莎拍拍我的肩膀提议道："不如我们去喝杯咖啡吧。"

"嗯，也好。"

接下来的日子，圣玛丽教团在奥瑞金的活动逐渐变得频繁起来，到处都散落着8月14日教团将会在全世界各地发起救世游行的传单。

时间流逝得很快，转眼间已经来到8月14日，丹比尔要召开舞会的日子。市中心的游行人群还在继续呐喊，而布兰克家族的官邸，两座对称的奇异建筑物中浸淫在光明的那一侧。在那里，黑暗世界的舞会即将开始。

现在是晚上6点半，布兰克家的人都忙成一团，丹比尔把自己独自关在房间里不让人打扰。我趁着没人，来到洋楼一层之前传出惨叫声的岔路口。进入右侧的走廊，里面居然是条死路，只有三面墙。但这构造实在让人觉得很奇怪。我仔细搜索着，用脚轻轻踩几下地面，又蹲下摸了摸地板。发现这木质的地板上，刻有一个浅浅的圆形印记。使劲一按，面前一米高的位置，墙面开始缓缓下沉，俯身朝里面看去。伸手不见五指。

当墙面彻底降下后，里面出现了环状的火光，向下盘旋。深处没有任何的声音，安静得出奇。我蹲着，让切站在自己手上，将身体挪进了这矮小的入口。不过进到里面后，便有足够的高度让我的身躯站起来。台阶非常窄，让人难以前行。我扶着墙，缓慢地向下走去。当走过九道环形阶梯形成的螺旋时。两个火把之间，一道厚重的石门。石门上刻着一行字："放弃一切希望。"拉开石门，青色的石板地发散着阵阵潮气，幽蓝色的空气中则散发着恶臭。扫视四周，发现这里似乎是个监狱。

铁栏中的囚犯们注意到了我，都伸出手，呻吟着什么。我没有理会他们，径直向尽头走去。尽头处的牢房里，我看到一个人，他有一双锐利的眼睛、整齐的棕色长发与凌乱的络腮胡须，额头正中刻有黑色的十字架印记，但他的双手与双脚全都被铁链锁在墙上。他是谁？为何会被如此囚禁着，我带着疑问走到他面前。那人天蓝色的双眼紧盯着我。

突然一个声音从我身后传来，"画师，您在这里做什么？"

主 音

五大家族

"淡紫色的天空，家族，家人，难以理解，却容易体会。"

五大家族

　　丹比尔口中的"海奥斯联盟"是一个庞大的组织，在这个黑暗横行的年代，为了减少纷争，许多势力开始联合起来，逐渐形成这样一个联盟，五大家族也只不过是其中较为强大的成员而已，真正的霸主则是海奥斯这个名称的由来，海奥斯家族。

　　2078年8月14日，夕阳好像格外焦黄，奥瑞金周边苍茫的大地上只有尘土在飘扬。这是画师华沙进入布兰克家的第十一天，这一天海奥斯联盟中最强的五股势力即将汇聚一堂。

　　洋楼中的秘密地下室里，画师华沙吃惊地转过头，发现说话的是丹比尔最忠实的仆人阿尔佛·罗德。华沙露出轻微的慌张与抱歉说："我只是好奇一直听到的惨叫声是什么。"

　　"这回满足了您的好奇心没？"身穿紫色长衣的阿尔佛紧盯画师的表情。画师表现得相当自然笑着说："呵呵，满足了。"

　　"那我们走吧，您需要赶紧换衣服，舞会马上就要开始了。"阿尔佛居然没有要追究的意思，这让画师感到惊奇。

　　就在俩人要走时，那拥有天蓝色双眸的人突然说话了，"菲利隆索，我必定会从这里出去，重新执掌一切。那时，主的审判将会降临。"看样子他是在对阿尔佛说，不过阿尔佛根本没有理会他，而他口中的菲利隆索难道是阿尔佛的另一个名字？画师有些不解。

　　现在是7点25分，离舞会开始还有三十五分钟。

　　当画师与阿尔佛来到舞会会场时，只见丹比尔正和龙蛇会的首领们举杯共饮。而全场都在为这个举动鼓掌。

　　龙蛇会有三位首领，智王，礼王，义王。这三个老头身形矮小，样貌上几近相同，非常端正地坐在椅子上，服装以墨绿色的中式服为主，胸前各写智，礼，义。他们的身后立着三名面目凶恶，梳着辫子的高大男人。三王的周身更是充满了不知何物所散发出的诡异味道。身为五大家族之一的王家，也就是龙蛇会，压抑的氛围，过于异种的文化，让其他家族对他们望而生畏。而丹比尔更是和他们有过难以化解的仇恨。

丹比尔从龙蛇会三王面前走开后，很多人围了上来，都想与布兰克家族的首领聊上几句。而舞会的主角之一，年轻的首领艾伦·摩根这时却显得很不起眼地待在角落里。全场的目光都被丹比尔所吸引。丹比尔显得很平易近人，无论是谁，他都会报以微笑和足够的耐心。

7点35分，距离舞会开始还有二十五分钟，这次聚会的另一位主角——葛若林家族的首领登场。派去迎接葛若林家族的车队已经达到会场前。葛若林家族带的人不多，只有一些保镖而已。一位穿着艳丽的女士下车，踏上通向会场这巨型奇异建筑物的台阶，她就是玛维丝·葛若林，艾伦·摩根所深恶痛绝的女人。走在玛维丝身旁的是她女儿南希·葛若林，艾伦·摩根的生父安格斯盖尔·葛若林死后，这个和艾伦同父异母的小女孩才是葛若林家族真正的继承人，不过因为还太年幼，只有六岁，所以由其母玛维丝·葛若林来辅佐。紧跟在她们母女身后的是葛若林家族的附属家族，塞提尼奥家的四兄弟。

通过安检，两名守卫轻轻拉开门说："葛若林夫人，请。"

会场内的人大多在一边谈笑，一边留意着门口，当玛维丝·葛若林领着她女儿进来时，很多人立刻走上前去与这位五大家族中唯一的女性首领问好。

丹比尔也和其他人一样打量着这个浑身散发出妖艳与诱惑的女人。粉色中透出淡紫的丰唇，细长的天蓝色双眼，眼角处还有一颗痣，在艳丽彩妆的衬托下，仿佛可以轻易摄取男人的灵魂，介于棕色与黑色之间的长发被盘起，用各种奇异的饰品与发卡固定住。耳朵上戴着一对黑宝石的耳坠。颈部则是一条白金镶钻的项链。一席抹胸的黑色晚礼服将凹凸有致充满成熟风韵的身材展露无遗。双手戴着黑色蕾丝手套，拿着一个极为精致的小包。依偎在她身旁的小女孩身穿小洋装，手持一只黄色小熊玩偶，显得有些胆怯。

丹比尔心中想到：那就是葛若林家族的唯一继承人吗……或许她可以成为一把化解仇恨的钥匙。

随着她们进来的还有塞提尼奥家的四兄弟。四人都穿着黑色西服，白色衬衫。那个蓄着金色胡子，金发略带小鬈，眼睛像鹰一样的就是四人中的大哥，彼德罗·塞提尼奥。棕色短寸头，满脸伤疤的是二哥塞德里克·塞提尼奥。梳着马尾辫，留着两撇小胡子的是三哥阿诺德·塞提尼奥。四弟毕维斯·塞提尼奥则是其中那个看起来最认真的，梳个分头，戴着一副书呆子气息很严重的眼镜，满脸雀斑的家伙。

阿尔佛对丹比尔耳语道："他们是专门保护葛若林家族首领的四兄弟。"

丹比尔向玛维丝走去，其他人都给他让出一条路，他捧起她的手轻轻吻了下去。"葛若林夫人您能来真是我的荣幸。"丹比尔的声音中带着稳重。接着他又蹲下，拿起南希·葛若林的小手，同样轻轻一吻。小姑娘显得有些害羞，躲在了母亲身后。丹比尔站起身，微笑着对玛维丝说："这一路辛苦您了。"

玛维丝盯着丹比尔血色的双眼说："呵呵，不会，本身葛若林家所在的城市奥佩托拉就距奥瑞金不远，倒是您，为了葛若林家与摩根家之间的私事举行这样一个舞会，真是麻烦了。"说着玛维丝的眼中射出勾魂的光芒，不过这光芒进入丹比尔的双眼后便如同石沉大海一般消失无踪。

丹比尔微笑着，身体微微前倾，右手放在胸前："能为您尽一份力是我的荣耀。"

玛维丝笑了，说："您是如此的年轻，瞧我都老了。"

丹比尔专注地看着她说："怎么会呢？您的美貌世间无双，轻易就可以虏获男人的心。"

"那您的心呢？"玛维丝露出妩媚的表情，半开玩笑地说。

丹比尔没有回答，只是深情地看着玛维丝。

这时与丹比尔形成鲜明对比的是角落的年轻首领艾伦·摩根，他瞪着玛维丝。今天的他穿着一件带花边的白色衬衣，敞开的燕尾服更像是为了衬托这件白玫瑰般的衬衫而存在,在肩膀附近还戴着一朵用布做成的深紫色玫瑰。下半身则是普通的黑色裤子,两名仆人极为恭敬地站在他身后。看到站在角落的艾伦完全没有行动,丹比尔对玛维丝说:"夫人,我先失陪一下。"

其实在艾伦执掌摩根家族大权这半年来,布兰克家族是所有家族中给他帮助最多的,所以艾伦才会求助于丹比尔帮忙调解。丹比尔来到跟前递给艾伦·摩根一杯伏特加说道:"记得你最喜欢喝这种干纯的烈酒。"

随着丹比尔,众人的视线也来到了艾伦·摩根身上。这时可以很清楚地听到会场中不断传出的议论声,大多是对艾伦·摩根的非议,不过其中也有一段是有价值的:"据说,他的养父克莱门特就是他害死的,真是个忘恩负义的家伙,葛若林家族当年将他舍弃果然是正确的。"

这些议论声并不小,艾伦·摩根也清楚听到了,他冷冷扫视全场,一瞬间,所有人都感到一股寒意。这时也有人与玛维丝讨论起刚刚那个关于艾伦杀了他养父的问题,玛维丝声音虽然不大,但两人相隔很近,艾伦·摩根想不听到也很难。玛维丝有意避开这个话题,但艾伦依旧抬起手中的酒杯,用冰冷慑人的目光盯着玛维丝·葛若林,露出强烈的敌意。

丹比尔赶紧对玛维丝·葛若林周围的人大声说道:"让尊贵的女士一直这样站着,真是失礼,你们的绅士风度到哪里去了?"听到丹比尔的话,玛维丝周围的家伙们便立刻邀请玛维丝去他们的座位附近。对于这些人来说,无论是玛维丝的样貌还是葛若林家族的势力,都是他们趋之若鹜的理由。但玛维丝并不理会他们的殷勤,而是走到丹比尔的身旁轻声对他说:"请问您坐在?"

丹比尔笑着让身后的阿尔佛领玛维丝去坐。待她走后,丹比尔又拿来一杯彩色的调酒,贴近艾伦身前,压低声音说:"这是今天特制的调酒。不尝尝?"

艾伦推辞道:"我已经喝惯了单纯的烈酒,恐怕是很难改了。"

丹比尔反问说:"当初这杯酒是谁托我调制的?"

艾伦不答,接过丹比尔手中的调酒,喝了一小口,便递给身后的仆人。艾伦绿色的瞳孔直视着丹比尔血红色的瞳孔，毫无畏惧地说："我已在努力控制。"说着他一口气喝光了杯中香醇的烈酒，辛辣的口感刺激着他大脑中的每一根神经，将口中古怪的味道掩盖下去的同时也让仇恨的火焰燃烧的更加旺盛。丹比尔微笑着接过旁边服务生递来的酒，喝了一口，贴在艾伦耳边说："你以为我不知道你的目的吗？"

艾伦神情自若地回说："哼，我们之间的关系不过是互相利用，你借机扩大声望，而我则需要你来让葛若林家放松警惕。"

丹比尔绕开艾伦的话，"呵呵，我知道你面对她时根本控制不了自己，但复仇就是你的全部吗？"

"正是复仇支撑着我孤独地站在这山峰之上。"艾伦说话毫不客气。

"不要忘了那里有你唯一的血亲。"说完丹比尔看着那边玛维丝·葛若林的女儿，南希·葛若林。

这个小女孩是艾伦在世上唯一有血缘关系的妹妹。但艾伦在顺着丹比尔的目光看到她的一瞬间移开了视线说："有些事情就算花去一生的时间也很难改变，每当我看到那张完美的脸庞便会想起曾经的一切。仇恨与血缘既已无法选择，那我和她就只能面对这残酷的命运。"

丹比尔听到这些话，收起了笑容，抬起手中的酒杯，将剩余的酒展示在艾伦面前说："有时，试着改变喝酒的方式也是一种选择。"说完丹比尔将酒杯递给服务生，朝葛若林家走去，留下艾伦一人看着自己的空酒杯。

丹比尔来到玛维丝·葛若林身旁。他看了眼手表，离8点还有十分钟，心里盘算着五大家族最后一个，兰伯特家族还有海奥斯家族的代表何时会来。

玛维丝看到丹比尔似乎有些心神不宁，关心地问道："您似乎在等什么？"

"呵呵，没什么。"说着丹比尔将注意力转向乖巧地坐在一旁，玛维丝的女儿南希身上。

"小南希真是可爱。"说着丹比尔靠近南希，玛维丝身后的那四兄弟显得有些紧张。丹比尔摸了摸南希手中小熊玩偶的头。"它叫什么名字？"

丹比尔露出和蔼的微笑。小女孩有些怕生地回答道："查理。"丹比尔又摸摸小南希的头。"你可知道你还有一位哥哥。"听到丹比尔突如其来的话，玛维丝·葛若林大吃一惊。不过她随即明白了丹比尔的用意，只有通过南希才有可能调和艾伦与她之间的矛盾，但她又怎能让女儿来冒这个险。她刚想要说话时，被丹比尔用手势与眼神阻止了。丹比尔的眼神中表达出一切就放心交给他的感觉。

玛维丝身后，四兄弟中的大哥彼德罗俯下身到玛维丝的耳边细声说："要不要我们阻止他。"玛维丝专注地看着丹比尔没有回答。

南希听到丹比尔的话，不解地看着他。丹比尔贴近南希然后用手指了指那边的艾伦·摩根，而艾伦这时也朝他们的方向走来。丹比尔轻声说："他就是你哥哥艾伦。"

南希瞪大眼睛看着艾伦·摩根。这是她第一次知道，在这世上她还有着另外一位亲人。那种感觉很新奇，但又带着些许惧怕。

"不去和你哥哥打声招呼吗？"丹比尔问道。

南希摇摇头说："我不认识他。"

"嗯，但他确实是你哥哥。"丹比尔眼神坚定地说道。

小南希看了看她的母亲，希望从她那里得到信息，玛维丝微笑着点下头。接着南希便蹦下椅子，大胆地迎向艾伦。全场的目光都被南希的举动吸引住了。艾伦尽管不高，但南希的高度依旧只到他的腰部。南希站在艾伦面前，俩人都没说话。艾伦被南希那天真的大眼睛望着，显得有些不自然，问道："小姑娘，有什么事吗？"

"你是我哥哥？"南希那水汪汪的眼睛中充满了期待与真实。艾伦不敢直视那双眼，将目光移向地面，站在那里一动不动。南希扯了一下艾伦的裤子，继续问道："你是我的哥哥吗？"艾伦回过神来，半蹲下，看着小南希，用手帮她捋了捋头发，眼中露出了温柔。但那温柔稍纵即逝。他没有正面回答南希的问题而是说："大哥哥一直孤独地旅行在这世上，早已失去了对亲人的记忆。"这时南希举起她的小手，轻轻拨起艾伦的刘海儿，抚摸着他的脸庞说："那大哥哥的记忆是否能恢复呢？"

"大哥哥觉得这一生恐怕是很难复原了。"说着艾伦低下头，眼中尽显无奈与悲哀。

"那岂不是非常可怜。"

艾伦低着头，突然看到一滴水珠在地上绽开，他吃惊地抬起头，看到晶莹的泪珠正顺着南希的脸庞流下来。"可怜的大哥哥。"说着南希用她纤细的双臂抱住了艾伦。艾伦开始有些不知所措，但随后也抱住了他的妹妹，闭上眼，体会这对他来说世间仅存的温暖。但他又突然睁开眼睛，轻轻推开小南希，说："谢谢你，小妹妹。"然后一言不发地朝会场角落的座位走去。南希也走回丹比尔与她母亲身边，略带哽咽地说："那个大哥哥，他失去了记忆……好可怜。"丹比尔抱起南希，哄着她说："相信那位大哥哥终有一天会恢复他全部的记忆的。"

现在是 7 点 57 分，还差三分钟，舞会就要开始了。会场内的钢琴师弹起一些浪漫轻松的曲调。这时大门打开，一位穿着银色晚礼服的美丽女士走进来，会场内一片骚动。所有人在惊讶于这位女性美貌的同时，都有一个疑问。那就是："她是谁？是哪家的夫人？抑或是哪家的千金？"

画师华沙看到她也吃了一惊，吐出一个名字："凡妮莎？"他似乎有些不敢相信自己的双眼，笑了一下，再定睛看，这华美的人儿竟真的是凡妮莎。美丽的凡妮莎虽少了一分玛维丝那种妖媚，但胜在多出一分亲和力，迷人的微笑更是大加分。她身上并没有什么饰品，黑色长发也像玛维丝一样盘了起来，礼服闪着亮眼的银光。凡妮莎在场内巡视了一圈，率先朝丹比尔走去。"主人，怎么样？"凡妮莎转了个圈。丹比尔笑着回答："还不赖。"同桌的玛维丝·葛若林不以为然地看了眼凡妮莎，看得出，她还是略感嫉妒。

又过了一些时间，布兰克家族的官邸外传来重型机车的引擎声。紧接着舞会会场的大门又一次打开，一名有些上了年纪，略微发福的女仆扶着一位穿着深灰色大衣，头戴礼帽，拄着拐杖的老者走进来，这老者身形微胖，花白色的大胡子，坚挺的鼻梁让他那仿佛本就无底深渊般的黑色双眼更深地凹陷进去，脸色白得苍茫，整体看上去，如同一尊雕像。老者眼睛冲着地上，显得心不在焉。

后面跟着一位金发，身穿深蓝色西服，长相并无特殊之处的男人。走在最后的是位非常高大的男士，大概有一百九十公分。散乱的深棕色长发，尽管戴着一副极具现代感的棕色墨镜，依旧可以看得出五官极为立体，嘴边还留着稀稀拉拉的胡楂。皮肤就如同那位老者一样的煞白。身穿一件深棕色的长风衣，里面黄衬衫的领子被高高立起，重型机车就是他的座驾。

会场内所有的目光都聚焦在了大门口这位刚刚被女仆搀扶着走进会场的老者身上。因为他就是五大家族之首兰伯特家族的首领劳伦狄乌斯·兰伯特。丹比尔看着这位年事已高的首领心想：这老头的眼神……似乎不大对头……

而会场内的人在看到劳伦狄乌斯·兰伯特后面的银发男子与高大男子后纷纷议论起来。

"那个高大的男子好像是劳伦狄乌斯的儿子，那个金发的家伙又是谁？"

"我见过他，确实是劳伦狄乌斯的儿子，我见到他的时候，他还是个雕塑家，没有继承家业的打算。那个金发的我就不认得了。"

丹比尔看到他们，将酒递给旁边的服务生，朝劳伦狄乌斯迎了上去。刚想礼仪性的拥抱一下，却被劳伦狄乌斯身旁的女仆阻止了，而这时他们身后那高大的男子走上前说："我父亲已经得了阿兹海默症。"霎时间，全场一片沉寂。

"什么？"连丹比尔也吃惊地有些合不拢嘴。

"他已经不认得任何人了。连说话都已经办不到了。"

这时劳伦狄乌斯好像笑了笑，那表情完全不像一个带有理智的人。

"我来给你介绍。"高大的男子招呼金发男子走上前来。

"这位是海奥斯家族的代表。"

听到此人的身份，会场内一片哗然。

"海奥斯家族的使者为何会与兰伯特家族一起来？"

"我听说丹比尔·布兰克邀请的是海奥斯家族的重臣班内特·海奥斯，但他却派了一个完全不认识的人来……"议论声此起彼伏。

丹比尔则没有显露出失望的神情，还微笑着与这位金发男子握手。但俩人只是简单寒暄了几句，很明显这俩人对对方都不感兴趣。接着高大的男子摘下墨镜说："我是劳伦狄乌斯的儿子，阿道夫·兰伯特。"摘下墨镜后的阿道夫眼圈周围沉淀了异常的暗色。

"我是丹比尔·布兰克。"

两人握完手阿道夫俯视着丹比尔，冰冷地说："在异常的静默之中，你是否也时常看到那飘向远方幻彩般的流光……"他突如其来呓语般的话语让会场变得极其安静。所有人都在等待丹比尔回话。丹比尔有些愕然地说："流光？……"

阿尔佛碰了一下丹比尔，"主人，舞会该开始了。"

丹比尔回过神来，弹了一下手指，音乐响起，舞会正式开始。不知为何丹比尔有一种预感，预感这个叫做阿道夫·兰伯特的人未来一定会给自己制造不少麻烦。

舒缓的节奏传来，但所有人依旧在谈论兰伯特家族首领变成老年痴呆的事情，直到阿道夫将他的父亲带到一旁，这才让人们逐渐将焦点转移到舞会上，会场中央变成了巨大的舞池，丹比尔邀请玛维丝·葛若林来跳第一支舞。

阿道夫·兰伯特让女仆好好看着他父亲，海奥斯家族的使者跟他们坐在一起，而阿道夫本人则去和其他几大家族打招呼。阿道夫率先来到独自看着酒杯的艾伦·摩根身旁，俩人从未见过面，也谈不上什么话，只是简单地互相做了自我介绍。

第一支舞曲结束，丹比尔将玛维丝·葛若林夫人送回座位，朝一个人杵在角落的画师华沙走去。阿道夫则走向玛维丝·葛若林，他很有礼貌地邀请她一起跳第二支舞。"夫人，不知我可否请您……"说着阿道夫伸出手。

"哦，当然没问题。"玛维丝将手轻轻搭在阿道夫宽厚的手上，两人随着缓慢深沉的节奏舞动着。

"夫人，如果我没记错的话，这应该不是我们的第一次见面了。"

"嗯？是吗？"

"您不记得了吗？一年前在高山都市斯塔莱特。"

看得出玛维丝在听到一年前的斯塔莱特时吃了一惊。

"那时您的丈夫刚刚过世。我的父亲也没有痴呆。"

"您在说什么,我一年前没有去过斯塔莱特。"玛维丝极力否认。

"我,当时也在那里。您那绝美的肉体让我父亲沉醉其中。"阿道夫贴着玛维丝的耳朵,玛维丝惊愕地说不出话。"您从未想过当时会有第三个人在场吧?"

"您到底在说什么?"玛维丝想挣脱开阿道夫。

阿道夫依旧面带微笑,却将玛维丝抓得更紧了。这时他细声地说出了一句令玛维丝极为震惊的话。"很可惜,那之后不久他就得了阿兹海默症,再也无法回应您的诱惑了。不过那并非普通的老年痴呆,而是我一手制造的。"阿道夫在说这句话的时候,表情连一丝的抽动与扭曲都没有,自然地仿佛他们只是在普通地调情一样。玛维丝惊恐的神情溢于言表,浑身都颤抖不已。"请不要紧张,夫人,那位红眼的大人正在看您呢。"阿道夫得意地说道。

玛维丝低下头说道:"你到底想干什么?"

"哦,不。夫人,我只是觉得你有一件秘密在我手中,而你手中没有我的秘密,这太不公平了,仅此而已。况且你对于我来说,没有任何的价值。"阿道夫诡异的笑容浮于脸上。

"你不怕,我会说出去吗?"玛维丝的语气中掺杂了不解、恐惧与威胁。

"呵呵,夫人。"阿道夫用手轻轻地托起玛维丝的下巴。

两人四目相交,阿道夫说道:"我已经厌倦了现在的生活,想找一些新的刺激。"阿道夫吐出的最后一个音与第二支舞曲一起落下,回荡在空中。随后他将颤抖的玛维丝送回座位,便走开了。走开后的阿道夫,竟径直来到了乐队的地方,对其中的萨克斯手说:"请将萨克斯借我一下。"

萨克斯手为难地回答说:"这……"然后将求助的目光投向不远处的丹比尔。丹比尔看到这种情况,点了下头。乐队的人便将萨克斯递给了阿道夫。

阿道夫调试萨克斯期间华沙在会场内发现了一位新面孔,是位女士。

穿着以红色为主体银色边缘的低胸晚礼服。披肩的金发，眼睛不大但很深邃，端庄的丰唇，尖尖的鼻子，是位非常漂亮的美人。站在丹比尔的家臣阿尔佛身旁，挽着他的手。

画师华沙来到丹比尔跟前问："她是谁？"

丹比尔打趣般地回答道："她是阿尔佛不知第多少任的义女，蕾娜斯。"

"不知多少任？那之前的呢？"华沙不解地问道。

"都死了。"

"为什么？！"华沙吃惊地合不拢嘴。

"都老死了。因为阿尔佛是不老不死的。"说着丹比尔自己笑了。

"真的吗？"华沙也笑了，他以为这是玩笑话。

丹比尔笑着，不再多说。阿道夫的萨克斯声响起，这乐音仿佛是流入光明的黑夜，盛开在月光下的玫瑰花，浪漫与哀愁被音乐声承载着流入空气，流入每个人的皮肤。乐队的人都看着阿道夫的演奏，只有钢琴师一人仿佛与之心有灵犀地配合着。丹比尔走回玛维丝的身边，询问着她的状况。这时又有其他男士走上前来想与她跳舞，都被一一婉拒了。

在这朦胧似幻的音乐中，华沙放下酒杯，向他肩膀上的切问道："如果我邀请她，你说她会不会拒绝我？"切叫唤了两声，华沙也不知它到底听懂没，但切突然飞起来，飞向一位女士。而那位女士正是凡妮莎。凡妮莎看到切飞过来，用手接住了它。华沙看到这种情形，自言自语道："看来是听懂了……"他赶紧快步走到凡妮莎面前，"我是否有幸请你跳一支舞呢？"凡妮莎笑着欣然接受了华沙的邀请。"我还以为你不会来邀请我呢。"凡妮莎开玩笑地说。

"呵呵，我主要在思考这位美丽的女士是否会接受我的邀请，所以耽误了些时间，真是抱歉。"说着华沙莞尔一笑。

这时会场内的光线也随阿道夫整体的曲风调暗了不少。凡妮莎扶着华沙的肩，华沙扶着凡妮莎的腰，俩人的距离在这一刻仿佛无限地接近。

"这萨克斯声中包含了一种莫名至深的情感。"华沙搂着凡妮莎说道。

"呵呵，大画家对音乐也很有研究？"凡妮莎的脸总是显得调皮与可爱。

她突然又想到了什么，接着说："对了，在火车上，你就吹过一次笛子，真是不错，那声音仿佛有着自己的生命。"

华沙笑着说："呵呵，给它注入灵魂的正是你的美丽。"

时间仿佛定格在了这一刻，凡妮莎的笑容停留在华沙眼中。两人渐渐地沉入了……沉入了这美妙音符所渲染的画面之中。但时间不会永远地停留在最美的一刻。在萨克斯声逐渐地远去，钢琴声为这美轮美奂的瞬间画上一个完美的句号后，华沙与凡妮莎也仿佛从梦中惊醒一般，两片绯红贴在两人的脸颊上。

这时的阿道夫还在吹奏着萨克斯。
这时的丹比尔在对小南希说着什么。
这时的龙蛇会三王在品味他们自己带来的茶叶。
这时的玛维丝好像略微缓过神来，瞅着丹比尔和自己的女儿。

音乐在继续，只是包含的感情变为了轻松的愉悦。在这欢快的氛围中，丹比尔对小南希建议道："去带那位失忆的大哥哥跳支舞吧。"小南希点了一下头，放下玩偶，快步朝艾伦·摩根跑去。丹比尔笑着提醒道："小心点，别摔着。"玛维丝看到丹比尔如此尽心尽力地改善葛若林家族与摩根家族的关系，虽然心中还没有将阿道夫那片乌云驱散，但依旧不由得升起了感激之情。会心的微笑浮现在脸上。丹比尔看到了那微笑，回应道："这一刻你的微笑，正是这一切价值的体现。"

小南希再度站在艾伦面前，用她那双大眼睛直勾勾地看着他。艾伦依旧不知道该如何面对她，尴尬非常。"跟我来。"说着小南希拽起艾伦的手就要往会场中心的舞池走去。艾伦显得有些手足无措，很快被拽到舞池中心。小南希说："来，把你的另一只手也给我。"在众目睽睽之下，艾伦有些难为情，不愿伸出手。小南希语气温柔地说道："我来教你。"丹比尔在一旁看着小南希的表现，对玛维丝说道："小南希还蛮开朗的。"艾伦不得已，伸出手，与小南希一起跳起了欢快的舞步。不过在小南希出色的舞技面前，艾伦的舞步简直糟糕透顶。丹比尔在一旁很是惊奇，玛维丝笑着解释道："她从小就活泼好动，所以请过专门的舞蹈老师来教她。"

这时华沙与凡妮莎已经离开了会场。凡妮莎说要带华沙去看这世上最美丽的风景。俩人穿过弧形的走廊，进入与会场连接着的塔楼。塔楼内部是盘旋向上的阶梯，很窄，也显得比较破旧。"来，咱们上去。"凡妮莎拉着华沙的手说。

华沙提醒道："小心点。"

凡妮莎笑着说："没关系，我经常一个人去这上面。"

"一个人……"华沙喃喃地念了一句。

"什么？"凡妮莎以为华沙对她说了什么。

华沙笑着回答说："我没说话啊。"

两人一边说着，一边登上塔楼，来到了这细高塔楼顶端的平台。凡妮莎面朝着远处那如画的天空，张开双臂，深吸一口气，然后回过头来对华沙说道："怎么样？我说得没错吧？"

华沙放眼望去，四周的天空与繁闹的街景尽收眼底。远处的夕阳在红粉色的云彩中若隐若现，与广阔的淡紫色天空结合起来，让人心情畅快。华沙肩膀上的切也兴奋地拍拍翅膀飞向无垠的天空。在这个压抑的年代，站在这里仿佛可以扫去所有的阴霾，世界也显得不再昏昏欲睡。华沙双手扶在围栏上，沉醉在如梦似幻的美景中。不知不觉间，凡妮莎依偎在华沙身旁，挽着他的胳膊，头靠在他肩上，一起看着远方的美景。华沙对她说："下次来的时候，也叫上我吧，不要一个人独享这绚烂的景色。"

凡妮莎听到这话，眼神中有惊有喜，看着华沙，拉着他的手，兴奋地说道："真的吗！"

华沙温柔地回应道："嗯，我是不会食言的。"

"嗯，真希望这样的时光一直持续下去，如此的宁静，如此的梦幻。"凡妮莎将华沙的胳膊搂得更紧了。

"并非梦幻，如果你愿意，我会将一切都变为现实。"画师眼中闪动着光芒，凡妮莎闭上双眼不再言语。

正当俩人温存时，远处浩浩荡荡的人群朝布兰克家的方向走来，"真讨厌，这些教团的人没事就知道游行，根本什么也改变不了。"凡妮莎抱怨道。

画师则不大认同凡妮莎的话，他认为这个组织如此发展下去必定会掀起更大的波澜。不经意间华沙余光扫到了下方花园里有两个人，竟是丹比尔的妻子以及一个陌生的男人，俩人似乎很亲密的样子。就在这时，凡妮莎猛地拍了一下华沙，他以为她也发现了正在花园里约会的丹比尔夫人，可是凡妮莎指的却是大街上，"那是什么!!"只见街上的游行人群中突然闪出无数全身蒙着黑斗篷的家伙朝布兰克家族的大门走来。守卫看到他们之后还未来得及通知其他人，黑斗篷下一道银光闪过，守卫被一剑刺穿了喉咙。

"糟了!!!是刺客!"在塔楼顶端的凡妮莎着急道。

而会场内的保镖似乎从耳机中听到了什么，都紧张地匆匆走出舞会会场，阿尔佛低下头对端坐的丹比尔耳语着什么，瞬间他收起了笑容。几名保镖来到庭院，看到不少蒙着黑斗篷的人朝会场快步走来，还未掏出枪，几把飞刀便直射他们的喉咙，几人当即倒地而亡。

正在花园里幽会的丹比尔夫人和情夫也看到了这种情况。情夫当即压低她的头，让她躲起来。之后只身走到会场门口附近一片阴影里，扔了什么东西给这些披着斗篷的家伙，其中一个人还停下脚步跟他说了几句，那个情夫所有的行动都被留在塔楼顶端的华沙看到了，可是距离太远谈话内容就无从得知了。而身边的凡妮莎非常关心会场的情况，俩人便匆匆下了塔楼。

会场内，阿尔佛还在说着，大门突然被狠狠砸开，响声让所有人吃了一惊，甚至乐队都停下了他们的演奏，不过只有一人还在继续，那便是兰伯特家的阿道夫·兰伯特。

许多蒙着黑斗篷的人在门口排成一列，腰间全都佩着长剑，宾客们显得很茫然，不知道这些人是什么来头。突然，所有人拔出了腰间的长剑，其中一人带头大声喊道："我们所做，只为正您，我主之名。"疯狂的杀戮便开始了它的前奏。会场内是不允许携带武器的，所以大多数的宾客就像刀板上的鱼肉，任其宰割。霎时间，会场内乱作一团。人们像无头苍蝇一样到处乱窜。有些人想夺门而出，却被这些蒙着斗篷的刺客迅速地阻止了。有些人想打开窗户，还未及拧开把手，臂膀便被砍断。

刚下塔楼来到走廊的凡妮莎和华沙立即遇到了几名刺客，不由分说，凡妮莎趁对方未亮出兵刃之际，已经一个箭步冲了上去，擒住对方拔剑的手，用力一转将剑直接刺入对方颈部。然后双手握住剑柄，拔出的同时砍向另一名刺客，霎时间又是一阵血腥。一旁的华沙看到凡妮莎利落的身手时完全没有表现出任何吃惊，似乎早有心理准备一般。

俩人回到会场，只见一名刺客抡着斧子朝艾伦·摩根砍去。艾伦转动椅子，轻巧地躲过了致命一击。然后将手中的酒朝那人的眼睛撒去，伏特加这种烈酒对眼睛的伤害可是非常大的。只见那人痛苦地乱挥着斧子。艾伦取下挂在墙壁上装饰用的西洋剑，敏捷地跳上桌子，紧接着跳过那人的肩膀时，将剑从那人的头顶插了进去。蒙着黑纱的刺客看到同伴牺牲，又围上来几个人。

这时有刺客大叫道："你们这些将灵魂卖给恶魔的人将会受到神罚！谁也别想逃脱。"丹比尔听到这话，笑着对阿尔佛说："让他们知道谁才真正的无法逃脱。"阿尔佛一把将丹比尔身旁的桌子掀翻，上面绑有两件武器，长短两把武士刀和一把泛着血红的长柄大刀。阿尔佛拿起两把武士刀将其中一把背在背上，另一把挂在腰间。这时凡妮莎和华沙也回到会场内，她带领华沙灵巧地穿过混乱的人群来到丹比尔身旁，拿起桌底最后一把武器，长柄大刀。这武器整体长度比凡妮莎还要高不少。刀刃部分泛着绯红色，相信曾经嗜血无数。"主人，我来晚了。"凡妮莎低头对丹比尔说道。

"没关系，你和阿尔佛一同去保护宾客。"

凡妮莎稍微撕开银色礼服的边角，倒拎着刀，向那些蒙着黑纱的人走去。

一旁的画师安抚着肩上的小兀鹫，心里想到：看来这些刺客是圣玛丽教团的人……教团果然还是暗中组织了武装力量。他们在这一两年之间的成长实在出乎大多数人的意料，行动也越发激烈起来，这次

安魂曲B小调

更是明目张胆地跟海奥斯联盟对上了……不过《所罗门文书》上记载着丹比尔也暗中组建了一支特殊部队，起名叫诅咒军团，似乎没有要出动的意思。

会场中央，阿尔佛背上的长太刀未曾出鞘，他只用腰间的太刀便足以应付刺客。不过会场内人数众多，很多赶来的布兰克家族护卫也不敢贸然开枪，怕误伤混乱的人群，所以宾客也出现了越来越多的伤亡。这时艾伦·摩根正受困于几名刺客的围攻，凡妮莎几个箭步冲到艾伦身边，用手中的长刀挡住了众人对艾伦的致命一击。她舞动长刀，直接劈断数名刺客的武器，接着刀影在他们喉咙间一闪而过。

随后会场的另一扇门被打开，几个黑衣人提着数个巨大的黑袋子来到会场内，打开来，全都是武器！他们开始给全场的人发放枪械。圣玛丽教团的刺客虽然勇猛，但这一下对方也有了武器，伤亡逐渐加大，人数上也远不如会场内的宾客多。

在宾客逐渐掌握上风后，其中一个刺客摘下了蒙面的连衣帽。只见这人看了看周围，虽然这次袭击取得了一定成果，但形势对于教团越来越不利，觉得再这样下去，己方的伤亡会大大超出预期。他想了想举起右手露出手心的黑色十字架，喊道："撤退！"所有教团的刺客在听到这一喊声时都愣了一下，然后抬头看到那黑色的十字架便开始且战且退。但丹比尔又怎么能让教团就这样杀了人便离开，他命令道："给我抓住那个带头的。"

不过教团的刺客在逐渐退出舞会会场时，刚刚那个发号施令的人却没有移动分毫。旁边教团的成员着急地叫道："队长！快跟我们一起走！"可是那人却说："你们快走，我殿后。"说时凡妮莎已经抡刀攻了上来。

两人缠斗起来，教团的这名队长使用的是长枪，两人打得难解难分。阿道夫·兰伯特演奏的舒缓萨克斯声在这时听起来更像是为这些教团成员所奏响的安魂曲。阿尔佛正一步一步地接近会场内余下的几名刺客。另一边，与凡妮莎缠斗中的刺客明显落了下风，身上数处深浅不一的伤口都淌着血。两人在尽全力拼过一招后都停下了动作。这名队长看了看周围自己撤退中的同伴们与尸体对凡妮莎说："我叫艾斯·克劳斯纳，我很想知道将要杀死我的人叫什么？"凡妮莎冰冷地回话道："凡妮莎·葛兰斯·佛瑞。"

凡妮莎握紧刀柄说："还有别的遗言吗？"

艾斯·克劳斯纳低下头看着手掌上被汗水所浸湿的黑色十字架印记，又抬头看了看炫目的天花板说："作为先驱，死是我们的必经之路，只要有活着的继承者我们便也还是活着的，请主见证我们所做出的努力。"艾斯·克劳斯纳说完，凡妮莎抡起了大刀！

但……

突然从会场门口那里跳出一个人影，也是个披着黑斗篷的家伙。只见此人还未等凡妮莎一刀抡下去，他已经来到艾斯·克劳斯纳身旁，用剑截住了刀势。看到自己的刀被拦截，凡妮莎立刻旋转身体与刀刃，又是一记向上的纵劈。却依旧在刀势还未成形前，被此人用剑阻断。阿尔佛在一旁看到这种情况赶紧上前帮助凡妮莎。但此人剑术造诣上绝不落阿尔佛的下风。甚至一旁射来的子弹他都用极速旋转的剑刃直接接住再如飞镖一样射回去，双方几道剑影闪过阿尔佛惊觉此人剑术非常眼熟。

艾斯·克劳斯纳这时呆住了，他实在想不出眼前这个剑术高超的人到底是谁？因为他的队伍中应该不存在这么一号人物。这个人看到艾斯呆站在那里，挡开阿尔佛的刀后，冲他狂吼道："快走！"声音因为过于的狂怒而变得畸形，扭曲。艾斯被这么一喊才突然回过神来，本来赴死的决心也是烟消云散。

不过艾斯·克劳斯纳还没跑到门口就被持枪的宾客们包围住了，砰砰砰！乱枪下他几乎被打成筛子。来救他的人依旧在和阿尔佛他们缠斗，这时阿尔佛正要抽出他背上的长太刀，对方看到艾斯已死，觉得再待下去也没有意义，先按住了阿尔佛拔刀的手，紧接着一脚踢开凡妮莎，以极速冲向艾斯的尸体，撞散周围宾客的同时抱起艾斯破窗而出！整个过程只有几秒而已，快到让人看不清。凡妮莎刚要追出去，却被丹比尔阻止了。"先察看伤亡情况，跟圣玛丽教团的账不是一朝一夕可以算得清的。"

会场外面，圣玛丽教团的人纷纷逃入一直持续的游行人群中，布兰克家的手下们也不敢追击得太过深入。

几分钟后的会场中，阿尔佛走到丹比尔身边，俩人互相耳语了几句，表情都显得严肃异常。华沙与切在一旁静静地看着丹比尔身边的凡妮莎。

玛维丝·葛若林依旧紧紧抱着她的女儿南希。

龙蛇会三王放下了茶杯，巡视着全场，互相说着什么。

艾伦·摩根坐在椅子上，几名仆人正给他做着简单的包扎。

阿道夫走回他父亲劳伦狄乌斯的身边，发现了一件令他为之动容的事情，那就是一直坐在劳伦狄乌斯旁边的海奥斯家族使者竟然死掉了……他喉咙上一道极深的伤口还在流着血。阿道夫努力回忆着，他完全没有看到任何人接近过使者，到底是谁杀了他？女仆也没有看到使者是如何死掉的，与阿道夫一样显得吃惊不已。

接着阿道夫来到丹比尔跟前小声说："海奥斯家族的使者死了。"

丹比尔惊讶中带着怀疑问道："什么?!"然后两人一同来到了使者的尸体旁，丹比尔仔细察看尸体脖子上的伤口。

"伤口很深，没有人接近过他吗？"丹比尔带着怀疑的口气问道。

阿道夫·兰伯特回答道："服侍我父亲的女仆没看到任何人接近。"

这时丹比尔推测道："难道是刚刚最后那个家伙干的？"

阿道夫说："不管是谁干的，这回你和我都免不了麻烦了。"虽然俩人口气很严肃，但脸上却都挂着轻松的神情，仿佛根本不在意这件事。

时间经过七个小时，凌晨4点10分，夕阳依旧。一间圆桌会议室内，五大家族其中之三，摩根家族、葛若林家族和龙蛇会的首领们已经就座，正等着布兰克家族与兰伯特家族的首领，丹比尔与阿道夫。会议室内的灯光本就很微弱，遮光的窗帘更是紧闭着，阻隔了外面的光线，使得室内大部分的环境都处于一片漆黑之中，每个人的表情都难以分辨。只能看见艾伦·摩根换了件新衣服。身上的伤痕都被遮挡住了，很端正地坐在椅子上。

玛维丝·葛若林戴上一副金色边框的眼镜，美丽之中更添加了一份睿智。小南希并不在，塞提尼奥家四兄弟中的大哥和四弟站在她身后。

龙蛇会三王中只有礼王坐在桌前，剩下两王都坐在他斜后方。这三张苍老的面容在阴暗的环境下更显恐怖。

这时，会议室的门被推开，走廊光线的射入让整个屋内稍显明亮，与走廊的光线一同进来的还有丹比尔·布兰克与阿道夫·兰伯特以及阿尔佛·罗德。两位首领入座后，会议室的大门又关上了，房间内再度恢复成一片昏暗。

阿尔佛拿着一把黑色遥控器，按了一下，墙上的屏幕缓缓打开。

一个影像和声音传来，"各位家族首领，你们好，有些人应该是第一次见到我。我是海奥斯家族首领将军的代理人，班内特·海奥斯。"

艾伦盯着屏幕上的男人。这是艾伦·摩根第一次见到将军的代理人，班内特·海奥斯。影像中的班内特·海奥斯穿着一身暗红色的西装，黑色的衬里，手上戴着白色的手套，而他最引人注目的莫过于脸上那张带有诡异笑脸的面具。那面具代表了直面海奥斯家族首领将军和拥有"海奥斯"这个姓氏的资格，是所有海奥斯家族成员梦寐以求的东西。

阿道夫整张脸都埋在黑影中。龙蛇会三王则没有显出吃惊，只是脸部表情有些细微地抽动。玛维丝也是第一次见到海奥斯家族的代理人不过她显得还算镇定。

代理人的话语还在继续："相信各位家族首领也明白为何我会现身与各位进行这样一次电话会议。"班内特·海奥斯那带有强烈压迫感的嗓音，震慑着他们每一个人。代理人接着说："这次的事件非常严重，不光许多出席的宾客遇害，连海奥斯家族派去参加舞会的使者也被杀了。那如果是我应邀前往，是不是被杀的就该是我了？"

听到这话丹比尔和阿道夫嘴角都不由得抽动了一下，班内特·海奥斯顿了一下接着说："将军对于这一次的事情感到非常失望，尤其是举办舞会的布兰克家族以及和使者一同前往的兰伯特家族。现在整个特默内斯正为命运方舟的下一次起航做着准备，而海奥斯家族也全力参与其中，无暇顾及这些事情，否则的话将军绝不会轻易放过你们。如今你们两个家族有一次机会来弥补你们的过失。"

丹比尔和阿道夫都紧盯屏幕，班内特说："那就是将军希望你们两家牵制住圣玛丽教团，让教团的注意力从整个海奥斯联盟转移到你们两个家族身上,等到命运方舟顺利起航后,海奥斯家便可以出手帮助你们来收拾掉教团。"说完,哗的一声,影像便没有了,不给丹比尔和阿道夫任何辩解的时间。代理人班内特·海奥斯简短的几句话中带有强烈的胁迫与威慑,在座所有家族的首领们都陷入了沉默。在艾伦、礼王几个人看来,班内特·海奥斯的要求无异于让兰伯特和布兰克家自取灭亡。阿道夫却笑出了声:"很有意思。"

丹比尔也挠挠头说:"既然海奥斯家发出了命令,我们又怎么敢不遵从呢。"一瞬间他脸上却抹过一丝得意,但细微的就好像并不曾出现过。

俩人表明了态度,就这样,会议草草地结束了。

泛　音

三个蕾娜斯

"三个相同的名字，是偶然……还是必然……"

三个蕾娜斯

艾伦·摩根与玛维丝根据原先的计划，还要一同在布兰克家族的官邸待上一段时间。龙蛇会三王则乘坐2078年8月15日清晨最早的一班列车返回他们的根据地——王都龙城。兰伯特家族的人也都迅速离开了奥瑞金，回到高山城市斯塔莱特筹划如何应对班内特·海奥斯的指令。从这一天开始，慑于海奥斯家族的权威，布兰克与兰伯特两家开始对教团进行一系列的挑衅行为，但都不多，可教团的反应却是大相径庭，或许是觉得在布兰克家族举办的舞会上没讨到便宜，教团的目标更多集中在了兰伯特家族身上。

经过昨晚的事件，无论是艾伦·摩根还是玛维丝·葛若林都显得非常疲惫，在让阿尔佛领他们回客房后，丹比尔将自己关进了黑漆漆的办公室里，他需要重新审视之前的这十几个小时中他所做的一切。这是他的习惯，他总是会在某些事情结束后，将自己一个人关起来思考，以便总结自己的不足和错误。他打开抽屉，拿出结婚戒指与他家人的照片，闭上眼，陷入了沉默。

画师华沙则是一个人茫然地站在塔楼的顶端，遥望着远方，已经持续了六个小时，没人知道他在看什么……不过这时，布兰克家的大门口出现了一个骑马的人，身边还跟着一只黑色的猎豹。这骑马的人上半身穿着带有银色蛇形花纹的黑服，下半身穿着同样款式裤子，脚上穿着黑皮靴，留着性感的胡子，黑色长发轻轻抚在背后的长剑上，所有的一切无一不透出一股邪气。

正好没有门卫，这人骑着马和猎豹大大方方地走进院子。看到地上的尸体这人喃喃道："遭到了袭击吗……"他在会场门前下了马，猎豹就安静地跟在他身后。

　　会场里，阿尔佛想看看整理的情况，却看到义女蕾娜斯趴在桌子上睡着了，看样子是在等他。阿尔佛脱下紫色大衣盖在她身上，门打开了，带着猎豹的人走进来。清扫人员都吓了一跳，惊叫着逃开，阿尔佛的义女蕾娜斯也醒了过来，"嗯？义父。"但阿尔佛却没理她而是走向这带着猎豹的人身前，愤怒地说："公爵，你迟到了整整两天。"

　　"嗯，我似乎错过了一场很有意思的舞会。"这人咧嘴笑着说。

　　蕾娜斯走了过来，将大衣还给阿尔佛时动作带了几分暧昧，阿尔佛也有些不自然。

　　"喔，我似乎打扰两位了，我这就走。"这名为公爵的家伙虽然这么说，却又靠近阿尔佛的耳朵小声道，"她不会又走上你上一个义女的路吧？"

　　阿尔佛听到这话，恶狠狠地盯着公爵质问道："你说什么！"

　　公爵笑容依旧，说："我只是说出我所看到的而已。别忘了明年就又到了我们的五年之约，这一次我一定会夺回我所拥有的一切，不再臣服于你和丹比尔。我可不想因为女人而影响了来年的决斗，胜之不武是我最讨厌的。"

　　"哼，只要你有信心我随时恭候你。"

　　"嘿，你这副自信的德行我是最讨厌的，我得去告诉丹比尔一声我来了。你就慢慢和你的义女缠绵吧。走吧，巴尔瑟拉。"公爵带着猎豹得意地走了。蕾娜斯看着那猎豹有些害怕地扶住义父阿尔佛的胳膊，但阿尔佛却躲开了，冰冷地说："回房间去睡吧，在这儿睡容易着凉。"

　　不过蕾娜斯却突然用自己纤细的双手轻抚着阿尔佛的脸庞，将之扭向自己。"为何你看起来的样子永远是这么的年轻……现在的我们看起来就好像是同一个年龄。"蕾娜斯捧着阿尔佛的脸疑问着。但阿尔佛的眼睛依旧冲着别处，似乎并不敢去面对蕾娜斯的双眼。

　　"看着我，我已经不再是小孩了。"

　　他任由蕾娜斯将两人脸的距离越靠越近。蕾娜斯脸部的香气扑面而来，阿尔佛也一时陷入了朦胧之中。在这空荡的大厅里，蕾娜斯慢慢地闭上双眼，踮起脚，将自己的嘴唇贴向阿尔佛的嘴唇。这时，会场里非常的安静，安静到可以清晰地听见两人急促的呼吸声。

但……

阿尔佛回过神来，惊慌地一把推开他的义女蕾娜斯。只见蕾娜斯退了两步，身后一个椅子又绊了她一下，导致身体失去平衡，砰的一声，摔倒在地。阿尔佛看着倒在地上的义女蕾娜斯，心脏狂跳不止，呼吸也变得混乱非常。

这时会场的门被猛地推开，一个声音随着开门声传来："请问有人见到画师华沙了吗？"推门而进的是凡妮莎，她已换了衣服，不再是银色的礼服，而是之前总穿的那套。她看到了喘着粗气的阿尔佛与摔倒在地的蕾娜斯，感觉出气氛有些不对头，自己似乎闯入了一个尴尬的情境。阿尔佛没有理会凡妮莎，眼睛直愣愣地看着地板。凡妮莎快步轻声地走向会场中通向塔楼的那道门。直到凡妮莎走出会场，阿尔佛与他的义女也依旧是动也没动地保持着站立与摔倒的样子。阿尔佛与他的义女蕾娜斯之间到底有着什么样的感情，相信除了他们俩之外没人知道。

阿尔佛眼神中充满了迷惘，视线又从地板移回蕾娜斯身上，走到她身边，"我并不是有意的，你没有受伤吧？"

蕾娜斯没有回答，头发将脸遮住了大部分，阿尔佛无法看清她的表情。

他弯下腰伸出手："来，我扶你起来。"

但蕾娜斯并不领情，啪的一声打开了阿尔佛的手。

这时的阿尔佛无奈地看着蕾娜斯，显得有些茫然。

"懦夫。"蕾娜斯细声地说了一句。接着又抬起头，激动中带着哭腔大声地说道："你是个懦夫！"

阿尔佛清楚地看到了蕾娜斯那湿润的双眼。只见蕾娜斯迅速地爬起来，头也不回地跑了出去。留下阿尔佛一个人低着头默默地站在那里。他这时在想什么，没人知道，但从他的表情看得出，他内心充满痛苦。

而在塔楼顶端，华沙手中拿着一张照片，那正是在他母亲的故居里拿的那张，之前一直没有想起来它，今天才有机会仔细看看，而切早已在他的肩膀上睡着了，脖子缩着，纹丝不动。照片上的母亲还很年轻，似乎是冬天，穿着粉色厚重的棉服，双手搂着一个人的臂膀，脸上洋溢着幸福的表情，被剪掉的人到底是谁？是母亲剪的，还是这人剪的？华沙心中充满了疑问。

华沙的心中浮现出他父亲的面容，他想了想：父亲已经走了五年了，似乎父亲在生时从未提到过母亲的过去，他们俩人的一切似乎都是在我出生之后才开始的。这时华沙看到阿尔佛的义女蕾娜斯匆匆跑出会场。"那个女人是……阿尔佛的义女蕾娜斯。"华沙一边自言自语着，一边不自觉地将手中的照片翻了过来。但当华沙看到照片的背面，却吃惊地合不拢嘴。那上面赫然写着"和蕾娜斯　2050 年 2 月 13 日"。和字之前的部分与正面那个人的部分正好在一个位置上，所以被一同剪掉了。

"蕾娜斯?!"华沙吃惊道。这个被剪掉的人从身形上来看必定是个男人，那这个名字就是我母亲的了？但我母亲的名字应该是塞西莉亚·弗雪洛，而 2050 年是我出生的前一年。在我出生后母亲便与父亲移居去了特默内斯上层直至今天，也就是说我的出生对于母亲的人生来说是个重大的转折。华沙之前称自己的名字为华沙·雪弗洛，与他母亲的姓氏稍有不同，是为了隐藏身份而特意修改的。正在华沙陷入沉思之际，一个熟悉的声音从他背后传来。

"原来你在这里。"

华沙收起照片，回头看，说话的人是凡妮莎。凡妮莎笑着走近华沙，然后佯装生气地说："你不是还叫我来这里的时候叫上你吗？怎么你却不叫上我自己一个人来了！"

华沙笑着没有回答，再往楼下望去。阿尔佛的义女蕾娜斯已经跑进了花园里，看样子是在哭泣。凡妮莎来到华沙的身边，往他所看的方向看去，然后又转头看着华沙，看到他略有所思地一直盯着那边哭泣的蕾娜斯，凡妮莎有些生气地说："两个眼睛都看直啦！"

听到凡妮莎的气话，华沙扑哧一下笑出了声，然后看着凡妮莎那张因为生气而越发可爱的小脸蛋。俩人四目相交，并不说话，但没持续几秒，两片绯红就贴到了华沙的脸上……凡妮莎也噗地笑了还问说："你脸怎么红了？"

华沙眼睛看着别处，手挠着脸说："大概是因为夕阳的缘故。"

凡妮莎看着华沙不好意思的样子，眼神中露出的是无尽温柔。

华沙则赶紧转移话题，看着楼下哭泣的蕾娜斯问道："她好像是阿尔佛的义女吧？"

凡妮莎露着坏笑，回答说："知道得挺清楚嘛。"

华沙苦笑……

凡妮莎接着说："嗯，正如你所说，她就是阿尔佛的义女蕾娜斯。"

这时华沙又陷入一阵思考，眼神流露出锐利与怀疑，问说："阿尔佛是什么时候收她为义女的？"

凡妮莎看到华沙的样子，也收起了调侃，回答道："我也是听说的，阿尔佛在她三岁时将她收养，然后给她起名叫做蕾娜斯，那距离现在已经是20多年前了。"

华沙接着问："蕾娜斯这个名字有什么特殊的含义吗？"

"我曾听主人说过，这个名字好像是源自一位女性，但具体的我就不清楚了。"

听完凡妮莎的回答，华沙更加怀疑了。

凡妮莎看着华沙的眼睛问说："为什么对他们的关系这么感兴趣？"

华沙笑着解释说："只是一时的好奇心作祟而已。"

华沙还想知道更多，但并没有再问出口，他怕这时过于的深入，会让凡妮莎产生怀疑。不过在华沙的心中，他已经认定，这个丹比尔最亲密的仆人，一定和照片中被剪掉的部分有着很大的关联。

这时公爵刚离开，坐在阴暗办公室内的丹比尔透过巨大的玻璃窗也看到了花园中阿尔佛的义女蕾娜斯哭泣的身影。"蕾娜斯……"他念着这个名字，突然想起了什么，站起身，走到墙边翻开日历。日历似乎不怎么用，还停留在最初1月那一页。丹比尔翻开8月的部分，看他的样子好像在计算着日子。接着翻开9月，视线停在了用红笔勾住的地方，是9月3日。丹比尔锐利的双眼看着这个日期喃喃地说："还有十八天，2078年，已经第七个年头了嘛。"

丹比尔顿了一下接着喃喃道："雷诺神父，修女蕾娜斯，又到了该去探望你们的时候了。"然后他又走回窗边，看着花园中哭泣的蕾娜斯。他脑中逐渐浮出七年前，也就是2071年9月3日这一天，在被分为三层的都市——特默内斯中，下层地底都市里发生的一切。黑暗的世界中，称2071年9月3日这一天为"最后的洗礼日"。因为在这一天，最后几个敢与海奥斯家族对抗的势力全部被连根拔起。而光明世界则称其为"地底惨剧"。因为特默内斯下层的地底都市中所燃起的大火夺去了近万人的性命。那一天的情景丹比尔仍然记忆犹新，因为太多太多的事情都是从那一天起，发生了质的改变，甚至他自己……

那一天。

地底都市中，漫天的大火，人们慌乱的脚步与凄厉的惨叫震颤着下层世界的大地。丹比尔与阿尔佛扶着一位身受重伤，失去意识的神父，在混乱的人群与火焰中寻找着生路。城市里，每栋房子的内部都喷出巨大的烈焰。一些楼房的窗户里，母亲紧紧搂着孩子，大声地呼救，可惜的是没人能在这种疯狂的环境中听到他们的求救。最终只能迎来被火舌所吞噬的命运。丹比尔所扶的那位神父似乎恢复了些许的意识，含着血水的嘴里发出几个单词。"边界……墓园……蕾娜斯……在那里……"

阿尔佛并没有听清楚，大声地问道："什么?!"但神父已经再度昏厥过去了。

丹比尔则听到了个别的单词，说："他好像说到墓园。"

阿尔佛对地底都市的环境并不是很熟悉，问道："什么墓园?!"

因为周围非常的嘈杂，丹比尔提高嗓门回答说："他说的应该是斯特尔威修道院前面的那片墓园，那边应该不会着火！"

"好的，我们就去那里。"

两人扶着神父艰难地前行。人们互相拥挤，互相踩踏。这时每个人都仿佛一头野兽。没人能阻拦他们的行动方式。巨大的火焰在城市中肆虐，驱赶着罪孽深重的肉体，吞噬着无辜纯洁者的灵魂。丹比尔仿佛看到每处被火焰所侵蚀的地方都有孩子的身影在无助地呼喊着。他赶紧晃了晃脑袋……阿尔佛看到丹比尔的神情略显不对，问道："没事吧？"

丹比尔摆摆手回应道："没问题。"

两人扶着神父慢慢来到城市边缘，果然，在出了城市之后火势便没有再蔓延。他们现在所在的地方是被称为风车墓园的巨大旷野。无数废弃的风车，每一座都如同十层大楼一般高，风车的扇叶更像是洁白的十字架，只是略显畸形。风车们整齐地排列在这幽深广阔的荒野中，看不到边际地无限延伸着。这时不断有人群从城市里逃出来，奔向风车墓园，而丹比尔他们的目的地还在更遥远的边界处。突然，一声震耳欲聋的巨响，随即一阵猛烈的气流，所有人都看向远方。

"那是！"

丹比尔与阿尔佛也停下脚步，向巨响传来的方向望去。所有人都在惊呼着。"下层权力的象征——陆行方舟'龙麟'炸毁了……"而丹比尔与阿尔佛已经没有时间再驻足观看了，神父似乎因为巨响的缘故稍稍醒过来，但才刚睁开眼，随即又失去了知觉，情况显得很糟糕。他们走着走着，不知过了多久，周围的人声逐渐远去。巨大的风车也逐渐消失了它们的踪影。迎来的是伸手不见五指的黑暗与偶发但却令人惊悚的乌鸦嘶鸣。丹比尔与阿尔佛只能靠着触觉与声音来判断周围的情况，不过还好的是这个情况并没有持续太长的时间，随着他们的脚步，逐渐在黑暗中出现了个别的光亮。他们快步地走着，光的数量在不断地增加，到了有足够的光线让周围的景物拼成完整的视线时，阿尔佛定睛一看，每个墓碑前都点着一盏油灯。

玛利……1976—2018

伊丽莎白……1993—2063

丹比尔开始大叫："馨！！"

这时不远处一个火光向丹比尔他们飘来。等离得近些时，终于看清了，是一个留着胡子衣衫褴褛的家伙，提着一盏油灯向他们走来。跟在他身后的还有两位女士，正是丹比尔日后的妻子馨与曾经的"蕾娜斯"。

不知不觉中，那天的记忆越发的清晰起来，让丹比尔深陷其中，无法自已。不过这时窗外突然传来小女孩欢快的歌声，打断了他的思绪，将他从记忆的旋涡中拉出来。

歌词大意：

安魂曲B小调

> 天，总是如此的多彩。
> 就好像巨大的圣代。
> 但它却既不外卖，也不让外带。
> 难道不是吗？
> 花，总是如此的鲜艳。
> 将大地装扮成花园。
> 我要用花儿喜悦的笑脸，
> 编织世上最美丽的王冠！

丹比尔看着窗外，只见玛维丝·葛若林的女儿南希身穿一件红色花格的小连衣裙，里面一件白色的小衬衫，脚上穿着白色的袜子与棕色的小皮鞋。手上拎着一个花篮，边唱边跳地走向花园。而她身后跟着塞提尼奥四兄弟中满脸伤疤的二哥，塞德里克·塞提尼奥。

当小南希来到花园时，却看到了哭泣的蕾娜斯，她满脸不解地走到蕾娜斯身旁。这时的蕾娜斯正发呆地坐在花园的椅子上，看着地上的花儿。泪水正重复着从她那无神的双眼中淌出，接着滑落的过程。她完全没有察觉到小南希走过来，直到小南希碰了碰她问道："大姐姐，这里有这么多美丽的花，你为何要哭呢？"

蕾娜斯这才发现了小南希，赶紧将脸颊上的泪水擦去，带着伤感的笑容，摸了摸小南希的头说："姐姐没事，只是在发呆而已。"

小南希听到这话不解地接着问道："发呆为什么要流眼泪呢？"

蕾娜斯笑着不再回答。这时一旁的塞德里克看到这种情况，掏出纸巾递给蕾娜斯。她用纸巾擦干红肿的双眼，但两道泪痕已深深地印在她那俏丽的脸蛋上，短时间内是无法消去了。看到蕾娜斯没有回答自己的问题，小南希提议道："我们一起来编花冠吧？"

蕾娜斯看着她面前活泼的小南希，竟不由得被她所感染，微笑着答应道："好。"尽管那微笑之中依旧充满了心事。

其实阿尔佛早已站在会场门口的阴影处，让自己与深幽的环境融为一体，看到小南希走到蕾娜斯身边后，他长舒一口气，转身进了会场。

  过了一会儿，小南希与蕾娜斯正将花朵摘下放进花篮里。突然从大门外，一辆轿车开进来，在花园边上停住了。小南希与蕾娜斯都停下手中的动作，看着这豪华的轿车。只见车门打开，一个也穿着红色花格裙子的金发小女孩气冲冲地跑向她们。

  "你们在干什么！怎么能随便摘我花园里的花！"来者正是丹比尔的女儿莉莉，她很生气，鼓着两腮，双手叉腰，瞪着陌生的南希，显得气势十足。她在车一开进大门后，便趴在车窗边看到了南希与蕾娜斯在花园里做着什么，然后就命令司机径直开到花园。

  一看到自己女儿的出现，丹比尔赶忙掏出银色的怀表，打开，时针与分针所组合起来的时间已是11点半。

  "已经到了放学的时间了么，下午的课应该是1点半开始吧。不对，今天是周六，下午应该没课才对。"丹比尔很不确定自己脑袋中所记得的时间。"居然连女儿上下学的时间都不记得了，我这个做爸爸的……"

  丹比尔自言自语着，然后又想了想，发现已经到了该吃午饭的时间。

  花园中，莉莉大声质问着南希与蕾娜斯。蕾娜斯想解释，但被莉莉一句话就堵了回去。

  "小姐，请您听我解释，她……"还未等蕾娜斯说完。

  "我不需要你来解释！我在问她！"莉莉这时显得很霸道。

  小南希却依旧保持着笑容，对莉莉说："请你稍等一会儿。"然后低下头，拿着刚刚收集来的花，忙活起来。

  莉莉就这么嘟着嘴，生气地看着小南希到底要干什么。不过随着时间地流逝，莉莉本来绷住的小脸，逐渐晴朗开来。

  "来，这个送给你！"

  小南希将编好的花冠递给莉莉。莉莉又惊又喜地接过来，笑逐颜开地戴在自己头上。"大姐姐，这是给你的。"小南希又将一顶稍大的花冠递给蕾娜斯。

  蕾娜斯接过这个花冠，笑着摸了摸小南希的头，"谢谢你。"

  听到蕾娜斯说谢谢，莉莉有些不好意思，也赶忙说："谢……谢谢你。"

  小南希笑着将做好的最后一个花冠戴在自己头上，然后对莉莉说："你好，我叫南希。"

"我叫莉莉。"

在做完自我介绍后，两人就变成了亲密的玩伴。

这时丹比尔也来到花园。莉莉与小南希在看到丹比尔后，都争先恐后地跑到他面前。

"爸爸！你看！"莉莉指着她头顶的花冠说道。

"真漂亮。"丹比尔笑着摸着女儿的头。

听到莉莉叫丹比尔为爸爸，小南希向莉莉问道："他是你的爸爸?"

"是啊。"

听到莉莉的回答，小南希低下了头，显得有些难过。

莉莉看到小南希的表情，问道："南希的爸爸呢?"

小南希低着头说："妈妈说他去了很远的地方旅行……"

看到南希难过的表情，丹比尔双手同时抱起了两人，对她们说："两位小公主，到该吃饭的时间了。"

莉莉期待地问道："今天的午餐是什么?"

"到时候你就知道了。"说着丹比尔转过头又对站在一旁的蕾娜斯与塞德里克说："你们也一起来吧。"

蕾娜斯并不想去，回话道："不好意思，主人，我还有事情。"

听到蕾娜斯的话，丹比尔也不勉强，随后蕾娜斯匆匆地离开了。丹比尔抱着莉莉与小南希，走进平时他家人所住的别墅。塞德里克沉默地跟在他们身后。

别墅的大厅中，丹比尔的夫人馨穿着很居家，普通的针织衫与牛仔裤，已经在等着他们了。丹比尔放下两个孩子，馨来到莉莉面前说："快带你的新朋友去洗手吧，就要开饭喽。"

莉莉对小南希说了一声："来！"两人就飞快地跑向了厨房，塞德里克也赶紧跟了上去。丹比尔看着四周的景物，发现这一切竟是如此陌生，这明明是自己的家……已经记不清到底有多久的时间没有踏入过这里了。馨看到丹比尔的样子，走过去扶着他的胳膊。

丹比尔的第一个回应是一句"对不起"。

馨听到这三个字时愣了一下，接着说："来，吃饭了。"然后深情地挽着丹比尔的胳膊一同走进餐厅。

　　来到餐厅，小南希与莉莉已经洗好手坐在椅子上。仆人正在给俩人系餐巾，塞德里克站在一旁，直到丹比尔对他说："在这里不必讲求太多的规矩，坐吧。"他才坐下。

　　丹比尔坐在正座，馨在他右手边，左手边是莉莉与小南希还有塞德里克。两个小女孩显然对交到新朋友感到很高兴，嘴都乐得合不上了。小南希更是左看看塞德里克，右看看莉莉，兴奋得不得了。丹比尔看到小南希手舞足蹈的样子，问道："南希，为什么这么高兴？"

　　小南希乐着回答说："这里好亮！你们坐得离我好近！"

　　所有人都好奇地听着小南希的讲解。她接着说："在我家时，餐厅的光线总是很昏暗，桌子更是非常的长！爸爸妈妈各坐在餐桌的两端，而我则一个人坐在中间。"

　　听到这里，丹比尔想着：　虽然一直知道葛若林是个很有历史的家族，但真没想到传统的礼仪教条至今还遵守着……不过在这种家庭生长的小南希却有这么开朗的性格，真是个坚强的孩子。

　　仆人开始上菜了，是莉莉最喜欢的烤鸡翅。平常面对这道菜会细嚼慢咽的她今天却吃得非常地快。小南希吃得也不慢，鸡骨迅速地在两人盘中累积着。在将所有的鸡翅风卷残云地吃光后，莉莉迫不及待地对小南希说："来，我去带你看我的秘密！"接着迅速跳下椅子，打开冰箱，拿了一袋什么东西和瓶水，拉着小南希的手跑了出去。

　　"刚吃完饭，不要跑。"馨担心地提醒道。

　　塞德里克看到南希跑了出去，也赶紧擦擦嘴说了他长时间以来唯一的台词"先失礼了"。后就追了出去。

　　莉莉一手拉着小南希，一手抱着水瓶和一袋什么东西，飞快地跑到花园的一个角落处，两人拨开花丛，那里竟聚集着许多小猫。

　　"不许告诉别人哦，这是我的秘密工作！"莉莉一脸严肃地对南希说。

　　南希也一脸认真地答应道："放心好了！我不会告诉别人的。"

　　莉莉打开手中的袋子，把里面的东西倒在地上，原来是猫粮。接着又使出全身的力气将水瓶的盖子拧开，咕咚咕咚地倒进了一个小盆里，小猫们的聚餐便开始了。

莉莉得意地对南希说:"它们每天中午都会准时地聚集在这里哦!"

小南希则惊讶着回应道:"真的吗?"就这样,俩人一边抚着柔软的猫毛,一边高兴地聊天。塞德里克则在一旁的花丛中静静等候。

别墅的餐厅里,馨看着丹比尔显得有些疲惫的面容,关心地问说:"你看起来好像很累?"

丹比尔笑着回答:"我没事。"

馨站起身,靠近丹比尔说:"去楼上睡一会儿吧。"说着馨的双手已经扶在丹比尔的肩上。

丹比尔突然站起身来,馨退后了几步。馨满脸痛苦地看着丹比尔,她知道他又要离开了。但丹比尔却出乎意料地走到馨的面前,右手轻轻托起她的下巴,深深地吻了下去。然后再抬起她的脸庞,血红的双目深情地看着她乌黑的瞳孔说:"等我。"

馨则双手使劲抓着丹比尔胸前的衣服,黑色的衬衫已经褶皱到一起,她流着泪,看着丹比尔冷峻的面孔与鲜红的瞳孔,答道:"嗯。"

和弦

三音
王子与雕刻师

"黑色丧服的人群注视着棺木沉入地底，复仇记中的王子战胜不了的是仇敌？还是自己？"

五音
螺旋花园

"在这寂静的地下城中，丹比尔的脚步没有停歇，但站在他身后的我却发现，他走过的路形成了深幽的螺旋。"

根音
阿兰古斯2071

"记忆回廊的破损典籍里留下的只有天空与你。"

三　音
王子与雕刻师

2078年8月30日下午4点，名为沃里克的城市里，一片墓园处。

空气中带着湿气，刚刚下过一场雨，像是上帝所赐予的甘露，像是上帝所留下的泪滴，但怎样都洗不去天空与人们心中的印记。

夕阳还是一如既往地斜挂在天边，给本就愁云惨雾的气氛更添一份凄凉。

一副黑色棺木正被缓缓放进刚刚挖好的墓穴。

现场聚集了非常多的人，每个人都身着黑衣，手执一朵白花，神情显得凝重和哀伤。

无论哪个时代，葬礼上的悼词都是不能缺失的东西，它见证生者对死者的思念与肯定。具有庄严性与神圣感的神父自然是所有朗读者中最佳的人选，而在黑暗世界中，神父则改变了他本应神圣的台词。

"黑暗总是被光明所流放，复仇总是被宽容所埋葬，我们是游走于边界的旅人，黑暗与复仇正是我们不可或缺的食粮。宽容是欺骗真实的魍魉，光明是理智慢性的消亡，唯有黑暗与复仇才是孕育真理的温床。黑暗在光明的边界建立了自己的王国，只有最真诚以及勇敢的战士才有资格踏上那片焦土。在那里，你要侍奉这世界上最虚幻也是最真实的帝王，名为'死亡'的暴君。"

"我们崇拜你的勇气，我们崇敬你的真诚，每一朵鲜花，每一滴烈酒都是我们向往你勇气与真诚的见证。你向我们这些游荡于黑暗的旅人证明了死亡与孤独才是我们最出色的伙伴，让我们不再心存畏惧，让所有丧服的乐团都更加坚定地演奏着安魂的曲调。愿你的灵魂与精神永远伴随我们，使我们不再忘记勇气与诚实的真谛。各位朋友，让我们正式向他的遗体辞别。愿我们的软弱远去，重怀坚定。到了预定的日子，我们都会走向同一个国度；那时，我们将会在浴血中重逢，祈祷真理的降临。"

这时所有人排成一列依次将白花扔进冰冷的墓穴。丹比尔也在这队列当中，阿尔佛与华沙默然地跟随在他身后。现场的黑衣人中，一部分正是布兰克家族的从属。身穿黑色西服白色衬里的丹比尔，正手执一朵白花，神情黯然地站在那里。看到丹比尔的样子，阿尔佛靠近他小声说："该您了。"

"嗯。"丹比尔答应一声后，走上前，低头看着漆黑的棺木，定住了一下，随后将手中的白花扔下去，喃喃地做着道别："晚安，艾伦。"

华沙看着丹比尔，尽管他的目光依旧锐利，整体还是英气逼人，但表情与动作中的失落与忧郁却是无法掩盖的，这样的丹比尔还是华沙第一次见到。

不过毕竟这已是他在8月30日参加的第二场葬礼了。

一个小时后。

沃里克的摩根家族官邸。

摩根家族的官邸是座木制，左右对称的三层洋楼。办公，居住都在这一栋建筑中完成，庭院相比于布兰克家来说小的可怜，园中的花草也欠打理，凌乱不说，枯萎的更是占多数。整体显得死气沉沉。

华沙·雪弗洛站在洋楼二层的一个房间内，透过本应雪白但却金黄的薄纱窗帘向外望着。切安静地站在他肩上。

他看着园中的一切，凄凉之感油然而生。

"仅存的一点生机正在消散。"华沙自言自语道。

这时阿尔佛正陪着丹比尔在隔壁的会议室中与摩根家族的代表商讨着今后摩根这个势力庞大的家族到底何去何从，因为艾伦没有指定过任何继承人，所以这个问题让所有人都很头大。艾伦的死让摩根家族忙作一团，完全没有人来招呼华沙，华沙独自一人游荡在走廊时，不经意间来到了这

和弦 三音 王子与雕刻师

个房间,看着窗外。

一阵微风掠过,窗帘随之飘动,肩膀上切的羽毛也在抖动。

华沙回过头环视整个房间,房间不大,似乎是间卧室,有一张床,靠在墙边。床头柜上摆放了一瓶伏特加,还有一支杯子扣在瓶口。与走廊木制的地板不同,房间中的地板是普通的地砖。雪白的墙壁,整齐的被褥。还有一点不得不提的就是房间中没有任何装饰品,只有书桌上一盆绿色的盆栽给房间点缀了些许不一样的感觉。不过那盆栽似乎已经几天没浇水了,叶子的边角有些干枯。

华沙左右寻找,在窗台上发现了喷水用的壶,拿过来,给干枯的叶子喷了几下。虽不能让干枯的部分恢复之前的翠绿,但树叶上的水珠却昭示了它活下去的机会。

这时华沙在整齐的房间中发现两处不和谐的地方,书桌旁的椅子和书桌上的蓝色小册子显得有些凌乱。

椅子斜放着,没有正对书桌,而小册子里似乎夹着一支笔,笔帽放在册子旁边。

华沙好奇地翻开册子中夹着笔的那一页,最上面的日期停留在8月28日。

下面写着当天的天气状况。

华沙又看了一眼册子的封皮,似乎是本日记,他这样想着。

再度翻看刚刚那一页,上面这样写着:"我是否可以就这样永远地忘记与玛维丝·葛若林的仇恨,我站在这里的意义,到底……"

华沙看到这个断句处,自言自语道:"这是艾伦·摩根的日记……那这儿就是艾伦·摩根的房间了?这日记似乎还没写完。"

他停了一会,又继续自言自语道:"应该就是这时,在他写日记的时候……一个消息打断了他的思维,他停下笔。之后便出发踏上一条自我毁灭的道路……"华沙似乎想到了什么,"又或许结局在最开始便注定好了么,对于一个被死者执念所禁闭的囚人来说。"

华沙粗略地翻了翻日记,字里行间透露出的尽是灵魂的挣扎与迷惘。

接着他将日记本放入怀中,走出艾伦的房间。

关门时还对房间内说了一句:"晚安。"以表达对死者的敬意,然后

安魂曲B小调

轻轻将房门关好。

　　在华沙出来后不久，一位穿着燕尾服，很像管家的中年男性走进艾伦·摩根的房间，但一下又出来了，手中还拿着喷水壶，用一种奇怪的目光看着游荡在走廊中的华沙。华沙来回走着，没有太在意这个身穿燕尾服的家伙。

　　这时丹比尔与阿尔佛从会议室内走出来，跟着他们一起出来的还有摩根家族的几名家臣。离开前丹比尔和他们依次握手，之后便带着所有布兰克家族的人离开了摩根家族的官邸，去往位于沃里克市中心的火车站。

　　会谈中丹比尔与摩根家族达成了一些协定。

　　布兰克家族会尽全力帮忙维持他们家族的稳定，更会帮助他们选出一个新的首领，之后也会继续支持摩根家族，两个家族之间组成了一个名义上的同盟。

　　整个会谈与丹比尔所设想的剧本如出一辙，尽管摩根家族其他方面没有受到任何损失，但在缺少能与丹比尔平起平坐的艾伦·摩根之后，已再无能力与布兰克家族抗衡。会谈中，几名代表完全被丹比尔压制。协议中的规则透露出更多的是丹比尔想要操纵摩根家族的野心。

　　而丹比尔他们在回到奥瑞金布兰克家族的官邸时，已是8月31日的凌晨1点。

　　在阴暗的办公室内，丹比尔与华沙静静地坐着，只有铅笔与画纸摩擦的声音游荡在空气中。这时，咚咚咚，几下敲门声后，阿尔佛端着两杯放有薄荷叶与柠檬的温水推门走进来。阿尔佛将其中一杯放在华沙身旁的茶几上，然后将另一杯放在丹比尔面前的桌上时。丹比尔语气冰冷地说："你们都出去吧。我想一个人静静。"

　　听到这话，阿尔佛凝视着丹比尔，华沙则停下手中的画笔，站起身来。看到阿尔佛没有动作，丹比尔拿起杯子，在喝了一口后说："我只是需要几个小时的时间，停下脚步，整理思绪，休息一下。"说着丹比尔与阿尔佛两人四目相交。在双方凝视了大概五秒钟后，阿尔佛深鞠一躬后与华沙一同出去，回了他们自己的房间。阿尔佛脑中回想着刚刚丹比尔血色瞳孔中所透露出的疲惫，推开自己房间的房门，却发现他的义女蕾娜斯竟坐在那里……

和　弦　三　音　王子与雕刻师

　　而另一边平常照顾华沙起居饮食的女仆还没有去睡觉，一直等在房间的门口。她看到华沙后询问他是否需要一些消夜之类的。华沙表达了自己的谢意，在让女仆下去休息后走进房间，看着手上的画纸，那上面第一次出现了一张疲惫失落的面容。接着他将这张画贴到墙上。

　　看着满墙丹比尔的肖像素描，华沙长舒一口气，切也飞到房间中专门给它设置的铁架上。接着华沙一下子倒在柔软的沙发上，但感觉到胸口有什么东西硌了他一下。他翻过身，解开黑色风衣的扣子，将之前藏起来的日记本掏了出来。打开沙发旁边黑白造型的落地灯。柔和的光线照在日记的封面上。华沙推了下鼻梁上的眼镜，翻开日记，视线飞速地扫过每一页，直到翻开8月16日这一页……

　　就在这时，洋楼中传来钢琴的乐音，宛如安魂的曲调，将本就幽暗，凄凉的空间更添一份哀伤。不用说，所有人都知道这是丹比尔所弹，在这钢琴曲的伴奏下，一个匆忙的脚步声回荡在走廊。是阿尔佛，他低头快步走出这幽暗的洋楼。

　　华沙在房间内继续读着艾伦的日记。

　　"8月16日，天气晴，又是那个噩梦，那让我深陷其中无法自拔的噩梦。最近的我是怎么了？太多出乎意料的东西，丹比尔·布兰克似乎真的发现了能遏制我仇恨的方法。"

　　时间回到2078年8月16日。

　　幽暗的车厢内，排排的座椅空无一人，安静的异常。夕阳斜射进车厢，将一切沉浸在血色之中。玛维丝站在过道，紧紧地抱着她女儿南希，眼神中带着惊恐，她们面前是一名黑发，戴着红色耳环，双目如同翡翠般的少年。这少年正是艾伦·摩根。

　　这时的他正手握西洋长剑一步一步朝她们母女走去。玛维丝与南希害怕地一步步后退。三人就这样缓慢地移动着。直到……

　　她们母女的后背撞上最后一节车厢尾部的车门。但停下来的仅仅是她们两人，艾伦·摩根依旧在前进，双方之间的距离正在逐步缩短。艾伦·摩根每走一步，他都可以听到脚下花纹的地毯中发出奇怪的声响，那就像是一块注满水的海绵受到挤压时液体溢出的声音。他不禁停下脚步,向地板看去,但不知道何时地毯上的花纹已经消失,更变为了血的鲜红,发出刺鼻的腥臭。他看着……看着……地毯上面居然映出了自己母亲哭泣,扭曲以及死去时安详的面容,三张不同的脸循环排列在地板上,直至玛维丝·葛若林的脚下。

艾伦一步一步走着,每踏出一步,脚下母亲的脸便会消失掉一张,直到来到玛维丝的面前,地上最后一张消失的脸是母亲哭泣时的样子,艾伦缓缓抬起头,却看到眼前的这人已经不再是玛维丝……那张脸已经换成了他母亲扭曲,怨恨的面容,正咧嘴对他笑着说:"我的儿子!你一定要记住那些人是如何对待你母亲的!!她们全部都要死!全部都要死!!"

说着她放开抱着南希的手,然后猛地抓住艾伦的肩膀!这一瞬间,艾伦显得非常惊慌!不由自主地挥动手中的西洋剑,失手插进了她的喉咙。只见她的身躯扑倒在艾伦身上,血更喷溅到他脸上。嘴里还念着:"请……放过我的女儿……"

艾伦定睛一看,她的脸又恢复到了玛维丝那绝世风华的美貌,他吃惊地松开剑,退后了几步。然后扑通一声,玛维丝的身躯应声倒地。接着,一阵扭曲,仿佛鬼魅般的笑声传来,还是他母亲的声音,但发出那笑声的居然是……小南希!!

"啊!!"艾伦猛地惊醒。

他满身大汗,将被子甩在一边,拿起摆在床头不知何时倒好的一杯酒,倒进了嘴里。然后光着脚,低头坐在床边。

房间没有开灯,还拉着窗帘,很暗,但依旧可以看清艾伦赤裸着上身,下半身则穿着一条黑裤子。艾伦穿衣服时,并不能让人注意到他的强壮,但现在光着上半身,肌肉的线条便清晰可见了,不过更加显眼的却是他身上无数的伤疤,很明显并非舞会时新受的伤,而是非常的老旧,颜色已经沉淀得很深。

这时几名布兰克家族的仆人在听到艾伦·摩根的叫声后,冲进房间,看到艾伦正在床边喘着粗气,问道:"摩根大人,您没事吧?"

在一瞬间,他的目光就如同一只凶恶的野兽,盯住这几个闯入者,仿佛在告诉他们任何接近他的活物都只有一个下场。几名仆人都被这眼神所吓倒，战战兢兢地退了出去。看到他们出去之后，艾伦双手用力地将头发向后捋，接着猛地松开手，看了一眼墙壁上的时钟，现在是早上7点50分，站起身，去到淋浴间，拧开水龙头。

这里正是布兰克家族官邸的一间套房内。房间非常之大，地上铺着金色与黑色花纹所组成的地毯。上面摆放着精致的红木书桌，红木椅子与一张足可以宽松地睡下五个人的大床。墙角处还有一盆跟人一样高的盆栽。天花板很高，悬挂着一盏由数千支小灯管组成的吊灯。整个房间中还有一个壁炉，壁炉前摆放着一张躺椅。过了一会儿，从浴室出来后，艾伦一边擦头，一边看着立在墙角的盆栽，突然想起了什么，走到书桌前，拿起金色握柄的话筒，拨出了一个号码。在嘟了两声后，话筒中传出一个略带口音的中年男子的声音。

"喂，这里是摩根家。"

"片桐，不要忘记给我房间书桌上的盆栽浇水。"艾伦打给的似乎是自己的管家。

只听电话那边回应道："请放心，您不在时，我们会打理好盆栽的。"

艾伦嗯了一声后，挂断电话。接着他打开窗帘，在这一刻本身并不强烈的夕阳光却显得很刺眼，一时间让艾伦不得不用手来遮挡。艾伦所在的房间是在三层，奥瑞金整体没有太高的建筑物，所以视野很开阔。他看着窗外，那些尖刺状的建筑物占满了奥瑞金的边界，看起来被夕阳眷顾的一半城市更像是一座巨大的监狱，而唯一通往外界的出路则在明暗交界的市中心。

过了一会儿，阿尔佛来到他房门前，艾伦换好衣服后便随其一起前往餐厅。餐厅里几张纯白色的长桌上摆满了各式餐点。而在中央，还有一张圆桌，上面摆有四副餐具，几名仆人立于餐桌旁。丹比尔·布兰克，玛维丝·葛若林与她的女儿南希·葛若林早些时候已经到了，都在取餐。她的女儿南希穿着一件白色小洋装，拿着盘子兴奋地在摆满餐点的桌子之间来回巡游着，一遍又一遍地打开盖住每道餐点的盖子，往里看看，然后再盖上，但就是不往自己的盘子里夹任何食物。玛维丝端着盘子，有些生气地对跑来跑去的南希说："不要闹了。"听到母亲的话，小南希停下脚步，嘟着嘴，晃着身子，看了一眼她母亲严肃的表情后，开始乖乖地夹菜。丹比尔也在取餐。他今天穿着比较平凡，白衬衣，灰裤子，黑皮鞋，但仔细看的话，就能发现发丝越发地从根部泛出的银色光泽，又让他显得超凡。他笑着摸了摸南希的头说："想吃什么就尽管挑，今天这里所有的餐点都是属于我们几个人的。"

小南希乐着看了看丹比尔，然后开始将每样看起来可爱，闻起来香气扑鼻的菜都往自己的盘子里夹一点。这时丹比尔靠近玛维丝·葛若林，"昨晚睡得如何？"

"还不错。"

"那就好，今天是个好天气，应该带南希在奥瑞金里转转。"

"嗯，可以啊。"

"我想由她哥哥带她在城里转转。"

听到她哥哥这个词，玛维丝最开始还保持着笑容，愣了一下，随后反应过来，收起笑容，放下刚刚夹起的糕点，问道："您认为这样可以吗？"

丹比尔看着她的眼睛点点头。玛维丝犹豫了一下，接着抿起嘴也点点头，便继续夹取食物。丹比尔轻抚了一下她的背，希望她不要担心。而小南希在看到刚进来的艾伦时高兴地说道："是大哥哥。"

随后四人在餐桌上都没有什么话，显得很沉默。只有在最开始时丹比尔对众人说道："偶尔来顿奢华的早餐也不错。"大家便都埋头自顾自地吃起来。

饭后，只见玛维丝品尝着香浓的 Latte，神情显得享受与放松。艾伦倒了一小杯烈酒，丹比尔走到艾伦身旁对他说："我希望你今天可以带南希在奥瑞金里转转。"

艾伦对丹比尔的提议并没有感到吃惊。他答应了。只不过答应得很小声，很简短。

"嗯。"

早餐过后按照原订的计划由艾伦带着小南希在奥瑞金里逛一逛。两人走在街上，艾伦显得有些漫不经心，头一直到处望着。

小南希则显得很高兴，一手拿着玩偶，一手牵着艾伦。

她笑着向艾伦问道："我们要去哪里？"

艾伦听到这个问题，脸上显得有些困惑，挠挠头，想起之前丹比尔对他说的一句话，"如果不知道去哪里好的话，就向奥瑞金的东南方前进，出城后就可以看到了。"那里有什么，丹比尔没有说，留了一个悬念给他们。艾伦想了一会儿，觉得自己领着小南希在城市里瞎转也不好，不如按丹比尔所说，既可以穿越整个城市，又有一个明确的目的地，便对南希说："我们向东南方前进。"

南希听到东南两个字立刻抢着说道："东南！我知道在哪里！我记得有人教过我分辨方向的方法，是什么来着？"

艾伦听到小南希这话，有些期待有些吃惊地看着小南希歪着，思考中的小脑袋。

小南希似乎想到了，抬起头，看看天空中太阳的位置。

然后，手指向正确的东南方说："是那边！"

艾伦笑着说："不赖嘛。"

小南希显得有些不好意思地笑了笑，然后拉着艾伦的手开始大步向东南方前进。

这时还处于整个奥瑞金北部的他们走进了一条不知名的街道。街上人烟稀少，在夕阳的加持下，更透出一分冷清。马路不算宽有四条车道，但对这个人口并不十分密集的城市来说已经足够了。路旁，零星地种着一些树，本应翠绿的树叶却都被夕阳染成金色与红色所结合的半成品，地上散落着不少真正枯萎的树叶。让人仿佛置身于一个秋天的傍晚，凄凉感不由得传遍全身。因为不到10点，街边大多数的商店都还没开门，只有个别几家咖啡屋与餐厅在营业。客人们稀稀拉拉地坐在露天的座椅上一边读着晨报，一边品尝着浓郁的咖啡与简单的早餐，显得格外宁静与安逸。奥瑞金的建筑物在特征上普遍带有庄重的现代复古主义，甚至连一些公司与企业的大楼上都刻有浮雕。

这时南希似乎对树旁边的地灯非常感兴趣，放开艾伦的手蹲在灯旁边，瞅着它。

艾伦也走过去，探头看小南希在看什么。

"这是什么？"小南希手指着地灯问道。

艾伦瞅着这个花瓣状的地灯回答说："是灯。"

"灯？那为什么会安在地上呢？"小南希奇怪地问道。

"因为以前世界还有黑夜时，这个地灯冲上打的光可以让树显得很漂亮。"

"哦！好想看唉！"

艾伦问道："你没见过这种地灯吗？"

南希抬起头看了看艾伦，回答道："嗯，没有，我很少有机会出门。"

艾伦听小南希这样说，又联系到她的年龄，心中产生了一个疑问，问说："你不去学校上学么？"

"不，因为老师都会来家里教我。"

艾伦突然想起自己小时候也是这样，如果不是被流放。他蹲下身子，轻轻地摸着南希的头，接着问道："你不会感到孤单吗？"

这时艾伦的双眼露出了前所未有的温柔。

"不会啊。因为我有它！"说着小南希将手中的玩偶摆在艾伦的面前。

这是一只小熊造型的毛绒玩具，已经显得有些破旧了，或许该说是非常破旧了，上面贴了不少的补丁。

艾伦看着补丁说："这些都是你自己缝的？"

"嗯，因为近来他总是受伤，这可费了我不少的工夫呢。"小南希笑着解释道。

"为什么不买一个新的？"

"我不能丢下他，因为他是我唯一的朋友。"

艾伦看得出，这只毛绒玩具已经老化的很严重了，接合处的线都已经要断掉了。艾伦摸了摸它，然后看着小南希天真的脸，又想起了自己与她小时候类似的经历。没有玩具，没有欢声笑语，有的只是冰冷的命令与服从以及刻板的礼仪。无论是行为还是思想上都被牢牢地禁锢住，几乎整个童年都被锁在那冰冷的庭院中，无法交到任何的朋友。看着南希将脸贴在玩具熊脸上那种亲密的样子，艾伦心中不由得泛起波澜，随即站起身来，望着淡紫色的天空，沉默不语。但正当艾伦望着天空，小南希继续研究着她的地灯时。一辆黑色摩托从马路中央急驰而过，一瞬间夕阳在那漆黑的车身上反射出亮眼的光芒。引擎巨大的噪音刹那间便撕裂了这安静的空间，但同时噪音消失的速度也如同那急驰的摩托车一样，两三秒之间便消失了踪影。艾伦只是很模糊地瞥了一眼那骑着摩托的身影，却吃惊得说不出话来，他怀疑着自己的眼睛：是我的错觉么？

而南希也看到了那骑摩托人的身影，手指着摩托车远去的方向说："啊！那个骑摩托的人，我好像看到过！"

听到小南希的话，艾伦更显吃惊，但随即喃喃地说："不可能，他不应该在这里，但如果真的是他的话，他留在这里的目的又是什么？"

时间再度回到 8 月 31 日的凌晨。

华沙还在继续读着日记："真的是那个人吗，我不敢确定，摩托的速度太快了，我实在无法看清他的容貌。如果真的是他的话，他又为何还停留在这个城市？"

读到这里，华沙也在思考这个人到底是谁？谁停留在奥瑞金会让艾伦如此吃惊？

撇开这个问题不谈，从日记的字里行间，华沙清晰感觉出了艾伦压抑在心中的强烈情感。这时华沙看了看手表，发现已经快两点了，洋楼中的钢琴声也早已沉寂在走廊深蓝色的空气中。他合上日记，将之放在沙发旁的茶几上，脱下黑色的风衣，摘下眼镜，关上电灯，直接躺在沙发上睡了。

在这深夜之中，丹比尔还坐在书桌前透过玻璃窗望着紫色的天空，阿尔佛则一个人来到布兰克家族经营的酒吧，坐在吧台前，要了一杯没有酒精的调酒——别样天使。他的目光非常黯淡，整个人看起来没什么精神。酒吧中的人不多，环境显得幽暗，所有的灯光都集中在了舞台上吹口琴的小男孩身上。阿尔佛也不禁被这个小男孩动人的口琴声所感染，闭上眼，沉浸到了略带淡淡忧伤的节奏中。

这时酒保凑过来，对阿尔佛说："他是这几天新来的表演者。"

阿尔佛睁开眼问说："他看起来只有五、六岁的样子是什么人介绍他来的？"

酒保回答说："是一个带着鸟的人，不过他没有告诉我们他的名字，前几天带着孩子来到店里吹了一段，再加上之前的表演者突然失踪，店长当即就录取了这个孩子。"

阿尔佛听到鸟之后，嘴角泛起一丝笑意，又问道："之前的表演者？就是外面被撕去一半的海报上印着的那个？"

"嗯，是一位水平高超的萨克斯手，本来想用他来当招牌吸引客人，谁知道没表演几天就失踪了。"

"萨克斯。"阿尔佛端起酒，半天没有喝一口，似乎在想着什么。

酒保接着说："是一个非常高大，留着长发，经常戴着墨镜的男人。"

听到酒保所形容出的特征，阿尔佛睁大双目愣住了。因为一个人的身影已经鲜明地出现在了他脑海中。

8月31日的下午。

丹比尔·布兰克依旧将自己关在办公室内，不许任何人来打扰。

这样一来，华沙就变得无所事事，他听阿尔佛说直到9月2日之前，丹比尔都很有可能一直将自己关在房间。当华沙问到细节时，阿尔佛也只是含糊地说："因为那天要出远门。"不过有了这三天的空闲，华沙便决定将这些日子以来的一个想法付诸实践。他打电话给凡妮莎，约她出来。两人在布兰克家族大门口碰了面，然后买些花，一起来到了之前埋葬小珊迪的空地。凡妮莎将花放在摆有十字架项链的小土坡上。

华沙突然向她问道："这片空地是属于什么人的？"

凡妮莎听到这个问题笑着回答说："是属于布兰克家族的，你问这个干吗？"

华沙听到这里是属于布兰克家族的之后，想了一下，对凡妮莎说："我想买下这里，建一座孤儿院。"

凡妮莎听到华沙的想法，既显得吃惊又觉得在情理之中，便带着调侃的语气说："这么一大片空地可不便宜哦！"

华沙笑着说："呵呵，既然这里属于布兰克家族，我用这次为丹比尔画肖像的酬劳来抵消便可以了。"

凡妮莎好奇地问道："你这次的酬劳有多少啊？"

华沙坏笑着说:"我想将这块地买下是绰绰有余的!"

"这块地大概价值300万葛罗明。"(葛罗明是这时世界通用的货币单位)

华沙佯装想了一下,然后得意地说:"我想酬劳应该是这个的两倍吧。"

凡妮莎惊叹道:"有这么多啊!!"然后又露出可爱的表情说:"我看我也转行当画家好了。"

华沙笑了笑,之后问起家族中谁是负责这样方面事情的。凡妮莎告诉他一个名字,那就是阿尔佛,并说任何有关布兰克家族的事物都可以找他。

接着两人便一同回到布兰克家族官邸,见到了阿尔佛。阿尔佛听到华沙所说的事情时,觉得很不可思议,看着他们俩人笑着问说:"一座孤儿院?"

华沙肯定地回答道:"嗯,不知道是否可以预支画的酬劳。"

阿尔佛回答说:"这倒不是问题,只是如果这座孤儿院牵扯画师你太多精力的话,肖像画方面……"

华沙笑着回答:"这不需要担心,我会请人来照顾孤儿院。"

阿尔佛又看了看华沙与凡妮莎俩人,说:"那好吧,跟我来。"

就这样,华沙心中所设想的孤儿院便算是有了一个基础。关于建造部分,阿尔佛对华沙说这方面就不用他操心了,布兰克家族会全权负责,希望他可以更专注于肖像画上。

这一天晚上,华沙来到了前一天阿尔佛去的那家布兰克家族经营的酒吧。坐在一个角落的位置。舞台上小男孩的口琴声依旧动人。华沙看着他,脸上露出欣慰的神情,之后点了一杯自由古巴,掏出放在怀中艾伦的日记本,借着幽暗的光线,再次读了起来:"当在公园里她拽着我的衣角时,一种奇异的感觉涌上心头,那是我这16年来从未有过的感觉。"

8月16日。

艾伦与小南希来到一个喧闹的广场。广场正中央雕像的台子上,一位年轻人正慷慨激昂地讲着什么,人群聚集在他周围。

而因为这些人的喧闹，让广场上几乎看不到任何其他人，甚至本应成群结队的鸽子都不见了踪影。在天空耀眼夕阳与地面光亮石板的映照下，只有一位戴着帽子坐在长椅上的老者，正喂食给他面前仅有的一只鸽子。

艾伦领着南希绕开人群，快速穿过广场，走入一条小巷，这时艾伦发现南希总是不时地回头看，便问道："怎么了？"

小南希欲言又止，露出不好意思的表情，依旧不时朝广场的方向瞅去。艾伦顺着小南希的目光看去，原来在广场边缘坐落着一家冰淇淋店，这下艾伦就明白到底是怎么回事了。

他领着南希来到小巷中的公园，小型的公园里摆放着滑梯，秋千之类的设施，此时空无一人。艾伦对她说："你先在这里玩，我有点事情走开一下，马上就回来。"

小南希显得有些不愿意，拽着艾伦的衣角。

艾伦看到小南希的样子，蹲下身，牵着她的小手说："放心，大哥哥不会扔下南希一个人的。来，我把这个给你。"说着艾伦从上衣口袋里掏出一块银色的怀表。"看。"艾伦将表放在南希的手心里，打开表盖，指着分针说："大哥哥一定会在这指针指到五之前回来的。"

听到艾伦这样说，小南希伸出手，艾伦不明就里，只听南希说："那我们拉钩钩。"

艾伦笑了，也伸出手。

俩人拉完钩，约定好后，艾伦提醒道："还有在我回来之前绝对不可以乱跑哦。"

小南希笑着，用水灵灵的大眼睛望着艾伦答应道："嗯！"

当艾伦再次回到广场时，演讲还在继续。他走到冰淇淋店门口，只听老板抱怨道："这些神棍去哪里不好，偏偏来这个广场传教，搞得生意都没了。啊！您好！您要什么口味的？"

"给我一个巧克力和草莓的。"

接着艾伦端着两支冰淇淋走向广场中央的人群，他想听听到底是什么人在演讲。靠近广场的中央，艾伦终于看清了演讲者的容貌，这年轻人眉骨非常高，让绿色的眼睛显得异常深邃，棕色短发，身着一件V领的棕色上衣，袖子卷着，腿上穿着蓝色的牛仔裤，脚上是一双棕色马靴，脖子左边刻着一个非常显眼的黑色十字架标志。周围的人群中十几岁到二十几岁左右的青年占了绝大多数。

"曾几何时，地球被如此的黑暗所笼罩过！现在的我们只能苟活于这黄昏的夹层中，也依旧要心存感激，感谢上主对罪恶滔天的我们予以宽恕！是我们纵容了黑暗！纵容了那些藐视主律法的人！想想你们现在的困境吧。"这人清了清嗓子接着说："看看你们现在的样子吧！你们本应获得的更多公平的待遇，更多证明自己的机会，更多上帝赐予的恩惠，但是那些隐藏在暗处的寡头们却操纵了一切，独占了一切！而现在到了惩罚的时候！不再有纵容！不再有宽恕！我们要为主正名！让世人明白只有律法与权威才是绝对神圣不可侵犯的！这些视上主如无物，视法典如粪土的人必将受到惩罚！让我们驱散这些邪恶的阴霾，迎接真理的光明，那时！上主一定会赐福，拯救我们于一切的苦难之中！"

艾伦听着演讲，喃喃道："圣玛丽教团的传教士吗？"就在艾伦喃喃自语时，他的目光与演讲者相交。艾伦怕那人会认得自己，赶紧移开目光低下头匆匆走开。

这时演讲也结束了，演讲者跳下雕像的台子，众人围上来，他对其中几个人说了什么，只见这几人挤出人群，朝艾伦离开的方向跟了上去。

艾伦看了一眼立在广场上的钟表，10点20分，随后加快了脚步。

不一会儿，艾伦便回到了小南希所在的公园。他没有直接进去，而是站在门口看着里面独自玩耍的南希。只见小南希将破旧的小熊玩偶端正地摆放在秋千上，然后对它说："查理，我们来玩秋千吧。"说着南希荡起秋千。但一下子，小熊玩偶便滑落到地上。

小南希鼓着嘴，将小熊玩偶拿起再次放在稳定住的秋千上，对它命令道："查理！坐好！"但当小南希又一次荡起秋千时，小熊玩偶依旧掉在了地上。

这一次小南希看着落在地上的小熊玩偶没有说话，沉默了一下，但接着她恢复了笑脸，拿起玩偶，掸掸上面的土，又把它放到秋千上说："这次要坐好哦！"

其实无论她怎样摆，小熊都不可能自己在秋千上保持平衡的，当尝试了七八次之后，她蹲着拿起落在地上的小熊玩偶，将其紧紧地抱住，小巧的背影略有些抽动。

艾伦赶忙走上去，举起手中的冰淇淋大声说："我遵守时间回来了，还给小南希带来了好东西哦！"

小南希站起来转过来时的表情是笑逐颜开的，她拿着银色的怀表与玩偶快步朝艾伦跑去。"哇！是冰淇淋！"她惊讶道。

"有巧克力和草莓口味的，你想要哪一支呢？"

"巧克力！"小南希回答得很干脆。

随后两人坐在公园的长椅上，查理坐在南希身边，开始享受可口的冰淇淋。俩人在开始吃时都猛吃了一大口，然后同时露出痛苦与享受并有的表情。

"好冰！"小南希说道。

"呃，脑袋。"艾伦摸着头说。

俩人说完不约而同地看着对方，大笑起来。接着艾伦看到小南希手中还紧握着自己的怀表似乎没有归还的意思，便说道："怀表该还给我了吧。"

南希一手拿着怀表，一手拿着冰淇淋犹豫了一下说："把这个给我吧！"

对于南希突如其来的要求，艾伦吃惊不已，因为他觉得小南希连想吃一个冰淇淋都不好意思说出口，怎么会突然想要这块怀表，好奇地问道："你怎么突然想要这个怀表呢？"

"因为有了它，下次大哥哥离开的时候也会准时回来吧？"小南希纯真的提问让艾伦只能回答："嗯，一定。"

俩人吃完冰淇淋便继续向东南方前进。

依旧是小巷中，不知何时路的两边出现了种有排排矮小松柏与白花的花坛。小南希走在花坛的细沿上，一手抱着小熊玩具，一手扶着艾伦的手，银色的怀表挂在胸前。俩人就这样走着走着，一只黑白相间的小猫也沿着花坛的边沿从对面向他们走来，不过在看到他们俩后，小猫便噌地一下子躲进了花坛的松柏林。

小南希松开艾伦的手，快步走上去，发现那小猫就躲在柏树丛的缝隙中，正警戒地瞅着小南希。小南希蹲下想摸摸它，但它害怕地向后缩了一

和弦 三音 王子与雕刻师

下，小南希没摸到。

小南希看到这样，便掏出身上的巧克力，"这可是我早餐时藏的！来！很好吃哦！"南希招呼着小猫。

小猫抬着前脚，绿色的眼珠瞅瞅南希，又瞅瞅南希手上的巧克力，只见南希将手中的巧克力放在地上，小猫上前闻了几下后，低下头吃起来。小南希借机摸着它的头说："你也是一个人吗？"

很明显小猫对巧克力并不感兴趣，吃了几口便不再吃了，但小南希抚摸着它的头让它感觉很舒服，便趴下闭上眼睛享受起来。

过了几分钟，艾伦对南希说："我们该出发了。"

听到艾伦的话，小南希挥手向小猫道别："我们要走了哦。"小猫站起身，喵喵地叫着，似乎在表达着对小南希的不舍。而小南希也显得很不舍得，一边走一边回头看。

不过这时，小猫竟跳下花坛跟了上来。小南希停下脚步，冲它问说："你要跟我一起来？"小猫仿佛答应一般叫了几声。小南希笑得很开心，之后便带着小猫一起上路，还给它起了个名字叫"丽莎"。

在12点半时，艾伦带着小南希与新伙伴丽莎享受了一顿简单的炸鸡后，继续向城市的东南方前进。途中他们体验了一段古朴的马车旅行，又乘坐了一下奥瑞金内的无轨铁路。下午3点左右，他们离城市的边缘越发的近了，在穿过一条小巷，来到一个下坡后，东南方美丽的景色映入了他们的眼帘。由金色与橘红色所组成的海面闪耀着光芒，连小丽莎似乎都被这景色所感动，喵喵地叫着。小南希更是从斜坡上飞奔向海滩，艾伦与丽莎则慢悠悠地走下斜坡。

广阔的海滩上，只能听到海浪声，哗哗地仿佛洗刷着人们的心灵。南希赤脚浸着海水，指着远方，向艾伦问道："海的另一头是什么？"

艾伦这时也遥望着远方，回答说："应该是永恒光明的陆地……"

"哦。"小南希似懂非懂地答应了一声。

这时丽莎坐在离海岸线很远的地方，用后脚不时地搔着身体。小南希看到这样，便去抱起丽莎，朝海边走去。看到海水离自己越来越近，小丽莎挣扎着想要逃跑，却被小南希紧紧地抱住不得脱身。

艾伦看着远方的水天交界处，不禁被这美景所陶醉，他抓起一把沙，

安魂曲B小调

又让其慢慢从手中流下,"沙子所具有的颗粒感是如此的真实。"

正当俩人都被这美景所吸引住,寂静的空间中只有海浪声传来时,一个不和谐的声音吞噬了这一切,"队长,你的遗志由我们来继承。"

艾伦吃惊地朝声音传来的方相看去,一个身穿黑袍,头戴连衣帽的人正背对着艾伦他们跪于矗立在滩头的一个十字架前,艾伦这时心想: 为何刚刚没有发现他?而更令他吃惊的是墓碑上所刻的名字"艾斯·克劳斯纳",这名字不正是袭击舞会会场时圣玛丽教团的!?

艾伦警惕地让小南希躲在自己身后,同时右手也慢慢伸进怀中,握住了手枪的枪柄。只见这身穿黑袍的家伙缓缓站起身,转过来面对着艾伦,艾伦依旧看不清这人埋藏在帽子阴影下的面容。只听到这人说:"艾伦·摩根与南希·葛若林,黑暗联盟五大家族首领中的两位,真是巧遇。"

与此同时,艾伦更看到刚刚的来路那里,几个穿着便服的人朝这边走来,这些人正是广场上那些被命令去跟踪艾伦的家伙。

就当艾伦觉得形势变得很严峻,正在思考对策时,他面前穿着黑袍的人又走近几步,说:"请两位跟我们一起来吧,上帝会拯救你们的。"

这时艾伦清晰地听到这人黑袍之下剑刃出鞘的声音。艾伦一手护着南希,另一只手将枪柄握得更紧了。对于出入过无数修罗场的他来说,十六年来的人生里,从未出现过的感觉,紧张,第一次清晰地感受到了。一颗硕大的汗珠顺着艾伦的额头流下⋯⋯

啪,汗珠在沙滩上绽开的同时,艾伦率先发难,刷地掏出枪,不过对方的动作更快,在艾伦还未扣下扳机时,剑影闪过,一瞬间,艾伦的手枪便被切为了两半。但艾伦的反应也不慢,看到这种情况,伸出一脚踹开了面前身穿黑袍的家伙,扔下半支枪柄,抱起南希。

而从另外一个方向来的几个人也都抽出藏在腰间的短刀,扑了上来。

艾伦先是用左手直接挡下其中一把短刀,刀刃扎透了艾伦的左手,艾伦则用头撞向对方,砰的一声,将对方撞倒在地后,另一名刺客直接将刀刃掷向艾伦,艾伦闪躲不及,嚓!脖子左边与肩膀的接合处被切开一个非常深的伤口,血仿佛井喷一般一下子暴射出来。但艾伦右手抱着南希,左手上还插着短刃,只能任由鲜血喷溅。

这时他既没有武器还有一个孩子要保护,只剩一条路可以选了,那就是跑,他抱着南希,用尽力气撞开包围着他的刺客,夺路而逃。但广阔的海岸线上根本无所遁形,这些教团的刺客紧追不舍。艾伦脖子上的伤口因为奔跑的缘故,血流得更厉害了。他汗如雨下,脸色也越发苍白。被他抱在怀中的小南希,一手搂着小熊玩具,一手搂着小猫丽莎,脸上显得既恐惧又难过,带着哭腔看着艾伦脖子上的伤口说:"大哥哥……"

艾伦冲她笑了笑,没有说话,这时的他已经没有力气再说话了,受了重伤,能一直奔跑不被教团的人追上已是靠着精神力在支撑了。

沿着海岸线上跑了七八百米后,突然!一把飞刀刺中了艾伦的小腿。艾伦咬牙忍住疼痛,脚下踉跄了一下,竟然没有摔倒,不过也没有办法再逃了。他用尽全身的力气支撑自己屹立不倒。血已经浸透了整个左半身,他轻轻地用右手搂住怀中小南希的头,让她不要看到自己血淋淋的另一侧。教团的刺客又一次围住了他们,艾伦感觉到南希身体的颤抖,他尽量抚平自己急促的呼吸,然后稍稍松开搂住南希的手,看着小南希带有惊恐的面容。

这时小南希也看着艾伦的脸,这张因失血过多而变得惨白的脸。只见艾伦惨淡的面容上露出一道笑容对她说道:"哥哥会抱紧南希的。"

时间回到 2078 年 8 月 31 日。

华沙看了眼手表,要到酒吧打烊的时间了,他合上日记本,喝完杯中剩下的一点酒，起身走向刚刚表演结束的小男孩。

"叔叔！"吹口琴的小男孩看到华沙后率先叫道。华沙则用微笑报以回应。

之后华沙带着小男孩来到街上，小男孩问华沙："叔叔我们要去哪里？"

华沙笑着回答说："迪特，我们去探望珊迪和他妹妹。"

不久俩人来到了掩埋珊迪的那块空地。小迪特双手合十，略显悲伤地站在珊迪的墓前。而华沙拍着迪特的小脑袋说："迪特，不久之后，我要在这里建一所房子。那是一所属于你，珊迪，奥利弗，你们大家的房子。"

小迪特兴奋地仰头看着华沙，"真的吗？叔叔？"

"嗯。"华沙微笑着点了一下头。

"那我要赶快回去把这个消息告诉大家！！"小迪特高兴地快要跳起来了。

"呵呵。"

在小迪特急匆匆地跑着离开后，华沙一个人坐在这工地废弃的钢筋上，看着地上一朵被夕阳所照得金黄的花，然后又转头看看已然睡在他肩膀上的切，笑了一下，再度拿出怀中的日记本。

2078年8月16日午后。

重伤的艾伦一边喘着粗气，一边用胳膊搂紧南希，对她说："看着我，不要看右边。"说着他用腾出来的右手将插在左手上的短刃拔了出来。霎时间，又是鲜血四溅。

在这个过程当中艾伦一直保持着微笑与南希四目相对。艾伦淌着血的左手握住短刃，右手再次轻轻搂住南希的头，让她依偎在自己怀中。

"不要再做无谓的抵抗了。"教团的刺客述说着每个反派角色都会的平庸台词。

不过这时的艾伦已经根本听不到教团的刺客到底在说什么了，因为失血过多，他的听觉、视觉、感觉都已变得非常模糊。死亡正一步一步地接近他……但他自己却没有察觉，因为这时他心中只有一个念头，那就是如何让自己怀中的妹妹逃离这场劫难，如何让她生存下去。

不过教团的人却没发现艾伦早已是强弩之末，还是小心翼翼，一步一步地接近他。

在这时，不远处的一座房顶上，两个人，一人坐在房檐边上，另一人站在他身后，正看着海滩上所发生的一切。

这俩人中的一位正是之前广场上的演讲者，而这时他身边还站着一位身着纯白色纱质长衣，脖子围着淡黄色围巾，头顶戴着雪白的宽檐帽，只露出高挺的鼻梁与眼睛的长发男人。不过这长发男子的眼睛上居然刻着一个黑色的十字架印记，十字架的一横正好平行穿过他细长的眼睛。这俩人正是圣玛丽教团所属普瑞克撒骑士团中的两位队长。

脖子上刻有黑色十字架印记，棕色短发，之前在广场上演讲的是普瑞克撒骑士团六队队长亚当·克劳斯纳，他看着海滩说："有必要杀那个小女孩么，肖恩？"

骑士团第七队队长肖恩·克劳斯纳语气低沉地回答道："她是葛若林家族唯一的继承人。"

"这个我知道，但她还只是一个小女孩，不是吗？"

"没办法，是团长下的格杀令。"肖恩语气冰冷。

棕发的亚当·克劳斯纳没有再多说，过了大概十秒钟又自言自语道："他会这拼命，是因为血缘的关系么？不过他们两人的命运也只能到今天了。"说完他身后的肖恩突然指着海滩说："那是什么！"

只见艾伦身边几道剑影闪过，一瞬间！教团的刺客全部倒地，继而鲜血从喉咙处流出，染红了金黄色的沙滩。

四名短发，身穿黑风衣，手持武士刀的人出现在艾伦的四周，其中一人欠身向艾伦施礼说："对不起，我们来晚了。"接着掏出怀中的电话，拨通了一个号码。

艾伦此时意识模糊，根本不清楚到底发生了什么事情，依旧紧紧地搂住南希。

"难道是布兰克家族派来的人？"远处坐在屋檐上的亚当·克劳斯纳推测道。

亚当说得不错，这些人正是来自丹比尔麾下的隐秘部队"诅咒军团"。

亚当笑着继续说："真是个奇怪的时间点……我很好奇这些人是一直跟着艾伦·摩根他们呢？还是刚刚才赶来的？"

在旁边的肖恩看到亚当并没有要行动的样子冷冷地问："有人来搅局，我们不去阻止吗？"

亚当笑着回答："我对残杀小孩可没什么兴趣，要去的话，你自己去吧。"

"你敢违抗团长的命令？"肖恩质问道。

亚当耸了耸肩说："神不会希望我们残杀一个手无寸铁的孩子的。"

正当两人说着时，天空中传来直升机螺旋桨的声音。

"是布兰克家族的直升机。"亚当看到远处飞来的，拥有双螺旋桨的大型军用直升机时，笑着说。肖恩则并不言语，冷冰冰地看着亚当，亚当发现了肖恩那并不友善的眼神，站起身说："这回可不是我不行动了哦，布兰克家族的大部队都来了。"

直升机在海滩降落时造成巨大的风压，艾伦似乎有些支撑不住了，脚步向后退了几下，不过他身旁的几人都迎着风笔直站立。

待直升机平稳落地后，飞机上下来四个人，他们是丹比尔·布兰克，玛维丝·葛若林和两个完全不认识的人，平时总陪在丹比尔身边的阿尔佛·罗德不见了踪影。

这时，在远处观看的亚当·克劳斯纳与肖恩·克劳斯纳还在说着什么。

"丹比尔·布兰克……看起来就是个不好惹的家伙啊。"亚当做出手搭凉棚的动作，望着远处的丹比尔。肖恩则不屑一顾地"哼"了一下。

突然两人的手机不约而同地响起来，亚当看着手机信息上显示的内容，收起了笑容说："这是……"

"撤出命令？"肖恩也显得有些不解。

但看完信息的亚当随即又露出了笑容，调侃着对肖恩说："呵呵，这样的话就不是我违抗命令了哦。"

听到亚当的这句话，肖恩冷笑了一下，随后俩人便离开了。

而海滩上，玛维丝走在最前面，丹比尔穿着黑色长衣，身边的两人一男一女，男性非常高大，金发，整张脸眼睛以下的部分被棕色长衣高高立起的领子完全遮住，手上一副皮手套。女性则是穿着灰白色迷彩服，头上戴着同样颜色的贝雷帽。她右眼戴着黑色的眼罩，嘴里叼着雪茄，肩上扛着一支榴弹发射器，表情显得张狂不已。

艾伦怀中的南希看到玛维丝，大叫道："妈妈！"听到小南希的声音，艾伦松开手臂，小南希哭着跑向玛维丝。俩人紧紧相拥，接着玛维丝紧张地从上到下查看南希的全身，"有没有感觉哪里疼？"

"没有，但是……大哥哥他……"说着南希手指向艾伦，只见这时艾伦一直绷住的神经终于放松下来，扑通一声，重重地倒在地上。

之后艾伦被直升机迅速送往布兰克家族官邸。在那里，世界上最先进以及齐全的医疗设备已经准备齐全，正等着艾伦的到来。飞机上，艾伦的意识陷入了游离，徘徊在死亡边缘的他，嘴里不停念着一个单词"父亲"。

丹比尔看着艾伦显得极为痛苦的苍白脸庞。心里想到：现在在他脑海里出现的到底是他的养父克莱门特·摩根还是他的生父安格斯盖尔·葛若林呢？

这时艾伦的眼中，本应金黄的天空，逐渐变为了夜晚的深蓝……他也终于感觉到了自己生命的消散。在意识里回荡的是父亲死时中央礼拜堂里不断回响的神圣歌声。

一切又都是从那个女人开始。

那是大约七八个月前的某一日。沃里克的摩根家族官邸。

我正站在窗边给花盆浇水，不时看着窗外绿油油的花园。突然，院子的大门缓缓打开，一辆加长型的黑色轿车开进来，停在了主楼前。

看到从车上下来的人后，我极为吃惊，玛维丝·葛若林她为何会来这里?！我立马扔下手中的水壶，冲出房间，却被走廊中的仆人拦住。

"是父亲命令你们的？"我咬着牙，瞪着眼前这几名仆人，愤怒不言而喻。

这几名身材高大穿着西服的仆人，两手背后，也不看我，而是目视前方回答说："老爷不希望少爷太激动。"

我再度尝试撞开这几人，又一次被拦下来。不过我的目的并不是要冲过去，因为以我的体格想做到这件事根本不可能，我只是为了拿到仆人怀中的手枪。

我用抢过来的枪指着这几名仆人命令道："都给我让开！"不过这几人却没有丝毫的动容，依旧面无表情的目视前方。这时我想到了一个最快解决的方法，将枪口对准了自己的肩膀。

几名仆人同时问道："少主您要做什么?!"

我没回答他们，而是毫不犹豫地扣下扳机，砰的一声枪响，血从我的肩膀溅射出来。

"少主！您！"几名仆人吃惊得合不拢嘴。

"让开！"我说的同时又将枪口对准了自己的左手。

几名仆人看到我这样子都面面相觑，然后让出一条路。

不过就在我要下楼时，一个稳重的脚步声传来，在楼梯处，一位身穿黑色衬衫以及西裤的老者挡在我面前，啪！他给了我一巴掌，我闪躲不及。

这位鼻梁高挺，戴着棕色边框眼镜，头顶花白卷发的老者就是我的养父，也是当时摩根家的家主——克莱门特·摩根。如果单从他英挺的外表看来，就算我这个养子也无法想象他竟有76岁高龄。

这时我脑中全都是那女人的事，根本没有想过如何应付父亲，手中还握着枪说："父亲……"

克莱门特没有回话一把夺过我手中的枪，指着我的脑门用沙哑的嗓音说道："有本事就朝这里开枪。"被父亲这样用枪指着，我稍稍冷静下来，盯着他锐利的双目说："我希望得到一个合理的解释。"父亲听到我这样说，便不再用枪指着我的脑门。将手枪交给仆人后，对我说："现在没时间给你解释，等晚上。"接着他又命令几名仆人："去把医生叫来！"然后便下楼去了会客室。

尽管父亲让我等到晚上，但我在这时考虑得更多的却是复仇的机会已是近在咫尺，如何才能将玛维丝·葛若林杀死的问题。派人在路上伏击应该是最好的选择，不过到最后却连我最亲密的仆人也以如果没有父亲的命令是不能行动的为挡箭牌拒绝了我的命令。我的设想瞬间地建立起来，却又瞬间地崩坏了。

等到晚上玛维丝离开后。

克莱门特·摩根把我叫到了他书房。

"父亲。"我带着强烈的不满说道。

"先坐。"父亲的语气比中午还要冰冷，我不答话，坐下后，死死盯住父亲的脸部，观察着他每一个细微的表情。

克莱门特的表情与他的语气一样不和蔼，跷着腿对我说："艾伦，我那时将你捡回来，看中的是你有能力继承我这一点，但你今天的所作所为实在让我感觉到你没有能力继承整个摩根家族。"我当时听到这话，一瞬间睁大了双目，无论如何，我也从未曾想过父亲会对我说出这样的话。但我又随即低下眼，思考起来。

父亲继续说："艾伦，你确实很优秀，但现在的你却有一个致命弱点，如果不能改变，你迟早会死在这上面。那样的话，我就不能将家主的位子传给你。"

那时我的脑子一片混乱，只记得父亲在白天时说晚上会给我来解释玛维丝到访的原因，为何会突然说这些话，我有些不能理解，就在这时我心里产生了一种设想，难道是因为玛维丝那个妖妇？

克莱门特接着用强硬的语气说："我也听说了你要派人伏击玛维丝·葛若林的事情，这种事以后在没有我的命令下，想都不要想！"

我越发的困惑，心里更不由得升起一股愤怒。但父亲他又突然缓和了语气说："艾伦，我的儿子啊。"他顿了一下，"你要将你的欲望展开，不要将自己拘泥于某一件事上。"父亲说这句话的同时连表情都变得温和许多，但我却无法体会他表情的变化与话语中的含义，至今如此。不过或许快了，我可以再次亲口问您，到时我一定会耐下心来听您的讲述。

但那时的我却回话道："您明知道我与玛维丝·葛若林这个女人有着不共戴天之仇，为什么要阻止我！"我的话语引来父亲一声叹息，随后他对我说："你的生父安格斯盖尔·葛若林在几个月前死了，这时葛若林家正处于动荡时期。"

我听到这里有些激动地插话道:"那就更应该趁着这个时候将葛若林家彻底消灭!"父亲对于我这次的插话显得心平气和,再次说:"把你的欲望展开。"又一次听到这句话,我不解地看着他,父亲也看着我,我们四目相交,他似乎从我的眼神以及表情中得到了什么讯息,随后说:"我累了,你出去吧。"

听到他的话,我略显吃惊,还想对他说一些关于仇恨方面的话,希望借此能让他了解,但我没有说出口,而是恭敬地退出了房间。就在我要关上房门时他还跟我说了一句:"晚安,艾伦。"

之后的一些日子里,父亲频繁地与玛维丝那个女人见面,父亲难道真的被她迷住了?这个想法越发深入地植入我心里。

或许是害怕,我对酒精的依赖也变得越来越大,每个早晚,伏特加都是能让我平静下来的唯一伙伴。父亲看到我的样子,几次愤怒地将酒摔破在地,大声地呵斥我,而我则次次都以玛维丝为由,将他的话都一一顶回。

我不明白我到底是怎么了,直到在酒吧中一个人对我说:"我感觉得出你对你的父亲有很大的不满,我也认为他已经老糊涂了,居然不顾艾伦大人的感受与玛维丝频繁接触。"

而那时喝得有些眩晕的我居然回应说:"他以前不是这个样子的,以前的他是那么让我尊敬。"

接着这个人向我提出一个建议:"不如让我来帮助您取代他吧。"

"取代他?"这是我从未想过的事情。

"嗯,您将会成为摩根家族真正的家主。"

听着这人的话,我深吸一口气,心里浮现出一个可怕的念头,那就是在父亲完全变质之前杀掉他,那样父亲就永远都会是那个令我尊敬,完美的父亲了⋯⋯

那时的我用了一个如此愚蠢的理由来掩盖我内心对权力的渴望,我真正想的只是如果可以执掌摩根家族的话,玛维丝便绝对逃不出我的手掌心。

而酒吧中对我说这些妄言的人是摩根家族的一名家臣,对于当时我这个没有实权的养子来说，他手里掌握的资源可以说是非常丰富，我几乎没有犹豫便与他结了盟。

时间的流逝还在继续，父亲对我的失望似乎日益增大，我决定加快变革的进程，加快暗杀计划的实施。不过一个多月后，一个男子来访摩根家族，对我的计划产生了不小的影响。

那个人的名字叫做丹比尔·布兰克，能与摩根家族平起平坐的布兰克家族家主。那时26岁的他还带着瞳孔变色器，诡异的气息与现在相比收敛了不少。但他与他身后的阿尔佛·罗德依旧散发出异常压迫的感觉，丹比尔的每一个眼神，每一个举动更无一不透露出介于狂妄与自信之间的平衡感。

在招待他的宴席上，我独自喝着闷酒，自酌自饮，已经习惯了。但我在这时却发现了一个诡异的眼神一直盯着我，而这眼神的来源正是丹比尔·布兰克。他笑着看着我，我不明白他为什么要这样，从他的眼神里，我也看不出任何的信息，没有轻视，没有挑衅，没有尊敬，没有怜悯，没有关怀，什么都没有，但偶尔又觉得仿佛包含着所有一切。

我不好气地一口将杯中还留有大半的伏特加倒进嘴里后，不顾父亲的阻拦离席而去。在我离开时，丹比尔的眼神从未离开过我，我猜测他之后可能会对我说什么，但我猜错了，他没有对我说什么，而是对我父亲说了什么。

那天晚上丹比尔与父亲在书房里长谈了两个小时，在丹比尔要离开时，我与他又在走廊相遇，阿尔佛·罗德跟在他身后，他再度露出诡异的微笑瞧着我，接着我们擦肩而过。

说实话，我很讨厌他那种自信胜过一切的微笑，尽管我很多时候也喜欢露出那种微笑，但看到别人露出时就会产生一种厌恶感。

丹比尔离开后，父亲一直将自己锁在书房，直到我在走廊中听到父亲的哭声，那不是拥有理智的男人应该发出的声音，因为显得实在太过痛苦与哀伤。

果然在第二天进去收拾房间时，发现了很多瓶空荡的上好龙舌兰。我不知丹比尔对我父亲说了什么，但父亲的哭声是我第一次听到。

从那以后名父亲对我像变了一个人，就算我抱怨他与玛维丝的关系，他也没有显出一丁点的失望之情。我犹豫了，找到之前与我密谋取代父亲的人，将情况告诉了他，他给我这样一个解答："你的父亲只会变得越发的软弱。"在听他说完，我相信了。不对，与其说是我相信了，不如说是不得不信，因为我给不了自己其他的答案。

随着暗杀的日子越来越近，我变得越发急躁。每当父亲看着我时，我都会不自觉地移开视线，我知道这么做会引起他的怀疑，但我还是这么做了，不知道为什么。

预定的日子到了，礼拜日，天气晴，微风。

沃里克市，厄斯特瑞修道院的修士中已有数人在很多天前就被替换成了杀手。

我与父亲一同跪在修道院的中央礼拜堂里，还有不少其他的平民也在聆听讲台上神父所读的圣言。看着父亲专心祈祷的面容，我悄悄对他说："父亲，我去做告解。"

他听到我的话后，转头看着我，过了大概三秒，他回答说："嗯，你去吧。"

我整理了一下衣角，走出礼拜堂，忏悔间正好是空着的，我走进去，坐下。

只听到对面神父的声音："是什么困扰着你，孩子。"

我看着隔板上的十字架说："我的父亲，他变了，他变得很脆弱，所以我不得不舍弃他，不得不杀掉他。我是迫不得已的，上帝会原谅我吗？Father？"

听了我的话，神父感叹道："孩子啊，你做了一件多么愚蠢的事情啊。"接着他又说："如果你诚心忏悔的话，主会赦免你的罪的。"

然后我看着天花板上的天使画像说："求主赦免我。"

就在我与神父说的时候，礼拜堂传来了枪声，神父吓了一跳，显得很惊慌。我则平静地对他说："忘记跟您说了，今天正是我要实施这项罪行的日子。"我一边说着一边掏出怀中装有消音器的手枪，对面的神父似乎通过传音的小孔看到了我手中的枪，慌张地说："我绝对不会说出去的！你放心！"

我用手枪抵住隔板说："很可惜，我无法相信你。Father。"

随后我扣下了扳机,将一弹夹的子弹倾泻完毕后,礼拜堂那边的枪声也平息下来,我再一次抬头看着天花板,手中则熟练地给这把 M9 手枪更换着弹夹。

接着我回到礼拜堂,呈现在我眼前的是鲜血淋漓的场景……平民的伤亡是在预想中,但……父亲匆匆走过来抱住我说:"你没事实在太好了。"我有些傻眼地看着地上的尸体,这些尸体全都穿着修士的服装……然后又看看踩在尸体上那些手持各式枪械的黑衣人们,想着难道父亲早就发现了我们的计划?但父亲表现出的样子就仿佛我没有参与其中一样,关心着我有没有受伤,我不懂他为什么要这么做。

就这样,整个事件以某些人想要刺杀摩根家族家主为标题平息下来。

又过了大约十几天,正好距今半年前。父亲在他的书房对我说了一句让我极为震惊的话:"我打算将摩根家族交给你。"

听到这句话的我完全搞不清父亲是怎么想的,自从丹比尔·布兰克来访后,父亲到底发生了什么?他到底对父亲说了什么?

父亲接着说:"不过我有一个条件,那就是你要通过十项试炼。"

"试炼?"我猜不透父亲葫芦里到底卖的什么药。

"确切地说应该是比赛,十场与我的比赛。"父亲拍着我的肩膀,虽然他掌中没有施力,我却觉得每一拍都有如千斤重,一时间把我压得喘不过气来。

"十场比赛中只要你能赢一场,便可以继承摩根家族的所有一切。"

我听着父亲的解说,心中越发惊愕起来,但同时也认为这绝对是个千载难逢的好机会。

"跟我来吧。"父亲笑着对我说。

首先我们来到了沃里克市中最高耸的建筑物前,父亲换了一身的运动服,白色的大 T 恤与棕色的短裤,还问我:"你要不要换衣服?会流很多汗的。"我笑着回绝了,他又提醒道:"呵呵,那你可不要后悔。第一场的比赛是爬楼梯,看谁第一个到达楼顶。"

我听到比赛的内容更加吃惊了,父亲疯了吗?用这种东西来决定我有没有资格继承摩根家族?我抬头看了看这足有七八十层高的大楼。

接着我们来到楼梯间。在父亲数到三时，我们一同跑了起来。我两阶两阶地爬，很快就甩掉了不缓不急，一阶一阶地爬着的父亲，如果能在第一场的比试中就取得胜利，那样就可以省去后面的麻烦了。

在爬到四十层时，我停了下来，坐在楼梯上，喘着粗气。这时父亲的脚步声正非常有节奏地传来，他似乎也爬到了三十层左右，而我还需要几分钟来休息，才能有力气继续爬。

父亲的脚步声离我越来越近，我迫不得已，只得赶紧继续爬，否则之前建立起的优势就荡然无存了。不过最后的结果让我傻眼，在我爬到六十层时便被父亲超了过去，他还笑着讽刺我说："年轻人这么没用啊！"说的时候他的呼吸也很急促，但却不像我这般混乱。

第一场比赛输掉后，我们又驱车来到一家室内的攀岩馆。紧接着第二场比赛就开始了，结果同第一场比赛一样，以我的惨败告终。

第三场比拼吃包子的功力，我们来到一家中华料理店，在众人围观下，以父亲吃掉七十个小笼包，我吃掉五十个小笼包而分出胜负。

接着去到篮球馆，比赛投篮。

第五场是古代西洋剑的鉴赏。

我们各挑了一把剑，我的是现代赝品，他的是古代赝品，依旧是他的胜利。

在这场比赛结束时他突然一手拿着西洋剑，一手放在我的肩膀上笑着说道："对不起，艾伦，从来没陪过你。"听到这突如其来的话，我百感交集，低着头，没有回答。

父亲让我就这样拿着剑，接着我们回到家族的官邸，下一场比试的场地就在花园中的空地，剑术的比赛。

我的剑术由父亲所教导，我更自信已是青出于蓝而胜于蓝，所以招招抢攻，狠辣非常。

不过眼看着父亲抵挡得越来越吃力，我有意无意间收了力，却被父亲抓住一瞬间的空隙，剑已架住我的喉咙，血从被剑锋顶住的地方慢慢渗出。

接着他将剑收入刀鞘，一扫和蔼的表情对我说："下一场比赛了，跟我来。"

和 弦 三 音 王子与雕刻师

这时的我也逐渐感到了气氛的变化。

接着来到家族官邸中的地下射击场。我与父亲面前各有一张桌子，桌子上摆放着被拆解的手枪与一发子弹。

"第七回合是组枪。"父亲冰冷的台词与神情让我觉得越发不对头。这种不安在我心里慢慢生根发芽。

我一边飞速地拼组枪械，一边不时地瞄着父亲的进度。他比我稍慢，我认为这次一定能赢了，但意外发生了，我将枪管与弹簧组件安装好后拿起弹夹准备填装子弹时，桌子前方本来是射击标靶的地方，一道黑幕被缓缓拉起，一个头套着黑布的人被绑在椅子上。

看到他时我心中一惊，手中的子弹一下子滑落到地上，我赶紧将子弹捡起来，压进弹夹，但就在我刚要将弹夹插入手枪时，只听到一个上弦的声音，父亲已经用组装好的枪械对准了我。我没有说话，因为父亲那时眼中的无奈让我至今记忆犹新。

"砰！"他用嘴发出开枪的声音，然后笑着对我说："如果这是真正赌命的竞赛的话，你已经死了，快点把你的枪装好，下一场比赛马上就要开始了。"

虽然他的口气还算和蔼，不过那句"马上就要开始了"让我非常的不安，我将弹夹插好，他对我说："下一场比赛是比出枪速度。"他说着，几名仆人走过来给了我们一人一个穿在胸前的枪套。

父亲接着说："目标就如你看到的，那边那个头套着黑布的家伙。谁的子弹先打中他，就是谁的胜利。"我一边穿着枪套，一边盯着那边被绑在椅子上的家伙，越发觉得这人的身形与我密谋的那人是如此相似，如果真的是他的话……我更必须杀了他……

父亲看到我一直盯着那人，说："觉得很眼熟吧。"我沉默着，赶紧移开了视线。在我与父亲都将枪插进左胸侧面的枪套后，一位仆人开始了倒数。

"三。"

我心中荡起波澜。

"二。"

我尽量放松着自己。

"一。"

我脑中一片空白。

我从拔枪到射击的动作一气呵成，但父亲也不慢，枪响重叠到一起。

两发子弹在这人蒙脑袋的黑布上留下两个并排的弹孔，鲜血流下……

居然是平手，我有些不敢相信。父亲命令仆人去检查，仆人将尸体的头套摘下，我看到那张脸，果然就是与我密谋暗杀父亲的人。

"因为他说过一些奇怪的话让我很不高兴，所以今天才用他作为比赛的道具，这种下场也是他罪有应得的。"父亲笑着，而在一旁听的我就没有那么轻松了。

倒数第二场比赛，我们又驱车出了城，来到荒野之上，几名黑衣人与两辆黑色的跑车已经等在那边了。郊外不远是一处断谷，而这次的比赛正是飙车，看谁第一个到达断谷上方的悬崖，但悬崖下方就是万丈的深渊，没有控制好速度正好停在悬崖边上的话……就只有粉身碎骨一条路。我与父亲各自坐在车里，等待着枪响，我调整了一下后视镜，看看自己的脸，或许这次比试之后就再也没有机会看了，只剩下两场比赛，我的心态也起了一定变化，焦躁的神情多少出现在我脸上。但看着这张秀气的脸又让我想起了母亲，因为这张脸上留着太多她的痕迹。

一声枪响，两台车的发动机同时发出尖锐的声响，一阵沙尘卷起，向着死亡的深谷狂飙而去。

夕阳之下，两辆车犬牙交错般地奔驰着，我偶尔会转头向父亲的车望去，心中充满了不解，我的父亲他已经76岁了，为何他还要在此与我以命相搏？之前的比赛我可以理解，但这场比赛……只是考验我的能力罢了，又何必他亲自冒险？

我紧握方向盘的手上不知何时渗出了汗水，透过颜色相近的玻璃窗看着父亲驾驶的身影，又抬起头看着天空中暗色的夕阳，越来越不确定命运的前方有什么在等着我。

眼看离悬崖越来越近了，父亲没有丝毫减速的意思，我也不能落下，踩住油门，向未知的深渊疾驰而去。当视线越发地可以看到对面的山壁时，人总会不自觉地去想象脚下的路可以延伸到的尽头到底有多长，又或者有多短。当你去想象时，不确定的感觉就会袭上心头，那时的我也一

和 弦 三音 王子与雕刻师

样,说是本能更为恰当,人终究会迷惘,踩住油门的脚,不受理智控制地略微松开了一下。但是父亲的车却依旧像离弦的弓箭一般完全不受控制地冲向悬崖。

父亲的车掉下去的很突然,甚至连心理准备的时间都没有,我在一瞬间呆住了,直到爆炸声传来,我急踩刹车,狂打方向盘,车勉强停在了悬崖边上,我赶紧下车,向悬崖的下方望去。看到了深谷中零星的火花与父亲扒住悬崖的手。

这时的父亲正吃力地扒住悬崖的边角,而我却是居高临下,周围空无一人,我第一时间伸出了手。但时间却在这一刻仿佛停歇了一般,变得异常缓慢……

我最终还是握住他的手臂,将他拉了上来。坐在悬崖边上,他笑了,还一边喘着粗气一边拍着同样坐在地上的我。我也喘着粗气,看了看他,不由得笑出了声。

经过这一场比赛,我与父亲都很疲惫,我们先回到家族官邸稍作休整,之后便再度出发。

终于到了最后一场比赛,也是决定我能否继承摩根家族的最后一次机会了。

地点是沃里克,厄斯特瑞修道院的中央礼拜堂。

一位修道士正依次点着蜡烛。

不知为何,礼拜堂中点满了蜡烛,却依旧显得昏暗不已,彩色玻璃窗上记载着人子的故事,本应绚烂,但这时却映出苍凉。

我与父亲双手合十,各自祈祷着。修士点好蜡烛后就退下了。

父亲将一把手枪交给了我,说:"我好像又回到了与你相仿的年纪,我们可以一起……"他没有说下去。我边听着边看着手中的枪喃喃道:"父亲。"

他接着说:"这是最后的试练了,真真正正的以命相搏。直到一方倒下,胜负才算揭晓。"父亲说的同时,修道院的钟声响起,接着又不知从哪儿传来了圣歌声,伴随着整场决斗……

我的脑子一片空白,不知持续了多久,直到父亲倒在我的怀中用沙哑的嗓音说:"只能陪你到这一刻了,艾伦。"

安魂曲B小调

在那一刻我哭了，流足了这十六年来没有流足的部分。我的哭声不小，但依旧穿不透圣歌之声的围绕，没有人能听到，没有人能知晓。我哭干了泪水，抱着父亲的尸首走出圣堂时，迎接我的是整齐分立两边向我行礼的黑衣人。而尽头处，等待着父亲的则是黑色的轿车与黑色的棺木。

8月17日凌晨。

艾伦躺在床上，他睁开眼睛时泪水还在不住地流下，他想抬起左手擦擦眼睛却发现左手已经被绑上厚厚的绷带。接着他用右手擦了擦眼睛后，勉强撑起自己的身体。发现小南希与小猫丽莎都趴在床边睡着了，看着南希流出哈喇子的睡相，艾伦欣慰地笑起来。

这里是布拉克家族的官邸，依旧是艾伦之前的房间，只不过在床边增加了许多医疗器械。

艾伦不想吵醒南希，慢慢伸手去拿床头柜上的日记本和笔，却怎么也够不到。这时一只手帮了他一把。他转头看，是丹比尔。

艾伦望着丹比尔红色的眼睛，欲言又止。丹比尔看出了艾伦的心思轻声说："你放心在这休息吧，在你离开前，我会告诉你的。"说完丹比尔微笑。但当艾伦看着丹比尔那诡异的微笑时，一种恐怖的感觉不由得在他心底生根发芽。

时间回到8月31日。

华沙还在读着日记："丹比尔·布兰克，有时觉得他像一个真心待人可以畅所欲言的朋友，有时又觉得他是个危险的权谋者，甚至可以说是能轻易掌控人心的妖魔，他到底是个什么样的存在呢？"

华沙读完这一句后，笑着轻声道："我也很想知道他的真面目到底是什么样。"

这时华沙肩膀上的切突然惊醒，睁开眼睛张开翅膀。华沙也收起轻松的神情，两名身穿黑风衣的人现身单膝跪在他面前，他们正是华沙刚从特默内斯出发时，请求与他同行的那俩人。他们是双胞胎，名为卡朋特兄弟，年纪比华沙稍小，因为是双胞胎的关系样貌几近相同，同样的黑色短发，细眉与蓝色双目。细看的话，两人只有眼睛的棱角稍有区别。哥哥理查德·卡朋特比较锐利，弟弟凯文·卡朋特则显得圆润一些。

华沙收起日记，推了下眼镜问："事情查得怎么样了？"

凯文·卡朋特回答道："华沙大人非常抱歉，我们没有查到。"

华沙听到这个答案略有些吃惊地问说："难道《所罗门文书》中没有记载？"

"大人，我们可以察看的《善恶卷》与《堕天卷》的前两章中没有任何关于阿尔佛·罗德的记载。还有一点，我们在察看这两卷时，也没有发现任何关于丹比尔·布兰克过去的记载。"

华沙听到这种结果，心里推想到：阿尔佛·罗德和丹比尔·布兰克这两个家伙到底什么来历？我当时察看布兰克家族的资料时，《堕天卷》第三章中只记载着布兰克家族成形后的事情，关于这俩人的过去也是没有丝毫的记载。我本以为之前的事情比较没有价值所以应该在比较基础的书卷上记载着。但没想到……而我所能察看的权限也只到《堕天卷》的第三章而已。看来想弄清阿尔佛·罗德的来历不是一朝一夕的工夫。

正在华沙思考之际，凯文·卡朋特突然说："华沙大人，还要告诉您一个消息，暴君中队解散了。"

华沙突然听到此话愣了一下，说："呵呵，军队的人事变动，这也是没办法的事情。"

凯文·卡朋特接着说："不过大人放心，暴君中队的所有人都被分配到了其他中队作为队长或者副队长。"

"呵呵那也不错。"华沙说的时候眼中略带愁容。他又想起了过往的时光，不过最让他记忆犹新和快乐的还是前些日子他与凡妮莎一同看表演的时候。

那时名为火焰拜尔德的乐团来到奥瑞金体育馆公演，华沙邀请凡妮莎一同前去。

那时华沙遇到了卡朋特兄弟。

那时凡妮莎送给了他一条崭新的十字架项链。

但，这时一段手风琴伴奏的歌声打断了他的思绪，他对卡朋特兄弟使了个眼色，俩人便即刻退下消失在了黑影之中。　一位衣衫褴褛，头戴破旧宽檐帽，留着脏兮兮长胡子，让人无法辨清样貌的流浪汉，手持一把老旧手风琴，一边弹奏，一边唱着。

歌词大意：

远望天际，回忆令人怀念的往昔。
记起从古老国度走进人们心灵的故事。
红眼的少年啊，被寒风轻抚过的心灵啊，是否还为了睁开双眼而振动双翅来拥抱这个残忍而悲伤的世界，跟随少年，穿越高山，跟随少年，跨过大海。跟随少年，走过千万时光，到达沉沦过后崭新的家乡。神轻抚少年沉在湖底的冰冷脸庞。亲吻少年坚实的臂膀，带走少年面容上满载的迷茫，却无法驱散少年心中的哀伤。

华沙看到这流浪汉后，小声吐出一个称呼："吟游诗人，昆汀……"
这位华沙嘴里的吟游诗人显然并不在意华沙看他的目光，一边唱着一边走过这废弃的工地，显得悠然自得，陶醉不已。
红眼的少年，不会说的是丹比尔吧？华沙这么想着。接着他又想到：不过既然昆汀来到了这个城市，那就意味着十二信徒在慢慢集结了。
华沙掏出胸前崭新的十字架项链，看着它，喃喃地说："还能陪你多少日子呢？"
走在回布兰克家族官邸的路上，华沙回忆起这些日子发生在他身边的一些事情。

时间再度来到 8 月 16 日。
艾伦与小南希正要出发时，丹比尔的办公室里。
白发，身穿黑风衣，手持长刀的诅咒军团成员站在丹比尔的办公桌前，丹比尔背冲着他，看着窗外正要走出大门的艾伦与南希。阿尔佛立于一旁，华沙则通过玻璃窗的反光给丹比尔画着素描肖像。
阿尔佛对这人吩咐道："他们遇到危险时，不要第一时间出手相救，让艾伦·摩根表现一下再出手。不过也绝不能让南希·葛若林受到一丁点伤。"

听了阿尔佛的话这人问道："那艾伦·摩根呢？"

丹比尔这时发话了，用冷静的语气说道："只要不死就可以了。"

阿尔佛接着丹比尔的话说："其他的就你们自己斟酌吧。"

"是的，导师。"这白发执刀的人施礼后便退下了。

华沙看着玻璃反光中丹比尔露出的笑容，心里想到：丹比尔·布兰克，危险的权谋者。

接着丹比尔很稀有地打开了墙上的电视，是新闻台，里面不断播放着世界各地，教团所发起的种种示威游行活动，而阿尔佛·罗德在这时与丹比尔对视了一眼，俩人在用眼神做着交流，之后阿尔佛便匆匆离开了房间。

中午时分正当丹比尔与华沙刚刚简单地吃完午餐，在享受香醇的咖啡时，电视中的影像突然消失了，紧接着一个拥有如鹰般天蓝色双眼与棕色长发的人出现在电视上，这人脸上布满了岁月的蹉跎，穿着红黑色的铠甲，黑色貂皮披风，腰间挂着长剑，双手扶于矗立在地上的黑色盾牌。他的右手边站着一位蒙面的修女，左手边站着一位全身包裹黑棕色铠甲，倒提长戟的人。而他们所处的地方则好像是某处的大厅，黑光的地板与墙壁，朦胧的白光从他们的右手边斜射过来，让另一侧显得格外昏沉，他们身后则是飘动的巨大旗帜，黑色的旗身与白色的十字架，给整体更添一份神圣。

华沙略显吃惊地放下咖啡，看着这人觉得有些眼熟，但又忘了在哪里见过。

"我是圣玛丽教团所属普瑞克撒骑士团团长，亚伯拉罕·克劳斯纳。"中间身披黑红色铠甲的人做完自我介绍后，华沙与丹比尔都饶有兴致地跷起腿想听听这位教团的最高首领到底要说什么，"我今天在这里的目的就只有一个，那就是对全世界所有信仰主，向往光明的人传达一个讯息。你们不再是单独作战，今天，普瑞克撒骑士团正式向这世上的黑暗势力宣战，骑士团的十二支队会分别派往世界各地去帮助那些被欺压，但向往光明，崇尚正义的人驱赶这世上一切的阴霾。圣玛丽教团绝不会坐视黑暗的统治，上帝的荣光必要照耀更多的人！"

华沙一边听着这段讲话，一边看着丹比尔的反应，只见丹比尔神情自若，就仿佛一切都在他的预料之中。

最后这位亚伯拉罕·克劳斯纳说了一句似曾相识的话。

"我们所作，只为正您，我主之名。"

接着镜头旋转，环视了他们所在地方的全貌，只见这可以容纳几千人的大厅中，站满了身穿印有白色十字架铠甲的战士。这些战士举起手中的剑在亚伯拉罕·克劳斯纳的带领下齐声喊道："我们所作，只为着您，我主之名。"

镜头还在旋转，最后停在了骑士团团长亚伯拉罕的左侧，正好对准了光线的来源，原来大厅的一面墙就只由几根科林斯柱所撑起，外面的光线可以毫无保留地照射进来，而在光源的映衬下，亚伯拉罕·克劳斯纳的侧脸显得格外威武。

华沙看到这一点，心中想到：原来圣玛丽教团的根据地在光明面。

紧接着影像中，大厅外面白色的天空飞起无数鸽子，在呼喊声与白鸽飞翔的伴随下，亚伯拉罕庄严地俯视全场。

之后影像便结束了，虽然教团发布的影像不长，但给世界带来的冲击却是巨大的。随着教团进一步逼迫，潜伏的黑暗势力逐渐走进了人们的视野。

在下午时分，丹比尔笑着接到艾伦重伤的消息，接着又换上一张严峻的脸孔，带着玛维丝匆匆上了直升机开往出事地点。华沙没有跟去，而是独自一人回房间整理画作。

之后艾伦在养伤期间，丹比尔一直在艾伦与玛维丝之间来回顾及着，看得出丹比尔与玛维丝的感情正在逐渐升温，华沙有时会去揣测，丹比尔到底要怎样处理这并不寻常的关系？但是无论华沙怎么想也是徒劳的，后来他脑中出现了一种猜测，或许丹比尔头脑中就从未有过要和这个女人怎么样，或是为她付出什么的想法，他只是在等待对方的反应，然后来应对而已。

但华沙看到的丹比尔在对待玛维丝与南希时，那种仿佛付出了一切的努力和温柔，怎样也不像掺杂着某些目的的虚情假意。

和弦 三音 王子与雕刻师

这是为什么？

在艾伦伤好后的某一天，华沙终于明白过来。

那天，小南希陪着艾伦，丹比尔想带玛维丝去放松一下，俩人便去了一家坐落在奥瑞金黑暗面的地下赌场。而附带着还有两个人，阿尔佛·罗德与华沙·雪弗洛，他们完全像局外人一样，远远地看着丹比尔与玛维丝。

丹比尔所去的并非一般的地下赌场，而是专门为上层名流准备的高级娱乐场所，只是场地在地下而已。奢华程度绝对是世上最顶尖的，赌场入口处的两座纯金打造的魔鬼雕像便可见一斑。两只魔鬼的样子异常狰狞，背上长有巨大的膜翅，手中更是持着代表了金钱、权力、名望的三尖叉。

赌场里的光线不强，充斥着烟酒味与放纵的笑声。虽然丹比尔给了华沙不少筹码，但华沙显然更专心于他的工作，手中的铅笔从未停歇。

这时阿尔佛站在他身旁，瞧着他手中的画，喃喃地念了一句："假面……"华沙则更专注于观察丹比尔，今天的丹比尔虽然一直笑着，但那笑容中所隐藏的淡淡疲惫却没有逃过华沙的双眼，华沙认为丹比尔现在的这种笑与其说是自然养成的习惯，更可以说是一种将灵魂与肉体分割开来行动的能力。

牌桌上，丹比尔酒杯中的酒总是越加越多，但他却表现的好像越发清醒，连一丝的兴奋都没有。只见他本就庞大的筹码本金垒得越来越高。

当他喝下接近十五杯威士忌后，他将筹码分给旁边的人一些，又将几片五万葛罗明的筹码扔给发牌员后，吩咐阿尔佛处理剩下的，他自己则领着玛维丝出了赌场，华沙拿着画板紧随其后。他们来到赌场门口，正好看到一名浪迹在赌场附近的吉他演奏者正遭到赌场保全的驱赶，这种事情已是司空见惯了，但丹比尔却做出了一个出乎所有人意料的举动，他阻止了赌场人员对这人的驱逐。还问这流浪汉手中的吉他值多少钱？他的表情很认真，并非玩笑。但这流浪汉却说这琴是他的命根子，给多少钱也不卖。听到对方的强硬语气，丹比尔掏出一个五万的筹码，对赌场的保全说："将这个兑现，然后拿给这位先生。"

流浪汉略带惊恐地说："你想干什么？"

丹比尔笑着拍了拍他的肩膀说:"给自己换套衣服,买个新琴吧。"

等到兑换的现金送出来后,丹比尔拿过流浪汉手中的吉他,在一旁的玛维丝不解地看着他,而华沙虽然看出了丹比尔双眼中流出的隐晦真情,但也无法理解到底是怎么回事。

在将流浪汉打发走后,丹比尔抱着吉他坐在了赌场门口魔鬼雕像的底座上。

这时的丹比尔想起了一些往事,他脱去西装外套,就这样坐着,仿佛一位流浪乐师,轻拂吉他弹起了不知名的曲调。

华沙听到这深沉,有力的旋律,有些惊讶地小声道:"这是……阿兰古斯协奏曲。"

看到丹比尔沉浸在乐曲的样子,玛维丝捋了下裙子坐在他身旁,也就是雕像的底座上,希望自己可以融入丹比尔的世界。

这时阿尔佛也出了赌场,走在台阶上,听到丹比尔弹奏的曲调,他一瞬间停住了脚步,接着又快步来到门口。

华沙看到了阿尔佛,更发现他在看丹比尔时,眼神中露出的忧愁。因为只有阿尔佛了解这段乐曲与丹比尔的关系,那是一段不愿提起的回忆,其中更包含着丹比尔与他妻子馨之间的回忆。

逐渐地,从赌场走出的人们都不禁被丹比尔所弹奏的乐曲所吸引,周围的人越来越多,里面有商界,政界的巨头,也有从黑暗面聚集而来的穷苦之人。华沙看着丹比尔的样子,停下了手中的画笔,这时的他突然开始怀疑自己是否能画出眼前这人的肖像。

时间来到这一天的晚上,一家并非布兰克家族所经营的酒吧中,一张桌子,三个男人,还有一只鸟。

丹比尔·布兰克,华沙·雪弗洛,艾伦·摩根和切。

三人的面前都摆放着一杯酒,分别是金,朗姆,伏特加。

在酒吧乐队所演奏的淡淡音乐声中,三人似乎话不多,气氛略显尴尬。

华沙感到了这种气氛,管服务员要了一张纸,拿出画笔。

艾伦则是将自己面前的伏特加一口喝完,去了厕所。

艾伦走后,丹比尔将椅子向华沙那边挪了挪,看着他手中的画,端起酒杯喝了一口后，脸上流露出少有的深沉表情说道："我只有一张面具。"

华沙听到这话，顿了一下，抬起头看着丹比尔血红色的双目，反问道："你怎么知道之前的也是假面？"

丹比尔解释道："阿尔佛今天在赌场看到你的画后告诉我的。"

"说到阿尔佛，你为什么不让他跟我们一起来？"

"他很烦，总会提醒我这，我那的。"丹比尔笑着回答道。

华沙低头边画着边说："真的吗？"

听到华沙的反问，丹比尔顿了一下说："那你认为是怎样呢？"

华沙笑着回答说："我只不过觉得不应该是这么无聊的理由。"

丹比尔喝了一口金，看着酒杯中反射出的自己的倒影说："他跟我们并非一类人。"

华沙停下笔看着丹比尔，"那他是一个怎样的人？"

丹比尔似乎对华沙的这个问题感到有些吃惊，笑而不答。

艾伦回来了，丹比尔向服务生点了之前三种酒的大号瓶装，还要了一副扑克牌。接着丹比尔将每个人的杯子倒满，手中拿着扑克牌对华沙与艾伦说："输者罚酒。"

在玩牌的过程中，三人都越喝越多，可以说是不分胜负，渐渐地三人的酒瓶都见了底，丹比尔又点了三瓶，牌局还在继续，新开的酒又都消耗掉大约四分之三后，艾伦喝得有些晕，突然扔掉了自己手中的牌，站起身扯着丹比尔的衣领说："丹比尔·布兰克，你的目的达到了吗？"

丹比尔笑着问道："什么目的？"

艾伦将丹比尔的衣领越扯越紧，"你以为我没有察觉吗？那时你部下出现的时间。"艾伦说着，眼神越发的迷离，最终趴在桌子上睡去了。

丹比尔与华沙喝得也有些晕，看到艾伦倒下去后，不约而同地笑起来。接着丹比尔看着华沙问道："画师，我的肖像还要多久才能完成？"

华沙手中还拿着牌，一边整理着，一边看着丹比尔手中牌的背面，笑着回答说："何时我可以看清你手中的底牌，何时就能完成。"

听到这话，丹比尔笑容中透出了十分的得意。

这时酒吧里回响起一首歌曲的钢琴前奏。紧接着一个女声传来，是乐队的主唱。清澈洪亮的嗓音将整个酒吧中的注意力都吸引了过去，这其中自然也包括丹比尔，华沙与切，甚至连趴在桌子上的艾伦都被其吸引，勉强撑起身体。

歌词在讲述一对交错而过的恋人，悔恨与难以预测的命运是整个歌曲的主旋律。

华沙不时看着丹比尔听歌时脸上的表情，尽管丹比尔一边喝酒，一边看着舞台上的演唱，但华沙看得出，丹比尔的眼神已经飘向了更远的地方。

就在歌声急转直下，而乐曲声急转直上时，华沙不经意间瞥到了在另一边的一对男女，竟是丹比尔的夫人馨与她的情夫！

他们没有察觉丹比尔与华沙他们，还在有说有笑。

而丹比尔则察觉到了华沙转瞬即逝的吃惊，顺着华沙刚刚所看的方向看去。歌声再度响起，一滴汗珠从华沙的额头流下来，因为他不知丹比尔看到这种情况后，会作出什么样的举动。但当歌声停止，音乐声越发高亢时，丹比尔依旧保持着笑容，看不出任何的愤怒与激动，华沙不敢在这时说话，只是看着丹比尔望着舞台的脸，而艾伦则趴下继续睡了。

歌曲结束，丹比尔突然站起来，刚端起酒杯的华沙心中一惊，手不由得停在了半空中。只见丹比尔缓缓走向乐队键盘手的位置。

丹比尔从他兜里掏出一枚印有布兰克家族印记的金币。键盘手看到丹比尔手中的金币，显得有些惊恐，赶紧让开了位置。

丹比尔站在电子琴前，全场都注意到了他，其中自然包括他的妻子馨以及情夫。丹比尔双手扶着键盘，华沙瞥了一眼在另一边的馨，只见这时的她显得有些惊讶，但并不惊慌。空灵，优美的曲调缓缓传来，深蓝色的光线下，丹比尔低着眼，敲击着键盘。

曲调并不悲伤，也不高亢，透出的只有淡淡的迷惘。仿佛俩人漫无目的，安静地旅行在星间，没有终点，又或许有，只是藏在他们心田。

他一边弹着，一边直视着她。她则不敢正视他，在听到他所弹的曲时，眼中更是喷洒出了如泉水般的悲伤。他一直望着她，口中不曾言语，微笑不曾逝去，乐声仿佛花语，诉说着他对她爱的延续。而她则低头不语，脑中回想起曾经的千丝万缕。

俩人之间的气氛显得与众不同。

丹比尔所表现出的冷静让馨的表情显得非常哀伤，这时的她只想赶紧离开这里，但在推开酒吧的门时，还是忍不住回头向丹比尔望去。只有半秒或许更短，他与她眼神的交汇。

随着馨的突然离席，情夫也赶紧跟了出去。

在音乐声结束，丹比尔正要回自己座位时，华沙手握长笛走了过来。他冲丹比尔伸出左手，示意丹比尔不要离开，丹比尔似乎明白了华沙的意思，又站在琴前。空洞的笛声传来，丹比尔轻按面前的琴键，钢琴与长笛声此起彼伏，配合得天衣无缝，但曲调却是苦痛与悲伤的集合体。演奏结束后，丹比尔的眼神有些迷离，拍着华沙的肩膀说："谢谢。"听到这句话时，华沙终于确信了自己的一个猜想，丹比尔为何可以真心的对待玛维丝，恐怕他的眼中看到的并不是真正的玛维丝吧。而且华沙觉得丹比尔不可能没发现自己妻子有了外遇，恐怕是因为爱所以才不作为吧。

回到座位上的丹比尔喝酒的方式变得越发粗暴，威士忌消耗的速度很惊人。华沙看着丹比尔大口大口将酒喝下去时还保持着从容微笑的样子，心中又偶尔会去想：灵魂与肉体分离的能力，到底是一种优势呢？还是一种悲哀？抑或是男人所必须具备的？

之后的日子里丹比尔更是仿佛什么事都没有发生一样，一切照常，华沙也越发地深感丹比尔那异于常人的自控力。

时间来到9月1日凌晨时分。

华沙回到别墅后，他刚进自己的房间就听到了二层传来的丹比尔的声音，他似乎正在慷慨激昂地念着什么，不过整个洋楼的隔音十分出色，华沙没法听清具体内容。

第二天清晨，华沙买了一个花篮，与切一同来到了奥瑞金的车站。看着站牌上滚动的数字，他的视线停在了奥佩托拉那行。奥佩托拉正是葛若林家族的所在地，离奥瑞金不远，只要两个半小时的车程。华沙看着滚动的时间对切说："奥佩托拉……记得是个很美的海湾城市。"接着华沙便乘上了列车。

坐在普通车厢内，他掏出艾伦的日记，翻到8月24日这一天，"我

安魂曲B小调

醒来时已经是下午了，昨晚喝得太多，现在头还有些疼，丹比尔与那位画师实在太厉害了，明明都比我多喝了一倍多，但最后却是他们搀着我回来的。更夸张的是丹比尔居然在上午时就带着玛维丝与南希还有阿尔佛去了郊外的一处田庄。虽然丹比尔也让我一起去，但我想还是不要了，偶尔需要一个人静静，整理下思绪。"

8月24日。

奥瑞金布兰克家族经营的酒吧附近，一个阴暗的小巷中，一只野狗正在垃圾桶中寻找食物，就在这小巷中的一扇窗户内微微的蜡烛光照耀下，似乎有七八个人围着一张长桌子在商量着什么，光线非常细微，只有两张靠近光源的脸可以被分辨清晰，他们是教团所属普瑞克撒骑士团的第六，第七队队长亚当·克劳斯纳和肖恩·克劳斯纳。

现在是下午6点30分。

艾伦·摩根一个人独自游荡在街上，穿过一条阴暗的小巷时，他随脚踢飞了一个易拉罐，在垃圾桶旁找寻食物的野狗吓了一跳，但似乎连逃跑的力气都没有了，只是用求助的目光呆呆地望着艾伦。

阴暗的房间内。

"什么声音？"围着桌子的其中一个黑影问道。

亚当回答说："不过是个易拉罐的声响。"

"去确认一下。"刚刚那个黑影似乎还是不放心。

"疑神疑鬼的家伙。"亚当不屑道。

亚当来到窗边，向外望去，只看到了一条野狗正在寻找食物。"是条野狗。"亚当坐回位子后，对刚才发话的那个黑影调侃道："身为骑士团的一队之长，你还真是胆小得要命啊。"

对方则心平气和地回话道："小心驶得万年船，这次的目标是条大鱼，绝对不容有失。"

在一旁的肖恩说话了："不要废话了，我们要出发了。"

这时一位女性的声音传来："肖恩注意你的语气。"

听到这话，肖恩拿起桌上的宽檐帽，扣在头上，一言不发地走出了房间。亚当耸了耸肩，对其他人点头致意后，笑着出去了。

两人走后，刚才那个女人再度发话了："9月5日，特默内斯下层。"

其他几人同时答应道："知道了。"

之后哗的一声，几个黑影全都随着桌上的全息影像投射器的关闭，消失了。

艾伦来到一所外观看上去很普通的酒吧，他并不知道这里是布兰克家族所经营。外面墙上贴着萨克斯的海报。似乎是来了一位新萨克斯手，并以此为卖点进行的宣传。

艾伦轻轻推开酒吧的门，里面弥漫着深蓝色的空气，艾伦坐在吧台前对酒保说道："VODKA。"除了这种沙皇最爱的蒸馏酒之外，他似乎从未对其他烈酒展现过任何的兴趣。

这时酒保异常利索的动作吸引了艾伦的视线，他看着这个留着小胡子，梳背头的酒保问道："你以前是做什么的？"突然听到客人这么问，酒保愣了一下然后说："我干这一行已经很久了。"艾伦笑着耸了下肩说："既然不想说，我也不会勉强的。"酒保也笑了，不再多说，拿着杯子擦起来。

酒吧中的光线渐渐由深蓝变为略显深沉，懒散的浅红色。但艾伦正在想事情，环境格调的变化没有影响到他，他的眼睛依旧直直盯着酒杯中映出的自己。

那位酒保一边擦拭杯子，一边对艾伦说："客人，那是本店新来的萨克斯手。"他说着，萨克斯声随即传来。一瞬间，艾伦睁大了双目，这触动灵魂的乐曲就仿佛沉醉在午夜都市的情人，与内心的孤独一起，在色彩缤纷，霓虹炫耀的大街上徘徊着。

在酒吧浅红色灯光的交汇处，一位留着棕色散乱长发身穿黄色立领衬衫与深棕色长风衣，手持萨克斯的高大男子正闭着眼，沉浸在自己所演奏的浮华中。

艾伦看到他时，脸上爬满了吃惊，"阿道夫·兰伯特，原来前些日子那骑摩托车的人真的是他。"

这时坐在角落桌子的俩人，是教团的六队和七队队长，亚当与肖恩。

亚当托着下巴感叹道："高亢与深沉，如此冲突的一对情感却被他演绎的如此和谐，阿道夫·兰伯特真是个令人费解的家伙。"肖恩没有接话，亚当接着说："怎么也想不到上次在布兰克家族聚会后就失踪的他竟然还留在奥瑞金，而且还在布兰克家族经营的酒吧里玩起了萨克斯。"

看到肖恩还是没有理自己，亚当顺着肖恩的视线看去，发现了肖恩不说话的原因，"真是有缘，又遇到他了，艾伦·摩根。"

肖恩终于开口了，"希望他的出现不会破坏我们的计划才好。"

亚当瞅着坐在吧台前的艾伦对肖恩说："你是担心他的出现会引来布兰克家族的人吧？我想应该没事，因为我们本就没有计划要在这里动手嘛。"

对于亚当的乐观，肖恩冷冷地回答说："希望如此。"

艾伦的双眼盯着演奏萨克斯的阿道夫。他无法理解阿道夫出现在这里的目的到底是什么，他很想上前与之搭话来一探究竟。

但其实艾伦并不喜欢与阿道夫打交道，虽然他的气质与丹比尔十分类似，同样给人以恐怖诡异的感觉，但两人却有着一个质的不同，那就是丹比尔多出了一种气质——理性，但阿道夫却没有。这一点让大多数人对其望而生畏。

不过今天演奏萨克斯的阿道夫却显出了一种与众不同的理性。

不一会儿，阿道夫的演奏便结束了。换上一位女歌手在乐团的伴奏下演唱起来。

下台后，阿道夫将萨克斯装进皮包，并将身上的棕色长风衣脱下来，拿在手上，接着背起长包朝吧台走去。这时的艾伦正看着手中的酒杯，阿道夫发现了他，走过去，靠在吧台上，看着眼前这个比自己矮一头、拥有翠绿色双眼的少年，用平和的语气说道："这是我第二次看到你这样。"

艾伦没有回答，依旧看着杯子。阿道夫接着说："我请你一杯伏特加以外的酒吧。"

"不必了。"艾伦冰冷的回绝换来的却是阿道夫一瞥诡异的微笑，接着他耸了耸肩，坐在艾伦身旁，要了一杯不加冰的威士忌，辛辣非常。

今天阿道夫没戴墨镜，灰白色的瞳孔一览无余，艾伦透过自己酒杯上的反光看着旁边的阿道夫，问道："教团不是正在斯塔莱特与兰伯特家族交火吗？"

和弦 三音　王子与雕刻师

阿道夫笑着回答："我没兴趣。"

艾伦接着问："那你为何留在奥瑞金？"

"我也不清楚，或许是因为这个城市太有意思了。"

"有意思？"艾伦问道。

"因为三大家族首领都在这个城市。"

"还差了一个。"艾伦提醒道。

阿道夫看着艾伦问道："我吗？"艾伦没有回答，而是再次问道："你的目的到底是什么？"

这次阿道夫收起笑容想了一会儿后，回答说："我实在想不出来我有什么目的。"

听到这话艾伦笑了，端起酒杯喝了一口。

阿道夫接着反问道："你又为何还留在奥瑞金？"艾伦则选择了看着酒杯沉默不语。

这时，周围的光线逐渐地变为了橘红色，艾伦喃喃道："真是令人厌恶的颜色。"听到艾伦的话，阿道夫接着他说："尽管曾经是那么美丽。"

在这时，俩人第一次，不约而同地笑了起来。

之后两人之间的话语多起来，但不知何时起，在阿道夫的引导下，俩人聊起了各自的父亲，劳伦迪乌斯·兰伯特与克莱门特·摩根。俩人提到父亲时的表情如出一辙，仿佛都带着三分醉意，显得并不清晰。

直到阿道夫清晰地说出了一句话，才让艾伦如醉方醒。"那时我本想杀了他，最后却只把他打成了痴呆。"艾伦听到这令人震惊的话时，手中的杯子一瞬间滑落在地，酒精的味道弥漫开来，本来放松的神经一下子紧绷起来，他不明白阿道夫到底是出于何种目的对他说这些话。但之后阿道夫的每句话都深深烙印在了他脑海里。

在离开酒吧后，艾伦独自徘徊在街上，脑中回荡的则是阿道夫的话语。

"不要忘记我们所付出的代价。"

"衡量我们是否还活着的标准是什么？"

"晚安，艾伦。"

而另一边阿道夫依旧坐在酒吧中，慢慢地品着杯中的威士忌，坐在角落的亚当已经睡着了，而肖恩还是用他锐利的双目盯着阿道夫。

这时阿道夫喃喃地念道："真难喝。"放下酒，穿好棕色长风衣，背起装有萨克斯的长包，从酒吧后门出去了。

肖恩看到这种情况，却没有叫醒亚当，自己跟了上去。

第二天——也就是8月25日的傍晚时分。

丹比尔还没有回来，艾伦独自一人又来到了昨天的酒吧，萨克斯声没有了，他坐在台吧，独饮着伏特加。这时，吧台的酒保从柜台里拿出一张碟片交给艾伦说："这是昨天的萨克斯手留给你的。"

"他人呢？"

"我们也想找他，他连这些日子的工钱都没领。"

艾伦拿着碟片前后端详，并无什么特别之处，接着问道："他没留下任何话吗？""对了，还有一张纸条。"说着酒保从兜里拿出了所说的纸条。艾伦接过来，上面写着"交给那位绿眼的客人，告诉他，内容一定不会让他失望的。"艾伦看着这纸条，对阿道夫留给他的这份礼物的内容越发地感兴趣。

不过这一切都被昨天同样在酒吧中的另一个人看到了，这人就是亚当·克劳斯纳。自从昨天肖恩去追阿道夫·兰伯特之后，就再也联系不上，所以他今天一直在酒吧中等待这阿道夫的再次出现，不过没等到阿道夫，却等来了艾伦。

这时艾伦将纸条放进酒杯里，向酒保借了火，将之与酒精一起烧尽，碟片则放入怀中，匆匆离开酒吧。亚当跟了上去，他希望艾伦可以带他找到阿道夫与肖恩的下落。

当亚当跟在艾伦身后，穿过大概六七个街口后，在一条铺满石板的上坡路，艾伦突然停下脚步说道："你已经跟了我很久了。"

接着艾伦转过身，朝下方望去。只见亚当不避不闪，就站在路的中央。

艾伦看到亚当的样貌和脖子上的黑色十字架印记，眼神立马变得谨慎起来，说："你是那天广场上教团的演讲者。"

和弦 三音 王子与雕刻师

亚当回答道："嗯，我的名字叫做亚当·克劳斯纳。"

"你是来杀我的吗？"艾伦冷冷地问道。这次与上次不同艾伦已做好了战斗的准备。

但对方的回答却是："不，我只想知道阿道夫·兰伯特留给你了什么？"

艾伦好奇地问道："你为什么想知道他到底留下了什么？这跟你有什么关系？"艾伦说的同时，一个巨大的引擎声传来，伴随着枪声与急刹车的声音一起，一个高大的背影挡在艾伦面前。亚当则用手臂上的护具挡住了射来的子弹。一双灰白色的双目正轻蔑地盯着亚当·克劳斯纳。是阿道夫！阿道夫跨在摩托车上，右手握着一把手枪中的巨无霸——沙漠之鹰。只见摩托车上还挂着一顶宽檐帽，阿道夫拿起帽子，将之扔给了亚当，亚当接住帽子惊讶地说："这是……肖恩的！"但更令他惊讶的还在后面，帽子的内部竟是一片鲜红。

"阿道夫，你把肖恩怎么了？"

阿道夫用低沉的声音，非常认真地回答说："他是个不错的家伙，让我很享受。"这时从亚当狰狞的表情来看，他已经怒不可遏，而阿道夫则接着说："他在我的雕刻品当中绝对属上乘之作。"

这时亚当将帽子轻轻放在地上。然后将手放在胸前仰脸说："请上帝敞开通往天国之路，望天使可以指引肖恩。"阿道夫打断了亚当："天国？我可不记得我说过他死了。"亚当听到这话，睁大了双目，突然冲向阿道夫！阿道夫则用手中的沙漠之鹰朝亚当射击，延缓了一下他的步伐，一边用最大马力调转车头，一边对艾伦说："上来！"

只听到轮胎与地面尖锐的摩擦声，艾伦跨上摩托车，阿道夫说："坐稳了。"一瞬间，摩托车开到最大马力，亚当一把抓起路边固定在地上的消防栓，向阿道夫他们掷去，但摩托车的速度实在太快，最终还是没有扔中，只能眼睁睁看着阿道夫与艾伦绝尘而去。

接着，阿道夫将艾伦载到市中央一条繁华的大街上，让艾伦下了车，阿道夫笑着对他说："教团的人绝对不敢在这里轻举妄动。"

艾伦刚想问他到底发生了什么事情，阿道夫便发动引擎离开了。艾伦看着远去的阿道夫，又掏出怀中的磁盘，越发地觉得诡异。之后叫了一辆出租车，回到布兰克家族官邸。

布兰克家族官邸中。

黑衣人正向丹比尔的另一名仆人外号公爵的家伙报告这两天艾伦所遇到的事情。公爵摸着自己宠物黑豹巴尔瑟拉的脑袋，笑着命令道："你下去吧。"黑衣人下去后，公爵很得意地自言自语道："阿道夫？有意思。"他并不打算把这件事情向丹比尔报告。因为对于他来说，事情朝着越来越有意思的方向发展才是他想看到的。

艾伦回到房间后，立即将碟片插入播放器内，电视画面里出现的人竟是玛维丝与……

而另一边，丹比尔和玛维丝他们也在晚上8点多时回到了官邸，在这两天中丹比尔与玛维丝的进展似乎遇到了瓶颈，当玛维丝暗示进一步的关系时，丹比尔的犹豫被玛维丝深深地看在眼中。

而回来后，丹比尔也迅速察觉到了艾伦的异样，但是第二天就是玛维丝、小南希和艾伦预定离开奥瑞金的日子，两家人预定在上午9点乘坐火车。

丹比尔不得不在夜里10时把艾伦叫到他的办公室。

艾伦进去时，幽暗的办公室内只有丹比尔一人在弹琴。艾伦也不说话，直接坐下了，看着丹比尔直到演奏结束，丹比尔率先问："你可知这首曲子叫什么？"艾伦才回答说："我对音乐没什么研究。"丹比尔站起身，坐回了办公桌前的椅子。

接着艾伦问道："这是最后一晚了，你曾说过会在我离开前告诉我。"

丹比尔回答说："艾伦，那天我并没对你父亲说什么，我们只是像老朋友一般谈论着各自家族的未来。"

听到丹比尔这么说，艾伦满心疑惑，接着问："如果你没对他说什么，他那天怎么会大哭一场，之后对我的态度更是一百八十度大转弯。"

丹比尔背过身，看着窗外紫色的天空说："那才是他内心的真实写照，不是吗？"

艾伦听到这话，无言以对。

丹比尔转过身看着低头不语的艾伦说："我记得当时，你的父亲克莱门特背对着我，看着远方的天空说：'他太执著于复仇了，仿佛一切的未来都是为了这件事而存在，甚至作为我的养子。'"丹比尔平静的叙述狠狠刺痛了艾伦的内心。丹比尔接着说："而在说这句话之前的整整一个小时里，他一直在夸耀着你过人的才能。"

艾伦依旧不语，丹比尔继续说："他还说，如果可以，他希望你可以是他真正的儿子，那样的话，你就不会经历童年时那些痛苦的过往了，更不会像现在一样只执著于复仇。"

艾伦回话了："命运是无法重新编排的，我也希望自己是他真正的儿子，我也希望我没有经历过那些往事，但……"

丹比尔明白艾伦要说什么，接着他的话说："所以那时我对你父亲说，既已无法让真实变为谎言，何不让谎言变为真实。"

艾伦听到丹比尔的这句话，终于明白了所有的一切。他表情略显悲伤，还是沉默不语。丹比尔也不再说话，空气沉静的无以复加。

突然艾伦站起身掏出怀中阿道夫给他的光碟，将之扔给丹比尔说："这是我最近得到的。"丹比尔一把接住，看着这张封面上什么都没有的光碟，心中非常不解。

艾伦叹了一口气，摇摇头，苦笑着说："太多的时候，并非我不想改变命运。"接着他便匆匆走出丹比尔的办公室，留下丹比尔一人默默看着手中的碟片。

当艾伦推开门时，竟发现南希抱着小熊玩偶站在门旁，塞提尼奥家的二哥塞德里克·塞提尼奥守在她身旁，小南希看样子有些困了，但看到艾伦后，立刻叫道："大哥哥！"

艾伦蹲下问："这么晚了，为什么还不去睡觉？"

小南希低着头，嘟着嘴说："因为明天就要离开了，所以今天晚上是最后能和大哥哥在一起的机会了。"

艾伦笑着说："说什么傻话，以后和哥哥见面的机会多的是，都这么晚了，赶快去睡觉。"

小南希还是不情愿，"可是……"

"不要任性，哥哥以后一定会去看你的！"

小南希看着艾伦翠绿色的眼睛问道："真的？"

艾伦也看着小南希晶莹剔透的眼睛回答说："嗯。一定！"

接着小南希伸出了小手,艾伦也伸出了手,两只小指再度钩在了一起,但这次艾伦又是否能完成约定呢?在南希要离开时,艾伦亲了一下她的额头,而小南希则向艾伦摆着手说:"晚安,大哥哥。"看着南希一边向自己招手,一边远去的身影,艾伦低着头,安静地朝反方向走去。

第二天早晨,奥瑞金中央火车站的站台上。

穿着棕色连衣裙的玛维丝站在丹比尔面前,其他人则在远处。

两人相距很近很近,玛维丝踮起脚尖,闭上眼睛将嘴唇凑近丹比尔,但丹比尔却犹豫了,头稍稍地偏转了一下,玛维丝睁开双眼,表情与眼神中充满了不解,丹比尔看着她,左手轻轻搂她的腰,右手扶着她的肩,吻了她额头一下。接着玛维丝却低下头,似乎不想让丹比尔看到她的表情。丹比尔拉起她的手温柔地说:"来吧。"

两人回到了众人所在的地方,丹比尔抱起小南希笑着说:"回去之后可要乖乖听妈妈的话,叔叔可是会去检查你的!"

"嗯!"小南希乐着答应道。

丹比尔又对小南希手中抱着的丽莎和小熊说:"公主殿下就拜托给你们了。"

之后塞提尼奥四兄弟与玛维丝母女先上了火车,站台上还剩下丹比尔,华沙,阿尔佛以及艾伦与他最初带来的几名仆人。

艾伦首先对华沙说:"那天谢谢你,画师,不过你的酒量可真惊人。"华沙笑了,两人拥抱了一下。艾伦接着对阿尔佛说:"真是羡慕丹比尔有这样得力的助手。"最后艾伦面对着丹比尔,两人都微笑不语,拥抱自然是不可少的。

这时丹比尔很想问艾伦关于昨天那张光碟的来历,但想了想,艾伦恐怕不会回答,所以没有问出口。之后艾伦便上了车,车轮缓缓滚动,丹比尔目送着火车开向远方,逐渐融入天空中飘拂的橘红色云彩。

从26日下午回到沃里克的摩根家族官邸到27日的一天半时间里,艾伦依靠酒精的支撑,完全没合眼地处理完了这些日子家族累积的事务。

27日深夜,夕阳斜挂在天边。办公室中,艾伦紧闭双眼坐在办公室里，桌上摆着 5 瓶已经喝干的伏特加，这时艾伦脑中旋转的是阿道夫那张光盘中的影像以及小南希的脸庞。

一滴汗从他的额头留下，这时仆人轻敲了几下门，艾伦猛然睁开双眼，左右看了看，然后说："进来吧。"仆人推开门对艾伦说："主人，很晚了，您已经两天没休息过了。"艾伦的气息显得略有点混乱，对面前的仆人说："所有的事情都已经处理完了吗？"

仆人回应道："是的，主人。"

"嗯。"听到这话艾伦想站起身，却发现身子竟是如此的沉重，他勉强支撑起身体装作若无其事的样子对仆人说："我有点饿了，吩咐厨房做点餐点送去我的房间"。

仆人问道："您有什么想吃的吗？"

艾伦回答得很快："你就让厨房随便做点吧。"

"是的。"

但艾伦随即又想了一下，在仆人刚要离开时叫道："等一下，让他们做包子好了。"

仆人惊讶地问："包子？主人，那需要很长的时间。"

艾伦则说："没关系。"

之后艾伦回了自己的房间，他来到窗台边，拿起喷水壶，刚要给盆栽浇水时，却发现水壶已经干了，他拿着水壶来到走廊尽头的洗手间，接满水后再度回到房间时，只觉得头脑一阵晕眩，之后便栽倒在地。

等他再度醒来时，已经是第二天晚上了。

"主人，您醒了？"仆人就守在旁边，关切地问道。

艾伦没有回答，下了床向仆人问道："我昏迷了多久？现在是几点？"

"28 日晚上 11 点，主人您现在感觉如何？"

艾伦揉揉眼睛对仆人说："我没事了，你出去吧。"说着艾伦坐在书桌前，打开桌上的日记本，写上日期时却发现仆人站在那里不动。艾伦便问道："发生了什么事？"

仆人显得有些支支吾吾，艾伦不耐烦地厉声道："不要支支吾吾的！"仆人便沉下表情对艾伦说："主人，我们今天下午接到消息，玛维丝·葛若林将会乘坐明早的火车前往高山都市斯塔莱特。"

艾伦听到这个消息，低着眼，喃喃道："这才是从奥瑞金离开的第三天，她又去斯塔莱特干什么。"

"据说是为了去拜访兰伯特家族。"

这时，阿道夫那张光盘中的影像又浮现在艾伦的脑海中。仆人紧接着说："这次出行，玛维丝只带了塞提尼奥家四兄弟，列车在明天早上8点30分时，经过沃里克。"

艾伦听到这里觉得有些奇怪，问道："这次的情报来源？"

仆人回答说："是以前安插在葛若林家的间谍报告的。"

"我记得他，不过以前他从来没提供过什么有用的情报。这次怎么会得到这么重要的消息？"艾伦还在怀疑。

"主人！没时间犹豫了！"仆人有些急切道。

艾伦看了一眼这名仆人，随即又低下头对他说："我需要七个强悍的家伙，火车蓝图以及玛维丝他们所在的车厢号。"听艾伦这么说，仆人立马出了房间。而艾伦则用尽浑身的力气挠着头发，接着他站起身，走到床边，想伸手去拿床头柜上的伏特加，但最终还是没有。他又坐回了书桌前，拿起笔在日记本上写了两行便再也写不下去了。

之后他换了一袭便于行动的黑衣，显得帅气，酷劲十足。这时仆人敲了敲门，艾伦走出房间，与仆人一同来到办公室，蓝图已经在摊开在办公桌上了。

仆人指着蓝图对艾伦说："主人，他们在第六节车厢的这个包房内。"

"五个人都在？"艾伦问道。

"主人，是六个人。"仆人提醒道。

艾伦听到六个人时，一下子沉默了。这次仆人站在旁边没有说话。艾伦盯着蓝图一屁股坐在椅子上，手扶着额头，接着他的手又不自觉地伸向桌上的空酒杯，仆人看到这样后，赶紧开了一瓶新的酒，给艾伦倒上满满一杯。艾伦一口气将之全部喝光，辛辣的口感在一瞬间让他苦不堪言，但他却还要继续，仆人又倒了一杯给他。艾伦并非喜欢这辛辣的味道，只是这时精神上的苦痛已经让他回忆不起肉体上的痛苦了。

在酒精的催化下，艾伦的眼神变得越来凶狠，他拿起笔，接着又扔下，反反复复十多次，他闭起双眼，搜寻着脑海中的画面，到底哪一个才是真实?

时间在一分一秒的经过,艾伦额头汗如雨下,青筋上甚至渗出了血丝。

仆人突然说:"主人,这绝对是千载难逢的好机会。"听到这话艾伦瞪了他一眼,他便不敢再多说。不知不觉,艾伦已经想了很久很久,墙上的时钟指向3点半,艾伦看到时间,拿起了笔,这一次他没有再放下。他一边在蓝图上画着,嘴里一边对仆人讲解着:"塞提尼奥四兄弟,其中四弟毕维斯是指挥官,剩下三人则是主要战斗力。如何分散这几人的战斗力是重点,所以七个人当中有俩人要从后面车厢进入,制造混乱,如果我估计的没错,彼德罗,塞德里克,阿若德这三人中必有一人会去查看情况,而这时,我们的人就要向更后面的车厢前进,确保自己不被追上。接下来想分开剩下的三人恐怕是不可能了,我要一个人扮装成列车员将他们所有人都引出房间。四弟毕维斯以外的俩人在他们被诱出房间时必定会一前一后保护着玛维丝,而我方剩下的四人埋伏在那节车厢的两端,待他们出来就射杀这一前一后保护玛维丝的俩人。四弟毕维斯头脑再好,没了他们也只是个光杆儿司令而已。"说完计划的艾伦低着头,手按在蓝图上,迟迟不下命令。这时面前的仆人对他说:"主人,已经4点了,时间不多了。"

艾伦站起身说:"传达我的计划,备好武器和车辆,准备随时出发!"

在仆人退下后,艾伦独自坐在椅子上,与其说是思考着,不如说是等待着,因为恐怕他再怎么想也是徒劳的。

早上8点整,四辆黑色的轿车停在了火车站旁,车上下来八个人,全是白衣衬里及黑色外套,艾伦更是首当其冲,胸前还戴着一朵白花。其中四人提着黑色长包,里面装满了各式武器。因为是早上,候车室里几乎没什么人,只有个别从周围小城镇赶来的乘客,睡在椅子上。艾伦一行人坐在椅子上等待着8点30分的火车进站。

艾伦像大理石雕像一般坐在那里,旁边一个人在对他说着什么,他既没有回答,也没有指示,但手总是时不时地去摸怀中的手枪,接着他从风衣的口袋里掏出一罐酒,拧开,喝了一大口,擦擦嘴角,将酒又收了起来。

时间还有五分钟,不过这五分钟在艾伦看来却仿佛有五年那么长,每一秒都是一种精神与肉体上的双重折磨。突然广播的声音传来,艾伦心中不禁一颤。

广播的内容是火车马上就要进站了。

等火车停好后,艾伦手下七个人从不同的站台口登上站台,两个人上了第十节车厢,艾伦与另外五人上了第二节车厢。进入包厢后,艾伦立即开始分配武器。列车开动时,艾伦对其中一名手下命令道:"去叫餐点。"

过了十分钟,敲门声传来,打开门,一位列车员推着餐车走进来,不过当门关上时,藏在门背后的一人突然现身,用一条细绳勒住列车员的脖子,很快列车员就窒息而死。这时艾伦看了一眼手表,时间是差10分9点,随即命令道:"赶紧换衣服。"

接着艾伦将两把弯刀藏入风衣内侧,摸了摸胸前的白花,闭上眼陷入沉思。

几分钟过后,换好衣服的手下打破了艾伦的沉思,"主人,还差三分钟了。"

艾伦睁开眼纠正道:"四分钟。"

在9点整时,枪声与尖叫声传来。艾伦看着手表对众人说:"还有五十五秒。"

"三十秒。"

"十秒。"

包厢的门被打开,装扮成列车员的人走在最前面,身后是穿着黑衣的四人,与面带迷惘的艾伦·摩根。这时尖叫声与脚步声在车厢内此起彼伏,艾伦突然叫住了装扮成列车员的部下,对他说:"脸与声音都要表现出慌张。"紧接着9点2分时,他们便来到了第六节车厢,将走廊两边的门卡住后,两人埋伏在前,艾伦与另两人埋伏在后,其中艾伦靠在墙边看着一切的进行。假扮的列车员重重地叩响玛维丝他们房间的门,并伴随着后面车厢传来的枪响,慌张地大喊道:"客人!请你们前往更前面的车厢!歹徒正朝这边过来!我们要切断第四节以后的车厢了!"在嘈杂的枪声与尖叫声中,拧门的声音传来,艾伦与其余五人都屏住了呼吸,假扮的列车员也从身后掏出了一把利刃严阵以待。

不过包厢内突然传出几声枪响，瞬间假扮的列车员与包厢门被同时打穿。紧接着一个人影突然出现在前方走廊的门后，就在两节车厢之间。还未等艾伦提醒埋伏在那边的部下，子弹已经射穿了门，打进他们的脑子。同时，包厢内伴随着枪声也冲出来一个人。

艾伦赶紧掏出枪来，还击的同时，闪到一旁另两名手下掩护的地方，艾伦贴着墙对剩下两名手持重型武器的部下命令道："拖住从屋里冲出来的那个人。"然后右手持枪，将身子仰着探出身后的窗外，看到了爬梯，用左手抓住后，一下子来到了车顶。

而另一边，刚刚处在两节车厢之间的那人也爬上了车顶，两人同时看到了对方拔枪互射，艾伦左臂中弹，对方左肩中弹，两人都倒在了地上。"艾伦·摩根！果然是你！"

"阿诺德！"艾伦也认出了对方。两人同时站起身子，互相用枪指着，一下子空气凝结住了，与车厢里传来的激烈枪声形成鲜明对比。

突然艾伦向脚下车厢的正中位置射击的同时身子向一边倾斜而去，阿诺德扣下扳机，没有打中艾伦，但只见艾伦仿佛失去平衡般一下子从车顶上滑了下去，阿诺德觉得艾伦左手受伤，右手持枪，这次掉下去肯定一命呜呼了，赶紧跑到车顶边缘查看。不料，刚走到边缘时，一把弯刀便插进他的腹部，他大叫一声，双手握紧刀柄，然后硬生生将弯刀拔了出去，鲜血爆射而出。原来艾伦先将枪扔掉，然后用右手，单臂挂在了列车的边沿，用受伤的左手忍住一瞬间的疼痛，发力将弯刀插进了阿诺德的身体。接着他不再理会车顶的阿诺德，而是从走廊的窗户跳进车厢，这时才发现，枪声没有了，原来四兄弟中的大哥彼德罗正好被他刚刚向下的射击击中了头部，只见彼德罗手持两把MP5冲锋枪倒在了走廊正中央。而艾伦的两名部下也都挂了彩，动弹不得。艾伦不管他们，径直走进玛维丝所在的包厢。

玛维丝与南希正害怕地抱在一起，四兄弟中的毕维斯则挡在他们身前。南希看到了艾伦，叫道："大哥哥！"刚想跑向艾伦，却被母亲玛维丝抱得更紧了，接着玛维丝恶狠狠地念出一个名字："艾伦·摩根！"

艾伦左手流着血，也冷冰冰地念着她的名字："玛维丝。"

这时毕维斯掏出一把枪，指着艾伦。

艾伦不屑地瞥了他一眼，一瞬间抽出风衣里的另一把弯刀向他掷去。

玛维丝抱紧小南希的同时大叫道："不要看！"

毕维斯应声倒地，艾伦走过去捡起他手中的枪，查看了一眼弹药数，是满的，他抬起手臂，将枪口对准了玛维丝。小南希看到这种情况，挣脱开玛维丝的手臂，扔下手中的玩偶，跑过去抱住艾伦的腰，哭着问道："大哥哥！你要做什么？"

艾伦并不看小南希，任由她抓着自己，枪口依旧对准了玛维丝。

"艾伦！她是你妹妹啊！"玛维丝指着小南希说道。"闭嘴！"艾伦神情狰狞地大喊道。小南希哭得越来越厉害，抱着艾伦的同时不停呜咽地叫着艾伦："大哥哥！大哥哥！"

这时车窗外的夕阳显得是那么的焦黄，但却将艾伦留下的泪珠照耀得分外光亮。艾伦也哭了。"大哥哥，为什么要杀我妈妈？"小南希看到艾伦的样子哭着问道。

艾伦不回答，眼中的泪水不断翻涌而出。

这时玛维丝盯着艾伦的双眼说："你真是拥有着一双跟你母亲一样的眼睛呢。"

"你不配提起她。"艾伦的泪水没有停歇过。闭上双眼依旧改变不了泪水的流向，他接着说："如果可以有一天，闭上眼时我可以忘记母亲的脸庞。"

然后他又低下头，对南希说："原谅大哥哥吧，恐怕大哥哥再也无法去看望你了。"

虽然南希不能完全理解艾伦的话语，但一种不好的预感袭上心头，让小南希死命地抱住艾伦。艾伦看着窗外的夕阳时笑了，笑得是如此哀伤，如此凄凉。

紧接着……

"砰！"

玛维丝倒下了。

"妈妈！！"

艾伦平静地将枪口对准了自己。

又是一声枪响。

几分钟后，当塞提尼奥四兄弟中的塞德里克推开包厢门时，一阵恐怖的笑声传来，一阵不曾包含理智的恐怖笑声。

走进包厢内，环视四周，地上躺着三具尸体，四弟毕维斯，玛维丝·葛若林以及艾伦·摩根。艾伦胸前的白花已用他自己的鲜血点缀上了绚烂的红纹。

而窗边，还有一个幼小的身躯正在发出骇人的笑声。

时间来到2078年9月2日。

华沙来到了葛若林家所在的城市——奥佩托拉。

他叫了一辆出租车。

"开往城市西南方的海边。"

"客人。西南方的海边什么都没有。"

"那里有我要去看望的人。"

攀过一段蜿蜒的山路后，车在离海岸还有几百米的地方停下了。

华沙与切下了车，提着花篮向海滩上一座洋房走去。那里就是南希·葛若林疗养的地方，在艾伦与玛维丝死后，南希便患上严重的认知及心理障碍。所以塞德里克将她接来这里静养，希望她可以有恢复的一天。

华沙与切漫步在滩头，夕阳将海面与脚下的沙粒映照得金碧辉煌，但却让人无法陶醉在这美景之中。

很远就可以听到几个声音在叫着南希的名字。紧接着便看到房子附近几个身影正在慌张地寻找着什么。其中就包括塞德里克·塞提尼奥。

看样子他们是在找南希。

华沙也向四周望去，寻觅着南希的身影。

突然，他看到了南希。

南希正抱着小熊玩偶一步步地朝金色的大海深处走去。

水已经没过了她半个身子。

华沙刚想去救她，但……

"或许这样的结局才是比较好的，不是吗？"

切飞向天空，华沙则望着橘红色的云彩喃喃道。

安魂曲B小调

　　2078年9月2日傍晚，6点整，丹比尔带着阿尔佛，凡妮莎，华沙与不多的随从乘上了前往特默内斯的列车。阿尔佛没有带上义女蕾娜斯，公爵则留守官邸保护馨夫人。

五 音
螺旋花园

在 2071 年 9 月 3 日的特默内斯下层都市所发生的一切至今叫人记忆犹新，大火吞噬一切的同时，众人的命运也随之狂舞，而丹比尔每年的 9 月 3 日都会来到特默内斯的下层都市——阿兰古斯悼念逝去之灵。

2078 年 9 月 3 日中午时分，天气晴，无风。

这是阿尔佛·罗德第七次陪着丹比尔来到特默内斯，也是最特殊的一次，因为除了扫墓之外，他们还必须留在特默内斯两天。在 9 月 5 日特默内斯的下层，名为阿兰古斯的地底都市里，将召开一次黑暗联盟会议，商讨如今世界的形势，这也是海奥斯联盟成立以来召开的第一次，预定未来每四年召开一次，不过上个月末两大势力，摩根与葛若林家的崩坏给会议蒙上了一层厚重的阴影。可这对于丹比尔来说却是千载难逢的机会，在失去了摩根和葛若林两个强有力的潜在盟友后，他需要这次集会来壮大自己的声势，一是稳定住与龙蛇会的关系；二是再拉拢一些其他强大的势力。

环绕地球的铁路上，随着列车的不断前行，夕阳中逐渐透出血色的巨蟒，苍茫的大地上还未勾勒出城市的边框时、矗立在特默内斯市中仿佛直通天际的巨型平台所散发出的光辉便从每个人的瞳孔中反射出来。那里就是特默内斯的上层地带，也是特默内斯最标志性的建筑——命运平台。这样一个立于两千米高空中，方圆五公里的巨型五角形平台到底是怎样建成的？所有人都抱着同样的疑问，其中更有人坚信这一定是神迹。支撑这平台的是四座雄伟的雕像。分别是长着翅膀的天使，魔鬼与人类的男女。他们面朝不同的方向，臂膀被压弯，吃力地托住这近百米厚的岩石平台。天使面向夕阳，恶魔面向黑暗，人类的男女则各朝向南北。虽然他们各代表了不同的身份，但也有着相同的特征。同样的衣衫褴褛，同样的黯然表情，同样冰冷的铁链锁住他们的双手与双脚。平台上则弥漫着朦胧的烟雾。在金色，略显疲惫的阳光照射下，让人目眩神迷，找不到平台的边界在何方。在这金色迷雾笼罩的平台上，只有异常高耸的建筑物才可以被分辨出一些端倪，而《所罗门文书》五卷便是收藏在这平台之上的五座教堂里。这平台之上还建立有城市，那就是中层的人用尽手段想要爬到的上层都市——麦泽宁，也是黑暗联盟的统治者，海奥斯家根据地所在。统治者们曾经利用镜面技术隐藏了它的存在，而现在则毫不吝惜地展示在民众面前，震慑着世界上所有的一切。但当所有人都惊讶于命运平台的雄伟时阿尔佛却看到丹比尔眼睛冲下，嘴角上扬，露出一丝苦笑。接着丹比尔又仿佛察觉到了阿尔佛的目光，抬起头，望着窗外，但那眼神却仿佛逝去了色彩一般暗淡无光。

　　列车进站，迎接他们的是黑色的车队与将军的代理人，曾经出现在教团袭击舞会后，五大家族电话会议中的班内特·海奥斯。他今天依旧是那时整齐的装束，暗红色西装，白色手套，面具一个都没少。

　　特默内斯的车站位于城市边缘，而通往下层的入口则在市政中心大楼的地下，所以一段车程还是免不了了。银色的加长轿车里，华沙不解地看着丹比尔那带些自嘲带些忧愁，朝着窗外的脸庞，并用手中的画笔记录下来。丹比尔这时的心境恐怕世上只有一个人能明白，但或许还不是全部，那人就是阿尔佛·罗德，七年前他的主人丹比尔就是在这里和馨夫人相遇，他知道每次来到这里，丹比尔心中总不免会浮现出那时的往事，但他也只是与主人一起体会着弥漫在空气中的冰凉，并不言语。

　　不久，众人便来到了市政中心的大楼前，这里的台阶很奇特，只有中间一段是向上通往市政厅的，两侧的台阶则是向下延伸，一侧通往城市的地下铁；另一侧便通向地底都市——阿兰古斯。

　　地下铁入口的人来人往与地下城入口的寂静不觉间形成了鲜明对比。"那么我就送您到这里了。"班内特·海奥斯用极具穿透力的声音说道。

　　"嗯。"丹比尔轻声回应了下，带着阿尔佛等人走进向下的，寂静的阶梯。华沙跟在丹比尔后面，看到墙上各式的浮雕与燃烧的火盆，心中想到：我记得《所罗门文书·善恶卷》中记载着这座地下城的来历……如果我没记错的话，那一节的名字好像叫做'螺旋花园'。而所谓螺旋花园，就是隐喻着这座地下城所深藏的宿命，凡是踏入这里的人都会走上深幽的螺旋无法自拔。还有曾经的阿兰古斯并非一座地底城市，而是中心位于如今特默内斯中层的一个王国，这座地下城是当时的国王为了一位侍女所建造的，整个城市几乎照搬了当时地上的样子。

众人前行了一段时间，阶梯的延伸停止了，换来的是更加昏暗的走廊，当众人快步前行于走廊中，墙壁渗出的水滴与不时传来的老鼠声让华沙肩上的切非常不自在，总是不安地张开翅膀，而走在后面的凡妮莎也和切感同身受，她几个箭步走到了队伍中间，这才显得稍微放松下来。今天的她穿着简练，紧绷的黑裤与靴子非常凸现她凹凸有致的身材。就在走廊显得越发狭窄时，远处出现了一道光亮，马上就是出口了。一阵微风袭来，众人已经进入了地底都市——阿兰古斯。

众人身处一个高台，这高台正是一只七八十米高的展翅巨龙石雕的头顶，一瞬间这座让丹比尔充满回忆的古城像一幅壮丽的画卷展现在所有人面前。据记载，地下城曾经的女主人格外喜爱神话中的各式巨龙，国王便在入口打造了这座巨龙雕像，每当国王来到地下城时，他的身影便会出现在龙头之上，仿佛乘龙而来。

正值地下城的万灵安魂日，无数漂浮的灯火将有限的天空点亮，放眼望去，最远处是一片荒野以及风车墓园，巨大风车的背后潜藏着无尽的黑暗。而眼前的城市遭到过几次严重的损毁，古老城都的痕迹已经显得不再清晰。在右手边的是寂静、黑暗的废城区，左手边的是重建的都市，城市远处边缘的一小块区域则是仅存的古代宫殿。

巨龙两眼中间有一道石门，又经一段老旧的石梯，终于来到了地面。几辆轿车已经在等丹比尔他们了。

一位穿着西服的谢顶中年男人一瘸一拐地迎上来，丹比尔看到他笑着说："尼克。"两人拥抱在一起，显得格外亲密。

"你每年都这么准时呢！"跛脚的中年人笑着说。

"你不也一样！"丹比尔满脸高兴地回应道。

这个叫做尼克·蒙托利沃的人是掌管下层区域的海奥斯家族干部，一旁的阿尔佛·罗德不以为然地瞧着这个家伙，在他看来，这老家伙七年前利用丹比尔才爬到了海奥斯家族如今的位置。尼克·蒙托利沃从口袋里掏出一支烟斗，抽了一口说："来，先去扫墓，这就出发，然后今晚我们不醉不归！"丹比尔摸了摸头发，指着蒙托利沃略微发福的肚子说："我很担心你会肝硬化啊。"此话一出，两人大笑着坐进车里。紧接着大家也都跟着上了车，只有一人没上车，是阿尔佛·罗德。他不打算和大家一起去扫墓。阿尔佛弯腰站在车窗前，丹比尔收起笑容对他说："你去吧。之后来蒙托利沃的官邸会合。"接着，阿尔佛便在汽车开走的同时一个人徒步走向废城区。

　　加长型汽车里丹比尔与尼克交谈甚欢，华沙坐在丹比尔对面停下了画笔望着窗外。汽车穿过繁闹的街区，华沙看到了一些不可思议的东西：地底世界怎么会有这些树和花草。华沙思考的时候，丹比尔察觉到了他略显疑惑的表情说："画师，觉得这些很不可思议吗？这应该是今年新种的吧？尼克。"

　　"嗯。"尼克回应了下。

　　华沙看了一眼丹比尔和尼克继续望着窗外说："是觉得很可悲。"

　　"可悲？"丹比尔很期待华沙的后续，华沙却没有再继续说下去。丹比尔顺着华沙的视线望去，在这些花草后面的小巷中，这时尼克说话了："不管怎样，假象的花草已是这长久以来埋藏在黑暗中的古城所能渲染的唯一色彩了。"

　　过了一段时间，轿车开进城市郊外的风车墓园。穿过交错的巨大白色风车，又进入了一片完全的黑暗，没过一会儿，地上出现了零星的火光。车停下，从这里要开始步行了。尼克提着几瓶酒与丹比尔走在最前面。凡妮莎两手抱在胸前，阴冷潮湿的环境让她有些不适应，华沙将自己的外套脱下披在她身上，两人对视而笑。这时华沙朝四周看去，原来地上的光是为了点亮一块块墓碑而设置的油灯，穿过一条小路，丹比尔的脚步停在了一个十字架前。"尼克。"听到丹比尔叫自己，尼克便掏出一瓶威士忌递给他。丹比尔拧开瓶盖将酒放在十字架前，然后一言不发地继续前行。而华沙看着十字架上的名字：班·梅洛。

　　当四个人再次停下脚步时，在他们面前的是三副紧凑排列的十字架与一个手提油灯的人。

　　而另一边，阿尔佛独自来到废城区的一条小巷里，怎么形容这里呢？

死寂与绝望是这里所能传达出的唯一情感，仿佛独自哭泣的少女，负心的男人剥夺了她一切的希望。七年前阿尔佛为了寻找丹比尔而来到阿兰古斯城。那时的废城区并非如此荒凉，还有人居住，而且整个下层世界唯一的教堂坐落于此，教堂中住着阿尔佛的两位挚友，每当早晨都会有很多人来此弥撒，而如今已是物非人非，只留下阿尔佛一人坐在古老的残垣断壁上，仰望着"天空"，嘴里念着一个名字："蕾娜斯。"

突然，他察觉到一个脚步正向他接近，他向小巷的黑影处看去，一个没有了双手的十一二岁少年口中咬着一个装满花草的篮子向他走来。阿尔佛吃惊地看着少年说："你是？"但少年却毫无反应地走过阿尔佛的身前，仿佛完全没有察觉到他的存在一样。阿尔佛这才发现对方的眼睛和耳朵似乎都……

少年渐行渐远，阿尔佛确信他与自己在七年前曾有过一面之缘。看着少年远去的背影，阿尔佛站起身，跟了上去。随着少年的脚步来到一座教堂的废墟前……"原来他住在这里。"在看到这教堂废墟的瞬间阿尔佛显得感慨万千。

废墟里，少年凭着感觉走到了矗立在废墟里的十字架前，将口中的花篮放在地上，再趴下来用头将花篮顶翻……接着用仅存的上臂部分将花草铺满在十字架前……将花草弄好后，少年跪在十字架前开始了祈祷。阿尔佛来到少年身旁，竟发现这时少年的脸上洋溢着满足的表情，看到这样，本想帮助少年的阿尔佛默默地离开了，离开时，阿尔佛还不忘将一枚银币放进少年的花篮里，就如同当年一样。"你心中的景色一定是最美的吧？"阿尔佛走出废墟喃喃道。

在与守墓人告别后，丹比尔一行人回到市区，来到了尼克·蒙托利沃的官邸。这古朴的官邸是利用古代遗迹重新翻建而成的，所以风格独特。还有这座官邸并非海奥斯家族的据点，而单纯提供给尼克家人居住的，所以看不到什么保镖，而且尼克的妻子玛丽安又非常能干，连仆人都没几个。

出来迎接丹比尔的正是尼克的妻子玛丽安，从相貌上来说她是一名平凡的妇人，虽然与尼克之间没有孩子，两人却极为恩爱，对待丹比尔也是非常热情，每当丹比尔来访时都会给他泡一种她家乡的名茶，据说这是她家乡的习俗,每当有远道而来的朋友时,便泡上一杯,不仅具有消除疲劳的功效,淡淡的香气更表达了朋友间不必赘述的友谊。

傍晚时分。

尼克·蒙托利沃官邸的棋牌室里不时传出尼克和丹比尔毫不拘束的笑声,古朴的走廊中,无所事事的华沙专注地看着墙上悬挂的画作,站在旁边的凡妮莎不解地问:"这幅画很出色吗?怎么我一点也看不出来。"

华沙笑着回答说:"这幅画确实不是出自名家之手,而是这座地下城曾经的女主人,也就是国王所爱的那位侍女在自尽前画的。"

"她为何要在自尽前画这幅她所拥有的地下城呢?"

华沙用手轻轻扶着画框回答道:"据我所知,那时的国王到处征战,地下城的事几乎被抛诸脑后,而地下城的女主人长时间见不到所爱之人,只能在这冰冷的地下城中找寻当初国王建造地下城时所残留的爱意。最终她找到了,并且选择在这冰冷的爱中死去。这画所体现出的浓烈爱欲与至深的绝望正是当时她内心的真实写照吧。"

"也就是说这地下城便是那仅存的爱喽,真是个悲伤的故事。"凡妮莎苦着脸感叹道。

接着两人决定出去走走,在临走时遇到了阿尔佛,阿尔佛看到俩人要出门提醒道:"记得不要靠近旧城宫殿那里。"

他们来到街上,华沙率先开启了一个话题:"我还是第一次看到丹比尔·布兰克那样笑。他和尼克·蒙托利沃是怎么认识的?"

凡妮莎回答说:"我也只是听阿尔佛说过,七年前,主人曾经加入过海奥斯家族,尼克正是当时主人的上司。"

"他曾经加入海奥斯家族?!"华沙完全不能理解他听到的事情。

"嗯,七年前主人在上一代主人临终时,并没有立即继承家族,而是一个人流浪到了特默内斯,据说那时的主人已经把海奥斯当成自己的假想敌,取代海奥斯家族统领黑暗世界是主人的目标,所以便化名加入了海奥斯家族一探究竟。正好那时主人被分配到了尼克·蒙托利沃手下,而之后没多久便发生了一些事情,主人逃离海奥斯家躲进了地下城阿兰古斯,因为那时的地下城还不在海奥斯家族掌控下。"

"嗯，这我倒是略知一二。"华沙想起了《所罗门文书·善恶卷》里对当时地下城的记载，接着努力回忆道："我记得当时地下城是被五股势力所瓜分，其他的就不清楚了。"

"嗯，具体的我也不太清楚，但是听阿尔佛说回来时的主人和离开时判若两人。"

"原来是这样。"

"对了，还有馨夫人也是在那时结识的。"

华沙看着地面心里想到：七年前丹比尔所发生的事情或许就藏在《所罗门文书·堕天卷》的第四章或第五章上，真想知道他那时到底遇到了什么，可惜没有权限查看这两章。

就在二人愉快地聊天时，他们已不自觉地走入了不属于他们的禁地。这时华沙终于注意到了大街上的人变得越来越少。周围古欧风格建筑上也点缀出了不一样的感觉，华沙向不远处的旧宫殿望去，看到了宫墙上与整体格格不入的浮雕，凡妮莎也看到了那浮雕，随即问道："那是什么雕像？看起来很恐怖。"

"千头蛇，神螺，莲花，应该是婆罗门教的毗湿奴。"华沙回答道。

"毗湿奴？是个很邪恶的神吗？"凡妮莎看着这散发邪气的浮雕再次问道。

"不，是秩序的守护者。"其实华沙与凡妮莎感同身受，他在看到浮雕的一瞬间也感觉到一股不祥之气，所以回答时才略显迟疑。

这时空气中飘来一股香气，华沙脑袋感觉怪怪的，"你怎么了？"凡妮莎看到华沙有些晃悠问道。不过还未等华沙回答，随着天空中飘来的花瓣许多脚步声传来，只见远处走来不少穿着暴露的壮年男人，全身上下只有简单白色薄纱遮住下体。走在最前面的几人怀中抱着装满粉色花瓣的篮子，凡妮莎看到这般光景尴尬地低下头，但华沙更在意的却是在这些壮汉中间，那个由十六人抬起的巨型轿子，只是与其说是轿子，不如说是床更为恰当，透过床顶垂下来的紫纱，隐约可以看到一个女人侧卧在里面，抽着一杆长烟。华沙突然反应过来来者的身份，不过刚想拉上凡妮莎赶快离开，已被几个壮汉从后面拦住了去路。轿子来到跟前，香味四溢，华沙再度觉得有些晕眩，赶紧捂住鼻子：原来香味不是这些花瓣发出的，而是紫色薄纱里那个女人身上发出的。

　　只听见紫色薄纱背后传出一个懒散，妖娆的声音，"男的带回去；女的拿去活祭"。

　　听到命令，这些穿着薄纱的壮汉迅速将华沙和凡妮莎团团围住。凡妮莎让华沙躲在自己身后，"画师我会保护您的。"但华沙却说："你走吧，你一个人的话肯定可以脱身。"

　　"怎么可以！"凡妮莎不好气地反问道。

　　华沙拉住凡妮莎的手，"听我说，我知道这女人的传闻，她叫尼摩拉·婆罗门，被人们称为'湿婆'，是当年瓜分地下城几股势力中唯一存活下来的，而那之后，她杀光了她盘踞范围内的所有女人。听她刚才的话，应该是不会对我怎么样。但是你就不同了。"华沙极力劝凡妮莎一个人走，因为他明白这些人不好惹，没有武器还要保护自己的凡妮莎或许不是他们对手，如果凡妮莎不先走，他俩就都没法脱身了。这时，华沙突然记起了《所罗门文书·善恶卷》关于这个女人的记载，想出了一个办法，他冲轿子上的尼摩拉大声喊道："七年前的今天！太多人死去了，其中就包括你所爱的人。"

　　就在壮汉们要冲上来时，尼摩拉一改刚才懒散的口气命令道："住手！"听到她的命令，所有人都停住了动作。尼摩拉冷冰冰地问："你是谁？为何会知道这些？"华沙不慌不忙地回答说："因为那时我也在这地下城中。"在一旁的凡妮莎听到华沙这样说，不禁吃了一惊。尼摩拉接着问："那你认识他？"

　　"嗯。"华沙故意答应得很深沉，七年前的今天他来过地下城不假，但他根本不认识尼摩拉所爱之人，也完全不知她所爱之人到底是谁，只是从《所罗门文书》上看到过关于尼摩拉的一点信息，便想利用话语拖延时间来看看有没有机会逃脱。

　　看来他的办法奏效了，这名叫尼摩拉德女人放下长烟杆，向前挪了挪身子，靠近紫色薄纱问："那他临死时，你在他身旁吗？他有没有说什么？"

　　"很可惜我不在。"华沙应答自如。

　　"嗯，你当然不可能在，因为你根本不认识他，他身边的每一个人，每一个朋友，我都调查过，那之中根本没有你，我不知道你从哪里知道的我的事情，但欺骗我的下场就只有一个。来，把这两人都拿去献祭。"尼摩拉命令完，又拿起了长烟杆。这一次华沙没有办法了，他不得不选择下下策，就在大汉们扑向他和凡妮莎时他做出了一个惊人的举动，他看着挡在自己身前的凡妮莎，猛然抬起左手，然后以一击朝她的后颈部砸下去，想将她打晕。

不过！突然传来的一声鸣笛让华沙在最后时刻收了手，只见数辆黑色轿车停在离他们十米开外的地方，上面下来不少穿着西服，戴黑手套，手持微型冲锋枪的人，枪口已经对准尼摩拉的手下。

"尼摩拉·婆罗门，他们可都是我最重要的客人。"刚下车的尼克冲尼摩拉喊道。听到喊话尼摩拉毫无反应，但她看到与尼克一同从车上下来的红眼男子后却吃了一惊："他是七年前的……但为何现在的感觉与那个人有些像。"而尼摩拉眼中的丹比尔在看到她时，反映出的同样是七年前，但不同的是：害死神父的妖女……

这时尼克继续冲尼摩拉说："虽说这次是我们的错，但还请你高抬贵手。"

"尼克·蒙托利沃，你可还记得我与海奥斯家签订的协议上是怎么写的，任何踏入旧城宫殿范围的人和物都是属于我的。"

"话虽是这么说的，但那两位是海奥斯家族的重要客人，我想你还是放了他们为妙。"说的同时尼克露出狡黠的微笑。

尼摩拉听到这话，手中的烟杆啪的一声折成两段，冷冷道："就凭你也敢威胁我？"

"呵呵，凭得当然不只我一张嘴。"尼克笑着看了看周围部下手中的乌兹冲锋枪。就在这时尼摩拉对身边一个部下使了个眼色，这身材魁梧的家伙便猛然冲向海奥斯家手持冲锋枪的喽啰，不过一瞬间一个身影将其拦下，是阿尔佛·罗德，他并没有拔刀，而是用刀鞘截住了对方偌大的拳头。同时丹比尔上前两步欠身对尼摩拉说："请您原谅他们误闯您的领地，我会登门向您赔罪的。"

听到丹比尔的道歉，尼摩拉露出笑容问："登门赔罪？"

"嗯，我一定会准备让您满意的礼物作为赔罪的。"

131

"如果不能让我满意呢?"

"七年前他临死时的话语。"丹比尔故意顿了顿接着说:"我相信您一定不会不满意。"

这话让尼摩拉沉默了一小会儿,她笑着回应道:"我会等着的。"这句话着实让在场的人感到惊愕,因为以传闻中尼摩拉的暴行看来,她实在不像是会接受这种道歉的人,之后丹比尔一直欠着身,直到尼摩拉的轿子彻底消失在视线中。总算把事情平息了,丹比尔有些失望地瞥了凡妮莎一眼便上了车。当然,事情不可能就这样过去,后来阿尔佛非常严厉地训斥了凡妮莎一通,华沙也只能在一旁尽量给她说好话,不过效果甚微。

回去路上的汽车里,尼克·蒙托利沃长舒一口气对丹比尔说:"真是个不好惹的女人,还好她最后买了你的账。要不在这时候跟她扛起来可就不好收拾了。"

"呵呵,虽说七年前海奥斯家族和她定过平分下层的协议,但真的打算让这个女人一直占据着这里?"丹比尔的尖锐提问换来的只是尼克的笑而不答,他便换个方式问说:"那政府为何也不理会她?"

这次尼克回答了:"相信你也知道,从很久以前特默内斯的政府便不再插手下层的事情了,如果现在对她采取什么措施的话,那不摆明说是海奥斯家族在幕后操纵的,那时真不知道这女人会惹出什么麻烦来。不过还好,她最近已经收敛多了。"

丹比尔嘲讽般的反问道:"是吗?我想是因为已经没有女人可以给她活祭了吧。"

另一辆车里,凡妮莎依旧微笑地与华沙面对面坐着,不过那笑容在华沙看来却多了一份委屈和勉强,华沙想找些话题来聊,但一时间又找不到,这时他看到车窗外,一座拥有饱满穹顶的建筑物,向凡妮莎问道:"你看那是什么?"

凡妮莎略显心不在焉地瞅了一眼怀疑地说:"是清真寺吗?"

"嗯,这是古国阿兰古斯里唯一的清真寺。"

"喔。"

"你应该知道这座地下城是当时地上王国阿兰古斯的仿造品吧?"

"嗯。"

"当时阿兰古斯王国的国教是天主教，这也是国王不能迎娶那位侍女的原因。"

"那这座清真寺是?"凡妮莎觉得有些不可思议。

"据说在原型的地上城里，这儿并非是一座清真寺，而是宗教裁判所，也就是囚禁与审判异教徒的地方。"

随着华沙的讲解，凡妮莎脸上的阴霾逐渐散去，华沙接着说："不过这地下城的女主人，也就是国王所爱的那个侍女非常不喜欢当时宗教对每个人思想的强烈束缚，便要求国王把这里改建成其他的宗教场所，所以才有了这座清真寺。"

凡妮莎听到这里笑了，说："原来国王所爱的侍女是个思想奔放的人呢！"

"呵呵，我猜这也是国王看中她的重要一点吧。"

晚上，因为是万灵安魂日的关系，地下城显出了少有的热闹，人们在街道里点起篝火，大口喝着酒，跳起了各自家乡的舞蹈，以此纪念七年前丧生的家人，这是华沙第一次看到丹比尔如此尽兴的样子，他捋起袖子与尼克、玛丽安一起在人群中尽情地狂欢着。似乎想尽力忘却什么，但又好像不是。就这样，丹比尔一行人来到下层的第一天过去了。

9月4日。离大会还剩一天的日子里发生了两件事，当时没有人察觉的这两件事所连带的效果却在大会当日也就是9月5日爆发了。

其中一件事只是奥瑞金拨来的一通电话。是公爵的来电，当时的丹比尔神情自若，没有显现出任何暴风雨的兆头，电话时间虽然不短，但大家都知道公爵是个喜欢添油加醋的家伙便没在意，而谨慎的阿尔佛在丹比尔通完电话后，还询问了丹比尔是不是发生了什么？丹比尔的回答是："尽是些无聊的事情，我也真是个有耐心的家伙，居然听他说完了。"

而另一件事则是发生在集会的场地。废城区一所内部被改建得仿佛国家议会厅的空置体育馆里，只身站着一个人影，高高立起的领子，墨镜，散乱的棕色长发，是阿道夫·兰伯特，他正擦拭着手上的血迹。

"终于找到你了。"一个身影从议事厅入口的黑影处走出来。这人脖子上刻着黑色的十字印记，是圣玛丽教团所属普瑞克撒骑士团的六队队长亚当·克劳斯纳。阿道夫转头瞥了一眼亚当，若无其事地继续擦拭手上的血迹。"肖恩在哪里？"亚当恶狠狠的发问换来只是阿道夫一声冷笑。"快告诉我！！"亚当发狂似的一脚把会场内固定在地上的椅子踢飞起来，朝阿道夫砸去。不过，阿道夫只是稍稍移动身体就躲过了它，然后语气轻佻地说："不用着急，他就在这会场内，而且还是离你很近的地方。"

"什么！？"听到阿道夫的话亚当急忙环视左右，却寻觅不到肖恩的任何踪迹，就在这时，一个水滴声传来，亚当后退几步，水滴滴到了他肩膀上，在他灰色的衣服上洇开一片血红，他猛然抬头看去，原来肖恩身体呈十字架形被钉在入口正上方的墙上。

"把他弄上去可费了我不少工夫。"阿道夫得意地说道。但这时的亚当哪里还听得见阿道夫的话语，他发现肖恩还有气息，心中只有一个概念，那就是赶紧将肖恩救下来。不过阿道夫怎能任由他救人，他突然冲向亚当，跃起，用腿一记横扫，动作一气呵成。亚当急忙用手臂挡住了这一击，但也被踢开了几米。阿道夫带着特有的低沉语气笑着说："他可是我送给明天集会的重要礼物，不能让你弄坏了。"

亚当这时心急如焚，亮出了两只手臂上黑色的铁护手，誓要干掉阿道夫。不过阿道夫也绝非泛泛之辈，一跃跳上了旁边的椅背，借势一记腿部的丛劈，接着发起一连串猛烈的攻击，乍看之下，亚当疲于抵挡，几乎没有任何还手之力。

但阿道夫的攻击出现些许间歇时，亚当不知按了哪一下，两个护手上都亮出了尖状的利刃，将阿道夫一下子逼退开来。形势大逆转，有了这两个利刃，阿道夫的腿招便无从施展。阿道夫见此状也不打算再近身肉搏，可他刚要掏出怀中的手枪，亚当比他快一步，护手上的暗器率先发动了。嚓！阿道夫应声倒地。亚当趁机一跃而起，用护手上的利刃狠狠扎向倒地不起的阿道夫，千钧一发之际，阿道夫双手抓住两个尖刃的底部，用尽全身力气顶住了这致命的攻击。两人僵持住了，但是利刃已经有一半扎入了阿道夫的腹部，伤口处在不断淌血，逐渐他感觉自己的双手越发使不上力气。

就在这时，一个人的声音："真是个会惹麻烦的家伙。"阿道夫与亚当同时向他望去。

9月5日清晨，尼克还需要些准备工作，而丹比尔则带领众人提早来到会场，或许是因为第一次召开，已有不少黑暗联盟的成员来到了体育馆门口，他们三五成群地窃窃私语着，气氛显得有些诡异，丹比尔没在门口多作停留，带着阿尔佛，华沙等人径直来到议会厅。只见议会厅门口站着几名神情凝重的家族首领，丹比尔来到跟前顺着众人的目光抬头看，一个眼睛上刻着黑色十字架标记的人赫然被钉在墙上。"这是怎么回事？"丹比尔略显吃惊地问道。众人没有回答，他接着问："通知海奥斯家了吗？"

"嗯。"一个不知名的家族首领回应道。

这时丹比尔发现会场里还有另一群人在围观什么。他走上前，其他人立马让出一个口，原来地上有一只断臂和一大片血迹。他给阿尔佛使了个眼色，阿尔佛便匆匆离开了议会厅，但在离开时，一股乳香味道传来，议会厅另一个入口，龙社会的礼王和智王走了进来，他们看到行色匆匆的阿尔佛，礼王对智王说："那不是丹比尔身边的？"

智王回应道："那是阿尔佛·罗德，丹比尔身边最忠实的仆人。"

"噢，我想起来了，洋人的名字真是难记。"

说着俩人也来到断臂跟前，与丹比尔对视了一眼却不做更多交流。"是什么人在这里打斗？"众人的问题不外乎是这个，但在这里怎么讨论也是没用的。丹比尔并不参与其中，随便找了个位子坐下，他在等待海奥斯家对这件事的反应，因为被钉在墙上的人很明显是圣玛丽教团的人，而那只断臂的主人还不知道是谁，但有一种可能性在这时就变得非常之高了，那就是教团要对这次集会实施攻击。当然这对于教团来说也会是一次极大的冒险。毕竟这里是被海奥斯家族控制的都市，而且还在地下，非常不利于实施突袭。所以一切还得看海奥斯家族如何判断这件事。

丹比尔从怀中掏出几张纸，认真读起来，华沙在一旁好奇地问："是什么？"

丹比尔笑着回答："是演讲稿。"

"喔，原来前些日子你是为了准备这些，所以把自己关在屋里。"

"嗯。"

这时龙蛇会礼王凑过来，不过他和丹比尔的谈话却尽是一些无聊的问候，完全没有涉及断臂和钉在墙上的教团成员。突然议会厅门口的人群里一个家伙高亢的声调吸引了大家的注意力。丹比尔与礼王走近一看，一个年纪不大，梳着小辫子的东方人正在大放厥词，丹比尔转头刚想问阿尔佛此人是谁？却发现阿尔佛已被派了出去。

只见这个梳着小辫子的家伙站在众首领之中说："近来圣玛丽教团以及那个什么破骑士团活动频繁，世界各地的海奥斯联盟成员都遭到了攻击，甚至这次集会也被盯上了。"

有人附和道："是啊，似乎将军现在把心思都放在了命运方舟出航的事情上，而可以和教团对抗的五大家族也没什么作为。"

那梳着小辫子的家伙接着这人的话说："五大家族已经灭亡了两个，不能再指望他们，是时候该我们联合起来对抗教团了。"

这时龙蛇会的礼王轻咳一声，众人注意到了他还有他身边的丹比尔·布兰克。丹比尔看似饶有兴致地听着这人的言论，礼王则对这人说道："陈守谅，这里哪轮得到你大放厥词。"

这梳着小辫子的家伙弯腰九十度向礼王鞠躬施礼的同时却回说："王家的礼叔叔，我不认为我有什么地方说错了，而且我也劝叔叔最好离你身边这人远些。"这个叫陈守谅的家伙突然将矛头对准了丹比尔。

丹比尔不回话。他想听听眼前这人能说出什么来，而凡妮莎这时对他耳语道："主人，我想起来了，这人是礼王的侄子，与龙蛇会王家的关系非常密切。"

"喔。"丹比尔冷冷地应了一声。

"丹比尔·布兰克，我想你应该在这里好好解释清楚，为何摩根与葛若林家的首领在离开你的官邸两天后便会自相残杀而亡，你将他们请去自己家到底干了些什么？"陈守谅说的是义正词严。

不过丹比尔又怎么会吃这一套，冷笑着说："你是谁？我又有什么必要跟你解释？"

陈守谅看见丹比尔转身就要走，赶紧说："如果你不解释清楚，我也只能作出一个大胆的推测了。"

"推测？"丹比尔停下脚步转过头看着这个乳臭未干的小子。

"那就是，你正是教团的内应！想逐渐蚕食掉整个黑暗联盟。"陈守谅提高了嗓门。

丹比尔笑着回应:"可笑的家伙。"但陈守谅却穷追不舍,"如果不是,那请你说明整件事的原委,为何你的调和却加速了两家的灭亡?"

华沙在一旁看着眉飞色舞的陈守谅心中想到:丹比尔又怎么会被这种挑衅所激怒。不过事情似乎不像他所预料的一般发展,丹比尔这次似乎真的被激怒了,他竟然走到陈守谅跟前。他比陈守谅高不少,眼睛冲下看着这个口无遮拦的家伙,虽然脸上依旧保持着笑容,不过血红色的眼睛里已透出凶狠的杀意。

陈守谅也不愿示弱,但一滴汗珠从其额头流下,他用小心翼翼的口气说:"难道我说错了吗?"礼王又狠狠地咳了下,陈守谅明白礼王让他不要再说了,但丹比尔似乎没有要放过他的意思,依旧站在他身前狠狠地瞪着他。

就在这时,会场外的圆形走廊里传来一阵骚动,阿道夫·兰伯特与尼摩拉·婆罗门的一同到来让所有人热议起来。所有人面对尼摩拉都退避三分,而阿道夫竟然毫不在意。当然会场中还有另一个人也是与众不同地迎了上去,那就是丹比尔。

与穿着一袭黑色薄纱的尼摩拉简短的寒暄后,她主动靠近丹比尔,尽管鼻子以下都被薄纱蒙住,但尼摩拉的眼神与丰唇还是让妖艳显露无遗。她靠近丹比尔侧脸,一阵香气扑来,丹比尔已经可以感觉到尼摩拉呼吸的热度,她对他耳语道:"我等着你的登门谢罪。"

妖女走后,丹比尔与阿道夫面对面,阿道夫面露笑容摘下墨镜说:"我送给艾伦的礼物,不知你觉得如何?玛维丝的肉体果然是美轮美奂吧。还有把玛维丝要来我家消息散布出去的也是我。"说完,阿道夫便又得意地戴上了墨镜与丹比尔擦肩而过。一瞬间,丹比尔愣住了,原来那张载有玛维丝与几个黑道首领上床过程的光碟是阿道夫的杰作。但随即丹比尔回过神时,一旁的华沙清楚地听到了他切齿的咬牙声。

一个严肃的声音借由扩音器传来:"请大家安静。"出现在演讲台上的是将军的代理人,戴着诡异面具的班内特·海奥斯。在他身边还有另一个人,正是尼克·蒙托利沃。而俩人身后还站着九名身着黑披风,戴着黑色宽檐帽的面具人,每人腰间都别着一把长刀。

安魂曲B小调

"请大家先随便找个位子坐下。"班内特·海奥斯的声音极具穿透力，所有人都赶快找了个位子坐下，"大家好，我是班内特·海奥斯，将军的代理人。在这里，我不得不向大家宣布一个遗憾的消息，将军决定将预定今天在这里召开的大会延期举行，圣玛丽教团不明原因的出现实在不能忽视，将军不愿让各位冒险。"

这时，众首领议论纷纷，华沙则没兴趣地独自一人走出会场，遇到了走廊中，正在抽烟的阿道夫·兰伯特。阿道夫看到他，率先搭话道："你是给丹比尔·布兰克画肖像的画师。"

"嗯。"

"我听过你的传闻，你所作的画可以摄取人的灵魂。"

"呵呵，那些都只是传说而已。"

"我也想让你也帮我画一幅，我很想知道到底我的体内是否还有一个叫做灵魂的东西存在？"华沙看着阿道夫毫无血色的面容与衬衫里面隐约的绷带，回答说："呵呵，想让我帮你画，那得看你是否有命活到我给丹比尔画完了。"阿道夫看着华沙笑了笑，不再多说。

接着华沙来到走廊一头的洗手间，里面没有开灯，显得潮湿黑暗，华沙刚一进去就感到空气中似乎有人的细微呼吸声。他来到洗手台，慢慢地拧开水龙头，摘下眼镜用水冲洗，接着戴上的时候抬起头假借调整眼镜的机会，透过面前的镜子，看到身后两道剑影闪过。他让自己保持住面无表情，慢慢拧上水龙头。依旧假装在照镜子的他只觉得两个剑影正一步步靠近其背后。但他不能出手，如果在这里被人发现自己的能力，将会有大麻烦。还好这时一个声音从外面传来："华沙，你在里面吗？"站在门口的凡妮莎冲里面嚷道。

随后一个拧门声。"呵呵，不好意思。"华沙笑着走了出来。

"真慢。"凡妮莎半开玩笑地抱怨道。与凡妮莎一同离开时，他又回头看看洗手间想到：原来教团的人真的已经埋伏在了这里，还好凡妮莎及时出现。

班内特·海奥斯宣布了新的大会召开时间会定在未来两个星期以内，之后众人便解散了，很多人准备当天就离开地下城，但丹比尔不打算马上离开，他打算在这里住上一段时间。

就在午后，他突然向尼克提出希望借用一间隔音效果较好的地下室。尼克也没有怀疑什么便借给了他。一个小时后，一条僻静的街上，几辆汽车正朝地下城的出口前进，车里的人正是上午集会时与丹比尔针锋相对的陈守谅，他正一手搂着一个穿着旗袍的女子，脸上堆满了得意。敢在这种集会上与五大家族之一的布兰克家族针锋相对，确实是一件值得夸耀的事情，况且他又觉得自己与龙蛇会王家是亲戚，谅丹比尔也不敢轻举妄动。

不过，他的春风得意并没有持续多久。

砰一声巨响，陈守谅差点吓得蹦起来，只见一个黑影突然落在他轿车的引擎盖上。刷!!那黑影拔出刀一下刺入车窗直接贯穿了司机的额头。车瞬间失去了控制，撞向路边的消防栓，直接翻了过来。其他几辆车赶紧停下来，但是陈守谅的手下们刚下车，便被几名黑衣人全数砍死，这些身穿风衣，手持大刀的人是？

只见其中一个黑衣人打开翻转的车门，将受伤不轻的陈守谅拖了出来。另一个人拿出手机拨通一个号码报告说："主人，已经抓住了。"只听手机对面传来一个冰冷的声音："把他带回来。"而这声音的主人正是丹比尔·布兰克。

不过，旁边高楼的房顶上，一个视线，将这一切尽收眼底。

之后，陈守谅被带到了尼克官邸的地下室。这是间不大的屋子，里面有三张椅子，而头顶陈旧的吊灯照得整个房间昏暗不已。陈守谅坐着，手被反绑在椅背上，头上套着黑布。丹比尔，华沙还有两名黑衣人走了进来，华沙手中拿着画板和画笔，对于他来说，不管好还是坏，丹比尔的一丝一毫都不能放过。

"你们是谁？如果让我知道了你们的身份！你们，还有你们的家人我一个都不会放过！"陈守谅尽管胸口渗血受伤不轻，但言语中的狂妄依旧不减。可是听到这话的丹比尔上来就是一脚，踢在了陈守谅的胸口上，他惨叫一声，连人带椅子一块被踹翻。

如此狂暴的丹比尔还是华沙第一次见到。丹比尔命人把他扶起来。摘了头套，陈守谅看到是丹比尔绑架了他，刚要破口大骂，便被丹比尔一记掌掴打得口中鲜血直流。丹比尔用血红色的双目瞅着陈守谅，像野兽一般

安魂曲B小调

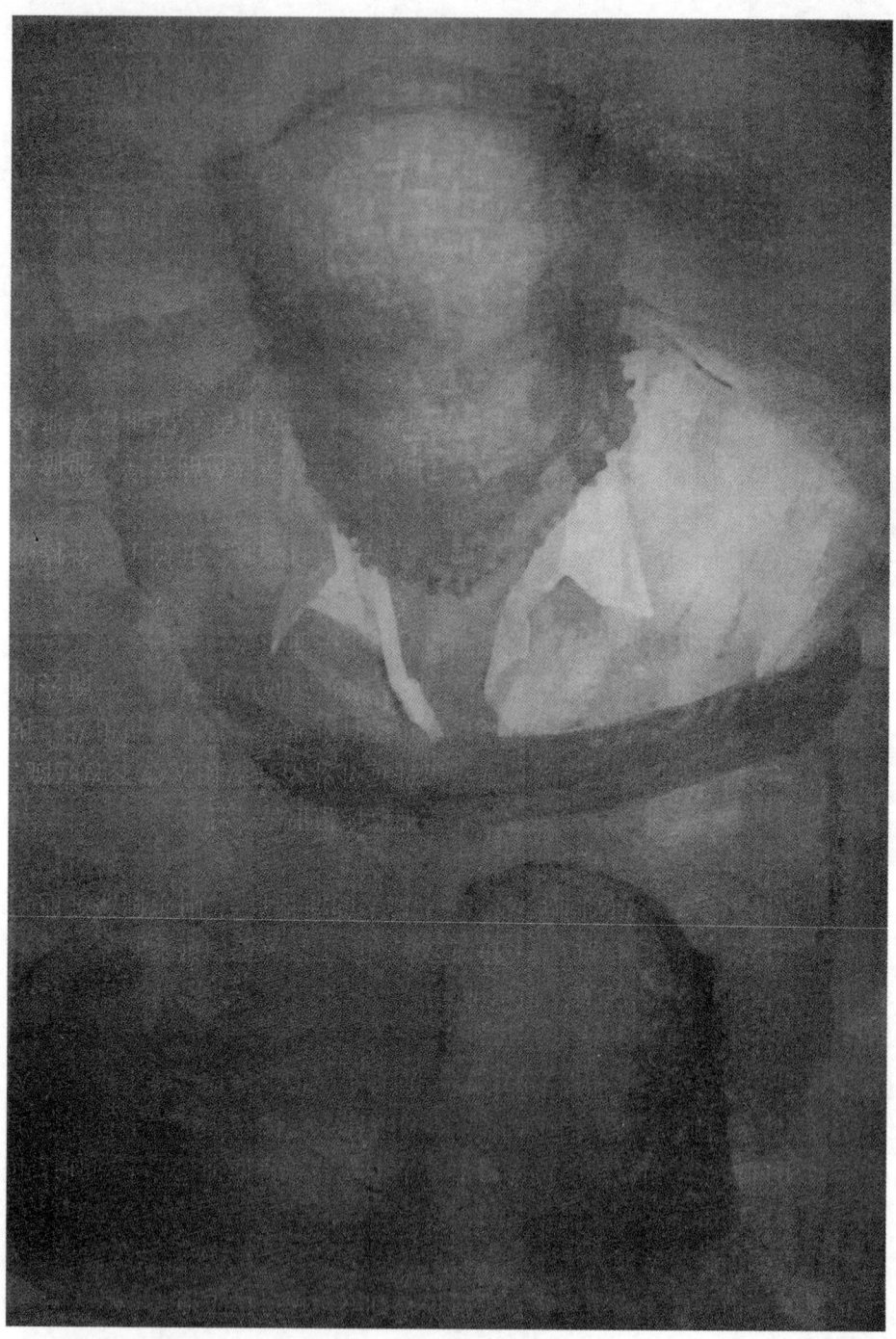

冲他号叫了一声，那眼神仿佛要吃掉他一般，整个屋子的人都屏住了呼吸。

"你不放过我？还有我的家人！？"丹比尔厉声喊道。

这时的陈守谅像一只受惊的小白鼠一样迷茫地看着丹比尔，不敢言语。

"啊！？说话啊！！"丹比尔将脸靠近陈守谅。

陈守谅这才战战兢兢地吐出几个字："请……您……放过我。"

丹比尔笑着说："放过你？然后你再来找我和我的家人报仇？"丹比尔的表情好像一只厉鬼让陈守谅不敢正视他。丹比尔看到这个样子，一把就把他的头扭了过来，但陈守谅却又闭上了眼睛。丹比尔放开了抓住陈守谅脑袋的手，对两名部下说："将他的眼睛给我撬开！！"此话一出，陈守谅立即将两眼睁开来，丹比尔笑着拍了拍他的脸说："呵呵，看来我的威慑力不够大呢，那就让我的部下来陪你玩吧。"说着丹比尔对两名部下施以眼色，两人便取下了挂在墙上，事先准备好的各式刑具。

惨叫声不断，甚至惊动了楼上的尼克·蒙托利沃。

丹比尔及时出来在门口拦住了尼克。不过屋里的惨叫声却不绝于耳，尼克更发觉丹比尔的双目显得有些迷离，质问道："里面是谁？"丹比尔的神情就仿佛喝醉了一般回答说："只是一个无名小卒而已，没什么大不了的。"之后两人吵了几句尼克便气冲冲地离开了。

这时屋内的陈守谅已被折磨得不成人样，两只眼睛和鼻子都被挖掉了，嘴里不停地淌着血。几近昏厥的他突然猛地喊道："龙蛇会一定不会放过你的！我的叔叔礼王他们一定会给我报仇的！"刚进门的丹比尔听到这话瞪圆了双眼，拿过部下手中的鞭子发狂似的向陈守谅抽去。在丹比尔自己也筋疲力尽后，他扔下鞭子一屁股坐了下来。

这时，砰的一声，屋子的门被撞开了，进来的人正是阿尔佛·罗德，他吃惊地看着眼前的一切，他赶紧上前检查陈守谅是否还有气，可惜来晚了一步。

他冲丹比尔问道："主人，这到底是怎么回事？"

丹比尔双眼发直，喘着粗气没有回答，看那样子就好像还未发泄够一般。

阿尔佛再次大声问道："您到底怎么了？"

在一旁的华沙其实也想不出来丹比尔到底怎么了？以平时丹比尔的自控力来看，他绝不会因为陈守谅的几句挑衅，便如此大动肝火，这其中肯定有什么缘由。不过人已经死了，这次的事情如果被外界知道的话，恐怕不光是龙蛇会会兴师问罪，外界对丹比尔的评价也会一落千丈吧。丹比尔自己也明白这些，所以他稍稍平复之后便马上命令阿尔佛回到地上，去看看能否收买陈守谅的家人，再将陈守谅的尸首尽量修复完整来掩盖事实。

晚上，阿尔佛与华沙俩人心中都充满了疑惑，因为一直跟在丹比尔身旁的二人实在想不出丹比尔为何会如此失常，终于他们想到了一种可能性，那就是公爵的那通电话一定隐藏着什么。

9月6号一早阿尔佛便离开了地下城，而待在地下城里的丹比尔也没闲着，他再度干出了一件让周围人吃惊不已的事情。事情就起源于那天陈守谅死后，不过又或许更早。

"丹比尔，你明天一早就给我离开地下城，这里不再欢迎你了。"昨天夜里尼克气愤的话语还徘徊在丹比尔脑子里，但这时他已经来到了心中盘算很久的另一个地方，妖妇尼摩拉的宫殿。刚刚在车上，华沙看得出丹比尔的神情里充斥着疲劳，但一下车，他便将负面情绪一扫而空，被几名穿着暴露的侍卫领进宫殿时，脸上更挂起了平时那种自信的微笑。不过这时华沙的心中却有一种不安在蔓延，那就是在没有阿尔佛的陪伴下，丹比尔来到尼摩拉的宫殿真不知是福还是祸。

阴暗的拱形走廊两边矗立着令人过目不忘的巨大雕像，每一尊都有四五米高，仿佛群魔乱舞，诡异非常。而且空气中还弥漫着一股刺鼻的味道，拨动着每一个人的神经，华沙肩上的切显得有些不安，刷地飞起来，用沙哑的嗓音嘶叫着。

"呵呵看来它有些害怕。"华沙苦笑道。

这时领路的侍卫对所有人说："尼摩拉大人的寝宫马上就要到了，请布兰克大人一人跟我来，其他人请到别室休息。"

阿尔佛走后，作为贴身护卫的凡妮莎劝阻道："主人，这一定是个陷阱。"

丹比尔瞪了她一眼，便跟随领路人进了尼摩拉的寝宫。而其他人被另一个侍卫领去了别室，不过并不包括一个人，那就是华沙。他正和一个侍卫站在走廊里瞧着天花板，原来刚才飞起来的切还没有下来，任凭华沙怎么叫它，它也没有要降落的意思。

"请问有没有生肉？"华沙问那名侍卫。

侍卫绷着脸回答说："在这里等着，我给你看看去。"

"麻烦你了。"

侍卫走了一会，另一边两个雕像间的一道门里传出敲打的声音。"是什么？"华沙好奇地走近那道门，但那门里突然传出一声叫喊，"是谁！？"华沙一下子后退了两步，心中想到：这声音怎么这么耳熟？

"喂，你在干什么？"刚才那名侍卫端着一盘肉回来了，他看到华沙站在那道门前，赶紧跑过来，警告道："请一定不要靠近这门，这里面是雕刻师的工作室。"雕刻师？听到这三个字时华沙心中一惊。在用肉将切诱回地面后，华沙也进到了别室休息。

而在尼摩拉偌大的寝宫里只有俩人，丹比尔坐在金色与红色交织的长椅上看着横卧在床上穿着紫色薄纱的尼摩拉，心里想到：坐在这般富丽堂皇的房间里，所有的焦点竟也不由得会聚到她身上，真不知神父当年是如何挡住她的诱惑的。

"我今天是特意来此为了前天的事情向您致歉的。"丹比尔面带微笑说。

"你就是七年前的……"尼摩拉根本不在意丹比尔道不道歉，丹比尔听到尼摩拉的话收起了笑容。"过来。"尼摩拉用妖娆的声音命令道。丹比尔走近床边，尼摩拉叼起一旁的长烟杆，抽了一口说："再靠近点。"但丹比尔身前只剩床了，他小心翼翼地坐在了床边。突然尼摩拉一把拉住丹比尔的领带，将他拽了过来。一阵烟味过后是慑人的香气，丹比尔也一把攥住了尼摩拉拉住他领带的手腕。"七年前如果不是因为你，他就不会死。"尼摩拉说得娇声娇气，不过威慑力却丝毫不减。

"真正害死神父的罪魁祸首是谁，我相信你也心知肚明吧。"丹比尔得意地回话道。

"你说什么？！"尼摩拉将丹比尔的领带扯得更紧了。

"想杀我吗？不过恐怕你这个女人还没这能耐。"丹比尔特意加重了"女人"这两个字。

尼摩拉听到这话吃了一惊，丹比尔趁机挣脱开她的手，站起身来说："那天神父临死时，只留下了一句话。"

"什么话？"

"你真的想知道吗？"丹比尔居高临下，红色的双眸中露出轻蔑的神色。

尼摩拉听丹比尔这么说问道："你的意思是说出来可能会让我失望？"

丹比尔又坐回长椅，双手合拢开始讲述："那天我们来到黑暗的墓地，神父在之前已经身受重伤，昏迷不醒。在那里我们与修女会合。"听到修女这俩字时，尼摩拉攥紧了床单，丹比尔还在继续，"神父躺在修女的腿上，睁开双眼说了最后一句话便再也没有醒来。"

"够了！！"尼摩拉突然厉声道，但她随即又将笑容爬满脸颊说，"你就如同当年的神父一样看得到所有人的弱点。"

"神父哪里是我能比的。"丹比尔难得谦虚了一回。

"过来。"尼摩拉这次的声音更加娇嗔，丹比尔坐在床边，尼摩拉爬近他，用手臂从后面搂住丹比尔的脖子，咬着他的耳朵，而丹比尔则轻蔑地斜眼瞅着这个妖妇。"就是这个，这个让我欲罢不能的眼神。"说着尼摩拉褪去了身上仅有的一层薄纱。

之后身处别室的凡妮莎他们就得到了一个消息，主人丹比尔打算在这里住上一段时间。所有人都很讶异，因为他们都知道丹比尔·布兰克绝非好色之徒，这之中唯独华沙并不惊奇，他想到：这恐是公爵那通电话所造成的连锁反应之一吧。

另一方面，被派去收买陈守谅家人的阿尔佛并没有直奔他的目的地，而是率先回了奥瑞金布兰克家的官邸，他要问清楚公爵在电话里到底对丹比尔说了什么。

这时的公爵正坐在丹比尔的办公室里，双脚跷在桌子上，看着墙上的电视。

电视上正在报道命运方舟的最新情况，不过从新闻员总不挑正题说的样子看来，要想再一次起航恐怕还需要很长一段时间。

转台,是黄昏地带新建城市的情报,只见一个政客正皮笑肉不笑地为记者讲述他的宏伟构想。突然,砰的一声,房间的门被推开了。进来的是阿尔佛,公爵立即将腿从桌子上放了下来,但依旧趾高气扬地坐在丹比尔的位子上,阿尔佛几步走到公爵身边一把抓住他的脖领子,将他从位子上拽了起来。"你对丹比尔说了什么?!"

"呵,这眼神好像要把我生吞了一样,难道比试要提前上演了吗?"公爵说着露出笑容。

阿尔佛尽管愤恨不已,还是松开了双手,公爵一屁股又坐回椅子上,整理着领子说:"不要急,我只不过把看到的事情告诉了他。"

"是关于馨夫人的?"

"看来你已经猜到了。"

"不过馨夫人也真是,居然趁着丈夫不在肆无忌惮地将情夫约到这里来。"公爵说时的得意换来阿尔佛冰冷的眼神。"喂喂,我只不过把事实说出来而已,我看到了那情夫的模样,真是个俊俏的家伙,怪不得馨夫人也会上钩。"公爵形容得绘声绘色。

"那情夫怎么进来的?"阿尔佛问道。

"好像是在馨夫人的掩护下扮装成花园的工匠从后门进来的。"

"馨夫人,真没想到她竟成了主人最大的绊脚石。"阿尔佛深沉地吐出这么一句话。

公爵看着阿尔佛冰冷的面容说:"难道你想把……?"

"怎么可能。"阿尔佛这时瞅着窗外远处沐浴在夕阳光线下的庭院,看到了一个身影,接着他对公爵说:"我还有事要办,马上就得出发,我警告你最好小心些,不要太多废话。"说完阿尔佛便快步离开了,而公爵则转过椅子看着窗外阿尔佛义女蕾娜斯的身影笑而不语。

时间稍稍向后拨动几个小时,也就是9月6日当晚,开始了一个特殊的故事。

丹比尔猛地惊醒,他揉揉眼睛,房间中弥漫着深蓝色的空气,他掀开被子,突然惊觉自己身边还睡着一个身躯。他未敢出声,仔细看着那身影,竟是如此熟悉。接着他又向窗户望去,发现那窗帘并非遮光类型的,但窗外竟没有光线射进来，这才想到自己身处地下城。不过他起身走到窗边向外看时，窗外的景色竟是一片田野而非地下城那凄惨的光景，并且明月当空，月光映在他脸上，显得越发惨白的同时却让他的双眸更加鲜红。

"丹比尔？"一个熟悉的声音传来，他吃惊地合不拢嘴。

转身，床上的人竟然是他的妻子，馨。他觉得自己记忆有些混乱，而且视线也有些模糊，他冲自己的妻子微微一笑，她便又睡去了。

他有些不解地继续看着窗外，田野间掠过一阵风，玉米田发出沙沙的声响，而天空中的月亮则迅速地移动着，仿佛瞬间，已来到了清晨，太阳东升，丹比尔怀疑着自己，这一定是梦吧。

这时，在窗外他又看到了两个背影，他认得，是他的妻子馨还有女儿莉莉。他吃惊地再度回头，床上的被褥已经叠好。

他走出屋子，"爸爸！"女儿莉莉看到他兴奋地向他跑来。

他牵起女儿的手，缓步走向馨。她一直背冲着他们，看着远方，丹比尔来到她身后伸手去拍她，但在碰到她肩膀时，她却像破碎的星辰一般消失在了晨光中，果然是梦，他低下头，显得哀伤不已。女儿则关心地问道："爸爸，怎么了？"

"老公来吃早饭了。"是她的声音！丹比尔急忙转头发现馨竟正在屋子门前招呼他们，看到妻子的样子，他再次露出了笑容，不过他好像已经明白了什么一样，笑容中包含了太多。

餐桌上，三口之家显得其乐融融，丹比尔看着面前的食物什锦蔬菜沙拉又想起了曾经馨对自己说过的话："你脸色总这么苍白，一定是缺乏维生素。"那之后每每她亲自下厨时便肯定会有这道简单的沙拉。丹比尔看看窗外明媚的阳光，又看看正给女儿擦嘴的妻子，如果这是梦，请让它尽可能地多一秒吧。他这样祈祷着。

不过他突然站起身，"怎么了？亲爱的？"馨关切地问道。

丹比尔警戒地来到窗边，他好像看到了一些人影，有的熟悉，有的陌生。他显得有些紧张，手心在冒汗，突然他在远处山坡上看到了一位带着鸟的旅人正坐在一棵大树的树荫下，手中拿着画板与画笔，竟也看着自己，在描绘什么。

丹比尔丢下手中的咖啡，仿佛着了魔一般地跑向山丘，当和山坡上的

和　弦　五　音　螺旋花园

人距离越来越近时,他的脚步却渐渐放缓,但终归还是来到了那人身旁。不知在何时起,天色逐渐暗了下来,夕阳昏沉但有些刺眼,大树也不再遮阴,丹比尔想看他手中的画,却发现是模糊一团,混沌不已。这画者推了推眼镜,然后冲丹比尔微笑道:"你已经离家太远了。"

丹比尔回答说:"我从未想过这个问题。"

"对啊,人只有在真正遇到问题时才会意识到。"

丹比尔手扶着树干,与这位画师面朝不同的方向说:"我也是其中之一。"

当丹比尔再度转头看画师手中的画时,那画呈现出了一个憔悴的面容,那不正是自己吗?他这样怀疑着。

不过画面的变化还在持续,逐渐从定格的图案组成了连续的影像。影像上的人还是自己,丹比尔不由得入了迷,仿佛整个世界只剩下他与滚动的影像。影像中,他正对着一名女子,一名全身赤裸的女子。

周围的景色正是自己最熟悉的办公室,那女子劈开双腿跨坐在他腿上,一手扶着他的胸,一手轻轻端起他的下颚,吻了下去。一刹那,他心中浮现出妻子的面容,恐惧蔓延开来,但本能似乎更加剧烈地反应着,他全身炙热无比,与她一同喘着粗气,突然房间外传来了说话声,是他的妻子和女儿,他更加心惊胆战,却依旧无法停下来。汗水不停地从身体各个部位渗出,女方的叫声更是随着丹比尔越发的用力而越来越大。

不由自主地,他的意识里开始强烈否定这一切!"不!这一切都是梦!不会!这不是真的!"他身上的汗水更多的来自他意识的用力与恐惧。

强烈的否定意识将他拉回了那片田野,那棵树旁。画师还在他身边,手中的画也变回了混沌。他扶着树喘着粗气,迅速检查身上的衣服,发现衣服还是完整的,他松了口气。赶紧告别了画师,头也不回地匆匆朝家走去。

夕阳还挂在空中,时间并没有过去很多。

茫茫的田野间只能听到丹比尔的脚步声,不过他在遥望自己的家时却发现周围的黑影似乎更多了。之后脚步声变得急促了不少,他推开家门,第一个动作便是四下寻找,寻找自己的妻子与女儿,但是她们却都不见了踪影,他心急如焚,汗如雨下。

就在这时，他发现了屋里竟然摆放着一台立式钢琴。他神情黯然地坐下，手扶着键盘，想到：就要结束了吗？不自觉间双手已经奏出了哀伤的节奏。

突然一个清脆的声音传来，"爸爸，为什么这么哀伤？"他的女儿莉莉出现在他身旁瞪着大眼睛问道。

他则回答说："因为爸爸想念莉莉的妈妈。"但说时一滴泪水已顺着他的脸颊流下。

"为什么要想念？她就在屋子后面的花园里。"

听到这话丹比尔立马拉起莉莉的手，俩人穿过屋子的后门，来到了花园。原来真的在那里，在看到自己的妻子馨正在园中给花草浇水时他不由得喜出望外。

她看到了他，但在刚要开口说话时，便被一个突然闯入的蒙面黑衣人抓住！与此同时，另一双手伸向了莉莉，趁着丹比尔想救妻子时，又将他的女儿抓走。黑衣人消失得很快，又兵分两路，丹比尔用尽力气的追逐也在这无限广阔的田野中失去了意义。

他不知道抓去自己妻女的是什么人，他咆哮着，但也只不过是徒劳，他显得有些绝望，他觉得自己是如此的无力。天空中繁星点点，他扑通跪在了田野间的小路上，双手撑着地，像是在祈求着什么。时间也仿佛停止了，无论他跪在那里多久，天上的繁星也没有一颗坠落人间，黑夜还在继续。他慢慢抬起头，眼中仿佛出现了幻彩般的流光，逐渐伸向远方的同时映出了两张容颜，他的妻子和女儿。

"这不正是他所说的？"丹比尔想起了阿道夫·兰伯特曾经在舞会上提到过的流光，他握紧拳头开始回忆，回忆所有可能伤害他家人的人。

天色逐渐亮了起来，他也站起身，迈着略显沉重的步伐向远方的城市走去。

进入城市，他遇到了三个人，这三个人在听了他的诉说后都表示愿意帮助他寻找妻子。其中一个人总喜欢成天跟在他身边，但丹比尔却觉得仿佛有种被监视的感觉，总希望有机会可以甩掉他。

而另一个人是之前那人介绍的，总喜欢讽刺和挖苦丹比尔，老是对他无法保护妻子和女儿这件事表示出鄙视，丹比尔不喜欢他，但这时能多一个帮手是一个，哪里还管得了喜欢不喜欢这人。

　　第三个是位女性，虽然很听他话，也非常努力帮他寻找妻女的下落，不过却远没有喜欢跟在他身边的那个人聪明，她找到的消息大多没什么价值。

　　经过多番查探，发现了两个可能劫走丹比尔家人的势力，当地的地头蛇和一位年过古稀的富商的儿子。丹比尔决定先探一探富商的儿子，方法很直接，就是潜入富商的官邸。在确认富商的儿子是个喜欢男人的奇怪家伙后，丹比尔将视线转向了地头蛇。

　　不过这时之前帮助丹比尔的三人却都不知了踪影，他只得独自前往对方的巢穴。丹比尔悄悄地潜入地头蛇的地盘，发现他的女儿和妻子果然是被他们抓住的。他来到牢房前，用尽全身的力气，一击将守卫打昏在地，然后捡起地上的钥匙。他有些慌张地来回试着钥匙，当他终于打开牢房的门时，里面只关着一个人，他的女儿。

　　"爸爸！"莉莉看到丹比尔大叫道。

　　丹比尔抱起她亲了几口问："妈妈呢？！"

　　"不知道。"．

　　这时牢房外传来嘈杂的声音，丹比尔抱着女儿顺着铁窗看去，只见一个不认识的男人正拉着他妻子的手，拼命地跑着，但无数的枪声传来，俩人一同倒在了血泊中，丹比尔赶紧捂住女儿的眼睛，自己则咬着嘴唇。

　　周围再度弥漫着蓝色的空气，随着丹比尔意识的逐渐消失，这个特殊的故事也画上了句点。

　　当丹比尔再度醒来时，一个赤裸的身躯趴在他身上，用舌头舔着他的嘴唇，说："你流血了呢。"这声音妖媚无比，丹比尔一怔。房间虽然还是昏暗依旧，但他知道现在已是9月9日的清晨了。"嗯。"他答应了一声然后轻轻推开尼摩拉赤裸的身躯。

　　"第一天你睡觉时露出了两次笑容，第二次的笑容里似乎还带着苦涩。"尼摩拉说着翻身转去另一边拿起烟杆。"是吗。"丹比尔用胳膊搭在眼睛上回答道。

　　尼摩拉抽了一口烟，又趴在了丹比尔的身上用手摸着丹比尔的身体说：“第二天你全身的肌肉紧张到仿佛抽搐一样，后来眼角更是流出了泪水。”

"我好像做了个噩梦。"

"而你第三天竟然咬破了嘴唇，我真想去你梦里看看，你到底遇到了什么。"丹比尔斜眼瞅着尼摩拉露出他一贯的自信微笑，然后闭上眼睛揉揉脑门说："我都不记得了。"

尼摩拉听到这话坐了起来，背对丹比尔抽着烟说："那你在梦里说过什么，你还记得吗？"丹比尔起身，一边穿衣服，一边说："你一直在观察我睡觉？"

"嗯。"尼摩拉慢慢转过身露出阴沉的笑容说："你昨晚说的梦话，我可是听得一清二楚。我很嫉妒，我的嫉妒会让我失去理智的。我想知道你的一切。"说着尼摩拉又慢慢爬在床上扭动着她的身躯。丹比尔则继续穿衣服，用深红色的眼睛看着尼摩拉问："你真的想了解我吗？或许那结果是你承受不了的。"

尼摩拉躺着，身上搭着一层薄纱，完美的曲线显露无遗，轻声答道："嗯。"

丹比尔穿好衣服再度问说："你眼中的是我还是七年前的他？"

"两者都有。"丹比尔觉得尼摩拉的这个回答还算诚实，便走到窗边看着只有借助人间灯火才能稍显明亮的地下城天空说："这是我第一次想撕下面具……"

时间在跳跃，一转眼已经来到9月11日的下午。

镜头也来到世界另一头，布兰克家族根据地所在的奥瑞金内。一辆黑色的轿车行驶在街上，里面坐的是馨夫人，汽车正开往奥瑞金的一所贵族小学，看似与往常没什么区别的接女儿放学却让馨感到有些不安，她有些奇怪地问身前的司机和护卫："我怎么没见过你们？你们是新来的吗？"

"嗯，馨夫人。"司机的语气非常平稳，馨虽然有些怀疑，但还是没有再追问下去。她看着窗外人来人往的街道想起一些往事。她又想起第一次与丹比尔相遇时的情景：七年前的你还只是个稍显成熟的大男孩，我们相遇的酒会上你略显冒失的举动让我记忆犹新，而如今的你早已将自己藏在了千万副面具之后，就连我也无法碰触，你的言谈举止更是不由得会让人产生一种敬畏感，而那时你在地底都市里说过的话，现在又算是什么呢？

　　镜头一转来到布兰克家族的官邸中，今天公爵依旧穿着那件带银蛇花纹的黑衣，不过胸口的扣子解开了几颗，布满刀伤的胸口展露无疑，每一道都是阿尔佛曾经给他留下的。他正在巡视着隐藏在官邸地下的秘密练习场，丹比尔的精英部队诅咒军团就是这里的产物，那些持刀穿着黑风衣的人是军团其中一个分支，主要负责保护丹比尔及其家人。阿尔佛是导师，而他不在时公爵或者凡妮莎便负责管理这里。今天公爵在巡视时察觉了有些不寻常，他发现有一组护卫今天忽然被抽调走了，虽然这种人事变动很常见，但不寻常的是被抽调走的护卫正是平时负责保护馨夫人的那一组，而从新派给馨夫人的则是刚来不久的新人。公爵觉得事情有些蹊跷，便赶紧回到自己的办公室，套上一件长衣，背起黑色长剑，匆匆赶去马厩，跨上自己的爱马黑旋风，急驰而去。

　　馨夫人这边遇到了塞车，她心里有些着急，奇怪地问说："平常日子都不会塞车的，怎么今天？"眼看女儿莉莉放学的时间就快到了，馨夫人推开车门。

　　"夫人，您要干什么？"护卫也赶紧下车问道。

　　"时间来不及了，不知道为什么我今天总是感觉有些不安，反正学校也不远了，我们走着去吧。"

　　"嗯，是的夫人。"

　　就这样，一名护卫下了车跟着馨夫人走小路步行前进，而另一个则继续开车。不过就在几分钟后，塞车的情况有所缓解，汽车向前开出一个路口时，砰的一声，车窗上破了一个洞，汽车一下失去了控制撞在路边，好在速度还没有起来，只是将一旁的邮筒撞倒了。附近不少人围观上来，想看看发生了什么，而这时，几个身穿藏蓝色风衣戴着墨镜的人推开人群，来到车前，看到车内只有司机一具尸体后便用耳机向什么人报告着情况。紧接着耳机那边传来了声音说："他们一定是在刚才堵车时下了车，肯定走不远，赶紧找出来干掉。"接到最新的命令，几名蓝衣杀手立刻展开了行动。而刚刚射杀汽车里司机的狙击手则端起狙击枪站在高楼上不停地四处张望找寻着馨夫人与另一名护卫的踪影。

公爵这时也快马加鞭地来到了汽车司机遇难的地方，在他看到车内只有司机一人的尸体与司机胸口的弹孔时，便立刻向高处望去，很快在一栋大楼的顶端发现了狙击手略微伸出的枪头，但他还是决定先找到馨夫人再说，他想了想，下马走入一条前往丹比尔女儿莉莉所在小学的近路。路很狭窄，骑马的话倒会减慢速度。

那名在楼顶的狙击手突然在一条小巷中发现了馨夫人以及另一名护卫，刚要举枪射杀，可惜馨夫人突然转弯，他的视线便被一栋矮楼挡住了。他立刻通知其他人目标的位置，而他自己也赶快下了楼与其他人一同进入蜿蜒的小巷追了上去。

与此同时，和杀手们一样正在寻找馨夫人的公爵在小巷中正好巧遇一名穿着藏蓝色风衣的家伙，公爵看到此人第一反应觉得甚为眼熟，而这人看到公爵时更是吃了一惊，慌乱之中竟然想将领子立起来遮住脸，这一动作更引起了公爵的怀疑。公爵上前一把按住了此人的肩膀。这人立即抽出了藏在风衣下的太刀，一道银光闪过，公爵跳开来。

"这武器……"公爵更加确信了自己的判断，接着笑问道："你想跟我动手？"

这人也不答话，抡刀便砍。动作非常之快，可惜公爵的长剑比他更快，一下子便将对方的太刀劈成了两截。而这人竟继续以肉身朝公爵的长剑撞了上来，扑哧一下，直接破肚而亡，公爵也吃了一惊。随后将这人的尸体摆下，扒开领子，看到这人的脸时公爵露出一丝诡异的微笑，自言自语道："果然是诅咒军团的人。"

正快步前行于小巷中的馨夫人以及那名护卫都没有察觉这一切，而莉莉的小学已经近在咫尺，再过一条街便到了。不过就在馨夫人刚走出小巷时，跟在他身后的护卫突然被人从身后捂住嘴，利刃直接划过他的脖子，他挣扎着，可惜都是徒劳的，杀手捂住他的嘴，将他缓缓地摆在地上，没有发出一点声响，接着正要逼近馨夫人时……

夕阳横穿过街道，给刚刚走出小巷的馨夫人添上一抹金黄的同时，一个清脆的声音传来："妈妈！"莉莉在马路另一边，边叫着边快步跑过街道，汽车来往显得危险异常，还好有惊无险地到了马路这边，"我不是教过你不许横穿马路的吗？"馨抱起了莉莉温柔地说道。

这时，馨回头想吩咐那名护卫通知司机来这里接他们，却忽然看到公爵出现在她眼前，对于他的突然到来，馨吓了一跳，质问道："你怎么会来这里？刚才那名新来的护卫呢？"

公爵欠身回答说："夫人这里不安全，刚才那名护卫已经在您不知觉间被杀掉了。"说着，馨夫人也看到了公爵身后地上的血迹，吃惊地抱紧了莉莉。"夫人，我已经安排了另一辆车来接您，相信一会儿就到。"这时公爵还察觉了一件事，那就是当馨夫人接到莉莉时，所有的杀手便都自动退下了，他猜想可能是阿尔佛下了命令，不可以当着丹比尔女儿的面杀死夫人。没过一会，车接上馨夫人和莉莉，公爵则没有一起，而是命令司机立刻返回官邸后独自折回了小巷。他要追上那些杀手。

不过走到半途时，他就闻到了一股刺鼻的血腥味，穿过几道弯路，来到一个死角处，里面横七竖八地倒着数名杀手的尸体还有四处喷溅的血浆，尸体的表情全都扭曲非常，看来是挣扎了一番才死的。"阿尔佛居然将所有人都灭了口。"公爵自言自语时发现这些伤口的切面异常利落，更是对准了死者的动脉。"竟略带几分阿尔佛杀人手法的神韵，虽不及他那般神乎其技，但也是个中高手所为，诅咒军团中还有这样的使剑高手？"公爵怀疑着。

突然他听到了一个平稳的脚步声正快速穿梭在组成这深幽小巷的楼房顶端，他赶紧从地面跟了上去。当楼顶的人跃到一座矮楼上，公爵迅速进入这栋矮楼，爬过四层折返的楼梯，打开通往天台的铁门，他朝四周望去，发现一个身材不高，穿着黑色坎肩的人正灵巧地游走于楼顶。公爵赶紧追上，尽量放轻自己的脚步，但似乎对方还是察觉了，忽然之间加快了脚步，不过对方身材不高，步伐也较小，同样的频率下，公爵正逐步接近着对方。看样子，年纪不大。公爵心中这样默念着。

俩人就这样在房顶追逐了几分钟，对方明白自己是逃不掉了，猛然间停下脚步，公爵也随之停下来。这人白色衬衣外面套着一个黑色的坎肩，服装上显得有些古朴，但最引人注目的还是他挎在腰间不时闪烁着光芒的西洋刀，而当其转过身来时，少年俊朗的脸庞让公爵得意地笑了出来，"果然没猜错。"

安魂曲B小调

少年脸庞上出奇的沉静与冰冷。淡淡的咖啡色短发，额头略高。眉骨与鼻梁之间的角度让他的眉毛和眼睛几乎结合到一起，双腮有些凹陷，脸色也夹杂着苍白，整体看来多出了一份少年所不应有的历练。

少年用冷冷的语气率先发话了："所有知道此事真相的人都死了，除了三个人，你我还有另一个人，何不息事宁人呢？"

"世上怎么会有这么简单的事情？"公爵眯着眼笑着反问道。

少年脸上带着从容问道："那你想杀了我还是抓住我？"

"或许是杀了你。"

公爵的回答让少年说出了一个惊人的事实，"那样的话，我的义父阿尔佛会为我报仇的。"

听到这话公爵显得并不吃惊，从容地说："你是阿尔佛的义子？呵呵他也终于不只收义女了，不过你义父要杀我恐怕不是件易事。"

听公爵这么说少年右手拔出西洋刀，左手掏出短刃。

看着少年的架势，公爵说："看来阿尔佛还没有教你他真正的功夫。"公爵也从背上拿下了黑色长剑，他似乎并不轻视这个少年。

"跟我动手也如此认真？"这少年看到公爵的架势调侃道，公爵回说："你杀人灭口时那放血的手法可是真够狠毒的。而我对付心狠手辣的人时从来都是很小心的，因为他们就像毒虫一般，力量上虽然和人类差距巨大，但它们的毒性却有可能一瞬间置人于死地。"

"把我比作毒虫。呵呵。"随着少年的一声冷笑，金属之间激烈的碰撞声与火花在空中来回闪耀。几分钟？又或许才是几十秒后，当公爵坐在房顶的低台上，将稍乱的长发轻轻捋顺时，胜负已分，不过他并没有杀死这少年。

"你为什么不杀我？我身上每一道伤口你都可以加深直至撕裂我的身体。"少年一手捂着胸口一手用刀撑着地说。

"不要误会，我可不是因为你义父的关系才不杀你。"公爵单手扶着长剑说。

"那又是为什么？"少年显出了不解。

"呵呵，这才对，如果每件事都在你的意料中，就太不符合你的年纪了。"公爵接着说："等你再练个十年，学会了阿尔佛所有的绝技，我很乐意再跟你较量一次。"听到公爵这么说，少年没有答话，公爵则站起来转身背对着少年说："你回去告诉阿尔佛，我无意揭穿他，不过我也无意让他如愿。"说完公爵就离开了，留下阿尔佛的义子单膝跪在那里。

第二天，尼摩拉宫殿的一间钢琴房内，身穿黑色衬衫的丹比尔坐在钢琴前，手中抚出的深沉，比那梦中银色月光映照下的脸庞还要苍凉，尼摩拉还是一身紫色薄纱一手端着酒一手搭在他肩膀上，来回抚摸着。丹比尔很投入，尼摩拉看到他额头的汗水，俯下身说："休息一会儿吧。"不过丹比尔却丝毫没有要停下来的意思。

这时传来几声敲门声，尼摩拉喊道："什么事？"

"是布兰克家的阿尔佛·罗德。"

听到是阿尔佛来了，丹比尔立马站起来对尼摩拉说："我出去一会儿。"

"嗯。"

门外的走廊里，阿尔佛向丹比尔报告说："陈守谅的家人已经全部买通了。"

"嗯，干得好，这些日子辛苦你了，你先休息休息吧。"

"主人。"

"还有什么事情？不要告诉我奥瑞金那边又出事了，我不想听。"丹比尔显得很严肃。

"主人，虽然是奥瑞金的事情。"阿尔佛凑到了丹比尔耳边接着说："馨夫人遭到了暗杀，不过母子都平安无事。"

"什么！？"丹比尔一瞬间睁大了双眼看着阿尔佛，他有些不敢相信，但随即心中浮现出了一种可能性，视线也飘向钢琴室的门：难道是她干的？随即又问道："查出杀手的身份没有？"

阿尔佛沉下脸回答说："暗杀失败后，其余的杀手都自杀了。"

"是这样。"丹比尔沉思了下说："记得让公爵加派人手保护夫人，实在不行就出动那几个人。"接着他又想了想，正在确认自己有没有什么遗漏的，阿尔佛突然提议说："主人我想我应该亲自回奥瑞金一趟。"

"嗯？你不相信公爵？"

"嗯。我对他不放心。"

"那也好，反正这边没什么事，你就回去安排一下吧。"

安魂曲B小调

阿尔佛离开后，丹比尔赶紧将满脸的愁思一扫而空，再次进入钢琴室，但他心中对眼前的这个女人已是怀疑不已。这时的尼摩拉显得有些生气地躺在椅子上，丹比尔也察觉到了便问："怎么了？"

尼摩拉抽着烟显得极为娇媚，慵懒地说："看来我还不如你的一条狗。"

听到这话，丹比尔笑了笑，坐到她身旁，托起她的下巴。俩人脸对脸，尼摩拉吐出一口烟，趁着丹比尔不注意突然扑倒了他。被她压住的丹比尔笑着说："你还真是个危险的女人呢。"尼摩拉也露出了笑容，趴到丹比尔耳边说："相比起来你才是最危险的吧。"

9月13日，所有家族都收到了秘密的邀请函，而所有的邀请函也都是由一些戴着诡异面具的海奥斯家族成员亲手送到各大家族首领手里的，信上写着会议崭新的召开时间以及新的地址，而且信会在拆封阅读之后当场焚化，所以这个时间只存在于各大家族首领的脑子里，外泄的可能性大大降低了。开会的时间就定在9月17日凌晨0点0分，而地点则是重建城区里的一座剧院。

不过收到信函之后的9月14对于布兰克家来说又是不平静的一天，继馨夫人遭到攻击之后，丹比尔·布兰克本人也受到了袭击。

事情起始于丹比尔仔细琢磨后还是决定自己先去给尼克·蒙托利沃道个歉，这也是他这么多天以来第一次要走出尼摩拉的宫殿，尼摩拉则主动要求伴其左右，两人便一同乘车前往尼克·蒙托利沃的官邸，不过今天画师华沙却突然告假，说他想去地下城郊外，参观楼船"龙鳞"的残骸，因为阿尔佛不在的缘故，凡妮莎必须待在丹比尔身旁，丹比尔便派了一个诅咒军团的成员开车载画师前往。

两拨人在上午时分出发了。

丹比尔的车队正途经一条略显荒凉的长街，丹比尔坐在车里，尼摩拉突然斜身躺在他的腿上，他不解地问："怎么了？"

尼摩拉挑了下眉毛露出妩媚与渴望的神情说："抱紧我。"

就在这时，从街边大楼里突然飞出一枚火箭弹击中车队带头的那辆车，后面的车全都紧急刹车。还好丹比尔及时抱住尼摩拉，要不她一定会从座位上滚下去。接着从街边的楼里冒出不少枪手，一边向车队扫射一边大喊道："我们是班·梅洛的亡灵！"

而另一边华沙的汽车在穿越城市时，他也发现自己被人盯上了，但是车很快就开出了城区，来到一片广阔的荒野之上，不友善的视线也就自然消失了。

这片荒野正是曾经的国王想要预留下来扩建地下城的地方，不过他后来改变了主意，决定在地上为所爱的侍女攻下一个真正的王国，也就是这样，在他征战的几年间，侍女因为孤独而自杀，造成他无法挽回的遗憾。说起来竟和丹比尔有些像，华沙低头看着随身携带的画本上丹比尔的画像，他很想知道丹比尔如今的放任会不会也将造成无法挽回的悲剧呢？

车又开了一段时间，都市的灯火逐渐远去，荒野也慢慢暗下来，华沙打开窗户，在不远处看到一个黑色山丘，一股糟糕的味道突然传来。

不过又开了一会，旷野中的风便没了地底的那种阴湿与刚刚的异味，让人感觉格外清爽。接下来就是曾经的地下方舟龙鳞的遗址了。它曾经是一艘陆行楼船，也是地底世界权力的象征，在七年前被瓜分下层世界的几位首领所同时拥有，而之后在海奥斯家族入侵地下城时被炸毁。

整艘楼船楼身的部分就好像被天神斜身砍了一刀般，只剩下一半，而曾经攀爬在楼身之上的黑色巨龙雕像现在也只剩下了一根尾巴，唯独船底的部分保存得还算完整。车停下，龙鳞号已近在眼前，到了跟前华沙才了解到这陆行楼船的庞大，整个视线所能看到的部分只是很小一块。

正在华沙下车驻足观看时，肩上的切突然惊叫一声飞起来，他便知道有客人来了。果然，两辆吉普车突然停在不远处，上面下来几名穿着普通但手中持枪的家伙，朝华沙走来。华沙的护卫看到这种情况赶紧从车上拿出武士长刀。

"你是布兰克家族的什么人？"这些手持枪械的家伙问道。

刷，刀刃出鞘的声音传来，护卫刚想动手却被华沙阻止了，他笑着对护卫摇了摇头，然后冲这些人说："我不是布兰克家族的人。"

"那你为何会从尼摩拉·婆罗门的宫殿里出来？"

"因为我是他们的客人，我只是想来这里参观龙鳞的废墟。"

就在这些人半信半疑的时候，城市的方向传来了爆炸声，这些人突然说:"那边已经行动了,先把他们俩抓起来再说!"

不过这时华沙却推了推眼镜对这些人说:"小心你们的身后。"

突然之间,只见几道光影闪过,随即又听到金属划过空气时残留的切割声,最后这些家伙还未来得及嘲笑华沙这种连小孩也骗不了的鬼话时,便在一瞬间全都被肢解成了肉块,鲜血一下子爆射开来。"好久不见了,暴君华沙·弗雪洛。"一个成倒十字架状的黑影突然出现在了血肉横飞的光景之中。正当华沙的护卫吃惊于眼前到底发生了什么!他嘴里竟流出了鲜血,他向下看去,只见一只沾满鲜血的手从背后穿透了他胸口。手中的刀滑落在地,他慢慢攥住这血淋淋的手,转头看时,一张冰冷的脸庞映入他的瞳孔,"画师……"不过还未等他说出第二个单词,华沙便抽出插入他身体的手,瞬间让这护卫的头和身体转成了一百八十度。接着华沙掏出纸巾擦拭手上的血迹,对着黑影冷冷道:"原来切感觉到的是你,而你可知道你的出现会给我带来多大的麻烦吗?塞万提斯。"

镜头再回来丹比尔这边。

车队里的保镖都赶紧掏出武器进行反击,可是对方占据了制高点,地形极其不利,死伤非常严重,尼摩拉所带来的几个人和丹比尔安插在保镖中的诅咒军团成员也因为对方火力太过猛烈而不得动弹。丹比尔的车虽然拥有最好的防弹效果,但也没几下,玻璃就被射穿了,凡妮莎赶紧推开一边的车门来吸引火力,而丹比尔和尼摩拉就趁着这个机会从另一边下车。接着凡妮莎迅速打开后备箱,拿出上次舞会时所使用的红刃大刀。另一边丹比尔和尼摩拉的出现立刻引来了一枚火箭弹,所有人都赶紧跳开,可是丹比尔和尼摩拉离车太近了,只见丹比尔一把将尼摩拉搂在怀里,纵身一跃的同时用他的后背承受了所有的爆炸风。趁着爆炸所制造出的烟雾,凡妮莎带领一些诅咒军团的成员立刻展开反击,纷纷进入街边的大楼,而丹比尔却被汽车燃起的大火逼得拉着尼摩拉一起逃进了小巷,丹比尔边跑,边从怀中掏出手枪,对尼摩拉打趣道:"我有七年没用枪了,不知道它和我都生锈了没?"

可这时尼摩拉的神情居然充满了情欲和兴奋,丹比尔随即放慢了脚步问说:"你在享受什么?"尼摩拉抚摸着丹比尔的脸有些迷离地回答道:

"享受你的保护。"她又将手伸进了丹比尔的衣服里接着说："你现在的样子实在太让我性奋了。"

　　听到这话丹比尔露出笑容，他不光是觉得尼摩拉很有意思，他还明白了为什么会受到袭击，恐怕是这女人把他们外出的消息透露给地下城里那些想要杀他们的人，为的只是让自己可以享受到他的保护。但丹比尔似乎并不想责怪她，而是看着她陶醉的样子，深深地吻了下去，显得有些意乱情迷。接着俩人快步穿过小巷，来到一条繁华的大街上，来来往往的人不少，在看到丹比尔手中的枪时，很多人都赶紧躲到了一旁，不过没有引起更大的骚动，因为这种事对于地下城的人们来说都已经见怪不怪了。

　　丹比尔看到这种状况一把将尼摩拉推进了人群，这时后面的追兵来了，丹比尔只身向另外的方向跑去。他额头流着汗，后背流着血，其实刚才爆炸时他就受伤了，有碎片击中了他，追兵们就是寻着一路的血迹追上来的。跑出几个街道，丹比尔依旧没有察觉自己流的血是追兵们的向导，他有些迷路，又进入一条小巷，他靠在巷口的墙边，血一下子就染红了墙壁，这时一名坐在他对面的老乞丐突然对他说："你受的伤很严重啊。"丹比尔用警惕的目光注视着这个在没说话之前完全没有发觉的老头子。"不信的话，看看你的背后吧，年轻人。"

　　听到乞丐这么说，丹比尔还是不敢回头，只是用手摸了摸，才发现自己竟流了这么多血，"谢谢你的提醒。"丹比尔虽然嘴上道谢但还是有些怀疑这乞丐的动机，接着乞丐给他指路时追兵又追了上来，丹比尔斜眼瞪着乞丐，乞丐则冲他笑了笑说："如果你不放心，那就给我些报酬吧，那样你就会放心了。"丹比尔当即给了他一枚银币，赶紧向小巷的更深处走去。

　　而另一边，地下城郊外的荒野上，华沙似乎和这倒背着十字架的黑影认识，只听黑影说："这就是你对许久不见的老朋友所说的第一句话吗？"

　　华沙语气冰冷得像另外一个人一样，回说："我没心情和你叙旧，这些想要抓我的是什么人？"

　　那黑影回答道："他们自称班·梅洛的亡灵。"

　　"班·梅洛？就是七年前被丹比尔杀死的那个？"

　　"对。"

安魂曲B小调

"他死了七年了，竟然还有这么多追随者，真想亲眼见见这人。"

黑影则对华沙的佩服嗤之以鼻，冷笑了几声。

华沙突然话锋一转，"别笑了，你的出现让我不得不杀了丹比尔派给我的护卫，如果因为这样导致我身份曝光的话，班内特一定不会放过你。"

听到这话，黑影压低语气说："你现在的态度让我很想割掉你的舌头。"

"我这是在为你着想。"华沙冷冷地看着他，好像不拿他说的话当回事。接着黑影便恢复平常的语气说："我会处理掉这些尸块的。"

华沙提醒道："绝对不能让人看出痕迹。"接着又问："我很奇怪你怎么有工夫跑来找我？"

"因为我所保护的人正在这楼船里参观。"

这人语气平稳但华沙却是满脸的吃惊，"什么！！阿道夫在这里？！"

这黑影依旧语气沉稳地答道："放心好了，他醉心于楼船里的雕刻品，一时半会是不会出来的，而且我的部下也在监视他。"

华沙想了想用凝重的语气说："尽管是这样，我还是先走了。"不过他顿了一下再次提醒道："记住一定要处理好这尸体。"华沙指着刚被他所杀的那名护卫。这黑影没再答话，随后便只能听到华沙一人的脚步声回荡在这空旷的荒野之上。

这时城市里的交火基本已经停止，凡妮莎带领着众人控制住了局面，但两位首领一同不知了去向实在让他们着急不已，不过就在他们要急着去寻找时，丹比尔在尼摩拉的搀扶下出现了在众人面前。原来丹比尔绕了一个大圈，又回到人群中找到尼摩拉然后一起回到了他们遇袭的地点，因为丹比尔估计凡妮莎他们应该已经解决了杀手，与众人会合才是最安全的，凡妮莎赶紧上前代替尼摩拉扶住她受伤不轻的主人，丹比尔则笑着表扬道："干得不错。"

之后没两分钟，只见警察和大队黑色的汽车一起包围住了丹比尔他们。黑色汽车上下来了一个人，正是尼克·蒙托利沃。丹比尔看到他，让凡妮莎放开手，然后跌跌撞撞地走上前，尼克看到丹比尔的样子，也赶紧上前扶住他问道："怎么回事？"

"呵呵我正想去拜访你，我的兄弟，前些日子真是抱歉。"

尼克笑了笑说："你应该知道我上了年纪，记忆力减退得厉害才对吧。"听到尼克这么说丹比尔露出一丝笑容后便昏了过去，尼克大叫道："快叫救护车！"

下午，华沙一个人回来时佯装说他受到了袭击，那名护卫替他挡住了杀手，他才能脱身。而那时丹比尔正在昏迷，也没人有心情怀疑，当下便让这件事情过去了。还好当晚丹比尔便恢复了知觉，众人这才松了一口气，而身在奥瑞金的阿尔佛也在接到丹比尔遇袭消息的第一时间赶回地下城。

另一方面这些自称为班·梅洛的亡灵的恐怖分子也在这一次袭击之后遭到了不小的打击，不过他们依旧在袭击过后立即放出了录像带给电视台表明他们一定会替班·梅洛报仇的决心，可是这也成为了他们的绝唱。

那之后的一天，也就是9月15日的傍晚，一直对华沙有所提防的阿尔佛来到地下城的郊外，在那里他果然发现了一具中了不少枪的尸体，也正是那名诅咒军团成员的，但他非常奇怪的一点是这尸体手中的刀刃上竟然没有一滴血，不过这两天需要他做的事情实在太多，便没有再深究下去。

而在丹比尔受伤到9月17日的这两天时间里，尼摩拉对丹比尔的照顾可以说是无微不至，任何事情她都要亲力亲为，而不要任何人的帮忙。对于这点，连丹比尔也感到很惊讶，因为他没想到尼摩拉可以放下身段做一些下人的事情，不过他又感到尼摩拉内心的病态，恐怕是一种略带扭曲的占有欲驱使着她来干这些事。但不知为何正是这种畸形的占有欲却又让他的内心倍感温暖。

就在16日当晚，所有人都忙于出行前的准备，华沙在走廊中闲逛着等待出发，他又来到了之前那间所谓的雕刻室门前，这次他听到里面没有声音，便轻轻拧开门，迎面而来的是一片漆黑，华沙尝试在墙壁上找寻灯的开关，却是徒劳，不过好在他的眼睛逐渐适应了黑暗，借助门外昏暗的灯光也能勉强看到屋内摆放着一座雕像，地上有不少碎渣，看来前些日子的雕刻声就是铸造它时发出的，这时华沙发现在房间的角落堆着什么，那上面还盖了张布。

他走过去掀开麻布，里面居然堆着不少雕像的碎片，他仔细看了看，发现这堆里应该有三座被打碎的雕像，一位的穿着像是神父；还有一个戴着帽子的人头，不过脸还没完成，只有大概的轮廓；最后一个则是一位下颚留着短胡子的男人。

"他们是？"华沙怀疑着，这时他再次回头看房间中央的新雕像，发现它也没有脸，不过这身形却好像在哪里见过。"是丹比尔……"华沙终于意识到这无脸的雕像是谁了。

"华沙？"是凡妮莎的声音，她正在走廊中找寻华沙。

华沙赶紧从雕刻室里走出来。凡妮莎奇怪地问道："你在里面干什么？"

"里面收藏着一些雕刻品，我随便看看而已。"

晚上接近10点时，所有人已经整装待发。其实丹比尔的伤不算重，但他今天的打扮却是……他将自己的左手装成骨折般吊起来，在身上又绑了不少绷带，好像身受重伤的样子，不过他的气色确实不好，接着在最外面披着一身黑色西服。华沙觉得这是为了他之后的演说更具煽动性所准备的效果，而尼摩拉则形影不离地扶着他，给这效果更添一分真实感。

乘车前往会场的途中，路过一条街，丹比尔似乎在注意街边的什么，华沙顺着他的视线看去，只看到了在一条阴暗的小巷里几只野狗正在啃食一个人的尸体。丹比尔知道那具尸体是之前帮助他的那名乞丐，丹比尔想起那时乞丐说的话，心中不免欷歔。

这次众人驱车，到场，入座都显得比较低调，只有家族首领间小声地交头接耳。华沙站在看台最上面走廊门的旁边，与肩膀上的切一起注视会场中大家的一举一动，只见舞台上尼克与穿着暗红色西装的班内特·海奥斯又一同出现了，他们身后还是九位穿着黑披风头戴黑色宽檐帽与面具的持剑侍卫。

"各位好，大会马上就要开始了。"依旧是班内特那极具穿透力的声音。

当所有人都安静下来时，镜头稍转。

在剧院附近，教团的人这时集结在会场附近的一座高楼里，只见大楼窗户里射出几道目光，直指黑暗联盟大会的会场。那房间里，教团的人不多，只有四个人影，其中两个突然开始了对话："肖恩和亚当太没用了，一个被抓住，另一个变成残废。真是丢尽了骑士团的脸。"

"教团里他们的战斗力本就一般，再加上刺杀阿道夫时似乎遇到了一个很厉害的家伙，听亚当说那人一脸苍白，倒背着一个巨大的十字架。"

"我倒是想会会他。"

"呵呵我看这次你很有机会遇到他，不过亚当说自己连这个人十招都接不下来，如果是真的，我想我遇到他时肯定会撒腿就跑。"

"那我到时一定会第一个先杀了你。"

"我又不像你，我只是个凡人。"

"对了为什么那个女人没来？"

"你说爱德拉？"

"对。"

"不知道。"

另一个黑影插话道："她昨天和我完成了清除班·梅洛余党的命令，之后她就接到了什么消息突然离开了。"

"班·梅洛的余党？"

"嗯，团长说他们很有可能会对这次的突袭形成妨碍。"

"无聊的担心，不过骑士团现在还真是一盘散沙，现存的九个队长里居然只来了四个。"

一个矮小的黑影接话道："希望爱德拉的缺席不会影响我们这次作战。"

"难道你害怕了不成？"

"我只是觉得教团的第二队队长都没有来……"

"现在团长命令的执行力实在太低了，连他本人也很少现身。"

"他已经老了……难道不是吗？上次那个让五队去突袭五大家族舞会的昏庸命令不就是他下达的吗？最后连艾斯的尸体都不知道是什么人帮忙抢出来的。"

"说实话，我也略有同感。"

"喂喂，怎么讨论起这个来了，还是先把这次任务搞定之后再说吧。"

镜头再次返回灯火通明的剧院内，班内特很快就让大会切入了正题。"我们首先有请兰伯特家的代表上台为我们总结一下黑暗联盟成立至今所遇到的各种问题。"听到他的话，阿道夫派遣了一位兰伯特家族的家臣上台。

华沙端着画板，手执画笔不时看看远处专心研究自己演讲稿的丹比尔，再看看随着兰伯特家族的陈述逐渐变得不安地在座众人，接着又抬起头看着插在高处略微飘动的海奥斯家族的标志——玫瑰血云旗。

那旗子的中央是一张分成两半，黑与白组成的人脸面具，面具的眼角与嘴角都朝着斜下方，并且向两旁延伸出的红色血迹仿佛滴到衬底的巨大玫瑰上，将其也染成了暗红色。

华沙心中想到：这微风就仿佛时代的逆流，虽然不是很强，却在拂过每个人的身体时让他们不自觉地会感到一股寒意。

过了一段时间，兰伯特家族的讲解结束了。作为曾经的五大家族之首，兰伯特家族说出的话自然是很有分量。提出以及剖析了黑暗联盟现在为止所遇到的问题之后，全场几乎是鸦雀无声。就在这时，一个掌声响起，是丹比尔。而别人在看到他微笑着鼓掌的样子时也都不自觉地跟随他拍起手来。兰伯特家的家臣下台后，在一旁戴着诡异面具的班内特·海奥斯又走上台，对着麦克风说："下面有请龙蛇会。"

华沙随即看了看表，兰伯特家族可真没少说，居然已经12点45分了，他又看了看丹比尔，他似乎在对自己的演讲稿做着最后的修改。龙蛇会礼王基本上是对兰伯特家族代表所说的进行了一个补充而已，时间不长，终于轮到丹比尔·布兰克了。

他放下演讲稿，尼摩拉帮他披上西服，接着朝台上走去，途中他正好和礼王擦肩而过，"孩子，好好说吧。"听到这话丹比尔警惕地瞥了一眼这矮小的老者，发现了老者那看似沉稳的脸上所透露出的一丝杀气。

丹比尔站到台上，重新摆了摆麦克风，开始了他的演说，而座位上的尼摩拉则拿起丹比尔放在椅子上的演讲稿，上面写着一个标题——黄昏时代。

"今天能够荣幸地站在这里，首先要由衷地感谢整个黑暗联盟给我这次机会，在此之前兰伯特家族的代表和礼王已经将现在黑暗联盟所碰到的问题以及解决方式阐明，我实在没有任何内容可以补充了，所以在这里我想谈一谈另外一个问题，也就是黄昏时代对于整个黑暗联盟的关系及其意义。"

听到这里，台底下的人都议论纷纷，他们不明白丹比尔葫芦里到底卖的什么药。

"不置可否的一句话应该是黄昏时代让我们这些隐藏在黑暗中的势力到达了鼎盛，从我开始懂事起直到黄昏时代的来临前，我从未敢想过黑暗可以成为一个时代的主旋律。历史的长河里，每当黑暗被人们所使用时，大家都会不自觉地给它包裹上一层亮色，用来蒙骗别人的眼睛，甚至生活在黑暗中的我们也不敢直面承认黑暗的存在。

而在黄昏时代里，夕阳给我们罩上一层凄凉金黄的同时，却将这层仅有的包装纸都撕去了。在这个竞争最为残忍，激烈，人类的生活空间被极度压缩的时代里，这样的变化只是印证了一件事，那就是达尔文的生物进化论确实是永恒不变的真理。也正是因为这种进化与混乱，我们黑暗联盟才可以发展到今天这个地步而没有大的阻碍。

当然时代与人类的进化并非单一线程，就像我们的肤色一样总是会出现不同的分歧，所以一个名为圣玛丽教团的组织出现了，他们高举着铲除黑暗还时代光明的旗帜对我们整个联盟进行了一次又一次的袭击，暗杀。他们所宣扬的教义，不仅要让我们从肉体上消亡，连同精神也要一并毁灭。

但殊不知黑暗也早已随着时代一同演化，我们虽然物欲横流，心狠手辣，但心中也依旧保有一座殿堂，一座保有点亮我们前路火种的殿堂。"

丹比尔顿了顿接着说："我只是想说我们的精神不是脆弱的，我们也有一面盾牌，绝不会惧怕任何所谓光明的来袭。

今天，随着时间的流逝，经过无数次的权衡和审视，在总结了黑暗联盟迄今为止所遇到，所有可能会遇到的问题之后，作为你们其中一分子的我可以肯定地说，这些问题不仅仅产生了负面的作用，也带来了有益的影响。在我们不自觉间，肉体与精神都受到了时代逆流的洗礼，或许有人会问，时代造就我们的同时那也会冲垮我们吗？我的问答是不会，因为我认为每一次洗礼过后我们的肉体与精神都会像顽石一样更加坚硬一层。当然！顽石也有在历史上逝去的一天，时代在历史上也只是某一个时刻而已，但！那绝不是这一刻。因为这个时代是属于我们的，是属于黑暗联盟的黄昏时代！！

女士们先生们。

今天我冒了很大的险来跟各位谈论时代与我们的关系，只是认为时代造就我们的同时也赋予了我们一个个考验，但我们是不可以畏惧的，时代需要我们勇敢的前进。因为，我们才是黄昏时代的真正引领者。"

哗哗哗！！台下一片掌声响起，丹比尔露出了微笑。龙蛇会的礼王和阿道夫虽然也和其他人一起鼓掌，但心中却是另一番滋味。

丹比尔在雷鸣般的掌声陪伴下回到自己的座位。但就在这时，轰的一声！整个会场震颤起来，剧院一角的房顶突然崩塌了，紧接着巨大的爆炸声接二连三地传来！

有人大喊道："是教团！！"

一瞬间会场内就乱作了一团。

丹比尔急匆匆地拉起尼摩拉，在阿尔佛和凡妮莎的掩护下快步向出口处走去。班内特·海奥斯这时突然用麦克风对所有人说："请各位冷静。"尽管他冰冷且具有穿透力的声音让不少人稍稍冷静下来，但紧接而来的爆炸声让所有人再度慌乱起来。

会场内已是一片浓烟滚滚，呛得不行，华沙独自一人在烟雾中找寻剧场的出口，他听到不时传来的惨叫声，知道教团在杀人了。他在烟雾中突然隐约看到一个矮小的身影，就在他无法辨清到底是什么时，一道光影闪过，他赶紧躲开，不过因为速度太快，手臂还是被砍伤了，切也惊叫着。一个看起来只有十岁左右手持巨斧的孩子出现在他面前。"呵呵居然可以躲过我的致命一击，我想问你，你有没有看到一个叫做礼王的老头。"只见说的时候这孩子面露诡异的微笑，手上的巨斧不断滴着鲜血。

而另一边浓烟稍稍散去，丹比尔在会场出口附近停下脚步，因为他遇到了一个人，阿道夫·兰伯特。爆炸就在他们不远处，但俩人却显得镇定无比地对视着，阿道夫突然笑着说："又是教团的攻击。看来众多首领当中确实有教团的内鬼。"

"你想说什么？"丹比尔问道。

阿道夫咧着嘴回答说："我开始有点相信那个被你杀死的龙蛇会礼王的侄子所说的话了。"

丹比尔听到阿道夫所说睁大了双眼，恶狠狠地问："你告诉礼王了？"

"呵呵你说呢？"阿道夫阴沉的笑容让丹比尔愤恨不已，但又是一阵爆炸所产生的烟雾袭来，阿道夫便在其中消失了踪影。

"主人，我们快走吧。"阿尔佛劝道。

"嗯。"尽管丹比尔很想杀了阿道夫，但现在最重要的还是赶紧离开这里。

再看华沙这边，他捂着受伤的左手，眼前手持巨斧的孩子不断向他靠近，这时烟雾中又出现了一个身影。是戴着面具的班内特·海奥斯。他对华沙说："快走，这里交给我。"

"班内特……"华沙听他这么说便赶紧逃开了。

手持巨斧的小孩看到班内特时收起了笑容问："你是将军的代理人？"

"嗯，正是。"

"呵呵，看来我碰到一条大鱼。"小孩得意地说。

"我不也一样。"

"什么意思？"

"你是普瑞克撒骑士团第三队队长诺埃尔·克劳斯纳吧。"说着班内特换上了一副银色的手套。

逃出剧院的华沙看见爆炸已经波及了旁边的建筑，周围已经变成一片火海，地下城的天空时隔七年又一次被染成了红色。到处都是逃跑的人群。不过，似乎是因为经历过七年前的灾难，所以人们都很整齐地向城区之外的荒野逃去。当然也有很多人朝巨龙雕像那个地底城的出口跑去，那些人大多不是本地人，而是联盟中家族的成员。

华沙在逃往郊外的人群中看到了丹比尔一行人，他赶紧追了上去。追上丹比尔之后，凡妮莎扶住他问道："画师，你受伤了？"

"嗯，没大碍。"华沙接着问道："你们怎么走这边？"

丹比尔回答道："我们从地下城的另一个出口走。"

而另一边，阿道夫·兰伯特遇到了教团的狙击，一个淡金发的高大男人，身披黑棕色铠甲手持长戟挡在了他面前。不过就在千钧一发之际，那个倒背十字架的黑影又出现了。

丹比尔一行人穿出城区时因为教团成员不断冒出，护卫已经损失殆尽，只剩下阿尔佛和凡妮莎俩人。他们发现背后的火光并没有蔓延开来，看来这次地下城是做好了准备工作。继续前行，穿过风车墓园和无尽的黑暗，再穿过之前祭拜的那块墓地，呈现在众人面前的是向两边无限延伸而去的巨大修道院。

进入修道院，走过带有喷泉的庭院来到主礼拜堂，神圣而庄严的礼拜堂里充斥着奇异的光线，但地底的构造又让华沙想不通这些透过彩色玻璃窗射进来的光线到底属于何方。这时丹比尔停下脚步对尼摩拉说："你曾经看到过我撕下面具的样子，你是这世上最了解我的人。"尼摩拉拼命点着头，用渴求的目光看着丹比尔。

但，丹比尔话还没有说完，突然礼拜堂的门又被推开了，一位手持长枪，身披银甲，面若冰霜的女性出现在众人面前，她的目光直指丹比尔·布兰克，也不多说，抡起武器就攻了上来，阿尔佛推开丹比尔抽出腰间与背上的太刀，挡下了这女人的攻击，然后对凡妮莎命令道："快带主人离开！"听到这话凡妮莎立刻来到礼拜堂尽头处，推开耶稣圣像，原来那背后有一道暗门。

暗门里面是一片光亮，环状的阶梯与墙连成一体，螺旋着交错向上，抬头望不到边际的墙壁竟完全由彩色的玻璃窗所组成。不知从何而来的光线则透过玻璃窗将整个空间照得五彩缤纷，如梦似幻。

不过一张布满伤痕，畸形不已的脸让所有人都再无心情去欣赏这绚烂的美景。

"七年不见了。你还记得我吗？丹比尔·布兰克。"这穿着黑色长衣的畸形家伙说。

丹比尔没有答话，凡妮莎赶紧挡在他身前。

"七年前你将我折磨成这个模样，你不会忘记了吧。"

"亚特伍德你竟然没有死，是礼王派你来的？"丹比尔知道了眼前这毁容者的身份。

"呵呵就算没有礼王大人的命令我也会在这里等你的。"亚特伍德看到了丹比尔身边的尼摩拉接着说："你当年为了一个女人把我折磨成这样子，而如今不也……呵呵。"他笑出了声，但却诡异得让人不寒而栗。

亚特伍德脱掉长衣，露出了恐怖不已的半机械化身体，他的手是改装的伸缩机械爪，而胸前有一个像表一样的装置，所有人都是一怔，因为他们心中都浮现出了同样的东西：难道是炸弹！？亚特伍德伸出舌头舔了舔自己的机械爪，"今天我就要你尝尝当年我所受到痛苦。"说着他的机械爪便猛地伸向丹比尔！

但这时，丹比尔身后的门里传来无数玻璃破碎的声响，接着!!一支长枪从门中爆射而出，直接扎进了亚特伍德伸来的机械爪，是之前那女骑士的武器！长枪射出的力量实在太大，居然将亚特伍德连手带人钉到了墙上。

而紧接着出现了一个人影，正是阿尔佛·罗德。"主人快走，我来对付他。"听到阿尔佛这么说丹比尔拉着尼摩拉赶紧走上环状的阶梯，华沙与凡妮莎紧随其后。

亚特伍德拔掉了长枪，似乎损伤不大，阿尔佛也看到了他胸前表一样的东西在不断闪烁，说："炸药？看来你是抱着必死的决心来的。"

"呵呵，你看我的样子，我怎么可能对生命还有眷恋。"

"那就不必再多说了。"

阿尔佛甩开紫色长衣，手持双刀以鬼魅般的速度冲向亚特伍德，亚特伍德伸长机械爪想阻止他靠近，但阿尔佛实在太快了，机械爪伸缩的速度和他脚下的速度相比就如同静止。

不过就在亚特伍德要进入阿尔佛射程的一瞬间！亚特伍德全身的机械部分全都爆出爪般的利刃。只听到砰的一声，阿尔佛为了停下双脚，竟硬生生将地板踩碎，他赶紧向后跳开，但脸上和身上依旧挂了彩。

紧接着亚特伍德再次甩出了机械爪，机械爪攒成一个锥形直奔阿尔佛的胸口。"哈!"亚特伍德大叫一声,机械爪似乎击中了阿尔佛,但他马上又吃惊道:"什么!?"原来阿尔佛用左手的刀刃顶住了机械爪的前端,"呵呵,看来是我太小看你了……竟能将身体改造到这个地步,不过你也只能到此为止了。"说着阿尔佛抬起右手。

亚特伍德赶忙伸出另一支机械爪。可惜,手起刀落……

断掉一只手的亚特伍德喘着粗气,又是一声大叫,他身上的利刃居然全部伸长向四面八方急刺而去。"居然还留着一手。"阿尔佛眼看利刃直奔正在楼梯上的丹比尔一行人,他深深地吸了一口气,在这一瞬间,时间仿佛停止,只见他将双刀全部入鞘,但双手却一直紧握刀柄,双膝渐渐弯曲,身体稍稍前倾,紫色的长衣轻轻摆动了一下。在楼梯上的华沙只觉得一阵强风掠过……向他们伸来的利刃便在眨眼之间全部支离破碎,而与此同时,亚特伍德全身更是鲜血狂喷!!看来他体内仅留的一点血液也要流干了。阿尔佛走到他跟前,看了看他身上唯一完整的地方,也就是胸口的那颗炸弹,上面的倒计时还有十分钟,鉴于这盘旋向上的楼梯长度,时间还真是所剩不多了。阿尔佛赶紧大步迈上楼梯。

时间一分一秒地流逝,华沙在疾走的同时也注意到了这些彩色玻璃上似乎不光绘有圣经里的故事,还有一个成螺旋状与楼梯一同盘旋而上的故事。因为分布得不是很均匀,所以不仔细看的话是很难看出来的。

"是螺旋花园……"华沙喃喃道。

这螺旋的图画讲述的正是建造地下城的那位国王与侍女的故事。在华沙推断看来,这画粗糙的笔触或许正是来自那位国王,他在侍女死后,便绝望地将自己锁在地下城,而之后他的几个儿子下来寻找过他,但都找不到,恐怕就是因为他将自己藏在这里。这美丽绚烂的天梯正是有朝一日国王来接侍女时,希望和她一起分享的吧,相信当时玻璃窗上留下的空位也是国王预想可以和侍女一起绘制的,只可惜在国王攻下另一座城邦可以来接她时,她已经自尽身亡了,国王也只得在绝望中独自完成这些图画。

这时一道铁门出现在众人眼前,终于来到了尽头,但距离爆炸也只剩下一两分钟,丹比尔却突然停下了脚步,他对阿尔佛他们说:"你们先走吧。我和尼摩拉有几句话要说。"

"主人,先出去再说吧。"凡妮莎着急道。

阿尔佛却对她说:"主人自有分寸我们先出去吧。"

阿尔佛他们出去后,螺旋向上的通道里只剩下丹比尔和尼摩拉。

"尼摩拉,我记得曾经对你说过我第一次想要撕下面具。"

"我记得……"尼摩拉看着丹比尔复杂的表情答应道。

"其实这句话并没有说完……"

尼摩拉用嘴唇阻止了丹比尔继续说下去,她又露出了那种迷离的表情说:"你想说,你真的撕下面具时便发现了那是一张血肉模糊,不能给任何人看到的脸庞。对不对?"

丹比尔有些吃惊,因为他被尼摩拉说中了,她则继续平和地说:"你不能让我活下去。"丹比尔哑口无言。

"没有关系,你那时就曾提醒过我,说看了之后的结果或许是我承受不起的。"

"那你为什么还要……"

"因为我承受得起,我太想占有那个没人见过的你了,如今你眼神中的犹豫已经证明我成功了,我才是这世上唯一真正拥有你的人。"

就在两人说的时候,突然从楼梯最下面一条铁链飞射上来绑住尼摩拉的脚,一瞬间她的身体便失去平衡被拉了下去!!丹比尔赶紧飞身抓住她的手,只见尼摩拉悬在半空中,脚还被那个铁链紧紧拽住。

这时下面传来一个声音:"哈哈哈!我真想看看被我抓住的是谁?"

"可恶,那家伙还没死。"丹比尔咬紧牙关,尽全力想将尼摩拉拉上来。但她却笑了,"呵呵,生与死的选择权最终还是在我手上。"丹比尔听到尼摩拉的话,心中一怔,他似乎明白了她话中的含义。

"我想我是唯一一个你爱的同时也想杀死的人。这样对于我来说已经足够了。"

"不要!!"丹比尔大叫一声,可是尼摩拉已经松开了手。轰的一声,亚特伍德身上的炸药爆炸了,丹比尔只能目送着尼摩拉掉入那万劫不复的火海。只见向下坠落的尼摩拉依旧带着那妖娆的微笑说:"再见了……你也是这世上唯一敢让我真正了解的人。"

丹比尔呆呆地望着她与飞速上升的爆炸波,突然丹比尔身后的门打开了,一个人影在爆风波及丹比尔的一瞬间将他拉出了门。

"阿尔佛……"

"主人，这不像你。"

听到这句话，躺着的丹比尔用胳膊挡住自己的眼睛，久久没能起身。

这一役之后，扬名天下的有圣玛丽教团的四位队长，以及会议上大放异彩的丹比尔。龙蛇会与兰伯特家族俱都全身而退。地底世界并没有遭受到毁灭性打击，但随着尼摩拉·婆罗门的势力崩坏，海奥斯家族在整个地下城中独占鳌头。

根 音
阿兰古斯 2071

特默内斯中矗立的巨大命运平台上的五座教堂里分别存放着《所罗门文书》五卷，五座教堂之间又用巨大的三层回廊作为连接形成了一个中央城塞，恩泰斯大教堂是东北角的那一座，里面存放着《所罗门文书·堕天卷》的一至五章。而第四章中名为"阿兰古斯"的篇章里记载着七年前在特默内斯的地下都市中所发生的一切。

那时天地还在轮转，世界政府没有成立，世界还是分散的不同国家。那时丹比尔·布兰克二十岁，在父亲死后，他觉得自己还不够能力继承家业，便独自一人离家出走，流浪到特默内斯，并加入了海奥斯家族，想一探这个世上最强大黑手党家族的秘密。那时海奥斯联盟还未完全成型，现在的五大家族还没有加入联盟，甚至命运平台也隐藏了它的身姿。那时在与海奥斯家族的对抗中，首当其冲的便是盘踞于王都龙城的龙蛇会，当时仁、智、礼、义、信五王俱在，势力可谓是鼎盛一时。那时海奥斯家族还有另一心腹大患，便是占据着特默内斯下层的黑暗势力……

　　这里是世界的尽头，名为特默内斯的城市。
　　空中耀眼的光晕，描绘出前往上层的通路。
　　地底阴湿的走廊，勾勒出跌落下层的阶梯。

2071年8月6日。天气晴。

一个人为了寻找丹比尔而来到特默内斯的中层，他的名字叫做阿尔佛·罗德。那时的他穿着黑色风衣，与他一同踏上旅程的是年仅十八岁的义女蕾娜斯。而另一位义子则只有五岁，被他安置在奥瑞金。

安魂曲B小调

列车进站了。

蕾娜斯轻拍阿尔佛的肩膀说:"父亲,到了。"阿尔佛缓缓睁开双眼答应道:"嗯。"

蕾娜斯觉得她义父自从踏上前往特默内斯的列车后,便显得有些精神恍惚,这是她从未见过的样子。便问道:"父亲,你没事吧?"

阿尔佛笑着反问道:"怎么这样问?"蕾娜斯也笑着回答:"没什么。"

与义女一起提着行李走出车站时的阿尔佛,眼睛一直朝向地面,显得心事重重。而蕾娜斯也不再多问,因为她知道义父不会透露出自己的真实想法。

俩人走出车站,阴沉的天空似乎预示不久将至的雨水,而街边也是同样的色系,黑色的轿车与黑色的西服显出一片压抑之感。

阿尔佛停住脚步,义女蕾娜斯也察觉到了路边黑衣人似乎是冲他们来的。

"义父。"蕾娜斯看着阿尔佛说。

阿尔佛小声回应道:"没事。"但这时他的眼神已变得锐利非常。

突然,黑衣人当中走出一位面色苍白,戴着牛仔帽,穿着马靴,腰间插着带有金色花纹左轮手枪的人,这人是个瞎子,双目紧闭,眼皮上几道深深的疤痕清晰可见,留着花白色的络腮胡子,还不时咳嗽着。看样子年纪在50岁左右。

看到这人后,阿尔佛紧绷的神经一下子放松下来,眼神也缓和了许多。

"菲利隆索,有二十年没见了。"这牛仔一样的人走到阿尔佛面前说。

"我已抛弃那个名字很久了。"阿尔佛笑着回应道。

"这位美丽的女士应该是蕾娜斯吧。"这人又转向阿尔佛身边的蕾娜斯。当蕾娜斯听到这人叫出自己的名字时显得很惊愕,而阿尔佛则露出些许苦笑。

紧接着牛仔一样的人又转向阿尔佛说:"可惜的是你无法抛弃这个名字。"

"史派克·弗雪洛。"阿尔佛也喃喃念出了面前牛仔的名字。听到自己的名字,牛仔沉默地拉了拉帽子,阿尔佛继续说:"你来此的目的不是为了和我叙旧吧。"

史派克微笑着回说:"那我直说好了,将军想见你。"

阿尔佛听到这话显得神色凝重,回答说:"已经二十年了,我不会去见他的。"

阿尔佛拒绝得很干脆,史派克没有劝他更多,他很了解阿尔佛,随后说:"二十年前你留下的,你又是否应该去看望?"话没有说完。阿尔佛便打断了他:"不……不可以。"

听到这话,史派克低头不语,而阿尔佛也沉默了。接着史派克率先打破了这僵住的气氛说:"那你要去哪里?我让人开车送你。"

"不必了,史派克。"阿尔佛拒绝了对方的好意。

史派克回应了一声:"嗯。那不勉强你了。"

之后阿尔佛便带着义女蕾娜斯离开了。

看着阿尔佛的远去,其中一名黑衣人问史派克:"大人,就这么让他走了吗?他可是将军想要见的人。"史派克一边打开车门,一边回答道:"算了吧,仅凭我们是拦不住他的。"

之后的日子里,阿尔佛与蕾娜斯在特默内斯中层日夜探寻着丹比尔·布兰克的下落,但一无所获,丹比尔失踪的一年里,阿尔佛几乎将整个世界翻遍了,特默内斯是最后一站,如果这里再没有,阿尔佛便只能再从头来过。

不过特默内斯并非只有地表的城市,还有一座地下城。那是一个潜藏着罪犯,流亡者,连政府也不愿过多干涉的地方,但也是一个拥有几十万人口的都市。阿尔佛在中层寻找了一段时间无果后,却迟迟没有决定前往那里,对于他来说危险自然不会是他犹豫的原因,而是因为在那里,有一个阿尔佛想见但又不敢见的人在。

他与义女在特默内斯又打探了几天,8月13日,他终于决定前往特默内斯下层。

同样是8月13日,丹比尔其实还在特默内斯中层。

就在这一天,龙蛇会的首领,五王之中的仁王受海奥斯家族的停战邀请,来到了特默内斯中层,也就在这一天晚上,丹比尔被他当时的上司尼克带到了欢迎仁王的酒会上。

而就在这里丹比尔与她相遇了。

和弦根音   阿兰古斯 2071

8月13日下午5点时分

丹比尔穿着灰衬衫与黑裤子坐在特默内斯市郊一座大楼办公室的桌前，脚跷在桌子上，正在打瞌睡。这时门被推开了，一位穿着燕尾服，有些发福，有些秃顶的中年男子走进来。

丹比尔听到开门声，睁开眼，看到眼前这人时，他显出了满脸的错愕。

正装的中年男子摸了摸头顶不多但被梳得很整齐的褐色头发，笑着说："已经很久没有穿得这么正式过了。"

丹比尔好奇地问："要去参加欢迎龙蛇会仁王的酒会？"

"嗯，丹比尔你也得来。现在就出发，我们得先去服装店给你挑件适合大场面穿的衣服。"

这个与丹比尔说话的中年男子叫做尼克·蒙托利沃，是海奥斯家族的一名干部，也是丹比尔的上司，在特默内斯市郊负责一些高利贷的收放。

在选中一件普通的黑色礼服后，丹比尔开车载着尼克前往酒会的会场，银月大酒店。车开在通向特默内斯中心部的大桥上，尼克拿出烟斗，打开车窗。正值夕阳余晖未尽散去尼克看着被照成橘红色的水面。

丹比尔从后视镜里看到了尼克深沉偏离的目光，问道："怎么了，尼克？"

尼克看着窗外，迎着风回答说："我似乎从这带着湿气的风中，闻到了血的腥味。"

丹比尔听到尼克的话，将视线从后视镜上移开的同时，加快了车速。

夕阳越发地沉入地平线以下，但羸弱的光线却更加衬托出了银月大酒店那冰冷的华彩。一层酒会会场里，寂静得出奇，龙蛇会仁王已经到来，这个与其他几王样貌几近相同的老头个性上却是无比火暴，是出了名的武斗派，最大嗜好是赌博，今天的酒会大厅里还特地为他设了一张赌桌。仁王这次来特默内斯带了不少随从，而其中最引人注目的就是站在他身边的那位华美妇人，黑色的晚礼服与乌黑的发色遥相呼应，胸前还有花瓣般的装饰。

丹比尔好奇地问尼克："她是谁？"但尼克却没有回答而是一脸的吃惊，因为他看到了另外一个人，一个将全场目光都吸引住的人。尼克拍了拍自己脑门，他有些不敢相信自己的眼睛。"他怎么会来这里？"

丹比尔也仔细看着这个正跷着脚坐在赌桌前和龙蛇会仁王对峙的家伙。他拥有细长的绿色眼睛，右眼外侧有一道从上至下的长伤疤，浅灰色略微向后的短发，下颚留着与发色相同的短须，而短须还在嘴角下方稍稍翘起，嘴里则叼着一根雪茄显得得意不已。上身穿着一件胸前镶有金色纽扣的半身黑色风衣，领子却是扎眼的亮白色，下半身则是黑裤与黑靴，整体显得格外利落。他的出现将全场的焦点都集中起来，一下子就抢光了龙蛇会仁王的风头。而海奥斯家的成员在看到他时都出现了两种相同的反应——吃惊与失措。他们完全不知道该如何对付他，只是眼巴巴地看着他进场直到他坐到仁王的对面，还有两位极为妖艳的女人穿着半露酥胸的黑色紧身衣以及一件小外套极为恭敬地站在他身后。

悠扬的钢琴声下，这细长眼睛的男人微笑着对仁王说："愿上帝与你同在，你用尽了你桌上所有的筹码，做人还是给自己留一点余地的好。"

仁王则是沉着脸不好气地说："哼，年轻人你废话太多了，到底跟不跟？"

这细长眼睛的男人也不翻开自己的牌便直接说："不跟。"然后站起身抖抖衣服瞅着桌上的牌说："我不跟的原因并非因为怕输，而是我做人从不愿赶尽杀绝。"他说的时候翻开了底牌，竟然是一张J，和他桌上另外两张J加在一起比仁王的牌大了许多。

看到这样，仁王冷冰冰地问道："你是谁？"

"班·梅洛。"

听到这个名字仁王突然露出诡异的笑容，"我听说过你。"仁王走上前。班·梅洛也笑着回应道："和海奥斯家族势均力敌的龙蛇会首领仁王居然认识我，真是荣幸。"

仁王伸出了他那布满皱纹的手，两大巨头在海奥斯家族酒会上的握手被深深地印在了全场每一位海奥斯家族成员以及贵宾眼里。而丹比尔更是察觉到两人握手时，一个白色的纸条一瞬间从仁王的手中传递到了班·梅洛手里。尼克察觉到了丹比尔的吃惊便问："怎么了？"丹比尔微笑着回说："没什么。"

班·梅洛走开了，当丹比尔再看他时，他似乎正在看手上的纸条，同时他的嘴角竟然微微地渗出了血迹，与他的微笑结合在一起显得诡异不已。这时他身边除了自己带来的两名女部下之外也没有人，丹比尔便决定去试探一下他，大胆地走上前，两人身高差不多，丹比尔站在他面前气势上显得不比他差多少。

"先生，您在兴奋的时候喜欢咬嘴唇吗？您的嘴角流血了。"

班·梅洛心中一惊，但表情却平静如水，他有些不解地看着丹比尔，他不知道眼前的年轻人是谁，但却察觉了他的与众不同，回说："你是谁？戴着棕色的瞳孔变色器？"

这一问，丹比尔心中也惊了一下，不过他则是清晰地表现在了脸上，随即回话道："真是细致入微的观察力。我只是海奥斯家族的普通成员。希望您在这里可以玩得尽兴。"

"呵呵，观察力吗……彼此彼此。"班·梅洛笑着说。这时的班·梅洛和海奥斯家族属于井水不犯河水，所以他虽是不请自来，还是要招待一下。

和班·梅洛聊了两句，丹比尔便回到尼克旁边，尼克问道："你跟他说什么了？"

丹比尔摸了摸眼睛说："只是打了声招呼，真是个不好惹的家伙。"

"当然了，将军这么多年不敢贸然对地下城动手就是因为有他在。"

"暗杀也行不通吗？"

"嗯，他本人身手了得，加上他待在地下城时行踪成谜，至今也没摸透他在地下城到底有多少据点，如果暗杀失败了，肯定会酿成大规模流血冲突。"

"原来是这样。"

"况且地下城的其他势力和他关系都不错，如果他出了事其他几个不会坐视不理的。"

这时一个戴着诡异面具、穿着暗红色西装、戴白色手套的男人走到班·梅洛跟前，他身后还跟着几名戴着墨镜的黑衣人。只见面具人鞠躬说："班·梅洛，你的不请自来我不会追究，但你最好不要与龙蛇会扯上瓜葛，否则的话……"面具人指着班的手，看来他也看到了仁王交给班·梅洛的纸条。

班·梅洛跷着腿笑着回应道："班内特，你放心好了，我就坐在这里，随时恭候着你。"

丹比尔仔细瞧着班·梅洛，他与面具人对话时的表情似乎暗藏杀机但又带了几分客气，接着丹比尔的目光扫过全场，或许他也没有察觉，在扫过龙蛇会仁王身旁的那位妇人时，多停留了那么半秒，形成了清晰的聚焦。

班内特这时又来到龙蛇会仁王的面前，他深鞠一躬说："将军有请。"仁王看着班内特的面具不屑地吐出了一句话，不过却更像是自言自语，"哼，藏头露尾的家伙，我今天就要见识见识他是不是有三头六臂。"接着他又对身边的妇人说："在这里等我回来。"就这样在全场的注目下，龙蛇会仁王由面具人带离了会场，而途径走廊时，仁王突然对面具人说："我想去下洗手间。"

而另一边丹比尔则和尼克来到糕点区，在这里尼克碰到了他许久未见的老朋友。"尼克!!瞧瞧你的头发！又往后退了几厘米！""嘿！罗曼！你的肚子又肥了一圈吧！"尼克拍了拍这个叫罗曼的中年人肚子。接着两人便自顾自地聊了起来，丹比尔吃了几块糕点，端着一杯酒独自来到角落，一边品尝着一边观察着所有人的样子，同样的服饰，同样的佩戴，同样的白色桌布与艳丽地毯，海奥斯家族的酒会似乎也不过如此，他这样想着。他整理整理自己的领结，又咽下一大口酒，发现会场中很多人都会主动找仁王身边的那位妇人攀谈，她是谁？这在丹比尔心中形成了一个问号，是仁王的夫人？但似乎当他孙女的年纪都有了。那真的是他的孙女？不过仁王那态度又不大像。最后丹比尔想到了一种可能性，应该是仁王的情人吧。

当丹比尔专心地看着仁王的情妇时，班·梅洛突然来到他身边，"年轻人，我刚才忘了问你的名字。"看起来班·梅洛对丹比尔很感兴趣。

"丹比尔·怀特。"

"丹比尔？听起来是个不错的名字，有什么含义吗？"

"我想应该没有吧。"

"对了，你为什么要将真实的瞳孔颜色隐藏起来？"

"我只是觉得还不够资格展示出自己的特殊。"丹比尔的应答还算自如。

"喔，确实还不到时候。"班·梅洛说的同时，他的其中一位女部下已经来到了丹比尔身旁。突然！丹比尔的下巴被她一把抓住，完全不能出声，班·梅洛微笑着拿过丹比尔手中红色的葡萄酒，从丹比尔的头顶浇了下去，用调侃的语气说："小子，好好品尝这杯红酒吧，这样你的眼睛就不会看到一些不该看的东西了。"丹比尔完全愣住了，一时显得很无措，接着班·梅洛又将酒杯放回丹比尔手中微笑道："愿上帝与你同在。"之后女侍卫放开了丹比尔，与班·梅洛一同若无其事地回到之前的座位。

满头是酒的丹比尔狼狈地走出会场来到洗手间，他看着镜子里自己的样子，似乎思考比愤怒更多，本来银色的头发在红酒的渲染下，仿佛变成了黑色。还好班·梅洛倒得比较慢，衣服上没有沾到很多。丹比尔舔了一口脸上的红酒，里面尽是苦涩，拧开水龙头，拿出手帕。夕阳的光芒透过一旁的窗户洒在手帕上，他看着已不能再被照为金色的手帕，心中涌起一股别样的感觉。接着他嘴角扬起微笑，将染成血红的手帕扔进垃圾箱。走出洗手间时他一直低着头整理袖子，竟不小心撞上了也刚从洗手间出来的仁王的情妇。她跟跄了几步，还好丹比尔及时抓住了她的手。不过这一撞却让丹比尔察觉到了一件事，这位妇人的胸口似乎藏着一把枪，他又想到酒会入口处有完整的安检，她是怎么通过的？难道是事先藏在洗手间的?！不可能吧，龙蛇会如此神通广大？

正在丹比尔思考的时候，面前的妇人突然发怒道："你在看什么！！"原来丹比尔在思考的同时视线却一直没有离开这位妇人的胸口。

"啊，不好意思。"

"还有请你放手。"

丹比尔立即放开手，妇人转头便离开了，他无奈地笑了笑，接着又换上严肃的表情，因为妇人胸口藏的那把枪实在让他无法安心，在和妇人保持着一定距离下，他跟在她身后一同走向会场。但那妇人却突然回过身劈头盖脸地说："你为什么要跟着我?"

"小姐，我并没有跟着您，这是洗手间离会场最近的一条走廊。"

"喔，是吗，那我错怪你了。"

说完两人继续保持一前一后地走着，不过没走出两步那位妇人便又停下脚步，转过身第一次露出了笑容说："你刚才叫我什么？"

丹比尔听她这么问便赶紧纠正道:"夫人。"

那女人又收起了笑容说:"喔,是吗。"

"嗯,是的。"

"你是海奥斯家族的人?"

"嗯。"

就在丹比尔应声时,他察觉到妇人脸上细微的变化,一种夹杂着很多情感的诡异微笑在她脸上一闪而过。借着走廊中还能映出的微微夕阳光,妇人的脸却仿佛失去了色彩,但依旧掩盖不了她与众不同的气质,甚至丹比尔也一时间忘记了一切,只沉醉在这古典的华美之中。

妇人不再前行,而是走到一旁给自己点了一根烟,丹比尔并没有移动,还是站在原地和妇人保持着一定距离。妇人不再看他,他掏出了电话。丹比尔正在想要不要发信息给尼克。

"发短信给情人?"妇人一手拿着烟另一手托着肘部慢慢靠近丹比尔。

丹比尔的信息还没发出去。便赶紧关上了手机回应道:"嗯。"

"你今年多大?"妇人看到丹比尔的反应坏笑道。

"二十。"丹比尔回答得很诚实。

"喔,真年轻啊,怪不得了。"她笑着接着说:"你连我的名字都不知道吧?"

"嗯。"

"我叫馨。你呢?"这时妇人没有看着丹比尔,而是看着别处缓缓道。

"我叫丹比尔·怀特。馨夫人。"

"为什么要叫我夫人?我又没结婚。"

"那真是不好意思,我以为您已经……"

"我看起来有那么老吗?"

"不,您非常年轻美丽。"

"我也只不过二十八岁嘛。"

"您好诚实。"

"因为我实在想不出来一个骗你的理由。"馨有些苦笑。

"呵呵。"

馨抽完烟便撂下丹比尔独自走进会场,丹比尔则稍稍等了一会儿才进去。之后他赶紧来到尼克面前,贴近他耳语道:"龙蛇会似乎图谋不轨,洗手间里藏着他们的武器。"

"什么!?"听到这话的尼克差点儿将嘴里的酒喷出来。

"怎么办?"丹比尔看着尼克问道。

"没关系,等我先去报告给班内特·海奥斯。"

"我和你一起吧。"

"好。"

不过俩人正在穿过会场时,仁王的情人馨突然拿着两杯酒挡在了丹比尔面前,"这样急匆匆地去哪儿?"尼克对丹比尔使了个眼色,便一个人快步离开了,丹比尔接过馨递给他的酒说:"我是特地过来喝您手中这杯酒的。"两人互相微笑着干杯,将酒一饮而尽。丹比尔看着因为一口喝了太多酒而涨红脸的馨说:"你的脸红了。"

"嗯。我不擅喝酒。"

"原来是这样。"丹比尔拿过馨手中的杯子交给服务生后说:"给这位女士拿一杯不带酒精的鸡尾酒来。"

"是的,先生。"服务生走后,馨似乎对眼前的年轻人有所改观微笑着说:"谢谢你!"

另一边的班·梅洛这时看着丹比尔和馨显得很亲密,笑着对旁边的随行者说:"这小子经过我一杯酒的洗礼竟然还能没事一样,看来不是个普通家伙。不过这女人的身份可是会给他惹上大麻烦的,呵呵,愿上帝与他同在。"班又看了看手表,喃喃道:"龙蛇会该行动了吧,抑或是在未行动之前便被扑灭了心中的斗志?"

突然间,戴着诡异面具的班内特·海奥斯带领着不少身穿黑衣手持枪械的护卫冲进酒会现场。班·梅洛看到这种情况说:"看来是后一种了。"

所有的宾客都愣住了,他们不明白发生了什么,这些黑衣人迅速地在人群中找出所有龙蛇会的成员,并将枪口对准了他们。班内特说道:"请龙蛇会的各位不要轻举妄动,否则的话,就不要怪海奥斯家手下无情了。"

馨刚要掏出胸前的手枪,丹比尔一把就按住了她的手带着复杂的表情冲她说:"不要。"而与此同时,另一个想要掏出武器反击的龙蛇会成员突然痛苦地捂住自己的脖子,原来不知何时班内特已经来到他身后,左手握着一根细微到看不清的线紧紧勒住了他的喉咙，右手依旧惬意地插在裤子口袋里，一瞬间那人面色泛紫，眼睛几乎要爆出来了，班内特诡异面具上的笑容在这时看起来格外的令人恐惧。宾客当中有一些政要，他们本来大声地呵斥着班内特的无礼，但看到这一幕时都屏住了呼吸，不再言语。

"我似乎说了，请各位不要轻举妄动。"班内特轻描淡写但极具穿透力的话语让在场的所有龙蛇会成员都失去了斗志。所有人都被抓住了，其中当然也包括仁王的情人馨。她看着丹比尔的眼睛，那之中闪烁着异样的光芒，她小声说："不要做傻事。"

丹比尔低下头回应说："嗯。"

尼克回来后，丹比尔向他问道："仁王怎么样了？"

尼克摸着自己的头发说："真是个要命的老头。"

"让他跑了？"

"嗯，那老头太厉害了，完全不像一个七老八十的家伙，连班内特都没抓住他。"

"那这些人怎么办？"丹比尔指着被抓住的龙蛇会成员。

"或许会被释放吧。不知道，一切都得看将军如何决定，不过仁王的情妇我看很难被释放，她有很大的利用价值。"

"嗯。"听了这话，丹比尔一个人走出会场，又进了洗手间，开始仔细搜寻龙蛇会是否还有武器藏在这里。过了几分钟，"果然没全都带走。"他在洗手池下面的黑色柱子里找到了一把加长型的手枪，"改造过的吗。"丹比尔没多想，迅速把枪和几个弹夹塞进怀里，接着他又在里面找到了很多手雷。

再度回到会场时，很多人将会场中心围了起来，看样子班内特正在亲自审问这些龙蛇会的成员，而不服从的人当场就被枪决了。丹比尔绕着人群，在一个离人群相对较远的地方放下了一颗拔掉保险栓的手榴弹，他则继续快步绕场前行，没过几秒，随着爆炸声，丹比尔又朝天上开了几枪，人群里一阵混乱，大家纷纷想要逃出这里，丹比尔则反其道而行，挤开人群，来到中央想救仁王的情妇。可是一张面具脸挡在了他身前，是班内特！

"你？是海奥斯家族的人？"班内特看到丹比尔时迟疑了一下，没有第一时间出手，丹比尔刚要抬起手中的枪朝班内特射击，但另一把枪也已经顶住了他的后背，一个熟悉的声音传来："你疯了吗？丹比尔。"

"尼克……"丹比尔只得举起双手。

尼克拿过了丹比尔手中的枪，又从他怀里掏出手雷放进自己怀里。

混乱过后，夕阳已沉入天际，黑暗照耀下的银月大酒店显得无比冰冷慑人。还有不少宾客没有离开。

会场里，丹比尔跪在地上，班内特用枪指着他的脑袋说："家族的铁律不可违背，叛徒的下场只有一个。"这时的尼克在一旁没有吭声，他明白在家族的铁律面前，自己给丹比尔的求情只会起到反效果。似乎丹比尔的命运就只有死路一条了，没人可以改变，但一个本不属于这次酒会，不属于海奥斯家族的人，在班内特扣下扳机的一刹那，抓住了他的手说："我建议你还是去请示一下将军本人为好。"

"班·梅洛，请你放手，这是海奥斯家族内部的事务。"班内特的话语显得冰冷与机械。不过班·梅洛似乎没有要退缩的意思，手抓得更紧的同时说："我这也是为了你好，班内特。"

"请你放手。"班内特的声音变得越发低沉。

"卖我个面子吧，正好我也有两句话想跟这小子说。"班·梅洛的语调也降了八度。

看到班·梅洛这样坚持，班内特稍稍思考了一下，说："那好吧，我去问问将军的意思。"

班内特离开后，班·梅洛来到被抓住的丹比尔身前说："小子，我已经尽力帮你了，剩下的我只能说愿上帝与你同在。"

丹比尔笑着回答："或许再过不久就该是天使与我同在了。"

班·梅洛不解地看着丹比尔问："小子，你觉得值得吗？为了一个第一次见面的女人。"

丹比尔则看着地面仿佛自嘲般回说："或许不值得吧。"

"那你为什么还要？"

"我想是一种奇怪的责任感在作祟吧。不论怎样我都愿意去承受。"

班·梅洛微笑着拍了拍丹比尔的肩膀，尼克则沉着脸看着这一切，他没有要上前和丹比尔说话的意思，从表情来看，他更像是在思考着什么……来宾们都等待着事件的解决，他们要知道龙蛇会与海奥斯家今天的仇到底要结多深以及海奥斯家族到底会如何处置这名叛徒。

不久,班内特·海奥斯回来了,他的手中拿着两把枪,一黑一白,黑衣人将馨和丹比尔带到班内特跟前,班内特将枪交给了他俩,然后冲着班·梅洛说:"将军决定给你一个面子,再给他们俩一个机会。"围观的众人都猜不透班内特要干什么,只有班·梅洛猜了出来,带着苦笑说:"这一招可真够狠的。"

"将军要你们两人决斗,你们之中只有一个人被允许活着离开这里。"班内特平静的语气换来了丹比尔和馨的哑口无言。

接着众人一起来到酒店后面的一块草坪上,黑暗笼罩着天空,看不到一颗繁星,月光也不再照耀人间。丹比尔看看自己手中的枪,又看看身前不远处的馨,再看看远处无数指向他们俩的冰冷枪械,心中似乎无法翻腾起什么,求饶?又或者毫不犹豫地射杀她?丹比尔的脑子一片空白。

馨则看着迷茫的丹比尔时露出了哀伤的表情喃喃地念了一句:"我叫你不要做傻事的。"

丹比尔开始检查自己手枪的子弹,看起来他好像下了某种决心。馨看到这样也低下头检查枪械,班内特在远处说:"我会好好盯住你们的,如果想要什么花招的话还是趁早放弃比较好,因为那样的话你们俩会死得更惨。快开始吧。"

随着班内特的命令,所有人都屏住了呼吸。

一声枪响!一个身躯重重地摔倒在地。

尼克·蒙托利沃第一个冲了上去,大叫:"丹比尔!!"原来丹比尔最终还是没有开枪,班·梅洛在一旁也不由自主地皱了一下眉,但他突然看到尼克在跑向丹比尔的途中居然向地上扔了一串手雷。事情发生得太快,众人完全没有反应过来,只见尼克跑到丹比尔跟前时,猛然间掏出手枪回身将手雷打爆,紧接而来的连环爆炸将草点燃,熊熊烈火暂时保护了他们的安全。馨这时也扔了枪跪在地上抱住受伤的丹比尔,尼克则按住她的肩膀用枪指着她的脑袋说:"他要救你!你居然真的开枪了!!"

馨无言以对,尼克一把拽起俩人,说:"快带丹比尔去地下城,那里是最安全的。入口就在市政中心的地下。我会在这里帮你们拖住班内特他们的。"而弥留中的丹比尔也稍稍睁开眼看到了尼克急切的神情,接着尼克将之前丹比尔在洗手间里找到的加长型手枪与弹夹一起交给了馨说:"以后会用得上的。"

别了尼克,馨扶着意识模糊不清的丹比尔赶紧逃离了酒店,他们在街上偷了一辆车,馨驾驶着开向市政中心的地下城入口。车里,丹比尔恢复了一些意识,他摸了摸胸口,咳了几声对馨说:"我……不行了,你一个人……"丹比尔使劲的同时胸口血流得更厉害了。馨赶紧用右手按住他的胸口左手继续操纵方向盘说:"不要说话。"丹比尔随即失去了意识。

当丹比尔再度出现意识时,馨正扶着他走在一条幽深的通道里。之后不久,微风吹来,他们已走出隧道,地下城阿兰古斯映入了眼帘。他们赶紧走下巨龙雕像,进入城市,不过因为已是深夜,他们走了很久才问到地下城哪里有医生。

经过辗转,他们来到旧城区的一座教堂前,馨叩响了大门,一位脸上蒙纱的修女打开门,"医生在哪里?!"只听馨声嘶力竭地喊出这一句后便与丹比尔一同栽倒在地,修女赶忙蹲下来查看俩人情况,而这时,她身后一个严肃的声音传来:"他们怎么了?蕾娜斯。"

修女转头说:"女的只是累昏过去了,男的情况很不妙。"

"来让我看看。"一个神父装扮的人走上前来解开了丹比尔的衣服,看到一个弹孔正在不断流血,他对修女说:"他可真是幸运,子弹打穿了他的胸口竟然既没伤到内脏,又没留在体内。不过还是要赶紧止血,要不他绝对撑不过今晚。去拿我的药箱。"

经过一夜的忙碌,丹比尔的情形稳定住了,馨也醒了过来,她发现自己在一个单独的房间里,她警戒地观察四周,然后下了床,小心翼翼地推开门。古朴,阴暗的走廊中,她看到一个高大的背影。这人头发很漂亮,梳着一条辫子,闪着银光,身上则穿着神父的衣装。他听到了开门声,转过身时馨吃了一惊,因为他手上拿着沾满鲜血的布和绷带,"丹!"还未等馨叫出声,他便作出安静的手势说:"他很幸运。"然后又指了指门说:"去看看他吧。"

"嗯。"馨又轻轻推开门,只见丹比尔表情沉静地躺在那里,一位脸上蒙纱的修女守在他身旁,"放心吧,他的情况已经稳定住了。"修女清澈的声音不仅让馨揪着的心放了下来,还让她更想一探拥有这样嗓音的修

安魂曲B小调

女面纱下到底长得什么样子。突然馨的眼眶有些红，她喜极而泣竟哭出了声，修女站起身用手抚了抚馨的头说："傻孩子，我都说了他已经没事了。"

这时，房间的门又开了，神父走进来，刚才走廊里神父模糊的容貌也清晰地映入了馨的眼帘。他面无表情，绿色的眼睛时而透出冷漠，时而放出如鹰的光芒，给人一种捉摸不透的畏惧感，但长眉与薄唇又透出一股阴柔，显得温和不少，头发则向后梳得格外整齐。用完美来形容他的样子也丝毫不过分。神父看着馨时，她竟不自觉地低下头想避开他的视线。"你跟我来。"神父冰冷的语气让馨不敢有任何迟疑地跟着他走出了房间。

走廊里，馨鞠躬说："感谢您救了他的命。"

"不要感谢我，感谢上帝吧。"听到神父这么说，馨也赶紧点头。神父接着问道："告诉我，到底发生了什么？还有你们的身份。"

馨虽然面露难色，但还是把大部分实情都告诉了神父，他对馨说："你们的事情我不便说什么。教堂里只有我和修女两个人，正好有很多空房，你们就暂时住在这里避一避风头吧。海奥斯家族的事情我也略微耳闻一些，不过我相信这里相对来说还是很安全的，其实我更担心的是另一边。"

馨有些不解地问："另一边？"但这时神父却不再言语。

丹比尔苏醒时已是三天后的8月17日。

他因一个与现实相反的噩梦而惊醒，梦里他放弃了馨，结果她被海奥斯家族百般凌辱后杀死。醒来时的他感觉疲惫不已，胸口隐隐作痛。他下了床来到水盆上方的镜子前，憔悴的面容与满身的绷带甚至让他认不出那是自己了，接着他发现自己的瞳孔变色器没了，血色的眼睛展露无遗。

他跟跟跄跄地走出门，走廊里虽然有窗户，却没有什么光线照进来。壁灯的光也很有限，他继续前行从尽头处的楼梯来到一层，一层的走廊是没有窗户的，推开眼前的一道大门，进入了教堂的大厅。只见彩色玻璃窗里透出华彩的光线，一位神父正在讲台上诵读《马可福音》的段落，底下的座位已是满员，还有不少人只能站着听讲。

而这些做弥撒的人当中有很多穿着黑西服的家伙，丹比尔一看便知这些家伙不是普通老百姓，但他们一个个的表情却显得庄重和认真，好像真的很虔诚一般。丹比尔的视线来回巡视着，竟在听讲的人当中发现了一张熟悉的脸孔，细长的眼睛，下颚灰白的胡须，那不是班·梅洛吗！不过班很认真地在听福音，并没有注意到丹比尔，丹比尔也不想张扬，赶紧退回了门里。突然。"丹比尔。"一个声音在叫他。

"馨夫人。"丹比尔转身看到馨时脱口而出。

"又叫我夫人？"

"嗯，馨。这是哪里？"

"特默内斯的下层都市阿兰古斯。"

"嗯。"丹比尔似乎不想更多地与馨说话，轻声答应了一下便上楼了。而馨也是欲言又止，眼巴巴地看着丹比尔走上楼去。回到房间门口的丹比尔正好遇到了来看他情况的修女，"你醒了呢！"

"是你救了我吗？太感谢了，真是无以为报。"

"呵呵不要谢我，是雷诺神父救的你，我可没有他那般医术。"

"就是现在在大厅主持弥撒的那位神父？"

"嗯，就是他，等弥撒结束，他会上来的，你就在房间里等着吧，我先去给你弄点吃的。"

这样一说，丹比尔还真感觉自己很饿，便回应道："那麻烦你了。"

回房间的丹比尔看到墙上的时钟才知道现在只有6点半而已。半个小时后，7点左右时弥撒结束了，班·梅洛走上前极为礼貌地向神父鞠躬致敬后便离开了。接着，神父上楼来到丹比尔的房间，进门时看到丹比尔正在吃饭，神父说："年轻人，你醒了。"

"嗯。"丹比尔看到他赶紧站了起来。

"没事，你坐下继续吃吧。"神父说着将《圣经》放在桌上，搬了把椅子坐在床边问："孩子你是叫丹比尔·怀特？"

"嗯。"两人对视了一眼，丹比尔也发现了神父那不经意间便会在柔和与锐利间变幻的眼神，而神父则看着丹比尔红色双眸说："年轻人，我把你的瞳孔变色器取出来清理了一下。"他拿出了一个隐形眼镜盒。"谢谢您。"丹比尔接过眼镜盒，赶紧戴了起来。

"年轻人，你们的事情我从馨那里听说了，你可以安心在这里养伤，这儿是下层世界唯一的教堂。"神父又看了看丹比尔的银色短发说："为了以防万一，我想你还是把头发染成黑色比较好。这样比较不容易被人认出来。"神父话语中仿佛带着无限权威让丹比尔无法不接受。丹比尔看着这仿佛和自己差不多年纪的神父问道："请问您的名字？"

"我叫雷诺·克劳泽，而照顾你的修女叫做蕾娜斯·阿尔米达。你好好休息吧，我出去了。"但神父刚要走，丹比尔便拉住了他问："神父，既然您已经知道了一切，您觉得我选择的道路是正确的吗？"

神父看着丹比尔略带迷茫的眼神冷冰冰地说："这个问题我无法回答你，但你可听过这么一句话，时间总是最出色的解答者。"说完神父便离开了。

吃饭早餐，丹比尔并不想休息，又下楼来到大厅，雷诺神父正坐在长椅上看着手中的《圣经》，背对着丹比尔的他突然说："你的伤还没完全好，最好躺在床上静养。"

丹比尔说："我刚才忘记了一件事，我想请您帮个忙。"

"说吧。"

"我想知道酒会上把我救出来的那个叫做尼克·蒙托利沃的男人现在怎么样了。能否请您帮我打听打听？"

神父一口应承道："我会托人帮你打听的。"

"非常感谢。"这时丹比尔走到神父旁边刚要坐下，神父便起身走到墙边的管风琴前。他背对着丹比尔，突然问："你相信有神的存在吗？"

"相信。"丹比尔回答得相当肯定。

神父将双手轻轻放在键盘上说："愿神庇佑我们。"随即他的手指舞动起来，神圣与庄严感染着整个礼拜堂。丹比尔坐在长椅上，沉浸在这肃穆之中，一股敬畏之感油然而生，没过一会儿，神父突然停止了弹奏，看着丹比尔说："有访客来了。去看看是谁？"

丹比尔打开教堂的大门，只见一位小朋友刚要敲门，"你好，雷诺神父在吗？"小孩一脸灰尘，手里提着一个篮子，里面有许多精致的彩色纸花。

"喔，他在里面。"听到丹比尔这么一说，小孩大步走进教堂。

"这不是小詹姆么？难道今天又是来推销花的？"看起来神父和这个孩子是熟识。

"呵呵，今天不是来卖花的，是来给你送信的！"

"送信？你什么时候改行了？"神父和他调侃着，虽然语气还是冷冷的。

"改行倒没有，你看我不是还提着花篮吗？"

小詹姆将黑黑的小手在裤子上蹭了蹭，掏出怀里的信封递给神父，接着又掏出一个脏兮兮的棒棒糖含在嘴里。神父接过信，看了看，上面写着"蕾娜斯收"，他显得吃惊不已，因为他认得这个字迹。"菲利隆索。"他念出一个名字。接着便感觉到詹姆黑黑的小手在拽他，"神父，工钱。"

神父蹲下身子掏出一枚银币。

"哇!!"小詹姆大吃一惊说："神父你什么时候变得这么慷慨了。"

"臭小子，我哪次对你吝啬了。"神父将银币放到了小詹姆手上。他接过来吹了一口贴在耳边，神父按了按他脑袋没好气地说："不要怀疑。是真的。"

小詹姆得意地说："嘿嘿，虽然不多，我还是收下了。"

"臭小子。"

"那这样好了，我今天折的纸花就都给你了！"

神父看着他的花篮露出鄙夷的神色。

"我可怜的妈妈曾经说过地上世界的花无比美丽，但从小生长在地下城的我从未看过地上世界的真实花草，只能凭着小时候妈妈教我叠的纸花来想象。"小詹姆还没说完，神父便打断了他。

"你这个故事我都快倒背如流了，我收下就是了。"

"雷诺神父果然最善解人意。那我先走一步了！"小詹姆拿着银币飞快地跑出教堂。但神父却突然想起了什么大声叫道："记得下午准时来上课！"但小詹姆已经跑出了大门。

"没想到你还有这样温柔的一面。"丹比尔走到跟前对神父说。但神父却严肃地回应道："只有一面的不会是人，是神。"

过了十几分钟，地下城旧城区一条阴暗的小巷里，一个身影在焦急地等待着。这时一个矮小的身影摇摇晃晃地朝他走来。

他吃了一惊，赶紧上前问："发生了什么？"

"信已经送到了。"说话的孩子正是小詹姆，不过现在他的脸上却是青一块紫一块，看样子好像刚被人打过，他低着头抿着嘴，强忍着委屈。

"你被人打了？"面前的身影一边察看小詹姆的伤势一边关心地问道。

"回来的路上遇到几个流浪汉，他们抢了神父给我的银币。"说到这里小詹姆终于忍不住了，眼泪顺着脸颊滑落下来。

面前的身影拍拍他的头说："孩子，这是给你的。"小詹姆抬起头看到对方手中又是一枚闪闪发光的银币。"记得这次要藏好喔，不要又给坏人抢去了。"

"嗯，叔叔。"小詹姆接过银币，"别哭了，男孩子要坚强些，快回家去吧。"人影又拍了拍小詹姆的头，趁他没注意时将一袋钱塞进他的口袋。看着远去的小詹姆，人影站起来，这时他身后传来一个声音，"这么多年了，你还是没变呢，菲利隆索。"来者是修女蕾娜斯。

人影略显伤感地回答道："我当年的离开正是因为我变了，我甚至舍弃了菲利隆索这个名字，我现在叫做阿尔佛·罗德。"

"你杳无音讯的这二十年里，你可知道我和雷诺有多担心吗？我以为你也像我哥哥修内达一样再也不会回来了呢。"

阿尔佛低着头说："我实在没有脸见你。"

"二十年前到底发生了什么事？"修女蕾娜斯显得有些不解。

"全都是我的错。"阿尔佛眼光四处游弋着，他显得不想正面回答。蕾娜斯也理解他，便带着期待的语气问道："那这次你回来还走吗？"

阿尔佛放轻声音道："我只是来地下城找人而已。"

蕾娜斯显得有些失望，声音也沉了下来："喔，那你这二十年都去哪里了？"

"嗯，那时离开特默内斯的我……"之后阿尔佛给蕾娜斯讲述了这二十年的经历，两人聊了不少时间，显得平凡，亲切。但只是老朋友间的叙旧，无法形容更多。

"我是时候该走了。"阿尔佛的台词显示了结束总是来得突然和伤感。

"这么快？"

"嗯，再见你一面一直是我奢求的，如今已经如愿了，别了，蕾娜斯。"说着阿尔佛的身影逐渐消失在了永恒的暮色之中，"等下！菲利隆索，雷诺他也想见你！"蕾娜斯喊出这句话时，阿尔佛已经不见了。修女蕾娜斯只得失落地独自返回教堂。

天空有些发白，似乎是心理作用，如同神话中失去色彩的古老残壁处，阿尔佛再度现了身，他坐在断裂的墙壁上说："雷诺，我知道你一直在。"

"菲利隆索……"神父手持一本《圣经》出现在了阿尔佛身后。

"20年了，真想说很久不见了，但对于拥有过长生命的我们，却无法说出口呢。"

雷诺神父打开手中的《圣经》说："嗯，我们已经活了诺亚生命的一半了。菲利隆索。"

"呵呵。"阿尔佛笑了。

但随即神父的一句话便让阿尔佛的笑容戛然而止，"如果我记的没错，二十年前你消失的原因是因为你的义女怀了你的孩子?"

"原来你早知道。"提起这个话题时，阿尔佛脸上布满了愁思。

"我早提醒过你她看你时的眼神不对，只是那时的你不愿承认。"

阿尔佛沉默不语，神父走到他旁边说："不过你现在有了属于自己的生活方式，我这个老朋友还是要恭喜你。"

"呵呵，我和蕾娜斯说的话，你都听到了?"

"嗯。你跟随的人他叫什么名字?"

"安度因·布兰克，他颇有你当年的影子。不过在半年前去世了，我这次来地下城就是为了寻找他失踪的儿子。对了，蕾娜斯的哥哥修内达还是老样子不愿和她相认?"

"嗯，相信你也了解他的精神状态，我觉得相认未必会是件好事。"

"他本来是我们之中信仰最坚定、最虔诚的一个。"

"其实现在也是。"神父顿了一下突然说："看来你没有时间陪我喝一杯了。"小巷拐角处出现了一个身影，"义父，有一个流浪汉说见过我们要找的人。"来者正是阿尔佛的义女。

"嗯，我知道了。"

神父扶着阿尔佛的肩膀看着他的义女问道："她叫什么?"

但这时的阿尔佛却显得难以启齿，神父便明白了，拍了拍他的肩膀说："愿上帝保佑你，也保佑我们这些受诅咒的人不要迷失在时间的长河里。"说完神父便离开了，而看着神父背影的阿尔佛喃喃道："雷诺，你这句话是在对我说? 还是对自己?"阿尔佛的义女蕾娜斯问道："刚才那个人就是义父所说的老朋友？"阿尔佛看着漆黑小巷点头的同时，回忆也将他带回了很久很久以前，那是一个雪天的夜里，天空就像这下层世界一般漆黑。阿尔佛和雷诺走进一户民宅，他们两人全都穿着帅气的白色军官服，屋里生着火，旁边坐着长发的青年与蕾娜斯的哥哥修内达。美丽的蕾娜斯正将丰盛的菜肴摆上桌。长发的青年看到雷诺和阿尔佛笑着说："看看是谁回来了？"蕾娜斯称赞道："这军服太帅了！"

"帅的不只是军服吧？"阿尔佛问道。

"呵呵，当然人也很帅啦。"

"外面很冷吧。"修内达走到一旁给俩人倒了两杯热巧克力，"来尝尝，这可是我妹妹亲手做的。"阿尔佛和雷诺接过巧克力，顿时香气四溢，温暖从手上传遍了全身。

不过这时一个声音将阿尔佛拉回了现实，"义父。"

阿尔佛站起身抖了抖衣服说："嗯，我们走吧。"

神父回到教堂已是午时，大家都来到了餐厅，四个人坐在一张桌前，丹比尔，馨，神父以及修女。菜色很简单，豌豆，面包和培根肉。大家做了一个简短的祈祷，便开始用餐，餐桌上安静的出奇，似乎没有人想要挑起话题，只能偶尔听到器具的敲击声。丹比尔和馨更是连对方都不看，只有修女蕾娜斯一会儿瞅瞅丹比尔，一会儿瞅瞅馨。用餐完毕，四个人也依旧是一言不发，直到丹比尔和馨都离席后，收拾餐具的修女和神父才开始了对话，"他们两个和海奥斯家族的关系重大，你打算怎么办？雷诺。"

神父回答道："正因为他们的身份特殊，我才将他们俩留下。"

"嗯，不过无论如何我也不希望你伤害他们两个。"

"为什么这么说？"

"不知为何，看到他们时我总会想起一些往事。"

听到修女这么说神父一直冷冰冰的表情露出了温柔与歉意应声道："嗯。"

下午时分，附近的流浪孤儿聚集到教堂的附礼拜室，雷诺神父每天都会给他们上课。其中就有小詹姆，而神父自然也发现了他鼻青脸肿的样子，问清情况后，他给什么人打了个电话，教堂附近的流浪汉就被一些黑衣人全都赶走了。而上课时一旁旁听的丹比尔在学生中发现了一个年纪稍大，十岁左右的孩子有些与众不同，在孩子那翠绿色的双眸里潜藏着一些不一般的东西。后来听神父说，那个孩子叫艾伦，来他这里有半年时间了。

晚上神父带着丹比尔去理发馆，将他的头发染成黑色，最后理发馆没有收钱，理由只是："既然是神父的朋友，怎么能收钱呢？"

第二天上午教堂迎来了一位不速之客，当时馨和丹比尔还有修女都在礼拜堂里听神父演奏的管风琴，教堂的大门被推开了，进来了一位妖艳的女人。神父并没有当即停下演奏，而是将整首曲子全部演奏完毕后才冲她问道："尼摩拉·婆罗门，你来干什么？"

"我来看望你。"

"不要惺惺作态了，你以为我不知道你如今的所作所为么。"神父的语气中充满了不屑与厌恶。

尼摩拉听到神父这么说辩解道："那全是为了你。"

"你错了，你不是为了我，你屠杀那些女人只是为了泄愤而已，只是为了没有人再和你抢男人而已，你已经疯了！"

"是的，我疯了，我是为你而疯的！"尼摩拉表情显得有些狰狞。

"你又错了，你不是因我而疯的，是被你那自私的占有欲逼疯的。这里不欢迎你，你走吧。"神父说得很坚决。

说到这里尼摩拉平静下来，露出妖媚的笑容，掏出怀里的一个信封交给了神父说："后天有一个音乐会，我想邀请你一起去。"

"音乐会？"神父冷冷地问道。

"嗯，地上世界的乐队会来地下城。"

"不好意思。"说着神父将信封还给了她。神父简短的拒绝一时间让尼摩拉不知该作何表情，只见她狠狠地盯住一旁的修女蕾娜斯还有馨，接着神父冷冰冰地说："现在，请你离开。"虽然尼摩拉立刻走出教堂坐上黑色轿车离开了，但临走时她那凶狠的目光却印在了每个人的脑海里。之后修女对神父说："雷诺，她三番四次的来这里，我觉得这样下去终归会出事情。"修女的话很有道理，神父很快便一个人出了门，他去拜访地下城的几位大佬，希望他们可以出面让尼摩拉收敛一些，几位首领全都一口答应。

安魂曲B小调

8月19日。

这一天的傍晚街上因为音乐会的举办而热闹非凡，地上的乐团愿意来地下世界演出实在太少见了，尽管大多数人都无法入场，但依旧有很多人围在音乐厅周围想凑个热闹，神父带着丹比尔和馨也来到那附近，毕竟这是一次难得的放松机会。也有不少人利用这次机会在音乐厅周围表演起了各种才艺，其中最引人注目的莫过于一位背着婴儿的吉他手。在戴着心形坠饰的可爱婴孩衬托下，吉他手所演奏的思乡，动人的音符让听者不禁黯然泪下。不过一个演奏手风琴，留着长胡子的流浪汉却更吸引了神父的注意，他不自觉地多看了几眼这个流浪汉。

之后神父带着二人来到音乐厅的入口处，检票员看到神父便立刻放了行，一旁的丹比尔也越发惊奇神父为何会在下层这么有威望。进到音乐厅里面，位子上坐了不少穿着正装的男女，不过更多的却是戴着黑色墨镜、身穿西装的黑手党成员，他们不太像是来听音乐会的，更像是来保护那些正装的家族干部和首脑的。

"这样你就明白为什么大多数人都无法入场的原因了吧。"神父半开玩笑地说。

丹比尔似笑非笑地应了一下："嗯。"

而馨在一旁没有吭声，她和丹比尔这两天连半句话都没说，关系变得更冰冷了。他们三人找了个偏僻的角落坐下。不一会儿，音乐会开始了。全场非常安静，只有动人的旋律回荡在音乐厅里，但第一首曲子还没奏完，音乐厅的门突然被重重地推开，响声一下打破了和谐。所有人都转头看去。

一位身穿着黑色长衣、头戴黑色礼帽的高大男人率先走了进来，跟在他身后的还有几名手下，但就在看到他的一瞬间，在场大部分人都紧张地站起身来，眼睛死死地盯住他，更有甚者已经将手伸进怀里握住了枪柄。黑手党成员们整齐划一的起立显得格外壮观。丹比尔不解地看着这个戴礼帽的高大男子，问神父："他是谁？"但神父却没答话，这时连乐团都停止了演奏，而那个刚进来的高大男子也是沉默着，全场的空气显得格外凝结。

突然，一个掌声响起，坐在第一排的班·梅洛发话了："这首柴可夫斯基的 e 小调第五交响曲真是不错。"与他一同鼓掌的还有身旁两位妖艳的女护卫。班接着说："马上就要开始下一首了,请大家坐好。还有银面男爵,如果你也对音乐感兴趣的话就赶紧找个位置坐下吧。"班跷着腿说的时候浑身散发出一股张狂。

听到班·梅洛的话,大多数人都互相看看便坐下了,而被称为银面男爵的男人则径直向雷诺神父这边走来。这种情况下,连一直没有转头的班·梅洛也稍稍向后瞥了一眼,想看看他到底要干什么。神父看到银面男爵朝自己走来,赶紧吩咐旁边的丹比尔和馨:"你们先出去。"这次离得近了,丹比尔终于看清了这高大家伙的样子。这人的脸居然是银色的,只能看到一个大概的轮廓,没有眼睛,虽然有个高挺的鼻梁,却没有通气的鼻孔,只有嘴部稍显正常,整体很像商店里银色的人形模特……身材非常高大,有一百九十五公分左右。黑礼帽遮住了他恐怖脸的一部分,而白色的衬衫,黑色领带还有长衣则给他添上几分风度。

不过正当丹比尔和馨想离开时,银面男爵的手下拦住了他们,神父冷冷地问:"银面男爵,你这是什么意思?"

"不用紧张,我只是替龙蛇会仁王来找这位女士而已。"银面男爵发出的声音完全不像人类,更像是某种机器。

听到这句话馨大吃一惊,丹比尔则是面无表情。

"哦,是这样。"神父答应了一声随即看着馨。馨略微显得有些不知所措,她看看丹比尔却发现他根本没有看自己,但她依旧大胆地说了一句谁也没想到的话。

"请再给我一个晚上的时间。"

"……"银面男爵并没有想到馨会这样说。

"只要再一个晚上!"馨说得很坚定。银面男爵似乎也没有勉强她的意思便按了按帽子说:"明天我会去教堂接你的。"说完他带着人离开了,这一下全场人的心都踏实下来。之后神父和丹比尔什么也没说,都是继续听音乐会,只有馨显得坐立难安,时不时地看看丹比尔,脸上写满了不舍和忧愁。

音乐会结束,众人逐渐散去。就在这时会场外发生了一个小插曲,只见很多人聚集在一起围观着什么,神父,丹比尔和馨也凑了上去。在人群中间他们看到两个人在对峙。其中一位是个少年,另一位是之前背孩子的吉他手。而神父看到那个少年时惊讶道："艾伦?!"但少年并没有听到神父叫他的名字而是继续向那个吉他手质问道："只是因为你的孩子哭了，妨碍到演出，你便要将他丢在一旁么？"

不明白怎么回事的丹比尔赶紧问旁边的人到底发生了什么，路人跟他解释道："吉他手背上的孩子在他演奏时突然哭了起来，他把孩子解下来哄了哄，我猜可能是饿了，那孩子还是哭个不停。看到这样吉他手便要把孩子搁到一边的台阶上去。这时那个少年就出来阻止他了。"

"他是我的孩子，你这个臭小子想来管我还早了一百年！"吉他手也不示弱。突然，一位妇人冲出人群哭着抱起一旁的孩子说："妈妈对不起你。"这妇人紧紧搂着孩子，显得伤心不已。而那个吉他手则冲她骂道："你这个阴魂不散的贱人！怎么老是跟着我！"说着他竟动手打了那名妇人。与此同时，丹比尔还发现了远处一个人正冷冷地盯着这一切，虽然看不到这人的眼睛，但丹比尔还是可以感到一阵寒意。一辆黑色的轿车里，半开的窗户，黑色的礼帽与银色的脸颊。

再看艾伦这边，他从地上捡起一块石头想要打吉他手，但他只有九岁，哪里会是对手，吉他手一把便将他推了一个跟头。神父赶忙上去一把扶住艾伦，"妇女和儿童你真是一个都不放过。"神父冷冷的目光让吉他手一怔，他赶紧拉上那名妇人说："跟我走！"妇人虽然显得有些不愿意但还是跟着他走了。

随着主角的离去，围观的众人也散了。神父问艾伦："你没事吧？"但艾伦却吃惊地看着他说："神父先生，为什么你不阻止他们离开?！那个男的只是把他的孩子当成赚钱工具！那孩子最后也一定会落得像我一样的命运！"

神父平静地回说："我们不是神，即便可以看到他们未来的命运很多时候也无力改变。"艾伦挣开神父的双手，走到了几步开外的地方，突然转过身说："谢谢您这半年来的教导，我想我是时候该离开这里了。"这时雷诺神父发现了艾伦眼中那不愿意屈服于命运的反抗与迷茫，便没再说话。艾伦恭敬地冲他深鞠一躬，转身离开了。从此，地下城中再也没有人看到过这名少年的身影。

走在回教堂的路上，丹比尔问神父："为何不鼓励那少年去尝试……"神父没有回答，似乎心不在焉，丹比尔看神父没有反应便拍了他一下说：

"神父？"雷诺这才回过神来用低沉的声音答道："那孩子的命运只有他自己可以掌握。我不能确定过多的建议是否不会给他带来莫及的追悔。"随后丹比尔也不再多问。

当晚，神父一个人坐在自己的房间里，拿起桌上的威士忌，自斟自饮着。他在思考，思考自己不干涉艾伦的选择到底是否正确，他显得有些犹豫。突然，一个敲门声打断了他的思考，打开门，看到的是一脸愁容的丹比尔。

"是你，进来吧。"神父语气中带着一贯的冷淡。

丹比尔看到桌上的威士忌，还未来得及开口，神父便给他倒了一杯说："我今晚不想说话，如果你想待在这里，就随便吧。"就这样，俩人在一个房间中沉默地独饮着烈酒品味着撩人的辛辣。而另一边，坐在礼拜堂里仰望着基督圣像的馨也只能孤独地与空气对话。

时间在流动，但在丹比尔心中却如同静止，威士忌辛辣的口感久久不曾散去。以往父亲安度因叫他喝酒时，他每喝一口总要皱一下眉头，而今天他却发现如常的辛辣口感根本无法带给他任何刺激。神父看着他的样子端着酒杯缓缓道："当味道与内心的忧愁成反比时，说明你体会到了酒的另一层含义。"而馨这边，她已闭上了眼睛，甚至连睁眼面对时间流逝的勇气都没有，一切不仅来得太快，终点更是近在眼前，仿佛只有一瞬间。

很快，一夜过去了，又到了早上弥撒的时间，今天班·梅洛没有到场，但依然有不少黑手党成员参加，他们平时所做大多违背主的教诲，到头来却依旧要在上帝面前祷告，祈求主的原谅，多么荒唐！不过也正因为他们的资助这个教堂才得以维持下去。

弥撒结束后，该来的终归会来的，随着皮鞋和地板敲击的声音，无数黑衣人分立两旁，一个高大的身影走进了教堂，"馨夫人，是时候了。仁王正在等你。"银面男爵按了按礼帽冷冰冰地说。

馨的反应又是向丹比尔望去，只可惜他再度避开了她的目光，神父看出了她的不舍和犹豫，走到她身边小声耳语道："需不需要我跟他说再延后些时间？"

馨露出感激的神情，苦笑着摇了摇头说："这几天谢谢你们。"她又看了看在一旁的修女蕾娜斯，随即头也不回地走出教堂乘上黑色轿车。而教堂里的丹比尔依旧故意让目光避开她的身影，银面男爵这时掏出一个箱子，打开来，里面装满了钱，他对丹比尔说："这是仁王感谢你救了馨夫人的一点点敬意。"

丹比尔看也没看回说："不必了，我对这些没兴趣。"

"哦，是么。那我就先告辞了。"伴随银面男爵机械的声音，他也走出了教堂，和馨乘上同一辆轿车。引擎声传来，丹比尔低下头，修女走上来拍着他的肩膀说："孩子，你真的就让她这么走了？"

丹比尔没有答话，神父关上教堂的大门说："上帝会保佑她的。"之后丹比尔沉默着上了楼将自己锁在房间里。中午吃饭时，修女对神父说："我去叫他下来吃饭。"但神父却端着咖啡杯说："既然不想吃，叫也没用，等他饿了自然会下来的。"

听到神父这样说，修女也不再多说，神父也知道修女的担心开解道："别担心，我觉得那孩子可以把握住自己。"

晚饭丹比尔还是没吃，直到深夜神父和修女都睡去了，丹比尔才一个人下楼来到礼拜堂，他独自坐在长椅上，脑中浮现的是昨晚馨坐在这里孤单的身影，他看着基督圣像喃喃道："请主保佑她。"他现在可以做的就只剩下祈祷和祝福了。

就在这时，教堂的门响了一下，他走过去，心中不免有一种幻想，希望打开门的一瞬间可以看到馨的身影，但他却看到一个倒在地上奄奄一息的人，丹比尔扶起他，发现他的脸血肉模糊到几乎没有一块完整的皮肤，全身上下也是血迹斑斑。这人突然抓住丹比尔的衣服说："请救救他们……"

丹比尔疑惑地问："救谁？"

"我的妻子和孩子……"说完这人便咽下了最后一口气。神父、修女也听到了响声下楼来，但刚一进礼拜堂神父便闻到了一股淡淡的血腥味。两人来到尸体旁，丹比尔对神父说："他临走时说救救他的妻儿。"

修女看到尸体时赶紧捂上了眼睛，神父则蹲下察看死者的身份，他在这人身上发现了一条项链，接着神父打开项链上的心形坠饰，里面放着一家三口的照片。丹比尔惊讶道："是之前的吉他手和婴孩，还有那个妇人！"

神父沉默地看着项链中的照片，丹比尔接着说："他没有说他的妻儿到底是被什么人抓走的。"神父将项链再度放回尸体上平静地说："地下城会用这般残忍手段的只有银面男爵。"听到这个名字丹比尔不禁大吃一惊，随即也沉默了下来，神父站起来说："我想现在赶去银面男爵的官邸恐怕已经来不及了。"

　　丹比尔听到这话心中虽然也认同，但还是说："不论怎样，我们应该去尝试一下能否救出他的妻儿。"

　　神父看着丹比尔的眼睛问："你的动机里除了救人之外还有其他吗？"

　　丹比尔回说："可以那么单纯的不是人是神。"

　　听到这话神父第一次对丹比尔露出笑容说："你在这里等我一下。"接着又对蕾娜斯修女说："尸体等我回来再处理吧。"之后便快步上了楼，等神父再回到教堂大门前时，他将一包东西交给了丹比尔。丹比尔掀开盖在上面的油布，里面是手枪和子弹。神父对他说："这是馨留下来的，说是之前在酒会上救你们的那个叫做尼克的人给的。"

　　"嗯。"丹比尔也稍稍回想起了酒会时的情景，不过尼克到现在还是没有消息，实在令他担心不已。他又看看一身平常装扮的神父问道："对了，您不用武器吗？"

　　"没事，我不需要。"神父自信，坚决的回答让丹比尔完全没了担心。

　　两个小时后，神父和丹比尔来到了银面男爵官邸的周围，一个大多数地底居民都不敢接近的地方。幽暗的街道里，毫无生气可言。古老的油灯下妓女们在招客，行人的眼神中都充满了恶意。当然也有一些没有的，比如倒在路边，完全失去活下去的机会，弥留中的流浪汉。走在这样的地方，丹比尔不由得提高了警惕，但神父的样子却显得不以为然。丹比尔问："神父，难道你没有感觉到旁人眼中的恶意吗？"

　　神父面无表情地瞥了一眼丹比尔反问道："你觉得一个人是手中拿着刀吓人还是怀里藏着刀恐怖？"丹比尔耸耸肩，答案不言而喻。

　　这时两个妓女走上前来说："真是俊俏的小伙子。""原来神父也有想入非非的时候。"两人拦住了神父和丹比尔，不让他们前进，这时周围又有一些大汉凑了上来，看来是来者不善。神父笑着对她们说："我们来此是为了找银面男爵。"听到银面男爵这四个字，妓女脸上本来妖娆的笑容瞬间一扫而空，赶紧让开了道路。

之后银面男爵官邸对面小巷的阴影里出现了两个身影，丹比尔和神父。丹比尔看着银面男爵官邸的大门，不禁心惊肉跳起来，因为那光景实在不似人间，仿佛来自地狱。在那庭院大门的两侧，两只石雕的雄狮口中居然各含着一个人头，虽然已经血肉模糊看不清容貌了，但从那立体的骨骼和秃头看来应该是男性，而且被杀不久，因为还没有完全凝固，血正慢慢地从雄狮口中滴下。

"害怕了？"神父冰冷的目光挑衅着丹比尔，不过丹比尔没有回话，而是将手伸进怀里，摸了摸枪柄。神父轻拍他的肩膀说："接下来的问题才是重点。"神父说的时候丹比尔向庭院的更深处望去，看到了一个奇异的喷水池和许多天使的雕像，阴暗的光线下，他无法看清细节，却感到异常的毛骨悚然。这时神父扶着丹比尔肩膀的手突然使了下劲，丹比尔立刻转过身和神父四目相对，可以看得出丹比尔的眼神很惊慌，神父盯着他的眼睛冷冷道："不要去想象。"神父的语气仿佛一盆冷水浇在丹比尔头上这才让他回过神来。神父接着说："我们俩一起从正面进去，假装拜访银面男爵，然后伺机找寻妇人和那个婴儿。"

丹比尔看着神父的双眼，略带疑惑地问："我们正大光明地进去？"

神父回答道："想潜入银面男爵的官邸根本不可能，如果不想让自己的脑袋也被放进门口两只石狮的口中的话，就听我的。"

丹比尔看着神父眼中的冷冷寒光小声答应道："嗯。"

不过这时丹比尔和神父发现了在另一个巷口，一位拥有棕色散乱长发的高大年轻人神情吃惊地看着银面男爵的官邸，但吃惊当中又仿佛带着些许的喜悦，令人感觉有些异常。

丹比尔和神父没有理会他，径直来到了大门口，一位年事已高的看门人走过来站在铁栅栏门后问道："你们有什么事么？"而那语气就仿佛死人一般。

"我们要找银面男爵。"神父刚说完，那老头突然笑了，露出了仅剩的几颗牙，"嘿嘿，这十几年主人也没什么访客，怎么最近突然多了起来，等我通知老爷。"

不一会儿黑色的大门打开了，一股异常的味道传来，丹比尔和神父在老头的引导下走进了庭院。置身于这幽暗的庭院中丹比尔终于看清了矗立在周围的天使雕像。这些表情慈祥的天使手中拿着各式武器，而无数的人头就插在武器的前端，与之前石狮口中的一样，每张脸具都血肉模糊，不过唯一值得庆幸的就是天使武器上的人头并非都是崭新的，很多已经风干了。神父和丹比尔沉默地前进着，来到庭院中央，喷泉两侧是他们必经之路，水池中有一座女性身体模样的石雕，雕像背后虽有一对美丽的翅膀，却掩盖不了缺少头颅和双臂的诡异。红色的液体不断从脖子和胳膊的切面处渗出，恶臭难忍，似乎是真的血水。水池边缘还站了不少乌鸦，当神父他们靠近时都惊叫着飞上了天。

　　进入官邸的主建筑，阴暗的氛围依旧，灯光很弱，根本不足以将大厅点亮，守门人退下了，换了一位年轻的女仆带领神父和丹比尔进入大厅右手边的门，来到了会客室。这里才稍微跳脱了阴郁，壁炉里的火焰清晰地点亮了在座所有人的面容。馨站起身吃惊地与丹比尔对视着，银面男爵坐在火焰旁，依旧是礼帽，黑色长衣。这时神父察觉到了一个凶狠的目光在盯着丹比尔和馨，而这个目光的拥有者就是龙蛇会的仁王。这是神父第一次见到仁王，他稍稍打量了一下这矮小的老者，脸上消不去的狂妄和戾气是城府不深的表现，而他那眼神中还充满了嫉妒，看来丹比尔和馨的纠缠必定会给二人带来不小的麻烦。

　　丹比尔躲开馨的目光抬头看天花板，发现那上面画着一幅画。画正中央是一面古镜，古镜外围三个长有翅膀的女人各执一方。而古镜里面则映照着一位神情委靡，被巨大枷锁锁住的男人。背景渲染着夕阳的风采，黑色的大地与焦黄的天空。丹比尔喃喃道："那是命运三女神。"这时银面男爵站起身用机械的声音首先介绍道："神父，这位是龙蛇会的仁王。"

　　听到银面男爵的介绍神父冲仁王冰冷地问好道："你好。"

　　银面男爵又向仁王介绍："这位就是下层唯一的神父，雷诺·克劳泽。"比之神父冰冷的问候，仁王更是不屑一顾地没有回礼。不过神父也没有在意。

　　银面男爵问道："神父你找我有什么事？"

　　神父也不隐藏直接冲银面男爵问道："我今天来此只想问你是不是抓了个一家三口？"丹比尔站在神父身边很吃惊，他讶异于神父居然这么单刀直入。

安魂曲B小调

银面男爵嘴角露出微笑道："什么一家三口？"

"不要装傻，我要你立刻放了那孩子和他母亲。"神父语气中带着强烈的压迫感。

"作为来客，口气还真是咄咄逼人啊。"仁王这时笑着插嘴道。但只换来了神父一道冷冰的目光与一句话："我和他说话，你算什么东西？"

仁王当即火冒三丈，但忌于银面男爵还是硬生生忍下来。不过他其实更忌惮的是神父那冷峻的目光，他心想：这家伙是什么来头？

银面男爵安抚道："既然神父这么说，我就让仆人带你们参观一下我的家好了，那样就能证明我没抓任何人了。"银面男爵的爽快是丹比尔和神父没想到的。接着，还是刚才的女仆带领丹比尔和神父开始参观整个洋楼，临出会客室时丹比尔不经意间还是瞥了一眼馨，两人目光都显得有些迷茫，但仁王的目光狠狠地盯住馨，她也只能表现出无动于衷。

女仆带领神父和丹比尔步行在走廊，周围安静得出奇。他们逐一检查着房间，三层和二层都是一无所获。不过就在他们二人来到一层的某一个房间时，突然听到了一声惨叫，来源居然是他们的正下方。

丹比尔质问女仆："地下室的入口在哪里？"

女仆平静地回说："根本没有什么地下室。"

但惨叫声依旧不绝于耳。

丹比尔更加着急了，他掏出手枪刚想逼问女仆，神父阻止了他。雷诺按住丹比尔的手说："不要冲动，我们自己来找。"听到神父这么说丹比尔只得耐下心来和神父一起仔细检查一层的每个房间，但到最后也没有发现任何机关或者暗门可以通往地下。

走廊中，女仆站在二人身旁，丹比尔显得一筹莫展，神父则看着窗外的庭院凝重地思考着。"我敢确定那母子一定被囚禁在地下室。"丹比尔着急地嘟囔着。神父没有理他，眼睛一直盯着庭院中的喷水池。这时银面男爵也出现在了走廊，他脸上唯一可以看出表情的嘴角露着微笑说："我说过根本没抓任何人，这下你们相信了吧。"明知道他在说谎，可是丹比尔和神父都无法反驳他。之后银面男爵便下了逐客令。

而两人走出银面男爵官邸时又看到了之前盯着那些血肉与岩石所组成的雕像的年轻人，他脸上已没了吃惊，只有陶醉。回到教堂，又看到吉他手尸体的丹比尔显得很不甘心。神父对他说："不要想了，我们已经尽力了，去休息吧。"

回到自己房间的丹比尔根本无法入睡，他起身，决定还是再去一趟银面男爵的官邸，只不过这一次是潜入。神父也没有睡，丹比尔的行动都被他看在眼里，只不过这一次他没阻止丹比尔。

直到早上弥撒结束，修女蕾娜斯哪里也找不到丹比尔，她着急地问神父："难道那孩子又去了银面男爵的官邸？"

神父冷静地回答说："我已经告诉了他潜入银面男爵官邸的危险性，他不听也没办法。"

"这么说，你知道他一个人又去了银面男爵那里！"

神父看着蕾娜斯有些激动的双眼应声道："嗯。"

"你怎么能这么冷漠？"蕾娜斯质问道。

"我不想干涉别人的选择。"

"但正是你告诉了他是银面男爵抓走了那对母子，他才会去的。"修女蕾娜斯显得很愤怒，话语中已经带着哭腔。雷诺被这样一说，眼神也稍稍软化下来。蕾娜斯生气地跑上楼，雷诺站在走廊里，一言不发，他思考了片刻，接着一个人走出教堂。

再度来到银面男爵的官邸前，又是那看门的老者迎了上来。神父还未来得及对他说什么，那老者便打开了大门说："嘿嘿，我家主人有请。"

"……"神父也没多说跟随老者再次进入阴森的庭院。这次庭院中央的水池旁站了几个人，从装扮上看来都是龙蛇会的分子，仁王和馨就在其中，他们似乎要离开，不过想在离开之前跟银面男爵打声招呼，正在那里等着。来到水池旁，神父顿觉血的味道更浓了，不知看门的老者按了一下哪里，水池周围的地面突然下沉，旋转的阶梯出现了。老者对一旁略显吃惊的仁王和馨说："男爵就在这下面，请两位跟我来。"

馨刚看到神父时有些不解，但几秒之后似乎明白了什么，心中一惊，不由地握紧拳头。接下来四人的脚步声回荡在向下盘旋的楼梯间，偶尔从内侧的墙上渗出血和水的混合物，越发强烈的血腥味让馨不由得更加心惊。

走到最下面，穿过一条通道，面前一道铁门，轻轻推开来，那里面居然是一座礼拜堂。不过却不是神圣与纯洁的殿堂，充满了鲜血与恐怖所渲染的不祥。四周点着无数蜡烛，头骨像饰品一样摆放在一旁，墙壁上的雕刻更是血肉的完美结合，天使雕像的头被削去了一半，代替的则是半颗孩童的头颅，头颅上还连接着一根脊椎，盘旋缠绕在天使的身体上。而头顶，无数斩断手脚的尸体被高高挂起，甚至尽头的十字架上也被鲜血所染红了大部分。不过奇怪的却是这里竟然没什么腐臭味。

比起这地狱般景象更令馨和神父在意的是十字架前的几个身影，银面男爵背对着他们站在讲台前，浑身鲜血双膝跪地的丹比尔被两个蒙着黑色头套的人用镰刀一左一右钳住了脖子。而在丹比尔面前的是一具不成人形的女性躯体。两个囚刑人手持滴血的利刃站在一旁，看来这是他们的杰作。丹比尔在颤抖，他显得无能为力。看到这般景象神父掏出怀中的《圣经》手抄本念着什么，馨赶紧捂住了眼睛，仁王脸上浮现出一丝笑意。

四周很安静，似乎有什么声音传来，原来是那身躯在说着什么，"杀……了……我"银面男爵接过旁边囚刑人递来的利刃，稍稍抬手将利刃对准了那身躯，口中还振振有词："被上帝所遗弃的子民，解脱与救赎即将到来。"接着一瞬间利刃划过女性身躯的颈部。一旁的囚刑人拿起讲台上的圣杯接起妇人的鲜血，而银面男爵更是直接沐浴在喷洒的血红之中。

突然，丹比尔好像发疯一样地嘶吼起来，但两把镰刀依旧不能让他移动分毫。银面男爵拿过囚刑人递来的圣杯，将其中红色的液体一饮而尽。而随之妇人的头和身体也断裂开来重重地摔在地上。神父走上前，发现地上还有一个被肢解的婴孩尸体。他冷冷地对银面男爵说："你的疯狂要持续到何时？"

银面男爵猛地转过身，他露出笑意，嘴角满是鲜血。他按了按帽子说："他们注定的悲惨未来，我只是不想让其发生而已。"

"难道你觉得自己是上帝吗？可以替他们决定命运。"

"是的！当上帝不愿帮助他们时，只有我！只有我会去给他们解脱！在这里死去的人，他们看不到自己的未来，但我可以！我可以帮他们看到！但我看到的只有无数的不幸在等待他们！！而我则仁慈地给他们免去了大多的苦痛！只给他们留下一种不幸！"

"死，是吗？"

"是的！所有的罪孽都由我一个人来承担！"

丹比尔听到银面男爵的话，睁大了双眼。

"……"神父看着银面男爵的样子，指着丹比尔发狠地说："我要带他走。"

"带他走？你凭什么？"银面男爵仰起头显得狂妄不已。

"凭我看到他的未来并非充满不幸。"神父再度指着丹比尔说。

银面男爵先是沉默了几秒，接着稍稍一扬手，两把镰刀便离开了丹比尔的脖子。丹比尔低着头站起来，神父拍了拍他肩膀说："我们走。"丹比尔虽然没有应声，但脚步跟随着神父，两人缓缓走向礼拜堂的出口，丹比尔一直没有抬头，直到他们和龙蛇会仁王还有馨交错而过时，丹比尔突然停住了脚步，他抬起头看着出口的方向说："跟我走。"

谁都明白丹比尔这句话是对馨说的，仁王满脸惊愕大声喝道："你说什么?!"但丹比尔没有理他，而是转过身抓住馨的肩膀再一次说道："跟我走！"

这时写在馨脸上的表情是又惊又喜，一时间她显得有些不知如何是好。但丹比尔说出这三个字的时候，神父和银面男爵都盯着另外一个人……那就是龙蛇会的仁王。只见他亮出了袖中隐藏的钩爪，而激动的丹比尔竟完全没有察觉，就在利爪刺向他的一瞬间，馨推了他一把！丹比尔向后踉跄了一步，神父的手立即扶住了他。

"你救他?"仁王大怒道。

说话间一个身影已经来到仁王跟前，是银面男爵。他徒手抓住仁王的利爪冷冰地说："虽然你我是同盟，但这里不可以染上无辜者的鲜血。"丹比尔看到这个情形刚想去拉馨的手，但银面男爵另一只胳膊已经横在两人之间，他冷冷地劝说："如果不想死就赶紧在我眼前消失。"这时神父的手也扶在丹比尔的肩膀上希望他不要冲动。但结果是相反的，丹比尔居然挣开神父，又推开银面男爵的胳膊然后拉住馨的手，飞奔向出口。仁王冲银面男爵怒吼道："你还不放手！"听到这话银面男爵却没有第一时间放手，而是算计了一下丹比尔和馨跑开的距离然后才松开抓住仁王钩爪的手。仁王愤恨地瞥了他一眼便赶紧追上去。神父随即也匆匆跟了上去。

丹比尔和馨来到地面，附近龙蛇会的几名成员看到丹比尔时，不由分说便掏出枪来一阵乱射。丹比尔赶紧抱住馨扑倒在地，利用喷水池做掩护。但这时丹比尔清楚地听到了地下传来仁王快速的脚步声，再拖下去就只有死路一条。他四下找寻可以逃出升天的道路，可是看到的只有紧锁的大门，还有四周高耸的围墙。

旋转的楼梯间里，神父追上了仁王，飞身一跃居然直接踩着对方的肩膀跳了过去，潇洒非常。就在丹比尔想不出办法时，跑出旋梯的神父一把抓住丹比尔的胳膊带着他和馨跑向锁住的大门，奇怪的是大门在这时仿佛配合他们的逃跑一样突然打开了，背后的枪声也戛然而止。之后，紧跟着来到地面的仁王看到自己带来的部下居然都被银面男爵的部下用枪指着，而另一边丹比尔他们已经跑出了大门。随即银面男爵也来到地面，仁王冲他质问道："你这算什么意思?!"

银面男爵解释道："我的部下们只是不想让他们打坏我的艺术品。"接着银面男爵让自己的部下放下枪。仁王愤恨道："如果让他们跑了，我们的联盟关系便到此为止!!"紧接着仁王带着部下朝丹比尔他们逃跑的方向追了上去。而看着仁王远去的背影，银面男爵嘴角突然露出一撇诡异的微笑。

银面男爵官邸周围的小巷纵横交错，昏暗不已，每一处看起来都没什么区别，仁王让自己的手下分开来找，但逐渐的所有人都消失了踪影，仁王自己也没有追上丹比尔他们，更在复杂如迷宫的小巷中迷失了方向。他觉得有些不对劲，放缓了脚步，警惕地观察着四周，在走过一个交叉的路口，继续向前时，他的身后传来一个脚步声。来者穿着一双马靴，头戴一顶牛仔帽，双眼紧闭着。仁王也停下了脚步，他吃惊于对方竟然可以悄无声息地走到他背后。仁王不敢动作，他知道来者不善。盲眼的牛仔用指尖顶了顶帽子，又往下拉了拉，接着手按在了腰间带有金色花纹的左轮手枪上。仁王也将袖中的飞刀慢慢滑出，两人全都蓄势待发。

这时一只流浪的野狗游走到了附近，正翻着垃圾桶寻找食物，但垃圾桶上盖着盖子。那野狗吃力地将其弄翻的一瞬间！枪声与金属划过空气的声音一同响起。

只见仁王用手捂着脖子，但血依旧如泉涌一般。

而盲眼的牛仔则用手枪挡住了射来的飞刀，飞刀就插在枪托底部。牛仔拔下飞刀，收起枪走近仁王。这时的仁王双目发直，捂着脖子的手也逐渐滑落，嘴里勉强蹦出几个单字，"你……是……"牛仔用手轻轻将他睁大的双眼合上，回答道："我是海奥斯家族十二信徒之一的史派克·弗雪洛。"这时小巷另一头，又出现了一个身影，昏暗中也很显眼的银色脸庞证实了他的身份，他似乎和盲眼的牛仔认识，按了按帽子，对眼前发生的一切不以为然。

另一边回到教堂的丹比尔他们担心仁王会直接来这里闹事，神父便联络了一些下层势力的大佬，希望他们可以派人来保护教堂。很快，大佬们就有所行动了，许多黑衣人出没在教堂周围。之后的几天里，仁王没有出现，这让丹比尔他们感觉很奇怪，他们都不知道仁王其实已经死了。但也就在这段时间里，一个接到仁王死讯的人已经带着许多杀手赶来地下城，誓要为仁王报仇，这个人就是仁王的亲兄弟，龙蛇会的另一位武斗派首领——信王。

8月25日，已经是丹比尔和馨在一起的第4天，丹比尔在教堂附近看到了一个手持风琴的流浪汉正被黑衣人驱赶，但他也没心思去更多注意这件事，神父也将下午孤儿们的课程暂时取消了。而另一边仁王的兄长信王见到了银面男爵以及仁王的尸首。银面男爵向他讲述了仁王死时的经过，将所有一切都推到丹比尔和馨身上。

8月26日从早上的礼拜开始，便显露出了不寻常。首先是这么多天以来丹比尔头一次来到礼拜堂与众人一起做礼拜，还有就是礼拜结束，当大多数人散去之后，班·梅洛找到了丹比尔，他给了丹比尔一把手枪和几个弹夹说："小子我没想到你能从上次的酒会上活下来，这个给你，既然你活下来了，保护自己身边的人便是你的责任。"丹比尔低头看着手枪小声应道："嗯。"接着班又拍了拍他肩膀说："愿上帝与你同在。"

之后神父走过来对丹比尔说："你先去吃早饭吧。我和班有些话要说。"待丹比尔离开，神父和班便开始小声地交谈起来。班·梅洛率先对神父说："昨晚我和银面男爵通了电话，据他说仁王已经死了。"

"怎么会？"神父显得有些吃惊。

"具体是什么情况我也不知道，但根据我的人报告说仁王的兄长信王已经确实来到了地下城，还将丹比尔和仁王的情妇馨当成复仇的第一目标。"

"看来这里面不那么单纯。"

"嗯，我也这么觉得，昨晚我尝试和银面男爵交涉，只是您也知道他不是用道理可以说通的家伙，到最后也是无疾而终。"

神父推测道："我想这其中不简单，当初银面男爵为何会和龙蛇会结盟还有仁王的死这两点都很值得怀疑。"

"嗯，我也是这么想的，不过信王这一次来势汹汹，神父您需不需要带着他们去龙麟号上避一下风头。"班·梅洛建议道。

神父似乎察觉了什么说："我想已经来不及了。"神父说着只听砰的一声，教堂大门被狠狠踹开。不少黑衣人手持枪械闯了进来，而在他们身后是一个高大的身影与黑色礼帽。

"银面男爵。"班·梅洛虽然第一时间的表情还是沉着自若，但他的两名妖艳女护卫都已严阵以待。这时礼拜堂的侧门被打开了，是修女蕾娜斯，她听到声音便让丹比尔和馨赶紧上楼，自己则来看看怎么回事。蕾娜斯看到这么多持枪的黑衣人吃惊地小心走到神父身边说："雷诺。"

蕾娜斯修女进来时，银面男爵按了按帽子说："我来此的目的只为了找那两个人。"

班看着银面男爵部下手中的枪械说："记得昨晚我已经表明了立场，你和龙蛇会最好不要想用暴力来解决这件事情，否则我和其他几位大佬是不会坐视不理的。"

"我也不想。"不过银面男爵说着，撩起黑色大衣，掏出藏在里面的转轮式榴弹炮，砰！！还好神父提前抱着修女一个闪身躲开了致命一击，而班·梅洛跳开的同时拔出米色的双枪，连发数弹，银面男爵身旁的几名手下应声倒地，但同样被击中的银面男爵只是稍稍抖了两下。银面男爵的榴弹则直接击中了不远处的耶稣圣像，十字架顿时被火焰所吞噬。

两名妖艳的女护卫见状立刻向银面男爵冲上去，亮出手指上的尖刺。银面男爵不闪不躲，任由两人将尖刺插入他的身体，还微笑着说："明知道子弹也伤不了我，竟然还是冲上来，看来这尖刺应该有毒，不过能比我身上的水银还毒吗？"说着银面男爵左手抓住其中一个女护卫的脑袋，趁对方挣扎时将榴弹炮直接塞到了她嘴里。另一个女护卫见势不妙，想将手上的尖刺从银面男爵身体里拔出来，却怎么也没办法。"来欣赏烟花吧！"银面男爵说完只听砰的一声！鲜血四溅，两名女护卫一个死无全尸，另一个也被极近距离的爆炸，炸得面目全非。只有银面男爵屹立在烟雾当中，几乎丝毫无损。这时银面男爵的部下也开始了疯狂的扫射，班·梅洛匍匐在长椅之间，将手枪的弹夹退去，换上一种特殊子弹。神父和修女则赶紧躲进了教堂的侧门，不过楼上突然传来的玻璃破碎声让神父嘟囔了一句："糟了……"

两人快步来到楼上，只见地上残留着弹壳和血迹，走廊的玻璃窗也都碎了，最重要的是丹比尔和馨都不见了踪影。

镜头再次回到班·梅洛这边，这时礼拜堂里大多的地方都已被火舌所缠绕，站立在其中的只剩两个人，班·梅洛和银面男爵，他们用各自的武器指着对方，双枪与转轮式榴弹炮。不过显而易见的是一件事，班的双枪已经打光了子弹。银面男爵对班说："居然将手枪的子弹改造成小型炸药，看来你早有准备要对付我。"

"你我一决胜负从来都只是时间问题，不过可惜的是这为你准备的子弹却一颗都没打到你身上。"

"我的部下全都很优秀。"

"不过你却只把他们当盾牌来使。"

"你已经没有机会可以战胜我了。"

"是么？我刚想说我的部下也是很优秀的。"

只见之前被炸得面目全非的女护卫居然又站起来，一下扑到银面男爵身上，紧紧抓住了银面男爵拿枪的手。可是银面男爵反应极快，一把便抓住她的头发将其甩在了地上，榴弹炮立刻对准了她的头。不过班·梅洛就是利用这一瞬间的空隙，冲上去，趁他未开枪之际一脚踢掉了银面男爵手中的榴弹炮。接着双脚直接跳起夹住了银面男爵的脖子，一个拧身，借助自己的体重将银面男爵生生摔在地上。紧接着班还想用关节技锁住银面男爵，只可惜对方无论体重还是力气都比班大不少，银面男爵直接站起来将班掷了出去，班摔得不轻，一时间无法立即起身。

"我就先将你优秀的部下解决。"银面男爵拾起刚被踢走的榴弹炮，缓步走向班·梅洛奄奄一息的女部下。

但就在这时，教堂的大门口突然出现一个扛着火箭筒的身影，二话没说冲着银面男爵就是一炮！可惜银面男爵抬手一枚榴弹炮便将飞来的火箭弹打了下来。一阵烟雾，班站起身从地上拿起一把银面男爵手下的重型霰弹枪。烟雾散去，站在教堂门口的是大队黑衣人，刚刚发射的单发式火箭筒已经重新填充完毕，站在旁边带头的是一个挂着手杖，戴着单片眼镜，留着一缕白胡子的家伙。

银面男爵向身后瞅了瞅，班·梅洛手持重型霰弹枪已经对准了他，面对前后夹击，银面男爵按了按帽子，又看了看手腕上的表，对面前挂着手杖的家伙说："我想是时候该走了，绅士迪克，请你让开。"

挂着手杖的绅士迪克咳了两声回答说："银面男爵，下层世界再难容你了，今天你必须死在这里。"

银面男爵不以为然地说："是吗？"

班突然觉得不对劲大声对绅士迪克喊道："快躲开！"可惜银面男爵出手实在太快了，一瞬间又抬起榴弹炮，瞄准的就是绅士迪克旁边刚填装好的火箭筒，所有人都没反应过来，榴弹直接引爆了火箭筒，双重爆炸将教堂的门和附近站的所有人都炸飞老远，烟雾弥漫，班根本看不到银面男爵的身影，只得冲着烟雾胡乱开枪。

而银面男爵这时已经趁着混乱还有烟雾大步走出教堂，将手中榴弹炮对准了黑手党开来包围住教堂的车辆，爆炸声接二连三的传来，所有人都乱成一团。

当混乱和爆炸过后，银面男爵的身影已经消失在了所有人的视线里。班·梅洛走出教堂看着绅士迪克的尸体和周围凄惨的景象大喊道："银面！！！！！！"

另一边，丹比尔和馨在上楼之后便遭遇了信王派来的杀手，而当时其他人都被银面男爵吸引在了大厅里，两人不得已选择跳窗逃走，但落下时馨的脚还受了伤。

"还能走吗？"丹比尔关切地问道。

馨尝试站起来，可是剧痛让她一下便又摔倒了，丹比尔立刻把枪收入怀中背起馨。这时几名持枪的杀手也从窗户跳了下来，而他们面前更是出现了一个双手是机械爪的家伙，看样子他早就在路上等着丹比尔他们俩了。

持枪的杀手们刚想朝丹比尔开枪，那双手机械爪的家伙阻止了他们。看着背起馨正要逃跑的丹比尔，那人露出微笑说："想逃出我亚特伍德的手心？"随后便伸长了机械爪一下将丹比尔和馨牢牢绑住。丹比尔想挣脱，可是机械爪越勒越紧，丹比尔和馨互相挤压，苦不堪言。就在两人感觉骨骼快被压碎时，丹比尔孤注一掷背着馨直接撞向这自称亚特伍德的家伙，不过亚特伍德的另一支机械爪立马卡住丹比尔的脖子阻止了他的步伐，馨见状伸手掏出丹比尔怀里的手枪瞄准了亚特伍德的头。亚特伍德没想到馨这一举动急忙放开两人，用机械爪来抵挡子弹。丹比尔趁这个机会赶紧背着馨逃开了。一边跑，丹比尔还一边说："不赖嘛。"馨则没好气地回说："这时还有心情！"而他们背后，亚特伍德看着丹比尔和馨逃跑的方向对其他人说："抓住他们两个，无论生死。"

丹比尔背着馨跑过几个街区，进入一条小巷，馨对丹比尔说："我的脚没有那么疼了，你放我下来吧。"其实馨会这么说并非因为她的脚不疼了，而是她抱在丹比尔胸前的手发现他之前的伤口再度裂开来，正不停流血。

可是丹比尔却说："现在放下，或许就再也没机会背了。"

馨听到这话双手更加紧紧抱住丹比尔。丹比尔苦笑一下说："如果可以逃离这里，一起渡过这个难关……"

"然后呢？"馨很想知道后面的话，可是丹比尔却不再言语。

就在这时，一声枪声！丹比尔只觉得背上的馨全身一震。丹比尔已经明白馨中枪了，"馨！"他大叫道。馨强忍着疼痛说："我还好。"丹比尔立刻拐进另一条小巷，跑出一段距离后放下馨，掏出手枪。枪手没有立刻追上去，他想要联络其他人，可在他背后的黑暗中，出现了一个头戴诡异面具，身着暗红色西服的身影。在枪手完全没察觉间，一根细线已经勒住了他的脖子，他挣扎着，不过却是徒劳的。

时间调前几分钟，神父这边刚要跳窗追上去，修女蕾娜斯一把抓住他的胳膊说："小心点儿。"神父明白修女话中的含义说："放心，我一定会回来的。"

神父沿着地上的血迹与弹壳跟了上去，待他找到龙蛇会杀手时发现他们也都跟丢了丹比尔，只是看着地上一具他们同伴的尸体在联络什么人。

"这么说应该是平安无事了。"神父心中默念着。他躲在角落，看了几眼龙蛇会成员的尸体，发现脖子上的勒痕时，他似乎明白了什么。之后神父便没再去找寻丹比尔和馨的下落，而是返回教堂，在途中他遇到了一个意料之中的人。

神父看着对方诡异的面具与暗红色西服冷冷地说:"班内特·海奥斯。果然是你。"

"呵……"

"没想到你也下来了。周围都是你的人吧。"神父察觉到周围大楼窗户里闪动的人影说。

"嗯,是的,我来把这个交给你。"班内特说着将信封交到神父手上。

神父边打开边问:"是什么?"

"打开看看就知道了。"待神父掏出里面的文件,班内特说:"相信这些会对你有所帮助。"

神父斜眼看了一下他,又看看文件上的照片说:"是丹比尔的资料。"

"嗯,雷诺,我还有事情先走了。"随即班内特便离开了。神父则继续看文件,当视线扫到丹比尔的全名时,他喃喃道:"布兰克,这个姓氏,原来菲利隆索是在找他。"

神父再次回到教堂时,他已经把文件里所有内容记下然后扔掉了。他看到班·梅洛正坐在地上抱着被严重炸伤的女部下,赶紧走上前说:"救护车来之前,我先替她紧急处理一下。"

班·梅洛微笑着拒绝说:"让她这样活下去,只会伤害她的自尊心平添痛苦而已。就请您为她咏诵安魂的诗词吧。"神父没有勉强他,打开《圣经》咏诵了一段。之后神父告诉班·梅洛丹比尔失踪的消息,但班已经全然不在意,他看着被银面男爵所杀的女部下,眼中充满温柔,他决定明天就在地下城方舟"龙鳞"召开首脑会议,联合各大势力对付银面男爵。

丹比尔这边,虽然他背着馨逃脱了龙蛇会的追杀,但是馨背上却挨了一枪,子弹留在体内,失血已经让她失去了意识。丹比尔不懂医术,如果想让馨活下去,他只有一条路可以选,那就是把馨送回教堂。

丹比尔在背馨回教堂的路上想了很多,他认为是自己的错误造成了馨的重伤,自己又是否真的有能力保护她呢?他不知道,他脑子很乱,没有理太多,挑了一条回教堂最近的路,还好没再碰到龙蛇会的成员。

回到教堂,丹比尔用目光扫过周围凄惨的光景,一种深深的自责烙印在他心里。教堂的大门已经不在了,他背着馨走进礼拜堂,火已经全灭了,神父和修女正考虑如何修复这里。看到丹比尔回来,修女开心地说:"太好了,你们平安无事!"但看到丹比尔背上面无血色的馨,修女立刻上前问道:"她受伤了?"问的同时她更发现丹比尔胸前的伤口也在渗血。丹比尔将馨侧放在长椅上说:"我没事,她中了枪,子弹还在体内。"

神父走过来察看她的伤势说:"我虽然可以将她的子弹取出来,但我看还是送她去城市西边的医院比较好。"

"那里安全吗?"

"这我不能保证。"

"那还是请您帮她取出来吧。"

"嗯。"神父点头答应完,修女立刻上楼取药箱。而神父则突然对丹比尔吩咐说:"去我房间里把那瓶酒拿来。"

"嗯?"略显慌张的丹比尔愣了一下。

"发什么呆?快去拿来!!"神父厉声道。

之后丹比尔立刻上了楼,拿酒回来时,修女站在旁边,神父已经戴上手套准备帮馨取出子弹。丹比尔端着酒瓶问:"神父,这酒?"神父也没有瞅他直接说:"先给自己倒一杯,让脑袋冷静冷静。"听到这话丹比尔又愣住了,但看到馨痛苦的样子时,他拿下扣在酒瓶上的杯子,给自己倒了半杯,没有犹豫地一口喝了下去。神父又说:"多喝几口,我要你把胳膊塞进她的嘴里,要不一会儿手术开始后她会咬到自己的舌头。"

听到这话丹比尔又赶紧喝了两杯,之后将胳膊放进馨的嘴里。

"那我开始了。"神父说完开始了手术。本来昏迷的馨一下子便因为剧疼而醒来,嘴也用尽全力咬住了丹比尔的胳膊,丹比尔忍着疼痛用另一只手将馨的长发尽量往身前拨。修女不断给神父擦着额头上的汗水,丹比尔和馨更是汗如雨下。还好手术时间很短,在将伤口缝合用绷带固定住之后,馨再度昏过去的同时也松开了咬住丹比尔胳膊的嘴。

神父将染满鲜血的手套摘下来说:"如果能撑到晚上就没什么问题了。"

丹比尔感激地对神父说:"我现在真不知道说什么好,太感谢您了。"神父显得有些疲乏说:"我先上楼了。有什么情况再叫我吧。"丹比尔不知这时还能说些什么只有一个劲地感谢。

神父离开后，修女蕾娜斯拿着绷带对丹比尔说："我来帮你包扎胳膊。"

"嗯，谢谢。"

修女注意到丹比尔担心的眼神边包扎边说："孩子，看到你们总是让我想起当年我和我的丈夫。就好像你们一样，相互爱着对方，相互保护着对方，同时也互相伤害着对方。"尽管蕾娜斯修女一直蒙着面，但丹比尔透过她的双眼感到了无限的温柔。

"那您丈夫后来？"

"他死了，被他最好的一个朋友害死了。"修女蕾娜斯的眼睛微微朝下。

"原来是这样。"

"不过已经过去太久了，我早已原谅了那个害死我丈夫的人。"

之后两人一直守在馨身边，外面的黑手党也逐渐散去，所有的一切都安静下来。

到了晚上，神父下楼来，这时只有修女一人守在馨身边，神父走过去察看馨的情况，然后对修女轻声说："应该问题不大了。"

"太好了。"修女显得松了一口气。

"你上楼休息吧，对了，丹比尔呢？"神父有些奇怪的地问道。

"他看到馨的情况稳定下来便上楼去休息了。"

"他会放馨一个人在这里？"神父突然觉得事情有些不对头，他急忙上楼来到丹比尔房门前，敲门，可是没人应声，他便直接拧开门，发现里面空无一人。走到房间的桌子旁，上面有一张纸。神父拿起来读出了声："相信最先读到这留言的会是神父您吧，这些日子真是感谢您和修女蕾娜斯的帮助与指导。我打算就此离开地下城，而对于馨，现在的我会怀疑自己带她离开仁王到底是不是一个正确的决定。我没有能力保护她，我在这里只会连累她而已，所以我离开的话对于她来说应该会更安全。何况我留在教堂的这段时间也给您添了太多的麻烦，实在太抱歉了。不过最后依旧想再麻烦您一件事，请您照顾她。"

神父拿着丹比尔的留言思考如何对馨讲述这件事的同时嘴里还喃喃道："当你走上这个舞台，恐怕退场的时间就不是你一个人可以决定的了。"

第二天早上的弥撒取消了。随后馨醒过来，但是非常虚弱，她睁开眼没有看到丹比尔便问："丹比尔在哪里？"

神父平静地回答道："他走了。"

刚听到这句话的馨没反应过来到底是什么意思，还问说："他去了哪里？"

神父便又重复了一遍："他走了。"

馨看看站在一旁不吭声的修女，又看看神父那冷若冰霜的脸庞，突然拽着他的衣服用尽力气说："请您告诉我，他去了哪里？！"

神父扶着她双肩说："不要激动，伤口会裂开的。"

"我想知道他去了哪里？"馨依旧拽着神父的衣服，那眼神和语气中充满了恳求。神父只得回答说："他认为自己保护不了你所以离开了。"

馨听到这话明白了一切，随即沉默下来，但泪水已经再也无法抑制，一滴一滴滑落在长椅上。而面对这无声的哭泣，神父和修女所能劝慰的也只剩下虚无。

上午时分，黑色的轿车停在教堂门口，神父吩咐修女："不要让她太激动。"

"嗯，我会的。"修女点头答应。

随后神父乘上黑色的轿车，前往城市郊外的荒野。刚一进入荒野便传来一股恶臭，不远处，一团火焰在跳动，只见什么人在将女性的尸体一个接一个地扔进火堆。火焰内部燃烧的尸体已经堆得像座山了，神父看到这景象，握紧了拳头吐出一个名字，"尼摩拉·婆罗门……"这些把尸体丢入火焰的人正是尼摩拉的手下，他们在这荒野中将被残杀的女性集体焚化。

不久，地下世界权力的象征"龙鳞"号陆行方舟出现在眼前，白色的船楼上攀附着一只黑龙雕像。其巨大程度，任何生物和它相比都如同蝼蚁一般渺小。船楼周身的无数玻璃窗里射出橘黄色光芒，在周遭并不明亮的环境下让整艘方舟显得格外气势。

楼船在缓慢移动着，汽车靠近船身时，船尾的吊门慢慢降下，拖在地上，汽车直接开了进去。最先来到的是停放汽车的仓库，里面各式轿车的数量惊人。当神父的车停好,便有黑衣人过来恭敬地帮他打开车门,引导他前往会议室。巨型的走廊里,纷繁复杂的灯饰一盏接一盏地排列于天花板,华贵美艳的地毯伴随着神父的步伐。突然黑衣人停下了脚步,在墙上一个不显眼的位置,一道与壁画融为一体的门被轻轻推开。走进去,灯光越发昏暗,空间也被压缩了许多,打开层层重叠的大门,神父终于来到了下层权利的中枢——圆桌集会厅。

镜头回到教堂。门外的护卫再次被全部干掉。

黑色礼帽,高大的身影,又是银面男爵,只不过这一次他身边多了一位矮小的老者,龙蛇会的信王。而教堂里只有馨和修女俩人。馨看到这矮小老者的第一眼便知道对方不是仁王,虽然样貌相同,气质却和仁王大相径庭,充满了令人恐惧的冷静。"我要带你去见我的兄弟。"信王平静地说。这时的馨还不知道仁王已经死了,并不能完全了解信王话中的含义。她被抓起来的时候完全没有反抗,甚至连表情都没抽动分毫,平静得出奇。而修女蕾娜斯还做了一番抗争,可惜的是根本没起到任何作用还引来信王一句话:"杀了她。"

就在双手机械爪的亚特伍德准备对修女下毒手时,一个高大的身影阻止了他,银面男爵按了按帽子冷冰冰地对信王说:"不可以在上帝面前残杀无辜者。"

"你心中还有上帝?"信王虽是冷笑着,但还是冲亚特伍德使了个眼色让他停手,算是给银面男爵一个面子。之后问及馨丹比尔的去向,馨很果断地告诉信王丹比尔已经离开了。亚特伍德刚想逼问她,信王却说:"看样子她说的是真的,不过那小子肯定不会走远,他敢为了她冒生命的危险,又怎么可能真的丢下她一走了之,他一定会回来的。"

另一边,陆行方舟"龙鳞"号的圆桌集会厅里,圆形的桌子昭示了所有人平等的地位。地下城的几位大佬都还没来,只有一个妖艳的女子坐在桌前吞云吐雾。她看到雷诺立刻站起身朝他走去,"神父。"

"尼摩拉。"雷诺脸上的表情有些复杂。

妖女来到神父身边冲他吐了一大口烟说:"荒野上的篝火勾起你的欲望没有?"

雷诺用手轻抬起她的下巴说:"愿上帝饶恕你这可怜的女人。"

尼摩拉的手也随即伸向神父的脸,却被神父的另一只手啪的一声打开，尼摩拉认为他在调情，露出一脸的享受。不过神父这时突然一把推开尼摩拉的脸，差点儿让她摔一个跟头，然后冷冷地说："去尝试抑止自己的欲望吧。"尼摩拉感觉自己被羞辱了，但再度望着雷诺的眼神时她冒出了冷汗，因为在那绿色的瞳孔里她第一次感觉到了慑人的杀意。

这时会议室的门被打开了，走进来的是班·梅洛以及另外两位地下城首脑。名义上地下城的市长，杜克·贝尔。还有控制地下城酒品与香烟的黑手党头头，丹泽尔·拉丁。

"打扰你们了？"班·梅洛进来后看到神父和尼摩拉时调侃道。

神父和尼摩拉都没吭声，待所有人入座，仆人给每人上了一杯葡萄酒，昏暗的灯光下，神父感觉自己面前的红酒更像是一杯鲜血。班端起酒杯阴沉悠然地说："今天请各位来的目的相信大家也知道。"

杜克和丹泽尔听到这话都显得不以为然，同时端详起自己面前的酒杯。

"如果大家不通力合作，我们只会被银面男爵各个击破，现在再不出力，相信以后就没有市长或者烟酒商人这个行业了。"班口气中明显带着些许嗔怒。杜克和丹泽尔这两个人是下层几大势力中最会明哲保身的，虽然口头上总是支持班，但行动上却没什么动静。听到班这话俩人似乎才有所反应，都咳嗽了两声。

班不想逼得太紧又问说："为什么斯内德家族的人还没有来？他们难道不想复仇了吗？"

"绅士迪克的阵亡对他们家族的打击非同小可，可能他们正忙着争夺权力，没空管复仇的事。"杜克解释道。

"下层的一角崩塌了，失去绅士迪克之后的斯内德家族只会变成一个可以任人为所欲为的女人。"丹泽尔·拉丁略显轻蔑地断言道。

"绅士迪克虽然死了，但是他伟大的人格让我们铭记，他为下层安定所做出的不朽努力将会由我们继承。"班举起了酒杯。

"嗯，我们理应如此。"杜克低着头好像在怀念，接着又抬起头面无表情地说："为逝者干杯。"班，丹泽尔，神父都和杜克一同举起了酒杯，仿佛向天空致敬一般，然后一口喝了下去，只有尼摩拉抽着烟杆，非但没有举起酒杯，脸上还充满了不屑。

班放下酒杯托着下颔问："银面男爵这次的行动破坏了所有的游戏规

则，是否有人害怕他的威胁，害怕被他征服？"

"害怕的人现在就可以退出了。因为害怕代表了注定的失败。"杜克解释外加说明道。

丹泽尔·拉丁盯着班和神父没有说话。

全场半晌无声，班接着说："下层的规则要被遵守，绝对不可以废弃。"

"大多数人还是遵守的。只是对于银面男爵来说或许只有对他有用的规则才是有效的。"丹泽尔·拉丁挑了一下眉说道。

"呵呵。"听到这话杜克笑出了声。可是在场的班和神父还是绷着脸，杜克看到这情形也赶紧收起笑容说："千里之堤，溃于蚁穴。"

"什么？"丹泽尔不解地问。

"一句古话而已。"杜克解释道。

"什么意思？"丹泽尔继续问。

"解释起来很麻烦，不明白就算了。"班和神父的严肃也让杜克有些心烦意乱。

"神不会原谅他的。"神父第一次开口了。

"如果上帝没有动作，就由我们代替主来惩罚他。"丹泽尔笑着说。

这句话让整个房间顿时安静下来，可以听到的只有尼摩拉·婆罗门抽着长烟一吸一吐的声音，其他几人好像都专注于自己眼前，打破这气氛的是班，"注意你的口气，丹泽尔·拉丁。你以为自己是什么人！"班高压的口气直逼丹泽尔。

杜克赶紧替丹泽尔·拉丁解释道："去征服，掠夺，乃至消灭他，是上帝赋予我们不可推卸的责任。这就是上帝的安排，安排我们作为上帝的代言人惩罚他。"

"杀害斯内德家族的首领绅士迪克，破坏整个下层最神圣不可侵犯的地方，他的罪行足够多了。"班说着，议会厅的门又打开了，一个年轻人微笑着踱步走进来。

"各位好，我是斯内德家族的新首领西奥多。"年轻人向大家做着自我介绍。

"你迟到了。"班冷冷地说。

"哦，这点我要纠正一下，我并没有迟到。"敢这样直接反驳班·梅洛话语的还真没几个，其他人都饶有兴致地看着这年轻人，他继续说："因为没有我，也就是斯内德家族的新首领在，会议就不应该开始。"

年轻的首领说完，丹泽尔挠了挠脑门儿，杜克咽了下口水，班·梅洛低着头，昏暗的灯光下，没人看得清他的脸。那年轻人刚要入座，班猛地踩上桌子掏出米色的手枪在所有人没反应过来时，直接将刚进来的狂妄年轻首领按倒在地，枪口对准了他的耳朵。砰！！！！！

接着传来这年轻人的惨叫声，"啊！！！你这混蛋，我的耳朵！"西奥多倒在地上痛苦地捂住血流不止的耳朵，班揪起西奥多另一只耳朵微笑着说："我再跟你说一遍，你迟到了。这次听清楚没有？"

"听清楚了！"西奥多很怕班会把他另一只耳朵也打掉赶忙回答道。接着班拎起西奥多替他掸了掸领子说："孩子，大人的话要认真听。"然后又对一旁的仆人说："带他去包扎。"

"但是？"西奥多似乎还想参加这次会议。

班微笑着对他说："我不会让你父亲白死的，我们一定会商讨出一个让你满意的结论。"

"这……"发展越来越出乎西奥多的预料了。他有些不知所措，班再度示意仆人将他带出去。西奥多离开房间后，丹泽尔和杜克都有些面面相觑，他们没想到班竟然会对自己好友的孩子这么不客气，绅士迪克一直是最支持班的，无论从口头还是行动上，看来班这次有些怒不可遏了。这时雷诺神父说话了，"银面男爵的罪行不用再重复了，赶紧给这本就没什么可以讨论的会议作个结束吧，银面男爵很不好对付，又加上龙蛇会的势力，便更是难上加难，我们需要通力合作才能将其铲除。"

尼摩拉这时突然插话道："请等一下，我心中一直有个想法。"其他人没吭声，她抽口烟继续说："我觉得这次的事件起因完全是因为你，雷诺神父。"

神父不以为然地看着她，她又说："你应该为这次的事件负全责，因为你收留了丹比尔和龙蛇会仁王的情妇，才将龙蛇会一干人引到地下，也就是因为这样银面男爵才会和我们形成完全的对立。"尼摩拉说得很有道理，大家都没有反驳的余地。

"接着仁王死了，绅士迪克死了，他们都是和银面男爵接触时死的，但当年调和我们与银面男爵关系的不正是你么？那时你阻止了战争，现在我在想你是不是酝酿着什么更大的阴谋，如今仁王和绅士迪克的死削弱了龙蛇会和地下城的实力，大家可以想一想如果这两个势力同归于尽的话，谁最乐于见到？"

"你想说海奥斯家族吧。"神父率先回答道。

尼摩拉露出笑容磕了磕烟灰说："非常正确，就是海奥斯家族。所以我十分怀疑神父你是不是跟海奥斯家族有什么关联呢？"尼摩拉的话非常挑衅。

班这时替神父辩解道："神父从我二十多岁时便住在地下城了，他总是在我们迷茫的时候给予我们中肯的意见，对于地下城的稳定起到了至关重要的作用，让我们至今受用无穷，难道你想说他卧薪尝胆替海奥斯家族埋伏在地下城十多年吗？"

尼摩拉眯着眼笑说："地下城的势力根深蒂固，想拔除确实不是件容易事，我所说的也不是没可能吧。"

"那你有什么证据么？"班质问道。

"证据我倒是没有。我也只是推测无数种可能性之一。"她的这次发言令雷诺有些猜不透。神父看着尼摩拉，发现她瞳孔中映出了自己的身影，嘴角挂着令人毛骨悚然的微笑，舌头还舔着嘴唇，仿佛要吃掉自己一般。

班站起身说："好了，如果没有证据不要枉自猜测自己人，那样只会加速我们的分崩离析，请各位尽自己一份力，我相信银面男爵死后，市长和烟酒商人的日子都会好过不少。"

说到这里，杜克和丹泽尔都乐了。

"既然达成了共识，可以散会了。愿上帝与各位同在。"接着班，杜克，丹泽尔顺序离开了会议厅。会议厅里只剩下神父和尼摩拉，神父示意女士优先，她却径直来到神父面前用手抚摸着他的脸颊贴近他的耳朵细声说道："你已经把我惹毛了。"一瞬间神父的耳朵感觉到了她舌头的温度与湿度。

神父走出会议厅，班在等他，他想给自己昨天牺牲的部下办一个盛大的葬礼，但神父认为这非常不合时宜，因为如果办的途中引来敌对势力搅局那只会给所有参加的人平添一分危险，班也同意神父的观点，两人协商决定几天以后等局势稍稍稳定在班的私人地方举行一个非常简短，只有神父和班几个人参加的葬礼表达一下对逝者的哀悼便好了。那之后，班私下对斯内德家族的新继承人西奥多进行了一番长谈，最终让他站在了自己这边。

送神父回教堂的汽车刚进市区，神父便下了车，他想步行回去。从这边的路走会途径一个小酒吧，神父偶尔会去小酌两杯，但这条路上可以看到尼摩拉所在的宫殿又是他所厌恶的，所以他有很久没去光顾了。走在路上，神父心中还在猜测刚刚会议上尼摩拉的意图，并没有发现周围僻静得有些离奇。这时远处突然传来萨克斯声，神父向声音的来源望去，那边是尼摩拉的宫殿，一位拥有散乱棕色长发的年轻人闭着眼坐在毗湿奴的雕像上尽情吹奏着令人陶醉的幽暗曲调。"仿佛一朵盛开在月光下的冰冷玫瑰。"神父不由得赞许道。继续前行，萨克斯声逐渐远去，走过一个街口，再穿过一条漆黑的小巷就要到了，神父脑中已经浮现出那家酒吧的样子，店面不大，有一些露天的座位，整体成紫色的淡雅风格。眼看就要穿过漆黑的小巷时，一个全身漆黑，穿着长斗篷，双手皮手套，头戴尖形宽檐帽与面具的人突然挡在了神父面前，手搭在插于腰间的刀上。黑暗中，只有对方脸上的白色面具格外醒目，那上面画着一张人脸，嘴角和眼角的下垂是其最大的特征。

"是海奥斯家族的家徽。"神父看着那面具喃喃道。

"我不可以让你通过。"他的语气还算客气。

"你不知道我是谁吗？"神父说着向前走了两步。突然两边的黑暗中闪出两道银光，两把武士刀已经交叉着架在了神父脖子上，而面前的这黑衣面具人也一边从腰间抽出银晃晃的武士刀一边对神父说："请不要再前进一步了，否则我们不会手下留情的。"

神父有些诧异，他诧异于这些人居然可以在他毫不知觉之间潜伏到他身旁，他停住了脚步问："你们受命于谁？"

这时一个人突然从小巷口处跑过，是丹比尔！看到他离开的身影，神父面前那人收了刀慢慢潜入黑暗，架在他脖子上的刀也撤去了。

神父没有立刻去追丹比尔，而是继续朝那个酒吧走去。站在小巷阴影里神父看着对面那家酒吧，紫色的灯光与飘舞的紫色窗帘交相辉映着，酒吧里走出两个人，戴着诡异面具的班内特·海奥斯和一个有些秃顶的中年男子，那中年男子被几个黑衣人搀扶着，腿上还流着血，似乎是新的伤口。班内特看到小巷阴影里的神父，他让秃顶的男人先走，待其走开，自己便径直来到神父身前略带歉意地说："原谅我部下的无礼。"

神父冷冷地回应道："原来那些穿黑衣、戴面具的家伙是你的人。"

"嗯，他们是我最新训练出的部队。"

"那刚才那个中年人是？"

"尼克·蒙托利沃。"

神父笑着说："原来就是他。看来你利用他跟丹比尔交换了条件？"

班内特面具下也传来了笑声说："一会儿你回到教堂就知道了。"

神父虽然面露笑容，但内心还是极为提防这个叫做班内特·海奥斯的家伙，因为他无法看清在那面具下的真实。

之后神父快步回到教堂。这时教堂的周围到处都是扭曲或者粉身碎骨的尸体，是几大势力派来的守卫，神父心想糟糕的同时，从教堂内还传来了管风琴独有的深邃幽瀚的音符。神父看丹比尔站在教堂门口，赶紧走上前。

来到丹比尔身旁，他看到教堂里有一个熟悉的身影在墙边的管风琴处弹奏着自己之前演奏过的乐曲，"银面男爵。"神父看着黑色的礼帽以及立在管风琴旁的转轮式榴弹炮说。而教堂长椅上还躺着一个人，他起身露出双手的机械爪说："终于等到了。"原来龙蛇会的信王在抓到馨之后，让亚特伍德留在教堂等着抓丹比尔，银面男爵为保险起见也一起留了下来。

机械爪的亚特伍德一边走向丹比尔一边说："龙蛇会有请，馨已经去了。"

"她被带去了哪里？"丹比尔闭起双眼问道，愤怒与无助同时写在了脸上。

"跟我来就知道了。"亚特伍德则是一脸得意。

突然，神父似乎察觉了什么。三个细微的脚步声从教堂外传来，还未等神父回头，三个人影已经矗立在了丹比尔身前，是刚才酒吧周围那黑衣的面具人，他们全部转过身低头向丹比尔施礼。"这就是他所说的援助么……"丹比尔意味深长地说。看到这三个如鬼魅般出现的家伙，亚特伍德停下了脚步，但银面男爵依旧在弹奏。

三人都不说话，似乎在等待着丹比尔……

"留下一个活口就够了。"命令从丹比尔的嘴里发出了，在教堂奇异的光线下，三人拔出的刀刃发出夺命的华彩。其中一人径直朝亚特伍德走去，另外两人则分别从两侧走向银面男爵。当黑衣面具人走到教堂中部时，银面男爵所弹得曲调猛地变化了，两个黑衣面具人也随之加快了脚步。而亚特伍德的机械爪与另一名黑衣面具人银色刀刃所碰撞发出的声音已经与乐曲达成了不规律的协调。

银色的光芒闪到银面男爵的位置时，乐曲戛然而止，但只有木质的座椅被一分为二。银面男爵闪身拎起榴弹炮，但黑衣面具人好像早已料到对方可以闪开，又是一道银光直指银面男爵的下一个身位，却没料到他这次竟然不闪不避，用手直接握住了刀刃，被接住刀刃的黑衣面具人一瞬间吃惊地抽刀跳开，而另一个则快速地游走在银面男爵四周找寻着对方的空隙。跳开的黑衣面具人重整旗鼓，又出刀刺向银面男爵，配合着他的攻势，另一个也从其他方向攻了上来。银面男爵嘴角露出一丝笑意，扔下榴弹炮，先是闪身，接着伸出双手改变了两边刀的轨迹，两个黑衣面具人差点砍中对方，还好最后一刻俩人错开了刀刃。银面男爵再度提起榴弹炮说："不错吗。"

另一方面，双手机械爪的亚特伍德正跟黑衣面具人激斗，不过很明显，黑衣面具人占据着绝对上风。机械爪虽然攻击范围很广，但速度与对手实在差距太大。这时旁边观战的丹比尔明白过来想活捉银面男爵是不可能的，亚特伍德相对来说比较好对付便命令道："抓住那个机械手。杀了银面男爵。"听到命令三个黑衣面具人同时加快了进攻的步伐，银面男爵虽然依旧应对自如，不过亚特伍德就没有那么好过了。

不消一刻，亚特伍德已被制服，闪耀银光的刀就立在他脖子上，看到这种情况银面男爵稍有分心，被砍中了左肩，伤口很深，却不见血喷射出来。银面男爵又笑了一下说："好锋利……"一脚踢开砍中他的黑衣面具人，举起手中的榴弹发射器朝着墙壁开了一炮，两个黑衣人赶忙抽身以免被爆风波及，银面男爵则反其道而行进入爆风，等黑衣面具人再想去追时，对方已经消失在滚滚尘埃中。

之后亚特伍德被绑起来，三个黑衣面具人站在一旁，丹比尔朝神父问道："您这里可有地下室？"

神父看着丹比尔的眼睛问道:"你想干什么?"

"我要问出馨的下落。"

神父从他那眼神中看到了一股堕入地狱也无妨的坚定,便说:"将那边雕像的翅膀向下转动,通往更深地狱的阶梯便会打开。"神父手指着管风琴对面一座雕像处。

"谢谢。"

丹比尔带着亚特伍德去地下室后,神父突然想起修女蕾娜斯,他显得有些慌张,但又想到银面男爵应该不会让信王带走她才对。他赶紧上楼,发现了蕾娜斯的房间不停传出拍门声,他打开门外的锁,蕾娜斯一下冲了出来。神父按着她的肩膀让其冷静下来问道:"你没受伤吧?"蕾娜斯则着急道:"馨落在了龙蛇会的手里!"

"嗯,我都知道,丹比尔也回来了。"之后神父向蕾娜斯解释了一切。

接下来的几个小时里,地下室不断传出哀号,神父只得弹起管风琴来掩盖这些叫声,他看似有些疲惫,自言自语道:"造物主创造了我们,但当被创造者觉得自己已胜过造物主时,七封印必被揭开,天启四骑士以及七号角的神罚必将到来,届时能在审判当中存活下来的必是地狱中最令人畏惧的魔鬼,他们抛弃了道德的底线,放弃了善良的本源,但他们终会跌入硫黄的火湖,尝尽永世的折磨,但在那之前他们所聚集的空间,我喜欢称之为恶魔的夹层。"这时刚刚上来,全身是血的丹比尔便问:"恶魔夹层中的魔鬼还有可能离开那里吗?"

"那要看他是否可以承受得住路西法与上主双重的怒火了。"

丹比尔虽然明白神父话中的比喻,但已经无法再回头了。他微笑起来,这是失去很久的表情了。"原来仁王已经死了,是他哥哥信王来替他报仇才抓走馨的。"丹比尔说的同时似乎在思考什么,神父说:"我昨天早上就知道了这个消息,但一直没来得及告诉你。似乎是银面男爵将仁王的死都推给了你们俩。"

这时三个黑衣面具人已经消失了踪影,接着丹比尔没有再对神父说什么,一个人默默地走出教堂,神父也只是看着丹比尔孤单的背影,修女蕾娜斯走来对雷诺说:"去吧,去帮助那孩子。"神父眼中有些犹豫,他看着修女蕾娜斯遮面的黑纱半晌无语,但最终还是轻声答应道:"嗯。"随即匆匆出了教堂。神父快步追上丹比尔说："我和你一起。"丹比尔对他微笑了一下，没有说话，继续着自己的脚步，不同的只是他的身影显得不再那么孤单。

他们俩走出喧闹的市区，周围逐渐变得昏暗，空旷，丹比尔向神父问道："神父，教堂的地下室为何会存放着那些刑具？"

神父回答说："因为下层曾经的女主人很不喜欢宗教裁判所，但当时建筑师们的思想还很封建，便将宗教裁判所隐藏在教堂的地下。"

丹比尔没有接话，神父继续说："在那里，有罪的人忏悔罪孽，无罪的人制造罪孽，往复轮回不得脱身，而那些刑具则是洗刷罪孽，制造罪孽所必要的，所需要的。"

"往复轮回……"丹比尔看着漆黑的地面，接着神父佯装疑惑地问道："那三个黑衣面具人是谁？他们为什么会帮你？"

丹比尔回答说："或许有一天您会知道，但请原谅我现在不能告诉您。"

又过了一段时间，他们稍稍停下了脚步，因为已经进入了风车墓园。巨大的白色风车矗立在他们面前，阴暗的空间无法看到边际，就连风车的排列也好像无限的延伸下去。仅有一丝的光芒游弋在这异度空间中，细微得仿佛病入膏肓。如同畸形十字架般的风车车轮只有个别在旋转，陈述着下层世界所缺少的元素——风。

丹比尔用手碰触着风车那被岁月蚕食的躯体，向神父问："斯特尔威修道院离这里还有多远？"神父回答说："没有多远了，跟我来吧。"

神父带着丹比尔继续前行，不知过了多久，俩人已走入更加阴沉的黑暗，伸手不见五指，还好没有持续多久，空气中便有了一些零散光影交织成的影像，是一些油灯点亮着某些文字。走近，丹比尔这才看清原来是一块块墓碑，随着眼睛逐渐适应黑暗，细微的光亮已经足够拼成完整的视线。"这里是？"丹比尔问道。

神父看着一望无际的坟墓说："下层死者的沉睡之地。"

这时稍远处一个灯火在移动着，神父和丹比尔走过去，"今天来的人真是不少，好热闹。"一个留着胡子衣衫褴褛的男人提着油灯，边走边嘟囔着。

神父走上前，那人有礼貌地说："这不是神父吗？又有新人要入住？"

最近这里可是越来越挤了。"

"不，我们要找活人。一些穿着中式衣服的家伙。"

"噢，你说那些穿着奇怪衣服的家伙啊。他们朝修道院的方向去了，真担心他们会在修道院里搞什么破坏，那修道院的价值可是很高的，唉？我还没说完呢，神父你别走啊。"

神父没心情听这人唠叨，和丹比尔快步朝修道院方向走去。

丹比尔问："他是谁？"

"守墓人乔克。"

顺着油灯点亮的小路前行，很快一座嵌入岩壁向两边无限延展的古老哥特式建筑展现在了俩人眼前。巨大的玫瑰园窗装饰在大门的正上方，峭壁上美丽浮华的雕刻将之前的惨淡光景一扫而空，换来的是巨大神圣所散发的沉重感。

神父向丹比尔说明道："这就是下层的边界，斯特尔威修道院。"丹比尔立即推开修道院厚重的大门，穿过带有喷泉的庭院打开主礼拜堂的门，却发现里面没有一个人，映入眼帘的只有透过巨大而精美的的彩色玻璃窗所照射进来的耀眼光芒。

"……"丹比尔刚想发问，神父阻止了他："嘘。"这时一个细微的声音透过空气传入了二人的耳朵。神父指了指讲台后面的耶稣圣像小声说："那里。"

俩人来到圣像旁，丹比尔惊讶地发现圣像被稍稍移动了位置，在圣像身后的墙上居然有一道暗门，俩人站在门的左右两侧，在这里声音变得清晰了不少。丹比尔顺着门缝朝里面看，没有看到馨，只有一个神情哀伤的老者坐在台子上闭着眼睛低头拉着二胡，还有旁边为数不多的部下以及一个看起来只有十岁左右的小女孩。曲调格外的哀伤，让听者为之动容。

小女孩流着眼泪说："仁爷爷。"

神父也朝里面看了看说："这老者应该就是仁王的哥哥信王。"

"好悲伤的曲调，他在悼念仁王。"

"嗯，面对至亲的逝去，没人心中不是悲伤与凄凉。"

"那个小女孩是？"

"或许是他的孙女?"

接着丹比尔直接推开暗门,信王依旧在拉二胡,但很明显受了丹比尔的干扰,拉错了几个音,他停下手,苦笑着说:"怎样拉都不如大哥礼王。"此时信王脸上的平静里夹杂了太多哀伤,但看丹比尔的眼神却迸发着冷静的残忍与复仇的冰霜。小女孩看到神父和丹比尔有些害怕地挽住信王的胳膊。"亚特伍德和银面男爵都失败了?"丹比尔和神父的出现让信王觉得有些不可思议。

"馨在哪里?"丹比尔冷冷地问道。

信王没回答而是对手下命令道:"你们不要出手,既然亚特伍德和银面男爵都失败了,一定有什么人在背后帮助他。"信王分析着,三个黑衣面具人突然再度现了身。

"爷爷,他们是谁?"小女孩问道。

"不用怕,信爷爷会代替仁爷爷保护你的。"信王又看看三个面具人说:"这面具……"还未等信王继续说下去,三人已经冲了上来。几秒钟,信王的部下便被杀得一个不剩。三人更是围住了信王和小女孩,信王将手中的二胡缓缓放下,丹比尔对他说:"我不想伤害你们,你的弟弟也不是我杀的,我只想知道馨在哪里?"信王看着丹比尔的眼睛,又看了一眼身旁的孙女,想了一下平静地说:"她去陪我的弟弟了。"丹比尔听到这话似乎明白了什么,睁大双目,飞一样地冲出修道院,神父也赶紧跟上去,而三个黑衣面具人依旧围着信王,双方都不动一步。

丹比尔如同一只无头苍蝇般地乱跑着,整个墓地大得看不到边际,这要如何寻找,神父突然想到了守墓人,便大叫道:"乔克!!!"丹比尔也跟着喊起来。很快,移动的灯火又出现了,"你们那么大声叫,小心吵醒大家。"守墓人乔克懒散地说。

丹比尔着急地上前抓住他的肩膀说:"今天有没有新下葬的棺木?"

"有不少,你找谁呀?"守墓人毫不在意的语气让丹比尔很愤怒。神父赶紧拉开丹比尔对乔克说:"你之前说的那些衣着奇怪的家伙,他们有没有在这里葬什么人?"

"噢,这么说我就记得了,在那边,一个巨大的棺木就在你们来之前刚刚下葬的。"乔克指着不远处。

神父问："有铲子吗？"

"有，不过你想干什么？"

"快去拿！我们要救人！"

"噢！好好，我马上去拿。"

紧接着乔克拿来铲子，神父问道："就是这里吗？"丹比尔用油灯仔细照着墓碑上的字说："没错，上面写着仁王之墓。"三人立即开挖，待棺木出现后，神父说："快！先给棺木劈开一个口！"丹比尔举起铁铲，重重一击将棺盖砸裂了一条缝。

又挖了一会儿，三人将棺木抬出来，推开盖子，仁王的尸首笔直地躺在那里，馨则被绳子固定着以侧身的姿势面朝仁王，丹比尔将馨抱出来放平，立马开始人工呼吸及心脏按压。丹比尔急得满脸都是汗，那之中似乎还夹杂着些许泪水。在持续了两分钟后，馨干咳一声，看来是救过来了。神父和守墓人也都松了一口气，丹比尔紧紧搂着馨，慢慢她恢复了知觉。她看到丹比尔第一眼时以为自己在天堂，明白自己还没死时，她大哭在丹比尔怀里，"为什么要丢下我一个人？"被哭泣扭曲的声音责怪着丹比尔。神父和守墓人都静静地在一旁看着，丹比尔将馨的头紧紧搂在怀中说："我以后再也不会离开你了。"

神父看着完好无损的馨，还有丹比尔又不禁想起了当年自己救出蕾娜斯时，她满身的灼伤，让自己有多么的痛苦与悔恨。

温存过后，丹比尔拍了一下如雕像般正在发呆的神父，雷诺回过神来，看到丹比尔拉着馨的手站在自己面前，露出了会心的微笑。他们一同回到修道院，进入暗门，三个黑衣面具人之中有一个倒在地上，另一个将手按在地上正尝试接上自己脱臼的胳膊，还有一个则抱着已经昏过去的小女孩。而信王已经头和身体分了家，躺在一片血泊之中。

只听嘎吱一声，黑衣面具人将胳膊接好了，丹比尔吃惊地问道："这是怎么回事？"

黑衣面具人回答道："我们没法生擒他。"

丹比尔看看信王的尸首又看看黑衣面具人手中的小女孩说："你们打算拿她怎么办？"

"带回去。作为龙蛇会五王的孙女她有很大价值。"

丹比尔很想阻止他们,可是又看了看身边的馨,而一旁的神父也没有说话。

抱着小女孩的黑衣面具人说:"那我们先退下了。"另一名黑衣面具人扛起他们倒在地上的同伴,俩人朝丹比尔施礼之后便消失掉了,丹比尔捡起信王的二胡,眼睛看着地面,馨挽着他的胳膊说:"怎么了?"丹比尔笑着回应道:"没什么。"接着他给了守墓人乔克一些钱说:"将信王的尸首放进刚刚挖出的棺木,记得要把他的头和身体缝上。对了还有这个二胡。"之后他们又一路走回了市区,回到残破的教堂。

8月27日下午,班等人和银面男爵的战争已经开始了,街上枪声不断,到处都有身穿黑色西服的人倒在血泊之中,整个下层人心惶惶。只有教堂周围稍显不同,这里没有什么势力的据点,失去仁王和信王让龙蛇会元气大伤,所以这几天也不会再有人来找丹比尔和馨的麻烦,他们终于可以享受几天不用提心吊胆的生活了。

8月28日下午,神父一人独坐在礼拜堂的长椅上,闭着眼似乎睡着了,可以确定的只有思绪又将他带去了很遥远的地方。那是一个巨大深幽的洞窟里,里面有一片黑色泥沼地,雷诺身穿军服站在泥沼旁一块岩地上,看着不远处一块高地上,一驾马车在飞一样的奔驰……马的眼睛被蒙住了,不知道面前是悬崖,刷地一下掉进了黑色泥沼里。雷诺想阻止这一切,却怎样也无法移动脚步,马儿挣扎地嘶鸣,却阻止不了身体的下沉,车门打开,一位女性绝望地看着神父伸出手,但雷诺依旧移动不了分毫,就在女性只有手露在沼泽外面时,神父的脚才如同解开镣铐一般冲上前去抓住了她的手,但拉出女性时,她已经浑身烧伤,雷诺痛苦地念出了一个名字,"蕾娜斯。"

现实中的雷诺神父慢慢睁开眼,发现自己似乎又处在现实与梦境的交界,他揉了揉额头,发现蕾娜斯修女就坐在他旁边,"蕾娜斯?"

"雷诺,你又做了那个噩梦?"

"我并没有做梦。"雷诺看着修女蕾娜斯的面纱没有说出实话。

"你只有梦见那时的情景,才会叫出我的名字。"

"哦,是么。"神父站起身想避开修女的目光。

"你为何就是不能原谅自己呢?"修女说完这话,神父沉默地离开了礼拜堂。在走廊里,神父遇到了丹比尔,他表情冷若冰霜,没有打招呼就匆匆上了楼,丹比尔很是奇怪。

到了傍晚时分,馨来到厨房帮修女蕾娜斯准备晚餐。她好奇地问:"我看您的眼睛是如此漂亮,却为何总戴着面纱。"

"人会蒙着面,一是想遮住自己的丑陋;二是不敢面对面纱下的自己。我是属于第二种。"

"哦,为什么呢?"

"我一直在想面纱下是真的我吗?我不知道,我只知道二十年前容貌改变之后,便更加不愿拿下面纱,或许这对他来说是种伤害也不一定。"

"对谁?"馨好奇地问道。修女蕾娜斯却没有再回答。

之后要开饭了,却不见神父,丹比尔上楼敲开神父的门,"我今天没有胃口。"神父以最简单的理由拒绝了丹比尔的邀请,丹比尔却说:"那不介意我进去坐一下吧。"神父也不好意思将他拒之门外,便让其进来了。俩人坐在桌前,丹比尔拿起桌上的酒倒了两杯,还未开口,神父便冷冷道:"如果你是来说感谢的话的,我会请你出去。"

丹比尔没有说话端起酒杯一口喝了下去,神父看着他也喝起了酒,接着很久俩人都是沉默着独饮。直到丹比尔问:"神父,像您这样的人为什么会一直留在地下城里当神父?"神父看着天花板回答道:"二十年前,有人帮了我一个大忙,这二十年我待在地下城就是为了报恩。"

"他帮了您什么样的忙?"

"他帮助蕾娜斯恢复了容貌。"

"我一直以为修女戴着面纱是为了遮掩容貌上的缺陷。"

"嗯,她恢复容貌之后也一直没有摘下过那面纱,她说她已经戴习惯了。"

"原来是这样。"丹比尔继续说:"我还想问一件事,我猜您的年龄一定不小,但为何看起来就像二十多岁?"

"因为我是被诅咒的人。你相信吗?"说着神父露出了笑容。

"呵呵。"丹比尔以为对方在开玩笑也跟着笑了起来。

俩人长谈了一夜,第二天神父让丹比尔去通知附近的孤儿他们可以来继续上课了。早上吃完饭丹比尔就按神父给的地址去逐一找寻孩子们。他来到一条小巷，一只棕色的小猫叫了两声与丹比尔一同向更深处走去，里面有许多废旧木板和纸箱搭成的小房子。小猫又叫了两声，从一个小屋子里爬出一个睡眼惺忪的孩子，他抱起小猫看着丹比尔说："原来有客人来了。"丹比尔微笑着说："神父让我来通知你们今天下午可以去上课了。"

"嗯，谢谢你，大哥哥，我会转告大家的。"

这时陆续从一个个小房子里爬出几个孩子，其中就有卖纸花的小詹姆，他一看到丹比尔就乐着叫道："你不是教堂的那位大哥哥嘛！"

"呵呵，嗯。"

"我看你前一段时间总是愁眉苦脸的，今天看起来气色不错，不知道你想买花不？"小詹姆三句话不离自己的老本行。

"呃……"丹比尔显得有些为难。

小詹姆已经拿出了花篮说："放心，既然是神父的朋友我当然会给你打折的。"

丹比尔不得已，仔细在花篮里挑了挑，问："有没有红色的？"

小詹姆挠挠头说："真奇怪，大人为什么总是买红色的，我觉得其他颜色也很漂亮嘛。"丹比尔笑了笑，小詹姆接着说："你等一下。"说着小詹姆又爬回了自己的房间，倒腾了很久，丹比尔俯下身朝屋里面看去。只见小詹姆拼命地摇着一根红色水彩笔，然后在白色的纸花上蹭了半天，却怎么也不出水，他失望地说："红色水彩笔总是用得最快！"

丹比尔见状说："没事，那就给我其他的吧。"

小詹姆听丹比尔这么说，一下又笑逐颜开吹捧道："哦，真的吗？大哥哥眼光果然与众不同啊。"两人成功交易之后，丹比尔提醒道："下午不要忘记去上课，今天修女给大家准备了一份特别的礼物。""是什么？"所有孩子都很想知道，可是丹比尔却卖了一个关子说："那得等你们去上课之后才能知道。"

下午时分，孩子们又聚集在了教堂侧厅的一间教室里，他们窃窃私语者，讨论的不外乎是修女到底给他们准备了什么礼物。突然香味四溢，大家更加兴奋起来，教室的门打开，修女和丹比尔端着一个冒着热气的桶走进来，跟在他们身后的是头戴黄色纸花的馨，手中拿着许多小杯子，最后是神父。

小詹姆看到那些杯子第一个站起来说:"杯子太小啦!"这话一说,所有人哄堂笑成一片。修女打开圆桶的盖子,里面装的是香浓的热巧克力,大家秩序地排队上前,而小詹姆迫不及待地排在第一个位置,神父一边给他盛一边说:"这里面足够每个人喝上五杯,你还不够吗?"

小詹姆挠挠头又说:"嘿嘿,那得喝了之后才知道。"

温馨的时光持续到了9月3日,这一天早上神父要去给班主持他部下的葬礼。丹比尔也想一起前去表达自己的感谢和悼念,还有馨,她不愿和丹比尔分开。

就这样众人乘车前往班的府邸。

经过大约半个小时,在城市最西边,丹比尔他们来到了班的府邸,这也是神父第一次知道班·梅洛的官邸竟然坐落在这么偏僻的位置,还是一栋嵌入石壁很不起眼的洋楼,但当众人下车进入洋楼,穿过大厅,原来在洋楼的另一侧才是班真正的居所。洋楼看似是嵌入岩壁,其实岩壁已被掏空了一大块。昏暗的灯火一盏接一盏地点亮宽广庭院中的小路,穿过喷水池,尽头正中是三层高的红色小楼,两翼是精致且对称的阁楼,也是由红砖所砌,不过多了白色勾边。

"班大人首先请几位去用早餐。"领路人这么说,神父有些奇怪地问:"班·梅洛一般都这么晚吃早餐吗?"

领路人微笑着回答道:"班大人他今天特意为您的到来而推迟了早餐时间。"

进入三层高的红色小楼,来到侧翼的餐厅,神父最先注意到的是长桌上摆放的十三副餐具以及注满紫色葡萄酒的酒杯。餐厅里只有班一个人,他没有坐在长桌尽头,而是坐在了一侧的正中,他看到神父和丹比尔后微笑着请他们入座。三人都坐在了班的右手边,接着班说:"真是感神父您特意来为我死去的部下主持葬礼。"

"不用客气,这是我分内的事情。而丹比尔来此是为了表达对你的感谢和对你部下的悼念。"神父向班说明着丹比尔的来意。

"呵呵,小伙子恭喜你,终于摆脱了龙蛇会的纠缠。"班在说这句话时露出的眼神与表情极不相称，表情是微笑，眼神却是阴沉。而他这句话的内容更是让神父心中一惊，因为信王的死根本没什么人知道，龙蛇会也没对外宣布这个事情。

班·梅洛说："我为三位准备了一份特殊的早餐。"他拍拍手，一位仆人推着餐车走了进来，给他们四人一人上了一份面饼。丹比尔看到葡萄酒与面饼的组合突然发现有些不对头，他开始数餐具，居然正好是十三套。他心想：和名画《最后的晚餐》一样的场景布置，难道说……

正在他想着，神父已经单刀直入地问道："班，你这是什么用意？"

班没有答话，屋子墙上的电视突然打开了，里面播放的居然是之前班内特将丹比尔的资料交给神父时的画面！！"这是尼摩拉·婆罗门交给我的录像带，她在会议上的推测果然是有根据的。"班看着电视的画面跷起腿冷冷道。

几个人当中最吃惊的要属丹比尔了，他怎么也没想到神父居然和海奥斯家有着莫大的关系。当然神父吃惊的程度也绝不亚于丹比尔，只不过没有清晰地表现在脸上而已。一滴冷汗已经顺着神父的额头流下，他想不出来这段录像到底是什么人拍的，能让班内特和自己毫无察觉……当时在那附近除了海奥斯家的人应该没有任何人才对。班内特也绝不应该会出现这种纰漏……紧接着，画面中的主人公变了，变成了丹比尔，竟是三个黑衣面具人和银面男爵打斗时的场景，丹比尔这时已经悄悄地握住了馨的手，可是他们身后，推餐车的仆人手中的枪已经指在馨的头上对丹比尔说："希望这位先生和女士不要轻举妄动。"随后进来不少班的手下将丹比尔，馨和神父抓了起来，还从丹比尔的口袋中搜出了追踪器。班眼中有些犹豫地看着雷诺神父说："我一直把您当做老师一样尊重，您真是太让我失望了。"

神父似乎在思考着什么，没有应声，班一挥手，他们便全被带了下去，接着班一屁股又坐回了椅子上扶着额头对身旁的部下命令道："叫所有人做好应战准备，海奥斯家族的刺客随时会到，到时我一定要用他们与背叛者的血来祭奠我死去的部下。"

时间向前调一些，就在神父他们走后不久，教堂附近开来不少黑色的车辆,带头的是妖妇尼摩拉·婆罗门。她带着许多部下趾高气扬地闯进教堂,修女蕾娜斯看到对方来者不善想找个地方躲起来,可是很快便被找了出来。一个衣着不多的大汉揪着蕾娜斯的头发将她狠狠地摔在尼摩拉面前,尼摩拉这时正坐在长椅上,抽着一杆长烟,她的部下几乎占满了整个礼拜堂。她用手托起修女的脸然后抓住对方的面纱说:"我一直想看看这面纱下到底藏着一张什么样的脸,是不是能丑得让你一直不敢以真面目示人。"尼摩拉笑着一把撕下了修女蕾娜斯的面纱。

但看到蕾娜斯的真面目时她却吃惊地哑口无言,因为她实在没有见过这么漂亮和完美的脸蛋。本来想给对方难堪的尼摩拉显得有些气急败坏,一把推开修女蕾娜斯的脸,站起身说:"原来神父就是被你所迷惑!你这个妖女!淫妇!"

修女也不示弱反击道:"到底谁才是妖女、荡妇?相信不用说你我心中也明白吧!说你是人已经算客气了,你迟早会下地狱!"

尼摩拉拽起修女就是一巴掌,蕾娜斯嘴角被打出了血,然后尼摩拉表情显得有些痴狂道:"我为了在今生得到他!用最残忍的欲制造了永不超生的业!只想换来他一丝一毫的爱!"

"呸!"听到尼摩拉的言论修女不屑地啐了一口血在其脸上!尼摩拉一把将修女再次推倒,对旁边的部下说:"把她给我脱光了绑在十字架上。"修女蕾娜斯拼命地反抗,只可惜被尼摩拉的部众几下便打得失去了知觉,她嘴里一边淌着血,一边被人扯下衣服绑在讲台处的巨大十字架上。"你死时裸体痛苦的样子我好期待啊。"尼摩拉表情狰狞地叫嚣着。而这时修女蕾娜斯的意识很模糊,只觉得脚下传来一股热浪,接着越发炙热,苦不堪言。

正当她觉得自己的生命或许就要濒临终点时,突然!教堂外传来接连不断的爆炸声,尼摩拉跷脚坐在长椅上抽着长烟很悠然自得地说:"不愧是海奥斯家族,总是这么准时。"

不过就在外面继续传来爆炸声时,教堂的彩色玻璃窗也啪啦啦全部爆碎开来,不少持枪的黑衣人跳下来,砰砰砰!!无数枪声响起,教堂内乱成一片。而在绑住修女的十字架右边的窗户还跳下来一个高大的身影,他解下了蕾娜斯手与脚上的绳索,将其紧紧抱入怀中,接着将讲台上的桌布一把扯了下来，披在修女的身上，然后抖了抖黑色的风衣，按了按头顶的帽子。枪声过后，尼摩拉的手下实在太多，刚冲进来的黑衣人一下便死伤过半。被无数人盾包围住的尼摩拉拧着眉问："银面男爵你果然和这个女人有着什么关系，不过你觉得你们今天可以逃出这里吗？"

银面男爵先是按了按帽子，然后突然掏出转轮式榴弹炮说："逃？怎么可能，我要杀光这里所有碰过我妹妹的人。"

另一边丹比尔等人被押往位于班·梅洛府邸地下室的监牢。路上，神父无论怎么想也想不出来那录像带是出自何人之手。这时被绑住双手的丹比尔问神父："您之前所说的要报恩的人难道就是……"

"嗯，当年我一直在设法找寻恢复蕾娜斯容貌的办法，那时遇到了海奥斯家的首领将军，当然那个时候他还不叫将军，我与他结下约定，他动用庞大的资金和影响力召集了全世界最出色的医生和设备给蕾娜斯换了一张新脸，而我则潜伏进地下城。"说到这里雷诺突然自言自语道："海奥斯家……"他的脑中突然浮现出一张诡异的笑脸，那是班内特面具上的笑脸。这时馨说："原来修女口中说戴面纱会伤害到的人就是雷诺神父。"

"不要说话！！"身后的黑衣人用枪顶了顶他们。

接着黑衣人解开了丹比尔和馨手上的绳索，扑通两声，丹比尔和馨都被关进了水牢，泡在冰冷刺骨的水里，丹比尔和馨紧紧抱在一起。而神父则要被带去别的牢房。

突然馨握着水中的铁栏杆冲神父喊道："从修女的眼神中就可以看得出她是多么的爱您，多么的需要您，尽管她也在伤害着您。"

听到馨突如其来的话语，神父回过头冲她笑了一下，然后瞬间他手上的绳索解开了。两个押解他的黑衣人大吃一惊，其中一个刚要开枪，却被神父一把将其持枪的手拧了一个方向，另一个还没反应过来，神父已闪身到其身后，用胳膊勒住对方的脖子让其昏了过去。手被扭断的黑衣人跪在地上，疼得大叫起来，神父从脑后一击也让他昏了过去。看到这一幕，丹比尔和馨都很吃惊。

神父掏出黑衣人身上的钥匙扔给丹比尔说："快出来。"

接下来三人快步于通道中，丹比尔奇怪地问："怎么都不见守卫？"神父没有回答，他想恐怕是班·梅洛有意要放他们一马。当他们三人小心翼翼地穿过漫长的通道来到地上的大厅时……这里竟然已是一片火海。神父沉着脸说："海奥斯家族行动的未免太快了。"突然一阵枪声，紧接着几声惨叫，一切便又沉寂了下去，通红的大厅里，神父、丹比尔和馨想趁着火焰没有包围他们时冲出去，可是三个沉稳的脚步声打断了他们的行动。

时间再调前一些，看教堂这边，银面男爵一边抱着昏迷的修女一边用榴弹炮和尼摩拉的手下周旋着，他的部下本就不多，还要保护怀里的妹妹，一下子陷入了被动。

这时一个螺旋桨的声音传来，所有人大吃一惊，因为下层的天空虽然够高，但空间还是很狭窄，非常不利于直升飞机。紧接着格林火炮扫射的声音传来，子弹从教堂左侧的窗户射进来，倾泻在尼摩拉众多的部下身上。而银面男爵这时正好躲在左侧的墙边，还不停地用榴弹炮予以支援。

"把它给我打下来！"慌乱之中尼摩拉似乎喊了一句，之后便听到教堂外数枚火箭弹发射的声音。直升机虽然立刻抬高躲过了第一枚却躲不过第二枚。轰轰！！！冒着火焰与黑烟的直升机竟然朝教堂坠毁过去。银面男爵赶紧捂住修女趴倒在地，而看到直升机朝这边撞来，尼摩拉及其手下们都仓皇地想逃出教堂，可惜他们都没来得及，巨大的爆炸已将教堂一角直接轰塌，让这里变成了一片火海。但其实已不止教堂，整个地下城已经变为通红一片，到处都是爆炸，浓烟以及火焰，还有呼喊的人群。

银面男爵顶起压住他的石板，察看怀中的修女有没有受伤，而这时修女的意识也稍稍恢复了些，她看不清抱着她的人是谁，但却感觉很温暖，有种似曾相识的感觉。银面男爵抱着修女环视四周，他在看还有没有活口，当发现废墟下爬起的人时，便毫不犹豫地抬起转轮式榴弹炮。

当再没发现活人时，他紧搂修女向教堂门口走去。突然！！一个人从石块中站起来端着一把单发式榴弹炮，还大叫着："银面男爵！！"只可惜银面男爵比他出手快太多了，抬手扣下扳机……却发现竟然没子弹了。轰的一声，烟雾弥漫，那人一边填充下一发，一边走向烟雾得意地说："这回你还不死！"不过烟雾中突然伸出一支银色的手抓住了他的脖子。银面男爵嘴里淌着血硬生生将这人脖子捏断，接着将其尸体甩到一边。但同时背上一阵剧痛传来，让他不得不单膝跪在地上，他捡起刚刚扔在地上的榴弹炮勉强支撑起身体，原来他为了保护蕾娜斯，用后背直接承受了那一发榴弹炮，银色的液体与鲜红的血液正不断流出。

就在这时又有一个人影从死人堆里爬起来，是尼摩拉·婆罗门。银面男爵抱着修女缓步走向她，尼摩拉大叫着："不要过来！"银面男爵来到她身前一把抓住她的脸，尼摩拉惊慌失措道："不要杀我，我已经和海奥斯家族达成了协定，你也是海奥斯家的人吧！！"

银面男爵听到这话吃了一惊，然后说："虽然我已经看到了你悲惨的未来，但我是不会杀你的，我要你活着尝尽痛苦！"说完银面男爵放开她，让其走掉了。接着他抱着蕾娜斯步履蹒跚地向教堂大门走去，这时一个熟悉的身影出现在教堂门口。

"修内达！蕾娜斯！"

银面男爵看到对方有些勉强地吐出几个字："菲利隆索。"来者是阿尔佛，他看到满嘴是血的银面男爵以及昏过去的蕾娜斯赶紧上前扶住二人。

"蕾娜斯她？？"阿尔佛着急地问道。

银面男爵说："快带我妹妹离开这里，我背上的伤口会挥发出剧毒！"

阿尔佛接过蕾娜斯修女问道："那修内达你呢？！"

"你不用管我，去这上面最后显示的位置，我相信雷诺应该在那里，去帮助他！"银面男爵将一个追踪器交给了阿尔佛。

"但是！！！"阿尔佛刚想争辩，只见银面男爵温柔地撩开蕾娜斯的头发说："我为了和她承受一样的痛苦把自己弄成如今这副模样，却再也不敢和她相认，这么多年来我一直没有照顾她，今天终于可以再履行一回做哥哥的责任了。你们快走！！"说着银面男爵将阿尔佛推出了教堂！阿尔佛只得抱着昏迷的蕾娜斯快步离开，在狂乱的人群中寻找生路。银面男爵则缓步走向教堂尽头的十字架，火焰还在蔓延。扑通一声，他跪在了十字架前大喊道："请上帝将我带去地狱的最深层吧！！就如同那时我在人间见到的一样！！"接着在他身旁不远处的飞机残骸再一次爆炸了！！！将教堂的所有一切都卷入其中。

镜头再次回到班·梅洛官邸的大厅里，三个黑衣面具人围住了神父，丹比尔以及馨。其中一个冷冷道："丹比尔，你还没有履行和海奥斯家的约定，难道你要看着你的救命恩人尼克惨死？"听到这话丹比尔攥紧了拳头，而馨则紧搂丹比尔的胳膊，黑衣面具人又说："班·梅洛就在这栋建筑物二楼左手边走廊尽头的房间里。"

"那你们为什么不去直接杀了他？"丹比尔狠狠问道。

黑衣面具人回答说："因为班内特大人想给你一个履行承诺的机会，你还不去么？"说的一瞬间黑衣面具人的目光好像落在了丹比尔旁边馨的身上，丹比尔只得对神父说："馨就先拜托给您了！"丹比尔一下冲进火焰向二楼跑去，馨想拉他也没拉住，刚要跟上去时，神父拽住她说："丹比尔有他自己的想法。"说完神父冷眼看着围住他们的三个黑衣面具人问道："是班内特将那录像带交给尼摩拉然后再交到班·梅洛手里的吧？"三个黑衣面具人沉默着没有回答，神父接着说："他想将就要履行完承诺的我，银面男爵和地下城的势力一并铲除，真是个精明的家伙。"神父说着三个黑衣面具人拔出了刀，还扔给了神父一把西洋剑。

"这代表了我们对您的尊重，十二信徒的雷诺大人。"

"看来我这么多年不再用剑的誓言要破了。"神父瞅着手中的剑脸上露出了从未有过的自信微笑，馨甚至觉得他仿佛换了一个人一般。"请上帝为我见证。"

一瞬间！！！刀光剑影！"好强。三个人的组合攻击绝对比一流高手还要厉害，看来那天银面男爵被打走不只是做戏。"神父表情依旧平静，他用的是西洋剑术，主要以突刺为主。三个人围着神父越攻越猛，神父不得已退出了狭隘的大厅来到宽广的庭院，馨跟了出来。这时的庭院也是一片火海。

三个黑衣面具人单打独斗或许不是神父对手，但组合起来神父就显得有些吃力了。就在神父的背后露出空隙，千钧一发之际，一个刀影将黑衣面具人逼退开来，来者手中抱着修女蕾娜斯，正是阿尔佛。他和神父背靠着背，神父笑说："菲利隆索你来得可真够及时的。蕾娜斯没事吧？"

"嗯，还好，只是昏过去而已，说起来我们好久没有这样一起作战了吧。"阿尔佛的加入一下让局势极大的扭转过来，阿尔佛将手中的蕾娜斯交给一旁的馨然后拔出了背上的第二把刀问神父:"丹比尔在哪里?"

"他在那边红色洋楼的二层。"

"什么?"阿尔佛看着被火焰包围住的洋楼吃了一惊,

这时神父调侃道:"菲利隆索,抱着蕾娜斯是不是让你太紧张了,所以没注意到有人跟上了你。"说着,在出口方向又出现了三个黑衣面具人。情势再度急转直下,神父突然小声对馨说了什么,接着又对阿尔佛大声说:"让我们先给两位女士开一条路吧!"

"嗯。"刹那间,庭院中闪烁起刀剑相交的火花,馨趁阿尔佛和神父纠缠住六个黑衣面具人扶着修女赶紧跑出了班·梅洛的官邸。

而在红色洋楼二层走廊尽头的房间里,丹比尔看着眼前腿跷在桌子上用枪指着自己的班·梅洛。"小子,我从未想过最后遇到的人会是你。"

"有太多事情是我们想不到的。你曾经救过我一命,而如今我为了对我更重要的人却不得不杀了你。"丹比尔表情很沉着。

"呵呵,你认为你可以杀掉我吗?枪在我手中,而你手里什么都没有!"

"就算我杀不掉你,在这一片火海之中,你也没有逃出升天的可能,最终我的死保护了我所重视的一切。"

"呵呵,舍己为人这不是我们这样的人应该说的话。"

丹比尔沉默不语,班放下了枪说:"我高估了自己,就算逃得出去也只有被海奥斯家族抓住这一条路,而你不应该低估自己,因为你的可能性和可塑性都比我强太多了。"

"那我们应该如何选择?"

班打开抽屉,又拿出了一把枪扔给丹比尔说:"公平的选择,你身上湿透的衣服只够保护我们俩人其中一个逃出火海。我们用各自手中的枪来场决斗,谁是胜利者,谁便可以活下去。"听了班的话丹比尔看着手中的枪,又看看刚要起身的班·梅洛,突然举起了枪,趁对方还未准备好之际。砰!班头部中枪向后一仰,撞破了身后的落地窗直接掉进了茫茫火海之中。

而庭院里已有两名黑衣面具人倒下了,但这时听到枪声,又看到一个身影从二层窗户那里坠落的阿尔佛稍一分心,情急之间被黑衣面具人找准了一个空隙，"菲利隆索！！"神父大叫一声伸手帮阿尔佛挡住了致命一击，霎时间，鲜血四溅！！神父的手和剑一同飞向空中，阿尔佛愤怒地一刀插进了对方的喉咙。其余三名黑衣面具人趁机一起攻了上来，阿尔佛赶紧架开其中两人，但是身后袭来的一刀却又被神父用身体挡了下来！"雷诺！！"随着黑衣面具人抽刀，神父刚要瘫倒，阿尔佛赶忙扶住他。神父的伤非常重，肩膀到胸前被斜着划开了一个口，阿尔佛双眼冒出凶狠的目光："海奥斯家的走狗，你们今天谁也不用想活着走出这里！"阿尔佛放下雷诺，脱下黑色风衣，而他面前还有三名黑衣面具人。

接下来便是阿尔佛的杀戮时间，他每攻击一名黑衣面具人时都要将其斩得支离破碎，甚至对方的刀都在一瞬间被砍断。

解决掉最后一个黑衣面具人，阿尔佛扶起雷诺，但其已经昏迷不醒，断臂和胸前的伤口在不断淌血。这时又有一个人影从红色洋楼的二层跳进火焰里。阿尔佛认得那个身影！是丹比尔！！接着丹比尔更是奇迹般地走出火海。"少主人！！"听到阿尔佛的声音，丹比尔赶紧跑过来一同扶着重伤的神父说："先扶他逃出这里！"

俩人扶着神父来到街上，到处都是火焰，哭泣声与咆哮声不绝于耳，人群像疯魔一般地奔跑着。俩人似乎听到了弥留之中的神父吐出几个单字："……"

"他好像说到墓园。"

"什么墓园？"阿尔佛对地下城的环境并不熟悉。

丹比尔想了一下说："他说的应该是斯特尔威修道院前面的那片墓地，那里不会着火！"

这时再来看看下层的其他势力。

地下城的市长杜克·贝尔依旧坐在市政中心他的办公室里，门外不断传来惨叫声，他慌张地打开抽屉，拿出一把左轮手枪，刚装上子弹伸进自己嘴里。一阵强风吹开他办公室的门，一声惨叫过后他的手指和枪一起被切成两段，一个倒背十字架的人出现在他面前露出诡异的笑容说："我怎么舍得让你轻易死掉。"

而烟酒大亨丹泽尔正自己开着车想逃出城市，但根本开不动，街上人太多了。没办法，他只得下车步行。可是刚下车，一颗子弹便贯穿了他的脑袋。在他身后盲眼的牛仔按了按帽子将带有金色花纹的左轮手枪插回腰间。混乱之中根本没有任何人注意到横死的丹泽尔。

当丹比尔和阿尔佛扶着神父走出城市时来到风车之地时，只听轰轰轰!! 连环爆炸声，所有人停了脚步朝一个方向望去。"那是?!""下层权力的象征陆行方舟'龙鳞'炸毁了。"

丹比尔和阿尔佛没有时间驻足观看，扶着神父穿过风车之地与黑暗来到了墓园。"馨！""蕾娜斯！"听到丹比尔和阿尔佛的呼唤，守墓人乔克和两位女士一同走了出来，馨扑在丹比尔怀中，而修女蕾娜斯则哭着抱着昏迷的神父。几个人决定带神父从斯特尔威修道院里的螺旋阶梯返回地上，看看能不能来得及找到医生救神父。

而下层世界的另一个出入口，地上赶来下层救人的军队已经到了。"少校，太惨烈了。"当军队的人站在巨龙顶端望向地下城时不由得感慨道。士兵口中的少校表情严肃地看着一片通红的城市说："没时间感叹！快带部队去救人。"少校的头发向后梳着，身穿白色迷彩服，两支袖子挽了起来，眼神中透着凶光，显出不可一世的威严。正当他也要下去时，一个身影出现在他身后，他回过头看到的是一张诡异笑脸的面具以及暗红色的西服。

"暴君华沙，你可以看看，这就是没有统一的秩序所给地下世界带来的灾难。"对方让华沙看着被火焰所蹂躏的城市。

"班内特，你想说什么？"华沙口气中略带不屑。

"我们海奥斯家族与军队同样是维持秩序的源头，而且权力更大，你应该认真考虑接替你年迈的父亲成为新一代的十二信徒。"

"哼，班内特你不要太自以为是。"华沙露出鄙夷的神色。

突然又有一个黑衣面具人出现在班内特身旁窃窃私语了一阵，意思是说有人在途中把龙蛇会五王的孙女给救走了。华沙看着黑衣面具人带着一股嘲笑的语气说："好像小丑一般。"班内特不以为然冷笑了一声说："你终有一天会明白的。"接着二人便消失在了华沙眼前。

另一边，阿尔佛背着重伤的神父快步登上盘旋的阶梯，其他人就跟在他身后。神父的意识在远去，螺旋向上的阶梯仿佛是通往天国的圣路，他微微睁开眼，五彩绚烂的玻璃窗上讲述了太多的故事，哪一则才能给自己指明前路？或许都已经不重要，因为所有的一切都在逐渐消散，朋友，敌人，爱人。打开通向地面的门时，一阵强光，神父细声地说："放……我下来。"

众人身处一条小巷，午后的阳光正好可以从细长的缝隙中照射进来。神父气息很微弱，躺在蕾娜斯的腿上，阿尔佛，丹比尔，馨神情哀伤地站在一旁，因为他们明白这很可能是神父最后一次睁开双眼了。神父眼中渗出的血染红了他的视线，他看着天边说："这夕阳的天空……好美……"馨不忍再看下去，将头埋入丹比尔的怀中。这时神父感到一滴水滴在了他的脸上，他稍稍抬头，看到的是摘下面纱的蕾娜斯正在哭泣的脸庞，"不要哭。"神父想抬起手拭去蕾娜斯脸颊上的泪光，却发现自己只剩下一支血肉模糊的断腕。他也流下了泪水，但嘴角依旧是笑的，他看着蕾娜斯的脸庞拼命地想发出几个音，却发现怎么也发不出来，他哭着，笑着依偎在蕾娜斯怀里，静静地合上眼睛。表情是那么的安详，就好像婴儿满足地睡着了一样。

从神父的口形中，丹比尔看出了他想说的话，"你好美……"这就是神父最后一句话吧。后来阿尔佛告诉了蕾娜斯她哥哥，也就是银面男爵的事情，当然还有他的死讯。在那之后蕾娜斯修女独自一人抱着神父冷去的身体离开了。临走时她对丹比尔和阿尔佛说："不要来找我，就当我已经死了吧，给我和雷诺还有我哥哥在地下城立一块墓碑，把9月3日这一天当做我们的祭日。"

阿兰古斯 2071 完

导 音

玫瑰酒杯

"玫瑰酒杯注满银色的月光,徘徊在午夜的萨克斯风,充斥着人们心底的荒凉。"

玫瑰酒杯

　　镜中这金发，绿瞳，眼角带痣的美人就是我卡蜜拉·梦露，今年二十五岁，与这世上大多数人一样，生活在黄昏地带。现在是地球停止转动的第二年最后一个月，2078年12月3日。在看我来，这是一个并不算太坏的时代，因为作为女人的我不需要为了取悦男人而失去自我与尊严。我是一名俱乐部的歌手，但这份工作并非为了生活，而是一种兴趣。

　　记得父亲小时候总说希望我长大以后可以脚踏实地，不要沉迷于灯红酒绿，就算穷也要做一个高尚的人，那时的父亲难道就看出我长大后漂亮的潜质与歌喉了？要不为什么预言我会沉迷于灯红酒绿呢。如今我不知道是否做到了他的叮嘱，只知道我享受着现在的生活，不管它是否灯红酒绿还是纸醉金迷。一个月前，我和乐队一同来到这座名为沃里克的城市时，长时间旅行带给我的疲惫仿佛爆发一般一下子让我感到筋疲力尽，正因为如此，我很快解散了乐队，打算在这个并无特点的城市安定下来。进入俱乐部工作后，我身边出现了不少男人，他们大多摇尾乞怜，冀望我可以赏给他们哪怕是一点一滴的怜悯。不过我确实单身得有些久，便在其中挑了一个最有钱以及势力的。

　　"再下一首就该你了。"

　　"嗯。"我答应了一声，站起身看着镜中的自己不由得笑了出来。

　　当我来到舞台旁，一阵仿佛月光倾泻人间般的萨克斯声让我停止了脚步。整个俱乐部里充斥着深蓝色的灯光，小巧的舞台上，一张座椅，一支萨克斯风，一个长发的男人。他所吹奏的乐声仿佛来自天上，让所有听者为之痴迷，我也不禁陷入其中，但很快发现这并非是我第一次听到，想起了几个月前，我和乐队游走于奥瑞金的各个酒吧与俱乐部进行表演时就曾

安魂曲 B 小调

遇到过这位天才的乐手。而现在的我只想坐在台下点一杯淡淡的鸡尾酒，静静地沉溺其中，不可自拔。

突然间一个声音稍稍阻碍到了乐声的流畅，"嘿，我来这里可不是为了看这邋遢的男人的。"台下大声说话的男人叫赛门·斯塔姆。是最近一段时间靠贩卖人口在沃里克迅速崛起的黑手党头头，听说以前盘踞在这里的势力在几个月前突然分崩离析了，而赛门就是在那时开始了他的生意。

从外形上说赛门·斯塔姆绝对可以和丑画上等号，身材不高，但是挺胖，光头，还喜欢留各种形状的胡子，穿着一身黑西服，更加凸显他比例的不平衡。不过也就是这样一个人，他的钱却是多到花不完，贩卖无家可归儿童以及妇女是他的拿手好戏，再加上其他人不屑去做这种生意，没有竞争者的他更是独占了人口买卖的市场。按他的话来说，与其等死还不如卖到其他地方去当童工或者妓女，据说很多人也是欣然接受他的贩卖。而他是我所有追求者中影响力最大的，也是最舍得花钱的，所以我选了他。不过他也如同大多数有钱人一样已经有了太太，可谁让那些没有太太的人大多没钱呢？

听到他无礼的喊话，我很理解这是希望能快点看到我才说的，但依旧掩盖不了他暴发户式的焦躁。这时坐在赛门旁边的男人说话了："赛门你太没礼貌了，不要站起来。"这还是我第一次听到有人敢对赛门说这种话。更惊奇的是赛门听到这话不仅没有翻脸，反而乖乖地坐下了。我有些诧异。灯光很朦胧，无法看清那人的脸庞，只能看见他跷着腿，衣着品味似乎还不错。

月光本就不会留恋人间，随着掌声响起，该我登台了。灯光转换，我站在舞台中央，目光好奇地落在我男友身旁的男士身上，借着稍微明亮的光线，我看到了他最显著的特征，银发与红目，更发现自己也曾在奥瑞金见过这男人，我的好奇心越发膨胀。可是随着伴奏声响起，那银发红眼的男人竟然离席而去，这让我很气愤，还有不少人因为刚刚那萨克斯曲的影响，注意力显得不够集中，不过还好的是依旧有足够多的目光汇聚在我身上，我对这一刻总是很享受。

在我演唱途中，那银发的男人回来了，不过他目光没有落在我身上，而是和同桌的另一个人在交谈什么，那人肩膀上站着只鸟，手中拿着画本和笔。

当我唱完时，只见赛门露出得意的笑容对旁边银发男子说了什么，接着银发男子点了点头。我猜赛门一定是在谈论我,因为那种得意的神情只在他拥有了我之后才出现过。

回到后台,我问主管:"在我之前的那个萨克斯手是?"

"卡蜜拉小姐,他是我们最新请来的。"

想到他刚才的表演居然盖过了我的风头,我笑着对主管说:"我很喜欢他的演奏,不知明天是否可以请他为我伴奏一曲?"

主管满脸堆笑地说:"呵呵,卡蜜拉小姐说的话怎敢不从呢?"比起开始和赛门在一起时周围人突然的谦卑,现在的我已经开始享受这一切了。工作结束后如往常一样,赛门用他加长型的轿车载我回家。车里,我向他问道:"今天坐在你身边那个银发的男人是谁?"

"只是生意上的伙伴。"他回答时脸上显出了谨慎。

"我好像从来没见过他,是你新认识的?"说着我用手指戳了戳他的鼻子。但是头一次他对我的问题显得有些含糊,说:"嗯,有机会再给你介绍吧。"不一会,车开到了沃里克市最华贵的酒店前,我家就在这里的顶层,赛门帮我付了总统套房五年的租金。

时间很快来到第二天晚上,可是出现了一个出人意料的情况,那就是昨晚的萨克斯手竟然没来,而今天台下银发的男子也没有出现,这两个最让我注意的男人都没到场,我的失望可见一斑。

好在第三天晚上那名萨克斯手来了。当我走过普通员工的化妆室门口时,发现主管正在里面和萨克斯手谈论为我伴奏的事情。可主管得到的却是萨克斯手冰冷的回绝。主管对他威胁道:"如果你不答应她的要求,我只能请你立即走人。"我心想这次他该服软了吧,可那萨克斯手毫不犹豫拎起行装便要离开。这时一只手突然轻碰了我一下,本来全神贯注听着里面说话的我吓了一跳,回过头发现竟是那银发的男人。

"女士,我已经叫您好几声了。"银发男子声音很好听,近看起来也很帅。化妆室的门在这时被推开,萨克斯手走出来,银发男子的目光一下子从我身上移到了他身上。他们两人好像认识,银发男子刚要开口,背后一个声音传来:"丹比尔?"来者是赛门·斯塔姆。被称为丹比尔的男人笑着回答道:"我只是好奇来参观一下后台,不过看样子萨克斯手正要离开啊?

我本来还想听听前天晚上那如天籁般的萨克斯呢。"

赛门满脸堆笑时的样子最让我恶心,还好他这样的时候不多,但面对这叫丹比尔的男人,他露出这令我厌恶的表情,对其说:"没事,交给我。你就在台下等着听吧。"

银发男子离开后主管跟赛门说明了事情经过,赛门冷冷地对萨克斯手说:"不为她伴奏的话你今后就再也别想吹萨克斯了。"说的同时赛门的部下已经围住了萨克斯手,尽管这威胁的方式很没技术含量,但我听了却很舒心,不料萨克斯手只撇下一个词,"让开。"赛门一怒之下掏出枪。这让一旁的我吓了一跳,主管更是吓得目瞪口呆。我赶紧扶着赛门的胳膊略有些尴尬地劝说:"赛门不要这样,我只是说说而已,没事的。"赛门看着我请求的神情,慢慢放下手中的枪。我接着说:"我不想勉强人家。"还好赛门比较听我的话,事情才得以过去。

之后我和赛门来到我的专属化妆间,他拿出一个黑色长盒,"对不起,今天没能亲自送你来就是为了它。"赛门亲了我脸颊一下,将盒子递给我,打开来,里面是一条项链。我惊奇着:"好漂亮。"项链上镶着一颗蓝宝石,仿佛被上帝雕刻过的海洋一样,发出晶莹的深蓝色光辉。

"我看昨天舞台上的你显得有些不开心,所以特地去拍卖会给你买了这条项链,它叫女神之泪。"赛门指着蓝宝石说。

"谢谢你。"对于赛门的关心,我很感激,但昨天的不开心却是因为两个别的男人,一想到他们我的好奇心又开始作祟了,问说:"那银发的男人到底是谁?我看你对他好像很客气。"赛门收起笑容回说:"我不是跟你说过吗?他是我重要的生意伙伴。"我也不是个不知好歹的女人,见赛门怎样都不肯说,便没再问下去。接着赛门说:"明天我要出趟远门。"

我很自然地问道:"和那个银发的男人一起?"

"嗯,大概一星期吧,我已经安排好了所有一切,好好等我回来。"说着他亲了我头顶一下。

接下来的几天除了赛门不在之外,一切如常。萨克斯手也每天晚上都在,他上次的拒绝并未让我死心,反而更激发了我的斗志。我总在琢磨什么方法能让他心甘情愿为我伴奏,可是这些想法大多在萌芽时便被自己否定了。

这一天我坐在赛门安排送我去俱乐部的豪华轿车里,我正在想既然高压威逼对萨克斯手没效果,那诱惑他让他拜倒在我的石榴裙下也不失为一个好方法,但这件事如果让赛门知道了……不过我又觉得自己并非对萨克斯手动真感情,只是为了削削对方的锐气而已,应该不会有问题吧……可是万一因为这件事真的影响到我和赛门之间的关系那就得不偿失了。正当我来回思考时,手机响了,是赛门。"喂,宝贝儿,这两天过得怎么样?"

"嗯,没什么变化。"

"我现在在特默内斯,大概四天后回去,到时给你带礼物,好好等着吧。"

"嗯。"

电话切断时我根本不记得赛门说了什么,但是我的大脑作出了一个决定,那就是邀约萨克斯手一起共进晚餐。在后台我找人给萨克斯手送去一张纸条。据送纸条的人说,萨克斯手似乎没犹豫地便接受了。然后我找到主管给我们俩约会那天请了假。

12月9日晚上,我似乎有些着急,但依旧比预定的时间迟到了几分钟。华贵,安静的餐厅里,我一人坐在位子上,尽量让自己的表情不显出焦急。还好他并没让我等太长时间,散乱的长发,稀拉的胡渣,深棕到几近黑色的长风衣,里面黄衬衫的领子还高高立起,我真不敢相信,他居然穿着平常的衣服就来了,为了今天的约会我可是特地挑了一件最喜欢的紫色抹胸礼服。他坐下时并未说任何道歉的话,只是面带笑容地看着我。说起来我也是第一次仔细观察他的样子,这才发现他那如雕像般阴暗分明的轮廓,如稍加整理一定极为迷人。

"你迟到了。"我可没打算对他忍让或者客气。

"嗯,你在邀请我之前就应该明白艺术家通常比较随性。"

我有些生气,"但我想绅士和艺术家这两个词之间并不矛盾,当然我也很少听到有人称自己为艺术家"。这时服务生将菜单递给我俩。他一边看菜谱一边说:"我是绅士,不过在我眼中,比起女人我的艺术品更值得我去为它们效劳。"

听到这话我恨不得将菜单直接扔在他脸上然后起身走人。但他又补了一句,"还有一点,迟到的似乎不只是我吧"。这让我冷静下来,没再回话。

俩人点完菜,气氛显得有些尴尬,他突然开口说:"你对我很感兴趣?"

我愣了一下，赶紧回答道："噢，不，完全没有。"

"有女人会邀请一个完全不感兴趣的男人吃饭？"

"哦，没什么，只是想多交个朋友。"我赶紧解释道。

"那还不是对我感兴趣？"

"嗯，限于普通朋友之间的兴趣。"说着我喝了一口水。

"嗯，我也没说是更深层的兴趣。"

"太好了，你明白就好。"我脑子有些混乱，也有些紧张，但他好像很轻松脸上一直挂着笑容。他又突然转了个话题："你是黑手党头头的情妇？"

"你刚说了情妇这个词？"我有些不敢相信自己的耳朵。

"嗯，是的。"

"好吧，我不愿否认，但能否请你用些更好的词汇。比如……"

"第三者？"

"不不……"

"情人？"

"难道你没有些更为尊重的称呼了吗？"

"那你希望我怎么称呼你？"

"嗯……还是随你便好了。"

"嗯。"

"知道我的身份你还敢出来和我共进晚餐，难道你不怕我的情夫么？"我决定反击一下他。但他不为所动地说："害怕的怎么会是我？如果那光头知道了你对别的男人感兴趣，你将会失去你现在拥有的一切。"

"哦，你还是误会了，我只是对你的音乐感兴趣。"说这话时我长舒了一口气。

"嗯，你终于找到了。"

"找到什么？"

"一个能让你心安理得邀请我出来吃饭的理由。"

"哦，这倒是真的。"

"真高兴你露出了笑容，你笑的时候最美。"

"呵呵，这算是恭维？"

"如果你这么认为的话。"说着萨克斯手突然站起身伸出手很有礼貌地说:"我叫阿道夫·兰伯特。"我也起身伸出手,笑着说:"我叫卡蜜拉·梦露。"他捧起我的手,热唇轻贴了上去。接下来的时间我们有说有笑,他并非想象中那么难以交流,不过我也一直没提起想让他为我伴奏的事情,害怕这会让快乐的时光提早结束。

  主餐来了,我们边吃边品味着红酒,这时一名服务生突然来到桌边,"对不起,打扰两位用餐了。"他递给阿道夫一个纸条。阿道夫打开看了一眼,脸上的笑容一扫而空,站起身对我说:"对不起,我可否失陪一下?"

  "喔,当然没问题。"我看着他匆忙的身影觉得有些不解。时间过去五分钟,他还是没回来,我吩咐服务生先将菜罩上,然后把餐巾放在椅子上朝阿道夫离开的方向走过去,接着在餐厅去洗手间的过道里发现了他,我没有现身而是躲在拐角。只见他和一个中年有些发福的女人在说什么。那女人神情黯然地递给他一个药瓶,里面装满了白色的药片。难道是毒品?不过毒品这东西在粮食都很紧缺的现今已经没人生产了,我这样怀疑着。

  突然之间那女人攥住了阿道夫的手似乎在哀求他什么,但阿道夫一下甩开她的手,背对她说:"你走吧。"

  那中年女性显得很悲伤,没再说一句话,阿道夫则朝我的方向走来,我赶紧回去座位戴好餐巾,佯装关心地问道:"你去了很久,没事吧?"

  "呵呵,你真是个好奇心很重的女人,你不是已经用双眼确认过了吗?"

  我苦笑着,极力想掩饰自己的尴尬。不过说实话,和萨克斯手吃饭时总觉得有不少目光在注意着我们,是别人投来的羡慕目光还是我的错觉呢?用餐过后已是晚上10点半了,阿道夫居然邀请我去散步,虽然夕阳依旧,不过我还是以时间太晚为由拒绝了。

  别了他,回饭店的路上,我的心情还在为了他最后的邀约感到雀跃,但是司机突如其来的话语让这心情戛然而止。"今晚您用餐还愉快吗?"这话让我脑中浮现出赛门,结巴了一下回说:"还可以。"我看向窗外,看到路边坐着一个孩子。转移话题道:"沃里克也有这样许多无家可归的孩子吗?"

  "嗯,是的,卡蜜拉小姐。"

  "真可怜。"

  "这样一个时代里,这样的情况是无法避免的。"

  听司机这样说我有些不甘心,叫他停下车,来到路边黑发孩子的身前掏出钱包。"小朋友，这里有些钱，拿去买吃的吧。"这黑发的小孩接过钱笑着对我说："谢谢大姐姐。你真是个好人。"我也露出了微笑，但孩子接下来说的话却让我完全乐不出来，"为了感谢大姐姐，我告诉你一个事情好了。"

"什么？"我好奇地问。

"大姐姐你最好远离他一些。"小孩说时天真的笑容让我一时间没明白过来。

"什么？"我又一次问道。小孩本来眯着的眼睛突然露出一道异样的光芒说："大姐姐一定要记住我刚才说的话噢。"还未等我再问，那孩子接着说："我得走了，大姐姐，希望我们不会再见了。"之后他就跑开了，但他背冲我时，我在他后脖子和衣服的衔接处发现了一个黑色的印记，似乎是个十字架的上半部……

　　接下来那孩子说的话困扰了我一整天，我一直在思索孩子话中的他是谁？我既觉得毛骨悚然，又不得不去想。是赛门？还是萨克斯手阿道夫？总不会是那个银发的男人吧？还好晚上时与萨克斯手的对话让我暂时忘记了这诡异的孩子。

　　表演结束，"你唱歌的时候确实很迷人，我想我会考虑为你伴奏的。"听到阿道夫这么说我很兴奋，表情露出的是不敢置信，但内心却满是得意。接下来的几天，萨克斯手没有食言，每天他都会为我伴奏一曲。之后更是在赛门就要回来的那天，他邀约我陪他去一个地方，就骑着他那台黑色的摩托车。我问他是哪里，他对我说不知道，但他马上又说想先去看望一个人。本以为自己会犹豫甚至拒绝，但以前那种喜欢旅行和新奇的心情在一瞬间就占领了大脑中枢，我毫不犹豫地答应了。

　　时间是下午4点，我们首先来到沃里克的厄斯特瑞修道院前的公墓。在一块墓碑前他停下了脚步，墓碑上刻了一个名字，"艾伦·摩根"。我很好奇地问道："是你的朋友吗？"他没有回答，但我却观察到他嘴角的笑容。但他只是呆呆地在墓前站了几分钟，便载着我又离开了，但离开时我发现在公墓不远处停着一辆加长型黑色轿车，从车窗的缝隙中我似乎感觉到了并不友善的目光。

开往郊外的公路上,我搂着阿道夫的腰,他开得太快了,但我却没有一丝害怕,还问说:"你和那银发的男人到底是什么关系?"

阿道夫不说话,我又接着问:"那我们这是要去哪里?"

"不知道。"随着简短的回答,他再一次加快了速度,我尖叫着,不过是享受式的。

不知过了多久,周围已经看不到城市的影子了,摩托车停在路边。我们爬上一旁的小山坡,夕阳美得一塌糊涂,甚至让我忘记了时间,更何况他又吹起了令人陶醉的萨克斯。对于我来说,阿道夫太神秘了,想探究却又不敢,害怕会破坏他身上那种无法言喻的魅力,所以我只是静静地坐在一旁,细细聆听着别样的美丽。

他送我回饭店已是夜里12点多,我知道赛门一定会来找我,不光因为我没有去上班,还有一点是我关掉了手机。当到达顶层的电梯打开,我第一眼便看到了屋内他的光头。他就背冲着我坐在沙发上,"你干什么去了?连工作都不要了吗?"赛门的严厉质问让我突然觉得他没有权力限制我的自由。便略带狂妄地回说:"和人约会去了!"

"呵。"赛门冷笑一声,"我不在的这几天,你似乎和那个萨克斯手走得挺近。"

"我只是为了让他给我伴奏,仅此而已。"

"那你把电话关机是什么意思?"

"没什么,只是碰巧没电了而已。"说这种谎话我甚至不需要思考。

"坐在摩托车后座上搂着他的感觉一定很不错吧?"赛门平复下来的语气让我猛然发现自己在进行着一个充满危险性的对话。

我的语气也不再轻佻,将包放在一旁说:"你在吃醋?"赛门没有回答,我刚想上去搂住他的脖子哄哄他,"我看你以后都不会再见到他了。"这突如其来的话语让我无比震惊,质问道:"你……你对他做了什么!?"

"放心好了,我只是让手下送他离开这里。"赛门表情平静。

失望,担心,愤怒一股脑地涌上心头,霎时间不知该先表现出哪一种,我用手捂着额头,半天不能言语。这时脑海中突然闪过一个念头,要去找他!!接着我拎起包就要出门,赛门大声喝道:"你只要出这个门就不用想再回来了!"听到这话我深吸口气,头也不回地离开了饭店。但是我忽略了一点，那就是阿道夫到底在哪里？一点头绪都没有。

我首先来到车站，瞎找了一通，毫无所获。着急的我这时突然觉得自己是不是疯了……这样下去真的会失去现在所拥有的一切，可现在回去的话……？

我徘徊在沃里克的大街上，偶然坐下来开始分析自己的举动，发现自己像个白痴，为了一个只是觉得新奇的男人竟抛下了赛门，和赛门赌气的感觉也渐渐消散，我变得越发后悔。

晚上时分，来到俱乐部，果然如预料的一般，我被开除了，保安甚至不让我进门。我叹了口气，谁让这里是受赛门关照的店呢。

继续游走在街上的我有些无所适从，来回甩着赛门给我买的名牌包，一脚踢开挡路的易拉罐。突然从背后传来汽车鸣笛的声音。当我是妓女吗，哔个屁啊，我头也不回地这样想着。直到一个声音传来，"卡蜜拉小姐"。这才回头看到一个身穿紫色长衣的人在叫我，他打开黑色加长型轿车的车门，那银发红眼的男人正坐在车内冲我摆摆手。我认得这辆车，在厄斯特瑞修道院公墓前就遇到过。坐上他的车，里面还有之前那个肩上带着鸟，画画的男人。

银发的男人自我介绍道："您好，我叫丹比尔·布兰克。"

之后他问我为何这种时间会在街上游荡，我说明了情况，他便要把我载回俱乐部。我有些担心地问："这样做不好吧？"

"放心，现在是晚上7点半，距离您平常登台的时间还足够。我向您保证，除了您是坐我的车前往俱乐部而不是赛门·斯塔姆的之外，不会有任何不同于往常的事情发生。"

我怀疑地问："您为什么要帮我？"

"因为您是阿道夫的朋友，而那位萨克斯手对我有恩。"

"那这么说，您也会帮助阿道夫了？！他现在很可能被赛门的手下抓住了！"我有些着急道。

"我的这位恩人很奇怪，他从不接受我的任何帮助，况且我也相信他有能力把问题解决。"

"但是！"

"等您到了俱乐部就会知道了。"听着银发男人的说话我越发一头雾水，但面对这个底细不明又和赛门关系不错的家伙我不敢问太多。

来到俱乐部门口，我还是不大能相信这个叫丹比尔·布兰克的男人说的话。不过他确实很绅士，帮我打开车门，扶我下车。接着领我进去时门口的保安没有丝毫阻挡的意思，更令我惊讶的是主管碰到我时竟然这样说："卡蜜拉小姐，谢天谢地您终于回来了，我早已恭候多时，之前那些保安实在太无礼了，我一定会开除他们。"

"你要不要在开除他们之前先开除自己？"丹比尔一句话吓得主管直接跪在地上，但丹比尔一把扶起他，还给他掸了掸衣服上的灰，微笑着说："带卡蜜拉小姐去她的化妆室吧，观众和我都等着她天籁般的歌声呢。"

"那萨克斯手？"我还是有些担心，主管赶忙说："他已经来了。"

"真的？"我不敢置信，看看丹比尔，他点点头。

之后我换好衣服，化完妆，来到舞台边上。果然如丹比尔所说的一样，萨克斯声依旧，阿道夫正坐在台上演奏着。惊讶掩过了对萨克斯声的享受，我尽量平复自己的心情，但这银发男子丹比尔实在让我不得不心跳加速……

接下来该我上台了，阿道夫为我伴奏时，我的目光一直锁定在台下那银发的男子身上，直到演唱完毕，我不由得抬起头，舞台上方竟飘下无数红色花瓣，身穿紫色长衣的男人手捧一束玫瑰花来到我面前。接过花束，只见台下银发的丹比尔微笑着冲我举起酒杯……我的心在颤抖，夹杂了害怕与激动。这时我回过头看了看阿道夫，发现他正盯着丹比尔，那目光并非善意，充满了冰冷。这不禁让我窃喜……

工作结束，银发的丹比尔送我回之前的住处，也就是摩根大酒店的顶层……顶层电梯的门打开时，我再一次，一眼就看到了那个光头，赛门·斯塔姆。只不过这一次他是站在门口。"丹比尔你这算什么意思？"赛门语气中带着敬畏。

丹比尔走到赛门跟前拍了拍他的肩膀说："赛门，你如果想进入海奥斯联盟就要提高自己的档次。我们是生意人，不是恶霸，不要为了一点小事情就翻脸。"

"但是！"赛门刚想反驳，丹比尔打断了他，"余下的话就留到我们私下再说吧，卡蜜拉小姐也累了，让她早点休息。"

俩人走后，我独自站在巨大的落地窗边，向楼下望去，赛门和丹比尔进了同一辆车，自此以后我很长时间没再见到赛门。而这段时间里，这个名叫丹比尔·布兰克的男人不断地对我献殷勤，我没有理由拒绝他，他带我去了不少高级社交场合，让我体验了一把真正贵族般的生活。相反地我和阿道夫的联系变得越来越少。

圣诞节前的一个礼拜，某一天的晚上，丹比尔邀请我去一家餐厅用餐，双方都是正装，也没出现任何迟到的现象。餐桌上他首先说了一个并不令我吃惊的事实。

"卡蜜拉小姐，不妨告诉您，其实我有太太还有一个女儿。"

"嗯，您很诚实。"

"您似乎没有一丝惊讶？"

"像您这样有钱有势力的人没有妻子才会令人惊讶吧。"我说着露出了笑容。

丹比尔有些皱眉地说："像您这样理智的人真是稀有。"

"不，我觉得自己只是不笨而已。那些不明白这个道理的女人实在太傻了。"

"呵呵，难道您真的一点都不介意吗？"丹比尔这样的提问还是我第一次听到，其他男人在看到我这种理智的反应后，大多松一口，便再也不提这事了，可他却相反。

"喔，介意又有什么用呢？"我非常肯定地说道。

"原来是这样，那我直说了，我想请您当我的情人。"

"呵呵，情人？"我真不敢相信他就这么直白地讲出来了。他似乎看出了我的心思解释道："我不喜欢欺骗或者隐瞒。我很喜欢您，但无法跟您结婚。"

我略带几分苦笑地说："我有考虑的时间吗？"

"当然有。"

"我想还是不需要考虑了，我愿意。"就在说的时候我突然觉得这一切很不可思议，一个这样有钱有势有魅力的男人就这么简单和我在一起了？我突然开始怀疑自己到底是哪一点吸引这个男人，便随口问道："您喜欢我哪一点？"

他微笑着回答道："您所有自信的来源就是我喜欢您的每一个地方。"

安魂曲B小调

我有些脸红，丹比尔这样又有势力又有魅力的男人竟看中我，我感觉自己实在幸运得有些过头了。但这个心情并没有维持够二十四小时就被我抛到了九霄云外。

第二天，天空下起了蒙蒙细雨，夕阳终于隐藏了自己的身姿，我没有出门，心情还在为昨天丹比尔的表白而颤动。透过窗户向外看，越发觉得灰白色的天空与这毫无特点的城市实在很相配。接着我又低下头，心中冒出一个疑问，那就是得到丹比尔这样的男人我付出的代价是不是太小了些？……一切显得太过顺利。"我想请您当我的情人。"又想起了丹比尔的话，正是他这句话让我第一次仔细思考"情人"这个词，或许这个词证明了我根本没得到这个男人吧？我不由得这样想，但当我抬起头，透过玻璃窗的反射突然看到了一个身影，我吓了一跳，急忙转过身发现眼前的人竟是阿道夫。

"你怎么会来这里？"我惊慌地问。

"不用害怕，我只是来告诉你一件事情，我要走了。"房间里没开灯，我看不清楚阿道夫的脸，不解地问说："走了？你要去哪里？"

"不知道。"阿道夫的回答一如既往。

我有些着急，拽着他的衣服问："那你什么时候走？"

"我想就在这一个星期之内。"

"为什么要走？在俱乐部我们配合得不是很好吗？"

他轻轻扶住我的手说："你的歌声真的很棒，为你伴奏我没有后悔。"说完他撇下我的双手转身就要离开，我急忙大声问道："你一个人悄悄地走不就好了，为何来告诉我你要离开的消息？"他的身躯顿了一下，最终还是沉默地离开了。

晚上的演出照常进行，但我心底却充满了不确定，所有一切都来得太快让我没有时间思考。表演结束，阿道夫没和我说一句话，回到家里躺在床上我也久久难以入睡，虽然之后还是睡着了，但在梦里我看见了一道流光……流光中映出的是丹比尔和阿道夫俩人的背影，这两个我从不同角度着迷的男人。之后几天，一切都恢复到平静，好像什么也没有发生一样，直到阿道夫告诉我他要离开的第四天，我在街上遇到了一个许久未见的人，赛门·斯塔姆。

"最近过得还好吗？"他从黑色的轿车上下来问道。

"很好。"我的回答显得趾高气扬。

"你现在有时间吗?"说着赛门拉开车门。

"我想不方便吧。"我无意和他多做纠缠。他听我这样,便把自己肥硕的身躯伸进车里,拿出一个厚实的大信封,我接过来问道:"是什么?"

"我所能拿到的丹比尔·布兰克的资料。"

听到这话我把刚要从信封里拿出来的纸张又塞了回去,斩钉截铁地说:"我不会看的。你这么做也只是徒劳。"这时我发现赛门脸上的戾气比以前消失了不少,他笑着说:"看不看都是你的自由,我走了,相信你不会对他的背景不感兴趣。"接着赛门就上了车,消失在我眼前。这也是我最后一次见到赛门了,之后听到过一些他的传闻,但都不知是真是假。

我没有回家,而是坐在一家咖啡厅里,打开赛门给我的信封,拿出丹比尔·布兰克的资料,这上面对于他的背景并没有记载太多深入的东西,甚至没有他家人的任何讯息。但上面罗列了一个让我惊讶的东西,丹比尔情人的名字。某一行并列着三个名字,第六任情妇:雪梨·泰勒,维多利亚·库伯,卡蜜拉·梦露。

看到这里我心里很不好受,突然觉得自己对于丹比尔来说根本是个可有可无的人,我也不知道这是否是真的,我不敢去求证,因为丹比尔如果问起来,我根本无法回答。

晚上我如行尸走肉般地唱完自己的歌曲,阿道夫几天以来第一次关心我说:"你今天好像魂不守舍?"我没有回答,盯着他的眼睛再一次问道:"那天你为何告诉我你要离开的事情?"阿道夫和我都停住了脚步,我又恳求地说:"不要再对我说不知道了。"但他只是看着我的眼睛依旧没有说话,我觉得这是最后一次问了:"那你需要我吗?"

"嗯。"

"那就带我走吧。"我语气平静,脑中想了很多,或许逃离这一切才是最好的办法,尽管我不知道自己的选择正确与否。丹比尔送我回家的路上我没有说话,丹比尔的关心也被我忽略掉了。当夜,又下起了蒙蒙细雨,我只带了一个小包便坐上阿道夫的摩托车离开了沃里克。

摩托车开在不知名的公路上,尽管周围已是一片荒野,但雨还在下,我知道这里离沃里克并没多远，还有机会原路返回。蒙蒙细雨大多被身前的阿道夫挡住，我紧搂着他，不愿再想更多。不知目的地的前路看起来显得幽深令人惧怕，但仿佛又回到了和乐队一起旅行的时光，我们总是在问列车售票员，我们现在的钱最远可以去到哪里？

时间不知过去了多久，我们冲出乌云的天空，再一次受到夕阳的眷顾，阿道夫停下了摩托车，我们在路边捡了些干枝，生起火堆。

"我们需要把衣服烘干之后再上路，否则会感冒。"他看着有些哆嗦的我说。

"嗯。"

广阔无边的荒野上，我们俩人隔着火堆并无言语。阿道夫拿出一块木头和一把小刀，在雕刻着什么。而我抬头仰望着橘红色的天空，这种对未来的不确定感真是我所渴望的吗？我站起身，向地平线与夕阳之间的方向望去，混沌与自由仿佛在同时向我招手。我又回头望向远方黑压压的乌云，那里就是曾经囚禁我的地方……不经意间用了囚禁这个词，或许那对我来说真的是一种精神上的枷锁，实在有些透不过气来。我又转了个方向，看着与夕阳相反的远端，那里就是光明的尽头……真想去看看到底是怎样的天地。最后我低下头看着阿道夫手中的木雕说："没想到你还有这种本领。"

他抬起眼睛微笑着说："雕刻与音乐组成了我的生活。"

"哦。"我有些不好气地点点头，他更正道："当然，现在还有你。"接着我靠在他身旁小睡了一会，醒来时，他也睡着了。我没有吵醒他，只是安静地互相依靠着。

旅行还在继续，途径过几个小城镇，但我们都没有停下脚步的意思。不过这几天当中，我变得不安起来，原因就是帮阿道夫收拾外套时我发现了之前他那盒装满白色药片的小瓶子。趁他不在时我偷偷拿了一片找到一家药店，想问出这是什么药。结果令我吃惊，这竟然是一种威力极强的镇静剂。药店老板对我说，这药一般是给大型动物注射用的，市面上根本见不到这种固体药片，人类吃一片的话足够睡上两天两夜。可是阿道夫的睡眠时间每天都只有不到五个小时……我发现自己变得畏缩了，始终没有问出口……

圣诞节的前一天，我们一同来到一座小镇中心的教堂做祷告。我不经意间在教堂的某个角落发现了之前给阿道夫送药的中年女人。一股恐惧涌上心头，我不清楚阿道夫的过去，也不想知道他的过去，更害怕过去会把现在在我身边的他带走。我已经抛弃了一切，已无法再回头了，我发了疯一般拉着阿道夫赶紧离开这个城镇，阻止他和那个中年女人见面。

接着我们在圣诞节当天来到了这世上最美的海湾城市——奥佩托拉。

我紧搂他的腰，摩托车开过蜿蜒的山道，停在了一处安静的滩头。金色的海水在闪耀，我赤脚走在细沙上，不远处有一栋房子，我们走上前，发现已经没人住了。之后我们俩坐在沙滩上，靠在一起痴望着如梦似幻般的美景。海风夹杂着湿气，有些凉，他站起身，脱下外套搭在我身上，接着拿出萨克斯，忘情地演奏起来。身披他外套的我不自觉地又拿出他衣服口袋里的药瓶，里面只剩下四、五片了……这时他衣服另一个口袋里的手机振动起来，我犹豫了一下，但还是决定自己先看一眼。掏出手机，上面显示是一条短信，打开来，内容是"你在哪里？妈妈很想你"。

"阿道夫，是你母亲的短信。"我冲不远处的他叫道。萨克斯声停止，滩头只剩下海浪声，他接过去看了一眼信息便突然将手机掷向金色的大海。扑通一声，"啊！你这是干什么！？"我不解地问。

"我没有母亲，所有一切都只是想要抛弃的过去而已。"他说这句话时哀伤的神情被我深深印在脑海里，这一刻我好想紧紧地抱住他。

"这里好美，不如我们在这座城市定居一段时间吧？"我向他建议道。

"嗯。"他微笑着应了一下。

就这样我们决定在这个拥有海浪声的城市住上一段时间，再慢慢计划将来。可是之后的事实证明这座名为奥佩托拉的美丽城市并没有给我们带来想象中的平静。

我们在市郊租了一间不错的房子，因为以我们的表演想找到不错的工作并不难。很快在市中心我们各自找到了不定期表演的工作。

不过我最近发现阿道夫的失眠越来越严重了。他每晚都会在睡着不久因为噩梦而惊醒。我去药店帮他买了不少安眠药，但对他的帮助似乎都不大。他逐渐开始说一些奇怪的话，偶尔会自言自语，总是提到流光什么的。可是面对有些失常的他我依然相信只要俩人齐心没有过不去的难关。

12月31日，我到附近的超市买了不少东西，准备和他好好过一个新年。但回到家附近时,却发现一个满脸伤疤,棕色短发的男人在瞅着我和阿道夫租的房子的窗户。我很大胆地走过去想要进楼,他却拦住我问说:"请问下,最近这里是不是搬进去一位留着长发,喜欢吹萨克斯的高大男人?"

我装傻道:"没有啊,我在这里住了很久了,没看到过这样一个人。"

"喔,谢谢你。"

"不客气。"可是我刚要进楼,他再一次叫住了我,"小姐。"他给我写了一个电话,"如果见到刚才我形容的男人,请给我打电话。"而在他写电话的纸下面还塞给我不少钱。我赶紧装出得意的微笑说:"呵呵我看到了一定打给你。"

当我回到家里,第一件事就是给出门表演的阿道夫打一通电话,可是没人接。我又小心翼翼地从窗户向楼下望去,发现那个男人还在。这时屋里电话突然响了,我吓了一跳。接起来,是阿道夫,他问我为什么打电话,我向他描述了楼下那个要找他的人,阿道夫突然对我说:"今晚我们离开这个城市。"

我问:"为什么?他是什么人?"

"我以后再告诉你,只要带上必需品和钱就好了,现在就收拾。"

对于阿道夫不让我了解这点,我很气愤,可能头一次对他耍性子说:"我不想离开这里,你不说原因我就更不可能离开。"

但到最后他也没说原因,只是说:"好,不走,但我们要去旅馆住几天。"这也算是个折中的办法了,我勉强同意。之后收拾好行李,走出大楼时,我左右看了看,虽然那男人已经不在了,但心里却总觉得有什么人在监视一样。接下来几天我们没回家,一直住在旅馆里,也减少了表演的次数。直到1月5号阿道夫推测那个男人应该放弃了,我们便一起回到家,可是进了家门却发现屋里已是一片狼藉。我苦笑着,阿道夫抱了抱我,淡淡地说了声:"对不起。"我也不想问得更深,便一言不发地打扫起来。

平静并没有持续,随着阿道夫越来越长时间没再吃药,他变得越发让人捉摸不定。尽管他不对我发脾气,但他经常呆呆地望着天空一言不发,对我说的话也没有任何反应。每天晚上我都要紧紧搂着他,似乎这样他才能稍微安睡那么一个小时。我的担心与压力日益增大。

那天我没控制住自己,"你倒是说话啊!你现在到底是怎么回事?"我一把将桌上的饭菜掀翻,对发呆的他大喊道。他表情平静依旧没有解释,只是淡淡地说了一句对不起。看到他的样子我的失望难以言喻,闭上眼睛让自己冷静了一下,随即拿上包出了门。

我又一次徘徊在街上,我不光对阿道夫失望,也对自己很失望。难道对于我来说求一份安稳真的这么难吗?我开始思考赛门,丹比尔,阿道夫到底哪一个更适合我,尽管现在再考虑这些也于事无补了。

突然身后一个汽车鸣笛声。这次我第一时间回过头,发现站在眼前的人竟是之前给阿道夫药的那个中年女人,旁边还有一辆黑色轿车。"您就是卡蜜拉小姐吧,我有几句话想对您说,不知您方便吗?"这中年女人看起来并没有恶意,加上我脑子很混乱,没想太多就答应了。对方没让黑色的轿车随行,我们两人来到一家咖啡厅。坐下的第一句话就是对方噙着泪水的感谢,这让我有些摸不到头脑。对方接着说:"卡蜜拉小姐,谢谢你这些日子对阿道夫的照顾,我是他的母亲约瑟芬·兰伯特。"

接下来我们的谈话虽然只有半小时,但内容令我刻骨铭心,黑手党首领,精神崩溃,弑父,自杀,圣玛丽教团的追杀,甚至连丹比尔也和阿道夫……仿佛这世上本来与普通人应该毫不相关的事情一下子全都向我包围过来。

回家的路上,我盯着手中的药片,回想起阿道夫母亲刚刚说的话,"这药可以让他冷静,虽然和你在一起的这段时间他已经自控了很多。我还是会在每个月17号来给你送药的。对了,记住这个电话号码,如果你们搬了家或者去了别的城市请通知我。"

这时我突然觉得自己是不是中了阿道夫母亲约瑟芬的激将法,当她对我说剩下就交给她,我可以离开的时候,一股不服输的劲头就占满我的脑袋。不过听了约瑟芬的讲述,阿道夫在我心中的形象突然鲜明起来,不再那么神秘,他很多举动我开始更多地去理解。

不过约瑟芬始终没有说出他精神崩溃的根本原因,只说了一些很肤浅的,比如他没有母爱的童年,之后父亲对他生命的操控,他的孤独旅行。想着想着,对比起阿道夫的经历,我觉得自己实在太脆弱了,碰到困难时,我似乎很难选择去面对,太多的逃避,赛门,丹比尔,阿道夫……选择放弃他们的不都是我自己吗……

"大姐姐。"突然一个有点耳熟的声音传来,可是当我反应过来这声音是什么人的时候,我倒抽了一口冷气,"我们又见面了。"我一瞬间呆住了,接着微微侧身看到了一个矮小的身影与天真的笑脸,"我记得我好像说过希望我们不会再见了。"纯洁的童声这时在我听来恐怖至极,我双腿不停地颤抖,没有答话,只有一个念头,逃!

我不知道自己跑了多久,砰!!我没看路,一下子被撞倒在地,包里的东西都撒了出来。"对不起,小姐,您没事吧?"抬起头,一个戴着围脖的年轻男人向我伸出手,看来我撞到的就是他。可是我抓住他手的一瞬间,尽管隔着皮手套,还是感觉到了机械的质感,我猜这人的手一定是义肢。他一把把我拉起来,还好心地帮我收拾包。

"谢谢你。"我赶忙连声道谢。但依旧很紧张地环顾四周,想知道那孩子有没有跟上来。他见我神色慌张,便问道:"小姐,您遇到了什么吗?"

"喔,不,没事。"我赶紧将地上的东西往包里乱塞一通,便告别了这个好心人。

可是就在离家没多远,路过一条小巷子时,阴影中,一双手将我拉了进去,还捂住我的嘴,不让我出声。"是我。"对方的声音让拼命挣扎的我冷静下来,仔细一看原来是阿道夫。

"你怎么会在这儿?"我刚问,他向我比出安静的手势,然后从怀里掏出一把手枪,把头探出小巷,向家的方向望去,不过这时已经了解了他的身份和背景,我便没问更多。

他神情冰冷,小声问我:"你见到了那个女人吧?"

"你指你母亲?"

"看来是见到了,那你回来的路上有碰到过什么人吗?"

这又让我回忆起刚刚的惊慌,赶紧回答道:"一个小孩,在沃里克就曾经见过,还对我说过奇怪的话。"

"还有其他人吗?"

"我跑的时候还撞上了一个行人,那人戴着围脖,手是义肢。"听到我形容的特征,阿道夫似乎吃了一惊,将枪放回怀里,突然对我说:"你一个人走吧，没人会知道你和我的关系，我不想连累你。"听到这话我拿出约瑟芬交给我的药瓶说："这是给你的，还有我希望你知道我现在并没有后悔跟着你离开沃里克，来到这美丽的奥佩托拉。"

阿道夫接过药，没说任何话。而我也无法说出任何保重和祝福的话语。这就是离别时的感觉吗，我不由得苦笑起来，又问道："你需要我吗？"

"嗯。"

"那就带我走吧。"

之后我想起了阿道夫母亲说的话，"奥佩托拉对于你们来说并不安全，我相信灵格才是最适合你们生存的地方。"

我和阿道夫很快来到奥佩托拉的火车站，售票员问："请问要去哪里？"

"灵格，两张，谢谢。"

走上站台，虽然还要等两个小时才能离开这里，但不知为何心情突然变轻松了许多，我感觉我和阿道夫终于真正地身处一个世界了。我们俩人互相看着，露出了微笑。

列车进站，这时天边的夕阳似也不再透出惨淡，我和阿道夫最后眺望了一眼奥佩托拉，乘上前往夜都灵格的列车。灵格是这世上第四大都市，仅次于特默内斯和奥瑞金以及王都龙城。灵格被人们习惯称为夜都，因为它是极为罕见，没有身处黄昏地带却依旧存活下来的城市。灵格一天二十四小时被黑暗笼罩，造就了其特有的午夜氛围，是汇聚了全世界灯红酒绿最多的地方。它还有个别名叫沉醉之都，许多人把它比喻成一桶美酒，当你沉下去时，或许就很难再清醒回来。人们在那里日复一日地寻欢作乐，最终迷失在永恒的午夜之中。阿道夫的母亲说那里适合我们，原因或许是只有酒醉蒙眬的视线才不会对我们构成威胁吧。

我们坐在列车里欣赏着夕阳的风景，或许接下来很长的日子里，很难再看到这般风景了。可是阿道夫突然之间按低我的脑袋，掏出怀中的手枪，从座位上站起来冲着车厢门连开数枪，"趴着，不要动。"阿道夫说完，枪声不停，慌乱之中我只看到阿道夫逐步走向车厢门。车厢里的其他客人也都在听到枪声的第一时间抱着头趴在地上，枪声持续到子弹打光的一瞬间……我慢慢站起身,发现阿道夫已经不在这节车厢里了,我赶紧推开布满弹孔的车厢门前往另一节。在那,看到了阿道夫宽厚的背影。我急忙来到他身旁问:"你有没有受伤?"

"没事。"阿道夫一手拿着枪,一手轻握住有些惊慌的我的手。

"是他……"倒在眼前的尸体正是之前向我打听阿道夫,那个一脸伤疤的男人。我紧紧搂住阿道夫的胳膊,希望这是平静之前的最后插曲了。

之后,列车在最近的车站停下来调查枪击事故,但我们已趁着混乱下了车,打算用别的方式前往灵格,可是灵格与我们所在地之间的距离还很长,我们考虑再三,最后还是决定停下脚步,等一两天,再乘列车去灵格。等我们到达灵格已是1月20日,尽管波折不断,但最终到达灵格的我们相信安稳的生活即将到来,灵格的夜色一定会成为我们最好的伪装。像在奥佩托拉一样,我们挑选了市区外围的房子作为家,表演也依旧是我们赖以生存的本行。在安置好新家后,我第一时间给阿道夫的母亲约瑟芬打了电话,告诉她见面的地点。可是她却对我说如果可以的话,希望尽快见一面,我没有犹豫地答应了。接下来很快她就来到灵格,我们见了面,她告诉我,她本来只是侍奉阿道夫父亲的女仆,很少有人知道她是阿道夫的生母,但是阿道夫离开前将家主的权力全都交给了她,这引起了所有人的不满,而以她的能力及声望根本无法抑制家族内部的不满声。家族的局势越来越危机,许多干部根本无视她的存在,她也很害怕家族里会有人对阿道夫不利,所以不得不减少和我们接触的次数。这次她交给我更大剂量的药以备不时之需,下次见面暂定在两个月后。

接下来的日子,我和阿道夫组成了一个组合,一起在俱乐部里演出。在这段稍显安稳的时间里我们发现彼此的演出带给了对方勇气,俩人的连接越发紧密。

阿道夫在灵格买了一辆新摩托车。每天下班,他都会用这个黑色的酷家伙载着我穿过大半个城市,每当我在身后紧紧搂住他时总是什么也不必想,我一直闭着眼睛,什么风也没有,只有温暖与浪漫。我似乎也像其他人一样沉醉在了如美酒般的午夜之中,不过与别人不同是,我只因他而沉醉。

他依旧服用着大量镇静剂,每当晚上睡觉时,我会一直抱他在怀里,哪怕一分一秒也好,我希望可以让他的精神得到放松。现在觉得只有看到他安睡，自己才会踏实下心来。当然，这已不再是压力，而是一种连接，是我生活的一部分。或许当某一天不再需要拥他入怀时，会觉得缺少什么。

幸福的时光总是很快，一转眼已经过去了两个月，现在是2079年3月17日。我开始变得有些不安，因为阿道夫的母亲一直没有联络我，而我也不敢把这事告诉阿道夫。整整一天我都待在上次见面的地点心里数着阿道夫的药还剩多少天。

可直到深夜阿道夫的母亲约瑟芬也没有出现，我陷入了不可自拔的焦虑。我害怕阿道夫得不到充分的休息，他的眼前又会出现幻觉。

直到店员对我说："小姐，对不起我们要打烊了，您的咖啡还用吗？"

我看了一眼连砂糖和奶精都没放的黑咖啡说："恩，不用了。"说完我拿上包站起身走出咖啡厅。天空罩着黑纱，我已搞不清现在是什么时间了，只觉得路边的街灯仿佛看不到尽头一样无限延伸下去。

"回家吧。"与这句话一同传来的是摩托车的引擎声。阿道夫，我对他微微一笑，坐上了摩托车紧紧地搂住他，可是……我有些奇怪地问他："难道你不想知道我为什么今天没去上班吗？"他没有回答，不过我想他肯定明白。

这一次我们穿过大半个城市时我没有闭上眼睛，只觉得路灯仿佛连接起来变成一道流光。我稍稍抬起身子斜着头，想看看前路的样子……除了去向不明的流光外，就只有交错而过的车灯照耀着我的双眼，不断地闪烁，仿佛提示着我时光的飞逝。我不由得再次伏下身子紧紧搂住阿道夫的腰，希望可以甩掉不安，哪怕再享受一次过去那种恬静的浪漫。

"不会有事的，我会永远在你身边。"阿道夫似乎察觉到了我的不安，这一次换成我没有回话，只是静静地，紧紧地将头靠在他背上。

夜晚是如此的难熬，对于无法入眠的我实在太过漫长了。今天换成阿道夫紧紧搂住我，幽蓝色的空间里只能听到我俩的呼吸声。我无法从对未来的担心中解脱出来，不由得流出泪水，滑落在他的臂膀。他没有说任何，只是将我搂得更紧，靠得更近。时钟滴答滴答地不曾停歇，仿佛过去了亿万秒，我有些疲惫，没有理会泪水，躺在他怀中渐渐地睡去了。

醒来时，我看了一眼时钟，是6点30分。难道我才睡着一个小时？又或者现在是傍晚？不过一转头突然发现阿道夫不在床上，我一瞬间吓出一身冷汗，心里乱成了一团，差点又哭出来，还好只是自己吓自己，原来阿道夫在厕所洗脸，问了他才知道，果然是早上6点半。

之后几天随着对未来担心的加深，我显得很烦躁，对任何事情都提不起兴趣。3月24日，约定见面的一个星期后，下午我正一个人在家发呆的时候，电话突然响起，这让我激动非常，难道是阿道夫的母亲约瑟芬！！我赶忙接起来，却发现并非约瑟芬的声音……而是丹比尔·布兰克！

电话里我们没有寒暄，我的问题很直接："你找我干什么？我们已经没有关系了。"而他则回答："我想我们又有关系了，因为我手中有你想要的药。"听到药这个字我心中咯噔一下。

"什么意思？还有你怎么会有我的电话？"我很想问清楚，他却说："我不光有你的电话，还知道你们藏身在灵格。如果想知道就来见我。时间和地点都可以由你定。"

我稍微沉默了一下说："灵格的艺术馆，明天上午11点，怎么样？"

"嗯，没问题，那我们就到时见。"

3月25日的上午10点半，我对阿道夫瞎编了个理由便只身来到位于灵格市中心的艺术馆。这里没有任何古朴的气息，整体是洁白的流线型，馆里摆放的雕刻和画作颇具现代感。这里平时免费对民众开放，但参观的人依旧不多。

因为紧张，我手脚冰凉牙齿都有些打战。还好进入艺术馆之后，周围安宁平静的气氛也让我稍稍放松。我来早了，似乎丹比尔还没到。接着我有些紧张地在馆里转悠着，但是灰色的地毯与白墙以及冷色调的画作无一不让我慢慢冷静下来。

穿过一道门拱，一个令我心跳加速的身影站在一幅画作前……紫色长衣……是总跟在丹比尔左右的那个人……他似乎没有察觉不远处的我，注意力都集中在他面前的画上。这是一副等身高的油画，画中是一位坐在轮椅上的女士，无神的眼睛直愣愣地盯着前方的地面，从远处看来似乎正是这人所站的地方。我朝旁边对画作的介绍看去，作者不详，画的名字叫做：塞西莉亚。

这时，一个人走到我身旁说："好久不见了，卡蜜拉。"是丹比尔！！

导　音　玫瑰酒杯

我深吸一口气，瞥了他一眼，看到他表情并没有想象中狰狞，才答话道："嗯，是有几个月没见了。"我和丹比尔说的时候，不远处那个身穿紫色长衣的人并没有移动，好像什么也发生地继续看画。

"你上次的不告而别令我费解。"丹比尔拉着我走起来，我边走边回答说："没什么可解释的，我只是了解到真正喜欢的是谁。"

"你对阿道夫的感情让你抛下了之前所拥有的奢华生活？"丹比尔依旧是一脸轻松。

"是的。"

"呵呵。"丹比尔笑出了声，但听得出他似乎对自己输给阿道夫这件事上有点不甘心。我并不想伤害他，更怕激怒他，便说："我想我找到了一种适合自己的价值观。"他没答话，我俩走着走着，突然看到一个令我吃惊的人。是阿道夫的母亲约瑟芬！她虽然衣装整齐，但神情黯然，她也在看画。而她身边还站着一个身穿绿棕色高领大衣的人，半张脸都被高高的领子遮住。丹比尔解释道："别吃惊，兰伯特家族内部的人要对阿道夫母亲不利，我只是把她保护起来而已。"我根本没有理会他的话，心中想道原来约瑟芬之所以没有联络，是因为被丹比尔抓住了。

约瑟芬也在看到我时吃了一惊，她瞪大双眼看着我，似乎想从眼神里传达给我什么，可是我无法体会。"呵。"丹比尔看到我和约瑟芬眼神的交流冷笑一声从怀里掏出一瓶药说："这就是能抑制阿道夫疯狂与产生幻觉的药……"

我看到药急忙拽着他的胳膊请求道："求你把药给我。"

"你所能付出的代价又有什么？"丹比尔轻蔑的目光深深地烙印在我心底，我说不出口，我不能把自己作为交换的筹码，如果那样的话我所做的一切就都失去意义了。

"求你放过我们。"我深深地低下头去。

但丹比尔似乎看穿了我的心思，突然抬起我的下巴说："你真的爱阿道夫吗？似乎你并不想牺牲自己啊。"我不愿直视丹比尔红色的双眼，将头扭向一边。"也对，你根本就不了解这个和你在一起的男人。"丹比尔说这话时我又缓缓转过头看着他的双眼……"昨天我刚给这里捐赠了一批艺术品。是我特地从高山都市斯塔莱特运来的。不如我们一起去看看吧。"

随后我和约瑟芬都被带上了今天没有开放的艺术馆二层。

在二层，眼前是漆黑一片，只感觉到偌大的空间里摆放了不少东西。打开电灯，一瞬间我跪在了地上，呕吐起来！但丹比尔一把又将我拽起，摆弄我的头让我看着眼前凄惨的景象，用人尸体和石头融合而成的雕刻比比皆是，我不愿再去形容，只觉得胃里的东西不停地翻涌。"我相信你知道阿道夫是位出色的雕刻师。不过你却不知道，他是世上仅存的一位血肉雕刻师。"丹比尔说时，我将视线抛向阿道夫的母亲约瑟芬，希望从她那里得到求证。可是，她那黯然、无奈的神情说明了一切……这些都是阿道夫干的？我的脑子一片空白。

丹比尔俯下身在我耳边轻轻道："我可以给你们一个安宁，也可以放了阿道夫的母亲。我只有一个条件，那就是你要离开阿道夫，当然你看了眼前这些自己选择要离开的话，你现在就可以走了。"说着丹比尔将药放在我手中，而我则是呆呆地看着他。

"呵呵，当然你也可以选择拿着这些药和阿道夫一起逃跑。"说完丹比尔便带着部下以及约瑟芬离开了。我一个人坐在地上，看着眼前的血腥雕像……我在挣扎，到底应该怎么办？有太多的选择摆在了我面前……脑子又是一片空白……但不知不觉当中我已开始用眼前这些凄惨的景象去化解心中对阿道夫的不舍和爱意……

十分钟过去了，我发现自己根本无法对阿道夫产生恐惧或者厌恶，无论怎样我似乎都难以抑制心中对他的爱意。同时我也是个自私的人，脑中只回荡着绝对不能失去阿道夫。

我急忙赶回家，刚要进家门时，我听到屋里似乎不止阿道夫一个人，有个不认识的男人，他们在谈话，可是声音太小根本听不清楚。过了一会突然听到有人要开门的声音，我赶紧躲在一旁，只见一个穿着西装戴着墨镜的男人匆忙走出我的家。看着这人的离去，我竟一时间不敢进家门，因为无论他是谁，他都极有可能对我的计划产生巨大影响，而我的计划就是对阿道夫隐瞒所有一切，然后和他逃离这里，去一个真正谁也不知道的地方。我相信只要我俩在一起，就算没有药也一样可以安稳地生活下去。

我足足在门口待了一个小时，做好了承受任何结果的准备才走进屋子。屋里没有开灯，只有窗外的霓虹灯在闪烁……阿道夫一个人坐在长椅上，手扶着额头。我来到他身前，只见他一脸的忧伤，我似乎有了某种预感。他看到我，撑起略显惨淡的笑容说："你回来了。"我俯下身子抓紧他的手贴在自己脸上，他另一只手轻抚了抚我的头，我没有看他，脸冲着另一个方向，眼泪不断地滑落，我刚想说我们一起逃吧。他却率先开口了，"其实我一直想带你去我的家乡高山都市斯塔莱特，那是一个很美的地方。连绵的山脉间，坐落着许多的城市，向远处眺望没有任何的东西可以阻挡你的视线，就算在这个黄昏时代我相信那里的景色也是最美。但或许……今生我也无法带你去了。"

"可以的！我们先逃走，等所有人都遗忘掉我们时，再回来就可以了。"我哭着闭上了眼睛。他轻轻转过我的头，只见他苦笑着说："我们已经无处可逃了。"

我扑到他身上，紧紧搂住他，发现他的身子竟也在颤抖。他同样紧紧抱住我，"对不起，卡蜜拉，把你牵扯进来。"

"不，这一切都是我自己的选择。"

后来我知道了刚刚来找阿道夫的人是兰伯特家仅存的几位忠臣，他把一切情况都告诉了阿道夫，原来约瑟芬被抓住是因为兰伯特家的几位家臣造反被丹比尔乘虚而入。

接下来的日子，我们变得越发珍惜剩下的时间，我们努力不去想某些问题尽量让生活趋于平稳，但我们都知道那是终将面对的。

一个礼拜之后，家里的电话响起时，正在刷盘子的我知道该来的终于还是来了，阿道夫接起了电话。我停下手中的动作，眼泪又开始溢出，不知该用什么表情面对接下来的一切。电话过后，阿道夫走进厨房，从身后抱住我，他吻着我的脖子，却依旧无法阻止我泪水的滑落。"明天下午我去见丹比尔。他没有提及你，我想他不会对你怎么样。走吧，不要等我。"我听着阿道夫的耳语，放下手中的盘子，闭上双眼转过身，将头靠在他的胸口说："我不会等你，我只求你带上我，因为你一个人是承受不了这些的。"他像往常一样没有回话只是紧紧地搂住我。

这个夜晚是短暂的，无论我们怎样想去挽留，但都是徒劳。阿道夫对我说的情话还在耳畔回响，我已坐在他身后紧紧搂住他的腰，这或许是最后一次我们一起乘着摩托车感受灵格的夜景了吧，但接下来也会永远在一起吧？这么想着，心情突然放松下来，不自觉地开始去享受这一切。在名为灵格的都市里，午夜恒久笼罩着天空，萨克斯声不绝于耳，人们的谈笑总是透出淡淡哀伤，纸醉和金迷也散发出了不同的味道。街边的乳白色街灯似乎指明了前路，但那前方却又黑暗一片。月光不再留恋人间，任凭人们心底仅有的一点疯草也消亡。接下来还有什么？我想或许只剩下空荡的酒杯与无尽的荒凉，让我们一边干杯，一边乘凉。

与丹比尔见面的地点是一座街边的篮球场，铁丝网所围起的球场里只有我和阿道夫，约定的时间还没到，我俩靠坐在摩托车上，沉默不语。

"我好想再听一次你的萨克斯。"

"嗯。"阿道夫拿出一直随身携带的萨克斯风时，我只觉得空荡的球场上吹过一阵冷风，不由得打了个寒战。他将外套脱下来披在我身上便开始了演奏。

霎时间，我仿佛来到了一片安静的湖水旁，天空似乎升起一轮明月，从未有过的自由与随意席卷而来，这种感受一股脑地化成幻想浮现在我眼前。我情不自禁地与湖面月光的倒影共舞起来。

啪啪啪，"真是有兴致。"鼓掌的人是丹比尔，他的出现打破了所有幻想。

"约瑟芬！！"阿道夫看到他母亲时紧紧抓住了铁丝网，丹比尔和约瑟芬以及他的部下并没有进球场，而是站在铁丝网的对面，街边停着一辆黑色的加长轿车。丹比尔微笑地看着我说："卡蜜拉，你居然会跟阿道夫走到这一步，我真是对你刮目相看。"

我冷冷地回应道："谢谢。"

"不过，你依旧没有真正了解阿道夫，我相信他们俩从来没告诉过你，阿道夫精神崩溃的真正原因。"听到这话约瑟芬大喊道："请不要说出来！"不过这叫喊换来的却是丹比尔部下的一拳，约瑟芬被打得满嘴是血。我吓得捂住了嘴，阿道夫更是怒不可遏，但无从爆发。

丹比尔轻松地讲述道："阿道夫从小没有母爱，他所喜爱的雕刻与音乐更是受到父亲的无情打击与摧毁，他也曾流浪到世界尽头，但被父亲抓回去时遭到了更严酷的对待。这时一个女人出现了，她对阿道夫倍加关心，这人就是一直侍奉阿道夫父亲的女人——约瑟芬。如果一个男人在最脆弱的时候得到一个女人的大量关心，我相信那是产生不了亲情的……"

我睁大了双眼，喘着粗气，似乎已经看到了某种可怕的结果……丹比尔接着说："况且他的母亲又是个软弱的人，不敢告诉儿子真相，不伦之恋就此产生了，可是当真相被他父亲揭晓的那一天，阿道夫又怎么能承受得住呢？"

周围一片安静，丹比尔继续说："事到如今，他母亲依旧非常软弱，当我对她说如果不告诉我你们的地址，你便会永远地从她身边夺走阿道夫时……她很爽快地便告诉了我你们在灵格的消息。"

"丹比尔！"阿道夫从怀里拔出了手枪，可是丹比尔一撇冷笑便制住了阿道夫将要按扳机的手指。丹比尔笑着说："在这里开枪你只会害死你的母亲以及你身边这位漂亮的小姐。"

"阿道夫，我们离开这里吧。"我有些恍神地说道。听到我这么说，丹比尔轻松的表情换成了疑惑，阿道夫也有些愣住，"我们走吧。"说着我已经跨上了阿道夫的摩托车。

"卡蜜拉……"阿道夫先是看了我一眼，接着又向他母亲看去，这时他母亲脸上是一片惊慌。"阿道夫！！"他母亲大叫道。

阿道夫似乎有些颤抖，想了一下说："自始至终我从未有过母亲。"接着他也跨上摩托车，我紧紧搂住他，就在引擎发动时，丹比尔冲我们俩说："逃吧，但是你们无处可逃。"

随着引擎声，两旁的景色又开始飞速地变化起来，逃是我们唯一能做的事情，无论这逃是否有终点。所有的错都不在阿道夫，为何上天会这样对他，我不明白，我要爱他，我要保护他远离所有的一切，他只属于我一个人。他那可恶的母亲难道就不觉得良心会受到谴责吗？她那样对自己的儿子，上帝一定会惩罚她的！

这时我抱住阿道夫的双手感觉到他在颤抖，不！阿道夫你一定要坚定，你没有做错什么，我们的选择是正确的！上帝一定会明白我们的！

摩托车的速度越来越快……我们开上了一条前往其他城市的高架公路，午夜的景色在逐渐退去。突然有几个影子从我们身旁一闪而过，我赶紧回头看去，数个车灯紧随我们身后，是丹比尔的追兵！我大声喊道：

"阿道夫！后面！！"

　　阿道夫没有回答，突然一拐，摩托车开进一条盘旋向下的道路，紧接着刚刚的公路上传来一声爆炸，巨大的离心力让我不能再回头，但身后的引擎声依旧清晰可见。

　　开出弯道，逐渐周围的景色变成了夕阳映衬下的惨淡林荫，我再次回头看去，只见一台黑色摩托车上一个独眼戴着贝雷帽的女人，一手扶着把，一手拿着把带有转轮的巨型枪械，在我看来那更像是一门炮，她瞄准了我们！！我甚至来不及叫赶紧死命地搂住阿道夫！只听砰一声！阿道夫急忙将车身倾斜，摩托车几乎是贴在地上转了个三百六十度，一时间我的心脏几乎要跳了出来。接着轰一声，一阵热浪向我们袭来，但好在不到一秒钟便退去了。当车身正过来，我又回头望去，依旧有三辆摩托车从榴弹的爆炸中蹿了出来。

　　周围的景色还在继续变化，夕阳再度下沉，回到了夜晚，摩托车的速度始终保持在最高，可以看到公路的尽头了！！再前方是一片林立着无数巨大石柱的荒野！！在黑暗的天空衬托下显得有些吓人，但这时还有什么能比我们身后的追兵更可怕呢？不知何时，追兵变得更多了，其中还有一辆军用悍马车，上面架着一挺机枪。一个身影扶着机枪，那将半张脸遮住的领子，我见过他！是在艺术馆里挟持着约瑟芬的人！他扣下扳机，砰砰砰！比起机枪，子弹划过空气时的声响更让我心惊胆战。

　　阿道夫尽量让摩托车迂回穿梭在石林里，因为这些巨大的石柱是我们最好的天然屏障，但就在这时，一个黑影突然从旁蹿了出来！！阿道夫和我闪躲不及……

主 音

流 放

"偶尔想给别人讲故事,讲述灵魂与命运交错而过的故事。"

流　放

　　黑暗的房间里，勉强可以看见一张椅子与被绑在上面的人影。哔，随着整面墙的幕帘逐渐上升，金黄色的光线注进巨大的空间。华沙睁不开眼睛，他一时间无法适应这突来的强光。

　　"阿尔佛·罗德，丹比尔的最大心腹，头脑冷静，过去成谜，我屡次申请查看《所罗门文书·堕天卷》的更高级别内容用来调查此人，但都遭拒。暗杀优先级别：S。

　　公爵。丹比尔的部下，但并非真正忠心于丹比尔，而是因为履行和阿尔佛的某种约定才屈居其麾下。过去成谜，但不感兴趣。暗杀优先级别：B。

　　凡妮莎·佛瑞，丹比尔的另一心腹，但距阿尔佛对丹比尔的重要性来说还差得很远。暗杀优先级别：B-。

　　最近较常出现在丹比尔身边的是被派去追击阿道夫的人，特征是金发，喜欢穿着绿棕色军大衣，用立起的领子遮住脸眼睛以下的部分。丹比尔称其为'金'。其他资料未知。暗杀优先级别：未知　。

　　你是否承认这份报告里掺杂着大量个人感情？"站在足有近百米宽的巨大落地窗前发问的是戴着面具的班内特·海奥斯，他手持一份报告，单手插兜，面向窗外。而窗外可以看到的只有金色的迷雾与远方的夕阳。

　　"我并不否认。"华沙缠满绷带的双手被绑在椅背上，回答中没有任何语气。

　　他身后站着两名头戴黑色宽檐帽，身着黑披风的面具人。俩人扶在腰间刀柄上的手似乎随时准备将华沙的头斩下。

　　"十二信徒中竟又出现了一个犹大，这真是身为代理人的我的失误。"

班内特将手中的报告翻到下一页,"这是你烧掉的日记中仅存的一部分内容:三月时我接到了一份命令,是一段班内特·海奥斯本人的音频。他催促我配合塞万提斯等人尽快动手,这令我有些心烦。不过最近也有一件令我高兴的事,那就是孤儿院建成了,我收留了奥瑞金黑暗面的流浪孤儿们。还请了几个能干的妇人来照顾孩子们的起居饮食,希望这里能成为他们的庇护所,他们的家。而我为了配合班内特的命令,不得不加快完成肖像画的步伐。在三月的最后一天我又接到了一个新命令,随后我向丹比尔在4月2日请了一天假。"班内特读完转过身说:"看样子你不仅对自己的慈善事业更加热心,还对我的命令非常不满。"

"呵。"华沙冷笑一声。但随即身后的两个黑衣面具人便将刀架在了他脖子上。

"不用紧张。"班内特示意他们把刀收起来,他走到华沙身前,"再之前的事情我也不想追究了,就从我命令你协助塞万提斯保护阿道夫的事情说起吧。"

4月2日,阿道夫和卡蜜拉骑着摩托车从见面地点离开后,丹比尔没有亲自去追而是在阿尔佛的保护下回了酒店,因为他早已派了那个名叫金的家伙带着人埋伏在阿道夫逃亡的路线上。而阿道夫的母亲约瑟芬被押进酒店顶层的直升机,与公爵一同乘坐直升机追赶阿道夫。

在阿道夫和卡蜜拉逃进布满巨型石柱的荒野后,天空下起了雨,直升机也赶上了他们。途径一座石柱旁,直升机上的公爵放出他的宠物,一匹名为巴尔瑟拉的黑豹,它极为敏捷地跳下石柱,朝阿道夫和卡蜜拉乘坐的摩托车扑了上去,但是……突然之间!巴尔瑟拉不知被什么东西撞飞出去,重重地摔在岩壁上。紧接着阿道夫身后追兵也被不知哪来的子弹逐个射杀。

手持榴弹炮名为凯瑞拉的独眼女人紧急将摩托车停住脱离了车队,瞄准阿道夫旁边的石柱,连开数炮,瞬间砂石飞扬。而金所乘坐的悍马车也被卷入其中。

之后烟雾中冲出了一辆摩托车,是阿道夫!!不过身后的卡蜜拉却不见了踪影，当他察觉到这一点时急忙停下车。

　　黑豹巴尔瑟拉喘着粗气甩了甩头，露出凶恶的眼神看着漫天的石砂中逐渐显露出的两个人影。站在碎石堆上的是一个倒背十字架的黑影以及穿着棕绿色大衣的金，而黑影的手中竟抱着卡蜜拉·梦露。

　　只见这倒背十字架的人欠身向眼前的金打招呼道："很抱歉，我不能让你们杀掉阿道夫。"

　　公爵在直升机上仔细观察着四周，他想知道到底哪儿藏着狙击手，虽然从部下被射杀的角度可以推测出大致方向，但雨水严重缩短了可视范围。独眼的凯瑞拉也警惕着周围。

　　金看着眼前倒背十字架的男人没有说话，阿道夫则大喊道："你想干什么？放下卡蜜拉！"

　　"我的任务是让你作为兰伯特家族的首领继续活下去，以及杀死这女人。"就在这人说时，金徒手向他冲了上去。这倒背十字架的人不慌不忙，将所背的十字架直接插在地上，一把抓住金的手臂，但金的右手突然产生了一股电流，逼开对方之后紧接着撩开大衣一脚朝其脑袋踢去，可对方用卡蜜拉挡住了这一击，她被直接踢飞。

　　"真是谢谢你，省得我动手了。"这人口中满是得意，脸上却没有表情。金再次挥动手臂，对方一个闪身来到十字架后面，不知道按了哪里一下，十字架打开来，弹出两柄人骨所制的巨大镰刀。"你的义肢很有趣呢。不过，我想早点收工，请你快点死吧。"听着对方的挑衅金的眼神中没有丝毫动摇，而一旁的独眼女人刚想举起榴弹炮射杀跑向卡蜜拉的阿道夫，不料早已被远处的狙击手瞄准，连中数弹倒地而亡。

　　天空中的公爵将阿道夫的母亲推到机舱边缘，用她挡住子弹可能射来的方向冲阿道夫大喊道："如果你想你母亲安全，现在就自杀！"

　　阿道夫抱起昏迷不醒的卡蜜拉盯着直升机边缘母亲惊恐的面容以及身后的公爵，恨到咬破了嘴唇，但又无可奈何。就在这时！！嗖的一声，一颗子弹瞬间打穿了阿道夫母亲约瑟芬的额头并从公爵耳边划过嵌入机舱的墙壁上，是远处的狙击手干的！接着约瑟芬倒向了公爵，他愤怒地一脚将其踹下直升机，命令直升机朝子弹射来的方向前进。

　　"约瑟芬！！"阿道夫看着从天而落母亲的尸首，痛苦地大叫着。但现在做什么都为时已晚,他抱起卡蜜拉向自己的摩托车跑去。

可是远处瞄准镜的十字已经对准他怀中的卡蜜拉。一个全身披着黑斗篷的人正趴在石柱上紧握着一把装有消音器的黑色狙击步枪,不细看的话根本察觉不到他的存在。就在阿道夫将卡蜜拉放上摩托车他刚要扣下扳机的时候,螺旋桨和一个人声传来:"嘿,找到你了。"

直升机横在狙击手身前,可他还是趁直升机未完全挡住视线的时候扣下了扳机,但很明显直升机的出现影响了他,这一枪打偏了。他立刻站起身来朝直升机的尾部螺旋桨射击,一下子就让飞机失去了平衡,旋转着向周围的石柱撞过去。不过公爵已经拎着黑色长刀纵身跃到了狙击手所处的平台上,狙击手一个侧翻躲开了公爵致命一刀,但这一刀的力度竟将地面斩开一个不浅的口子。狙击手用枪口对准公爵。只听在哗哗的雨声中公爵带着笑意说:"嘿,到底是你的枪快还是我的刀快呢?"

另一边,几个回合下来,倒背十字架的人发现眼前这个右手会发电的家伙很不好对付,眼看阿道夫带着卡蜜拉坐上摩托车,远处的狙击手也被直升机缠住,这么下去阿道夫真有可能带着卡蜜拉逃到无影无踪。他决定破坏阿道夫的摩托车,俯身将一把镰刀掷了出去,镰刀距离地面只有不到十厘米旋转着飞向阿道夫的摩托车。但是!!途中一个黑影冲出来截住了镰刀,是公爵的宠物黑豹巴尔瑟拉。它咬住了镰刀的握柄部分,看来它对刚才踹了自己一脚的这个家伙耿耿于怀,叼着镰刀就冲他扑了上去!倒背十字架的家伙怒道:"畜生,刚才就应该杀了你。"金也呼应着黑豹的攻击,向其后背猛冲过去。可是对手一手持镰刀,一手拎起了插在地上的十字架,瞬间十字架表面冒出无数尖刺!镰刀挡住了黑豹的攻击,布满尖刺的十字架则逼退了金。就在这时,远处传来直升机爆炸的声音,而阿道夫已经带着卡蜜拉消失在了茫茫的石林荒野里。

雨还在下,石柱顶端,全身披着黑斗篷的狙击手不见了踪影,只剩下公爵一人,他面带笑意,掏出电话,拨通了丹比尔的号码。

"情况怎么样了?"电话那边丹比尔率先发问道。

"出现了搅局的人,阿道夫的母亲被狙杀,追击部队几乎全灭,我所乘坐的直升机也坠毁了。"

"什么!!那阿道夫和卡蜜拉怎么样了?"丹比尔不敢相信自己听到的

事情。

"他们逃掉了。"公爵用的语气虽然凝重，但表情却是轻松。听到这话丹比尔沉默了一会问道："搅局的是什么人？"

"不知道，只知道对方希望阿道夫作为兰伯特家族的首领继续活下去，而不是就此逃亡。"

丹比尔顿了顿回答说："看来这次做得有些过于明目张胆了。我派飞机去接你。"

挂上电话，公爵从石柱向远端望去，想起刚才的狙击手喃喃自语道："看来事情即将变得越来越有意思了。"

另一边，金知道任务已经失败，便不再和倒背十字架的人正面冲突而是利用黑暗和雨水隐藏了自己的身姿。黑豹巴尔瑟拉受了伤，浑身好几处流着血，还在和对方对峙着。突然远方传来公爵的口哨声，黑豹便扔下了口中叼的镰刀，朝声源跑去。

"想走!?"这倒背十字架的人刚想追上去，一个人影出现在他身后，叫住了他，"塞万提斯。"是那个浑身披着黑斗篷的狙击手，他拍着倒背十字架名为塞万提斯的人的肩膀说："不要追了，我们的任务已经失败了。"

"放开你的手，你还没资格命令我，华沙。"塞万提斯表情显得很不甘心。

"你要找麻烦的话我不拦你，但班内特事后会不会找你的麻烦我就不知道了，就让他们多活几天吧。"

班内特也搬了把椅子，就坐在华沙面前说："你当时对塞万提斯的劝阻是非常正确的，既然任务已经失败就不要节外生枝了。你的聪明才智远超塞万提斯，其实我一直很看重你。"

"如果不是因为我父亲死后，我母亲落入你手里，我怎么会受制于你。"华沙眼神凌厉。

"呵呵，你是一个人才，我不想让军队那种地方浪费你的才华。"班内特跷起腿接着说："那之后丹比尔的处理方式证明了他还是动了恻隐之心，并没有再次去追杀阿道夫，可同时我们也失去了阿道夫的音讯。不得不说丹比尔确实有几把刷子，已经远不是当年那个可以被我玩弄于股掌的小子了。而你在4月2号以后屡次无视我的命令，最后竟想要一走了之。"

4月3日，灵格艺术馆二层的雕刻品们被运到荒郊集中销毁。画师华沙看着冲天的火焰里被捣碎的雕刻品残渣心中回响起阿道夫动人的萨克斯声，但这声音正越行越远。"或许这一生也不会再听到那天籁般的萨克斯了吧。"他喃喃着，接着又想起阿道夫曾对自己说给他画肖像的事情，看来就算他可以活下去，也很难再现实了。不过相比于丹比尔，给阿道夫画肖像的话一定简单不少，想到这里华沙嘴边露出一撇笑容，肩上的切仿佛察觉了主人心情般叫唤了一声。

这时阿尔佛来到了画师身旁问道："已经半年多了，肖像画……"

华沙回答道："我相信不出一个月就可以完成了。"

"那就好。"

丹比尔一行人在4月5日回到了奥瑞金，画师华沙第一件事便是去孤儿院探望孩子们。他买了不少吃的，准备给孩子们一个惊喜。但当他来到院门前时，却发现一个流浪汉正坐在一旁，演奏着手风琴哼着小曲。华沙斜眼看了他一下。流浪汉抬了抬帽子说："那位大人有些着急了。"华沙没有回答，直接推开院门。

一位中年女性匆匆走出来说："好久不见了院长先生，孩子们都想死您了。"这个戴着围裙看起来粗壮能干的女人名叫葛莉谢尔达，是华沙请来照顾孩子的几位员工之一。

这老女人突然搡着华沙的胳膊背冲院门小声说："告诉您，门口那个流浪汉您可千万不要可怜他，我们已经给过他好几次吃的了，他还赖在那里不走。他在的时候我都不许孩子们到院子里来玩。"

"呵呵，是吗。"华沙显得有些不以为然。

"呵呵，院长先生，正巧今天凡妮莎小姐也来了，看我一会儿给大家做一顿丰盛的大餐。"

"拜托你了。"华沙说着将手中的食材递给葛莉谢尔达，她直接去了厨房，而华沙则来到孩子们平时上课的房间。他站在门口透过门上的窗户向里瞅了瞅，里面的孩子还在上课。凡妮莎也在里面，和小迪特坐在一起。她看到了华沙，小声对迪特说："你看那是谁？"

迪特顺着凡妮莎手指方向看去，忍不住大叫道："啊！院长先生！"

结果因为这一叫，所有的孩子都不再听讲而是冲向门口的华沙，把他团团围住，兴致勃勃地想向他展示自己最新学到了什么。可是被请来教课的老师则推了推眼镜严肃地对他说："院长先生，请您不要在我上课的时候突然出现，我也是有身为教师的尊严的。"

"呵呵，真不好意思，干扰你上课了。那不如现在就放学吧。"听到这话孩子们一下子乐成了一团。华沙和凡妮莎也有段时间没见面了，对视了两眼，似乎都有些说不出话来。

之后的晚餐时间里，葛莉谢尔达先向华沙介绍了新收留的几个孩子，"这是诺埃尔，这是皮克，这是哈维。"

"呵呵，你们好。"

三个孩子有些胆怯。

"不要拘谨，既然来了这里，大家就是一家人了。"华沙让三个孩子来自己身边坐，他轻抚着孩子们的头逐渐让他们放松下来。之后所有孩子都对自己侃侃而谈，其中小迪特学会了新的口琴曲，还现场给大家演奏了一段。"实在太棒了，迪特真是有天分。"华沙的表扬让小迪特很不好意思，而其他小朋友有些不服，继续七嘴八舌地向华沙表现着自己，他都耐心地一一给予肯定。

晚餐过后，小迪特还要去酒吧表演，华沙和凡妮莎决定一起送他。

路上，华沙和凡妮莎各牵着迪特一只手，之间话不多。

"这一趟随主人出门怎么样？辛苦吗？"

"呵呵，还好，不太辛苦。"

"恩。"

随即俩人便又陷入了沉默。小迪特从俩人不自然的表现似乎察觉出什么，便自己跑到了华沙的另一侧好让他们俩靠得近些，华沙问道："你这是干什么？"

小迪特笑着没有回答，就这样凡妮莎和华沙越靠越近，到底是谁在慢慢靠近谁呢？不知道，只知道俩人的手逐渐重叠在一起，但这时华沙突然说："或许快到我离开这个城市的时候了。"一刹那，俩人都把手缩了回去，身体也稍稍拉开距离。

"为什么突然说这个？"凡妮莎的声音显得胆怯。而小迪特更是使劲拽住华沙衣角不再前行，华沙微笑着抱起他说："叔叔在这里的工作要结束了，但我肯定会不时来看望大家的。"说着华沙和小迪特的额头互相顶了顶，经历过许多的小迪特有着超龄的成熟，他忍住泪水紧紧抱着华沙的脖子，"一定哦。"

"嗯，一定。"华沙并未多想一口应承道。

凡妮莎看着此情此景，心里充满了对未来的害怕以及迷惘，她想去碰触华沙的手却又不敢，任凭时间的流逝。

不久，他们来到了迪特表演的酒吧，小迪特不愿放开华沙，"乖，我又不是现在就要走。"

"嗯。"

华沙放下迪特说："所有孩子中唯一可以帮我分担孤儿院负担的只有你，所以你不仅要坚强，还要比别人更坚强。"

"嗯。"

"不要愁眉苦脸的，去好好表演吧。"华沙捋了捋小迪特的额头。

"嗯。"随着华沙的每一句话，小迪特都坚定地点一下头，仿佛临别的亲子，父亲的每一叮嘱都被逐渐懂事的孩子铭记于心。接下来小迪特演出时华沙和凡妮莎便默默离开了，等表演结束会有孤儿院的员工来接他。

俩人漫步在街上，夕阳从大楼的缝隙中不时地射出焦黄与凄凉。

"主人的画就要完成了吗？"

"嗯，我想是的。"华沙回答时显得有些无奈。

"这半年过得真快！"凡妮莎突然加快了脚步，走到华沙的身前转身冲他微笑着。

"嗯，待在丹比尔身边经历了许多事情，但都好像是一眨眼的工夫。他确实是个有意思的家伙。"

"……嗯。你还会来这个城市吗？"

"应该会吧，不过这次结束后，我也不知道命运到底会载着我漂向哪里。"华沙抬头看着紫色天空中的粉色云彩，眼中充满了不确定。

凡妮莎犹豫了一下鼓起勇气说："……为何不在奥瑞金定居下来？还能和孩子们在一起。"

"呵呵，或许会有这么一天吧。"

"……"

就在俩人陷入沉默时，一个巨大的声响从他们身后传来！！有种不祥预感的他们赶紧跑回酒吧，只见从门里不断冒出的黑烟以及零星走出来的伤者，华沙和凡妮莎没有多想直接冲了进去，里面竟已是一片废墟，很明显刚刚在这里发生了爆炸。华沙拼命喊着："迪特！迪特！！"凡妮莎则在几被炸烂的吧台里找到了受伤的酒保，问说："怎么会这样！？"

酒保勉强答道："我也不清楚。"

"那今天店里有什么怪异的人来过吗？"

"迪特！！"另一边华沙也在一张斜着的桌板下面发现了重伤的迪特。

而这时酒保回答道："对，有个人很怪异，他坐在吧台点了一杯血腥玛丽，但他却将酒杯摔碎在地上，我以为他是来找事的想赶他走，但他随即将钱放在台子上就自己离开了。"

"他有什么特征？"凡妮莎急切地问。

"他背着一根倒立的十字架。"说完这句话酒保猛咳了几声，但还勉强支撑得住。

听到酒保所说的，华沙吃惊不已，但已经没有时间再想。他抱起迪特冲出酒吧大声呼喊道："救护车！！救护车！！"

班内特将手搭在华沙的肩膀上绕着他边走边说："当时流浪诗人昆汀就在附近，他随后便向我报告说你的眼神里充满了焦急、愤怒与黑暗，如果让你知道这起爆炸事件是我们策划的话，事情肯定会朝糟糕的方向发展，谁知那个酒保居然没被炸死，还当即就说出塞万提斯去过那家酒吧。我只是想炸掉一家布兰克家族经营的店面来警告一下丹比尔而已，很抱歉没想到你的慈善事业竟做到那里去了。"班内特极具穿透力的嗓音此时略显轻狂。"也就是从这之后你完全忘记了你的任务，开始一意孤行。"

看着被送进急救室的小迪特，华沙显得焦躁不安，凡妮莎牵着他的手，从未在他身上见过的情绪——害怕，从其颤抖的指尖彰显出来。"他不会有事的。"凡妮莎尽力安抚他，但似乎没有什么作用，华沙依旧睁大双眼直视地面，完全没有理会她。

两小时后，急救灯熄灭，一名医生走出来对华沙他们说："我尽力了，性命虽然保住了，但左腿的伤势过于严重……不得已只好截肢了。"

华沙双手抓住医生的肩膀问："什么？怎么会这样！！"

"不要这样，华沙。"凡妮莎希望他不要太激动。

华沙虽然放开了手，但还是不敢置信，问道："现在可以进去看他么？"

"伤者的情况还不稳定，暂时没办法。"说完医生就匆匆走开了。华沙紧握着拳头，愤怒从他的表情里毫无保留地溢出。凡妮莎觉得他的样子很不对劲，安慰道："性命保住了最重要，其他的都可以慢慢帮助迪克克服。"

华沙没有回答，狰狞的表情稍稍缓和下来，对她说："我出去透口气。"

"我陪你吧。"凡妮莎有些担心。

"不用了，我很快就回来。"

看着华沙离去的背影，凡妮莎感到极为陌生与不安，但更让她担心的是几个小时过后，华沙依旧没有回来……

在爆炸发生的酒吧附近徘徊的流浪诗人昆汀看到酒保活着被担架抬出来时大吃一惊，他觉得华沙那眼神一定是因为酒保说了什么，这下事情极有可能往复杂的方向发展。他赶紧回到奥瑞金黑暗面的落脚点，向海奥斯家族本部发去一份报告。

不过几小时后，他就发现周围的流浪汉都向自己投来异样的目光。觉察到不对头的昆汀赶紧将手风琴和尖帽子收了起来，让自己变得没什么特征可寻。他不停地游走在奥瑞金的黑暗面，想借由移动来隐藏自己。但慢慢地他开始觉得有个黑影一直在跟踪自己，他快速穿过几个街口，但怎样也甩不掉对方。他知道自己是很难跑掉了，便停下脚步向幽静的小巷深处喊道："华沙，我知道是你，出来吧！"可是喊完之后却不见任何人影。"你到底想怎样？"昆汀很确定有人在跟踪他，再一次大喊道。

这回有人应声了，而来源竟就在他耳边，"你想隐藏自己行踪的行为已经让我明白了一切。现在可否请你告诉我塞万提斯的下落？"华沙的声音冰冷刺耳，脸在黑暗的衬托下显得暗无血色，肃杀的眼神在此时看来更像是一头盯上猎物的饿鬼。

昆汀没有转头看华沙回答说："难道你不怕班内特……"还未等他说完，华沙一拳将其打翻在地，怒吼道："不要跟我提那个家伙！！告诉我塞万提斯的行踪……"说着华沙又一把将昆汀拽起，掏出枪抵着昆汀的右眼。

"我只是一个负责情报与传信的，他的具体位置与落脚点我也不知道。"昆汀显得镇定自若。砰！！子弹从昆汀额头边缘擦过。"下次我会将枪口再稍稍往里面一点。"

昆汀笑了，说："我根本不知道他在哪里，因为我的主要任务就是监视你。"华沙听到这话时心中一下子产生了动摇，昆汀又说："还有你觉得我身边会没有人保护吗？"

突然！！从天而降两名持刀的黑衣面具人，将华沙从昆汀身边逼退开来。看着对方脸上的面具，华沙心中浮现出的是班内特·海奥斯的形象，他犹豫了一下说："我再问你一遍，塞万提斯在哪里……"

昆汀掸了掸本就很脏的衣服说："我确实不知道。"

就在这时小巷里回荡起另一个人的声音，"华沙，你是要来找我吗？那就来吧！"是塞万提斯！！华沙立刻遁寻着声音的方向追了上去。而昆汀看到这种情况暗自念道："塞万提斯那个蠢货……"

华沙跟着塞万提斯的脚步来到一座废弃的工厂，华沙没从正门直接冲进去，而是绕着工厂转了一圈，从一扇破掉的窗户进到内部。巨大的厂间里一片漆黑，华沙暂时蹲下身子保持静止，他需要一段时间来让眼睛适应。

这时只听整个工厂里，回荡着塞万提斯冰冷的挑衅："怎么了？我就在这里。"可是回音太大，分不清声音传来的方向。华沙没有受到挑拨，待眼睛稍稍适应了黑暗后,缓慢地移动脚步。塞万提斯突然说:"呵呵,找到你了。"虽然不知道塞万提斯到底在哪里,但华沙还是本能似的跳开,躲过了对方从天而降的镰刀攻击。砰砰砰!紧接着重整态势的他立马开枪反击。镰刀的冷光与枪口的火焰形成鲜明对比。可是没一会,整个工厂安静下来,俩人又都失去了对方的踪迹。

谁都没有动作地僵持了几分钟后,塞万提斯又一次挑衅道:"我一直不明白,为什么班内特会看重你这样一个心慈手软的家伙。"华沙没有答话,他继续说:"对了,你可知道,小孩子的舌头是最嫩的,等你死了我会将你连同孤儿院里那些孩子的舌头一同割下来,然后用绳子串起来做个项链,我想那一定很有收藏价值。"

华沙依旧没有答话,塞万提斯警惕着四周,工厂里安静得出奇,双方都屏住了呼吸,甚至连老鼠爬过的声音都可以清晰听到。

嘟嘟嘟!华沙怀中的手机突然响了!这一下暴露了他的位置!"又找到你了。"塞万提斯举起手中的十字架,用底部对准了声源,轰的一声!十字架底部竟然装有榴弹炮!可是塞万提斯马上发现这一炮似乎没有击中华沙,他也赶紧移动自己的位置。

华沙在手机响的第一时间便找了个掩护躲起来。接着他小心翼翼地用大衣包住手机,打开来,是凡妮莎发来的短信,"小迪特醒了!快回来!"

华沙稍稍想了下,觉得去看望迪特更重要,况且眼下也没有十足的把握战胜塞万提斯。之后他就冲房顶连开数枪,借着枪声的掩护离开了。

"其实当时我已经派了一个人去阻止你们,就算你没有收手,他最后也会出手阻止你们的。"班内特·海奥斯又一次面冲窗外说。

"是特欧贝尔德?"

"聪明。那之后你虽然没有更多的过激行为,但我的劝说似乎对你根本没有效果,我甚至对你说只要任务成功,最后把塞万提斯直接交给你处置都没有关系。"

"呵呵。"华沙冷笑着说:"你不觉得主谋者对我说这种话显得很可笑吗?"

"嗯，那只不过是我诚意的一种体现，具体你怎么理解我就管不着了。而你的背叛从那时起已经在我的意料之中了。对了我还要说一点你肯定不知道的，其实从那时起就有圣玛丽教团的成员混入了孤儿院，只不过被许多事情干扰到的你没有发觉而已。"

"什么?!"

"一个多月以前，有流言说普瑞克萨骑士团现在的团长是假的，真团长被囚禁在奥瑞金。但流言只是流言，没有证据的情况下有太大动作的话，圣玛丽教团内部也会出现问题，所以骑士团几名队长就悄悄地潜入奥瑞金。其中有一个人进入了你开办的孤儿院。"

华沙努力思索着但怎么也想不出来孤儿院里有谁是教团的人。"还好在他知道你真正身份后便被我抓住了。你还记得在地下大会上，教团有一个小孩一样的队长砍伤过你的手么？其实你的身份和背景很多时候会让孤儿院的孩子身处险地。"

华沙很快赶到了医院，加护病房里，小迪特平静地躺在床上，但他那空洞、深沉与泪水掺杂在一起的眼神让人感到痛心和无助。凡妮莎哭了，满脸泪痕地坐在迪特身旁。

华沙看了眼手表，现在是早上5点。他拍了拍凡妮莎的肩说："去休息一下吧。"

"嗯。"凡妮莎没有说什么就出去了。从她的神情看来小迪特的精神状态恐怕……华沙坐在凡妮莎刚刚的位置，对迪特说："如果累了就闭上眼睛睡吧。"

"院长先生，是我做错了什么吗？"

对于这突如其来的问题华沙显得有些错愕，问道："为什么这么说？"

"您曾经告诉过我们上帝会褒奖那些善良的人并惩罚那些做错事却不知悔改的人。"

"……"

"如果我改正我的错误，上帝会将腿还给我吗？"

"……迪特。"华沙坐在床边，小迪特用尽力气拽住他的衣角满脸恳求地说:"以前我每天努力让自己成为一个可以被上帝褒奖的人,现在我不再要被褒奖了,只求上帝能原谅我犯下的错,把腿还给我。"

华沙俯下身轻轻抱住小迪特说:"你什么错都没犯……"但泪水已经顺着他的脸颊……之后医生进来给小迪特打了止疼与睡眠针,华沙走出病房,凡妮莎一下扑进他的怀里喃喃道:"为什么会发生这一切呢……"

过了一天,孤儿院的大伙来医院看望迪特时,都被他拒之门外。他似乎很害怕,害怕别人向他投来异样、同情的目光,只有华沙与凡妮莎一直陪着他。但小迪特每天的样子都在变得更加憔悴,也没什么食欲。看他这个样子,华沙也是寝食难安。

丹比尔·布兰克知道了这个情况,便让凡妮莎多陪陪画师与受伤的孩子。

半个月后,小迪特能出院了,复健等治疗可以稍后再进行。医院门口,小迪特坐在轮椅上向身后推着他的凡妮莎问:"我们是要回孤儿院吗?"

凡妮莎笑着说:"回答这个问题之前我要先问你一个问题,小迪特,你看过最美的景色是什么?"

小迪特显得心不在焉,每天都会被泪水染花的小脸这时看起来格外暗沉,转头冲着夕阳的方向回答道:"大概是它吧,这对于本生活在黑暗地界的我们来说已是弥足珍贵。"

"原来如此,那我们今天不回孤儿院了,姐姐带你去一个地方让你看看更美丽的景色。"

"什么地方?"

"这个嘛,暂时不能告诉你。"

接着俩人来到奥瑞金的车站,华沙已经在那里等他们了。坐上列车,小迪特显得很沉默,一直看着窗外变化的景色。华沙和凡妮莎也只有眼神的交流,他们寄希望于这次出行能帮助小迪特重拾许多失去的东西。

天边的光芒越发耀眼,"太阳升起来了!?"小迪特突然发现远处的太阳不再和地平线重合,而是逐渐抬高。

"嗯,这趟列车的目的地是永恒光明的世界。"

"真的吗?"小迪特显出了兴奋,这是这么多天以来头一次在他脸上出现忧伤以外的神情。

华沙应声道:"嗯。"

接着不久,列车在不知名的地方停下来。蓝色的天空,洁白的云彩,这本应是很平常的光景,但在这个时代里却显得极为珍贵。因为在这个地方生活的成本实在过于昂贵,水,食物,电的供应都需要极高费用,普通人根本无法负担。

推着小迪特走出车站,周围细小的山丘上布满了纯白的花朵与翠色的短草。微风袭来,阵阵香气让人心旷神怡。在这个时代里植物最先演化出了可以适应永恒光明的形态,而位于食物链顶端的大部分人类却只能龟缩于黄昏地带。顺着精巧的石板路前行,很快来到一座田庄前。"就是这里吗?"华沙问。

"嗯,就是这里。"

推开等身高的铁栅栏门,不远处的土丘上坐落着一栋矮房子。"那里就是我们这些日子的新家。"凡妮莎指着那矮房子说。

"真的吗?"小迪特又惊又喜。

田庄内没有种植什么东西,只有与其他地方一样盛开的白花。走到跟前,朴实的矮房子上还有一根烟囱。小迪特笑逐颜开道:"这跟童话故事里形容的房子简直一模一样。"

进到里面,尽管有段时间没人住了,但没什么灰尘。华沙在客厅一角发现了一台立式钢琴,打开键盘盖,仔细看的话可以看到键盘上还残留着指纹的痕迹,是丹比尔留下的吧。华沙这样想着。接着他又发现窗户上设有许多遮光装置,这样一来晚上也不用担心了。透过窗户向远处望去,映入眼帘的是一个光秃秃的山坡。"哇!"小迪特的声音从后院传来,华沙赶过去发现那里竟是一个花园,里面种满了五颜六色的花朵,但仔细看去竟都是假花……不由得让人觉得有些失望。

就这样,三人将在这里生活上一小段时间。这里没有都市的喧嚣与吵闹,整个世界仿佛就只有他们三人,正是给小迪特疗伤的最佳地点。时光流逝,在华沙与凡妮莎的悉心照顾和美丽景色的感染下,小迪特逐渐走出断腿的阴霾,变得坚强起来。华沙的自责与担心也随之减轻了一些。但与凡妮莎生活在一起的这段时间,她对自己的温柔,安慰,一点一滴都被他记在心里，变成了抹不去的印记。

5月10日，他们乘车回到奥瑞金，帮助迪特安装假肢与复健是接下来的任务。或许他们自己都没发现，但在别人眼中，华沙与凡妮莎已经像一对夫妻一样形影不离了。

"真是令人感动的亲情，真是令人羡慕的一对。"班内特语气里没有讥讽的意味，他蹲在华沙身前，手扶着他的腿说："但之后你要逃亡的决定让我费解。你真的觉得自己可以和那位叫做凡妮莎的小姐远走高飞？又或者你从阿道夫身上看到了某种可能性？算了，这一件错误不能抹杀你大部分时间内的聪明才智。"

班内特站起来说："我给你的期限是6月初，而5月21日晚上你去了她的住处，我相信之后的那一周一定很美妙吧，但可惜的是结局却显得不够完美。如果按故事情节来说，她应该会为了爱抛弃一切和你相守才对吧？"

5月21日下午，医院里小迪特复健了一整天，累得睡去了。华沙和凡妮莎终于又有机会可以单独漫步在街上。华沙随口说："小迪特的情况好多了。"

"你这么说是预示着你可以放心离开了吗？"

华沙听出她话里有刺，绕开她的话说："今晚，我们一起去吃个晚餐吧。"

"最近我们每天不都在一起吃？"

"我是说去一家正式一点，高档一点的餐厅。"

"嗯，我知道哪有这样的餐厅，你有纸和笔吗？"

"给。"

凡妮莎写了一个地址给华沙说："就是这里，离我家很近，订位子的事情就交给我吧，时间定在晚上7点。你回去换件漂亮点的衣服来哦。"说完凡妮莎就从另一个方向走了，华沙也没多想，快步回到布兰克家族官邸。可是在房间里换衣服的他看着贴满墙壁的丹比尔的素描,很难不想起自己真正的任务,心头不由得笼罩上一层挥之不去的阴影。他慢慢放下拿在手上西服,向肩上的切问道:"我是否做错了太多?"

切没有理会,但他又握紧手中的西服,尽管在他心中有许多犹豫和迷惘,但有一点已经可以确定,那就是对凡妮莎的感情已不再单纯,每当想起要离她而去时,掌心便传来阵阵奇异的感觉,这感觉不仅限于手上,还顺着血脉冲进了心房。

华沙穿上西服照着镜子,要见自己喜欢的人时,每个人都会细致入微地观察自己的仪表,哪怕一丁点的瑕疵也要修正到自己满意为止。

7点,华沙如约来到凡妮莎所给的地址。但奇怪的是这里连个餐厅的影都见不着,只有一栋三层的公寓,而地址上写的就是这里。"看上边。"凡妮莎穿着围裙拿着菜刀从三层的一扇窗户里招呼华沙。"我在三层,上来吧。"

随后华沙来到三层,凡妮莎开门将他迎了进来。"这是我家,你等一下哦。"凡妮莎又匆匆走进厨房。华沙也跟了进去,靠在墙边有些摸不着头绪地说:"没想到正式一点的餐厅竟会是你家。"

"呵呵,你想不到的事情还多着呢!"凡妮莎用手纸沾了下台子上的沙拉,尝尝说:"恩,味道还不错。"这时华沙靠近凡妮莎想从身后搂住她,凡妮莎心跳不由得加速起来,但……华沙最终还是没有任何行动,有些尴尬地说:"有没有需要我帮忙的?"

凡妮莎深吸一口气说:"喔……没有,一会吃才是你的工作。去餐桌那边等着吧。"

二十分钟后,餐桌上华沙与凡妮莎面对面坐着,蜡烛,红酒,佳肴,一样都不少。

"让我们先干杯吧?"凡妮莎率先举起酒杯。

"嗯。"

砰,清脆的干杯声后俩人就开始低头用餐。此刻看来,餐桌与食物更像一道天然屏障将俩人隔开好远。主餐结束,俩人依旧隔着餐桌各自享用着甜点。直到用餐时间彻底结束,一切都收拾好了。华沙和凡妮莎一同坐在沙发上,她主动靠近,将手搭在他腿上深情地望着他。华沙也看着她,头不自觉地向她靠去。

俩人深情一吻，但这一吻却仿佛再也没有尽头，让俩人压抑在心底的情感彻底爆发出来。"可以吗？"华沙喘着粗气，刚要解凡妮莎上衣扣子时问道。可是她已经率先把华沙的上衣脱掉了。之后俩人来到卧室，昏暗的灯光下，俩人紧紧依附着对方，长久以来的思念与爱慕在这一刻得到了释放。

凡妮莎喘着粗气问华沙："在离开前你想从我这里得到的已经得到了吗？"

"……"华沙没有回答，一下将她按在身下，但凡妮莎的表情突然变得难以捉摸说："如果你要走，这之后便是最好的时机。"听到这话华沙紧紧搂住对方略微颤抖的躯体，细声说："我想带你一起离开。"

这样美妙的夜晚持续了一周。

"为什么你不能留下来呢？"凡妮莎捧着华沙的脸帮他拭去额头的汗水说。

"因为许多。"

激情过后，俩人穿好衣服，华沙从身后搂住凡妮莎吻着她的脖子说："跟我一起走吧，远离一切俩人安静地生活下去。"

凡妮莎没有说话，华沙问："你不愿意吗？"

"我只是觉得我们能去哪里呢？哪个城市不都充满了喧嚣与争斗？再说这里还有孤儿院的孩子们。"

"我的时间不多了……"华沙的声音细微到融入了空气。

"什么？"凡妮莎没听清楚。

"无论如何，请你跟我一起离开此地吧，我需要你。"华沙尽力说服着凡妮莎。但她眼中的犹豫清晰可见，她对他的感情是炽热的，可她并没有和他远走天涯的打算，她不愿伤害华沙。而被感情与激情蒙蔽了双眼的华沙却没有发现这一点还自顾自地说："我想我周六之前就可以完成丹比尔·布兰克的肖像画。而阿尔佛已经将报酬全数给了我，我只要完成画作便可随时离开。"凡妮莎转头看着华沙的双眼希望他能从自己的眼神里察觉出什么，但华沙却继续说："周六晚上的12点。火车站，我会在站台上等着你。"

她失望地垂下眼小声应道:"嗯……"

"你那草率的决定怎么可能说服她呢?被感情冲昏头脑的由始至终只有你一个人。"班内特话中带着特有的威严,"其实她之后在孤儿院给你留了一封信。不过你晚上的突然到访让那个名叫葛莉谢尔达的女人根本没想起有这么回事。"

"你怎么会知道这些……"华沙有些紧张。

"虽然昆汀无法在布兰克家官邸附近监视你,但任谁都会想到你在离开之前肯定会去一趟孤儿院,他只需一直等候在那里。而离开孤儿院之后教团的第三队队长便跟踪上了你,可心急的你竟也没发觉,还好对方不知螳螂捕蝉,黄雀在后这句东方古话。"

5月31日晚上9点40分。

天空下着雨,昆汀在孤儿院街对面的房子里看到了一切,华沙打着黑色的雨伞,切就立在他肩上。或许是害怕分别时的痛苦,他没有进去,而是将钱交给葛莉谢尔达后就默默离开了。去到车站的华沙坐在月台的长椅上,从他不平稳的呼吸来看,这时他心中一定充满了对未来的憧憬与悸动吧。昆汀一边想着一边坐到华沙身旁。他并非来阻止华沙的离去,只是来给他浇一盆冷水,这就是昆汀的工作。"身为十二信徒的你如果现在离开的话,不仅是死亡画师的传说会就此终结,恐怕你一生也只能生活在逃亡中。"

华沙没有回答,过了一会,昆汀站起身来再次提醒道:"画师你似乎忘记了一些事情那位大人震怒的话,受害者将不光是你,还有你周遭的一切,其中就包括你远在世界另一端的母亲。"昆汀已经把该说的都说了,剩下就看华沙怎么选择了。

时间轮转,清晨3点半,昆汀拎着袋子找到了没有等到凡妮莎的华沙。他已经在雨里漫无目的地走了三个小时。淋湿的头发半遮住他的面容,隐约中昆汀看到了一对深沉到绝望的眼睛。这时华沙的心情是怎样的？或许就如班内特所传达的命令一样，"不必阻止他，重创他的将不会是我们"。

6点31分，随着教堂彩色玻璃窗的碎裂，一切都画上了句点。但却又是一个新的开始。三个黑衣面具人包围了华沙，他的苦笑预示着他并不想拼死抵抗，他所犯的错误必须得到审判，黑衣面具人就是来抓他回海奥斯家族的，其中一人用剑锋抵住他的后脖子，可是突然之间枪声传来！两个穿着风衣的年轻人从草丛中冒出来，冲黑衣面具人连续射击，砰砰砰！！黑衣面具人不得不退开几步。"华沙大人，快走！"俩人一边开枪一边跑向华沙，一前一后掩护住他，这两人正是华沙的心腹卡朋特兄弟。

"你们……"

"快走，大人！这里由我们挡住。"俩人掩护着华沙向土丘的另一个方向且战且退。但三个黑衣面具人动作奇快，俯身躲过子弹的同时以极速朝卡朋特兄弟袭来，俩兄弟见势不妙扔了手枪，掏出皮靴中的匕首直接与对方短兵相接。

而逃走的华沙不断地穿梭在越发变高的草丛间，他也不知道自己要逃去哪里，只觉得走了好久好久。不知何时起天边越发暗沉的红云裂开了一条缝，透出的夕阳余烬引出大地的苍茫，杂草也涂上了近黑的墨绿。突然停下脚步的他在几米之外发现了一道铁轨，不远处传来汽笛声，几秒后，疾驰的列车呼啸地从他面前经过。他本有机会可以抓住列车的尾部，随它去往世界的尽头，但他没有，只是任由列车扯动的狂风吹着放弃一切希望的自己。列车逝去，大地恢复平静，他抬起头看着天空。

在轨道的另一边，悄无声息地出现了一个身影，对方倒背着巨大的十字架，是塞万提斯。俩人都沉默着，战斗似乎一触即发。

唰！！眨眼间巨大的镰刀笔直飞向华沙，但击中的只有地面，华沙一个闪身避开了攻击。可插在地上的巨大镰刀却又突然拔起来再度向他转去！华沙吃了一惊，闪躲不及。霎时间鲜血四溅，切也惊叫着飞向天空。"不愧是暴君华沙，关键时刻真是毫不犹豫。"华沙居然用双手硬接住塞万提斯的镰刀，但手掌心已是血肉模糊。

"居然用手掌挡住大部分力道避免了手指被切掉的危险。"塞万提斯说着突然使力，镰刀猛地挣开华沙的手，飞回塞万提斯手中。原来在刀柄底部竟有一条锁链连接着塞万提斯手上的另一把镰刀。"上次与那只黑豹的战斗后，我稍稍改进了一下武器。"塞万提斯很是得意。而华沙的双手受伤不轻，恐怕连握枪都做不到了，但他没有理会自己的手，而是稍稍抬头对天空中的切说："走吧，飞向属于你的天空。"切鸣叫了一声，可它没有走远，一直盘旋在华沙头顶不远处。

"你这是什么意思？放弃抵抗了？"塞万提斯显得有些不解。

"我本就没有逃走的打算，我的母亲还在班内特手里。"华沙完全没有要反抗的意思。

但塞万提斯并不想就此放过华沙，嘴角露出浅浅的笑容，"真让我失望。"镰刀再度飞出！

"住手！塞万提斯！"刚赶来的昆汀大叫的同时，一个黑衣面具人飞身出刀挡住了塞万提斯的致命一击，"班内特的命令是带华沙回特默内斯上层，你不是想违抗命令吧？"昆汀盯着塞万提斯。紧接着一个黑衣面具人出现在华沙身后，用细线将华沙的双手紧紧绑住。切看着自己的主人被抓想冲下来救他，但华沙却冲它摇了摇头……

"你最后的选择很正确，挽救了你母亲和你的命。可你也白费了卡朋特兄弟的努力，让他们以生命为代价所做的一切变得毫无意义。"

华沙没有回答。

班内特继续说："对了，告诉你一个好消息，你故意打偏的那枪，一切都如你计算的那样只让丹比尔的脖子擦破了一点皮。"

"呵。"华沙冷笑一声，班内特也不在意，说："我再告诉你一个有意思的事情好了，就在你执行任务的同时圣玛丽教团也行动了。"

"发生了什么？"

班内特背着手说："如果你可以活着回来的话自然会知道。虽然我没有要杀你的打算，但你必须为你的错误付出代价，家族经过讨论决定把你流放。"

华沙听到这话神情坦然，显得并不在乎。但他好像突然想到什么，问道："丹比尔妻子的情夫特欧贝尔德怎么样了？"

安魂曲B小调

"他的任务还会继续,不过我想是很难再有进展了。呵呵,怎么会突然问起他?"

"只是单纯的好奇而已。"

"原来如此,黑暗极地的中心沙漠将会是你旅程的下一站,我想那里的一切会充分满足你的好奇心。"班内特拍了拍华沙的肩膀便让人将其带了下去,临走时华沙回头看着窗外的金色迷雾想道:这又会是一次漫长的旅行……

2079年7月1日华沙被判处极地流放刑,他将会被送往黑暗世界的中心,无人的沙漠地带。与此同时,镜头稍转,来到奥瑞金车站前。忧伤的口琴声不绝于耳,许多人在围观,人群当中是一个坐着轮椅的小男孩,他闭着眼睛忘情地吹奏。在他腿上放着一个牌子,上面写道:如果哪位好心人遇见过一位名叫华沙·雪弗洛的流浪画师,请告诉我他的行踪与近况,他是我最重要的亲人。

这时一个身影从人群中走出来,"小迪特,时间不早了,今天就到此为止吧。"

"凡妮莎姐姐,我还想多待一会。"

"嗯。"看着小迪特坚定的眼神凡妮莎没有阻止他。脑海中不禁浮现出华沙的样子,"你现在在哪里呢?你没有收到我的信,我也没有去火车站,你一定很失望吧。也好,就让我变成你生命中的过客,那样你就可以心无牵挂地继续你的旅行了……"

淡紫色的天空下,每个人的生活都会不平稳地继续,中途的波折不过是命运的插曲,只要你习惯了,每一步都将是人生的成长之旅。

泛 音

亚伯拉罕·克劳斯纳

"我必定会从这里出去,重新执掌一切。那时,主的审判将会降临。"

亚伯拉罕·克劳斯纳

2079年5月31日凌晨两点。奥瑞金市郊的教堂里。

"神啊，是你赐明亮于我们的双眼，让我们可以明辨黑白，接着你又赐音符于我们的双耳，让我们可以分辨教诲与妄言。我们的一切本属于你，但你宽容赐予我们的自由却被逆子用于违反你的教诲。而我必忠于你，聆听你的教诲，赐天罚与我同生的兄弟。"一个修女打扮的人跪在基督圣像前口中念着灰色的祷告。教堂的长椅上还坐着一个人，是亚当·克劳斯纳，今天他没戴围巾，脖子上的漆黑十字架显露无遗。

"爱德拉大人，接头人来了。"一个背上背着两把短刀，蒙着面，肤色暗沉，穿着利落黑衣的家伙走进教堂用死人般的口气说道。紧跟其后的是一个全身蒙着黑披风的家伙，完全看不到任何容貌。

修女打扮的人站起来转过身摘下帽子，露出其清秀的面容，略带卷曲的黑色长发，蓝眼睛，红唇，眉毛稍高，但更添一分风情。她脱下修女的衣服，里面是白衣与灰色的紧身牛仔裤。"将情报流出来的就是你吗？"爱德拉打量着眼前这个浑身裹得很严实的家伙。

"嗯是我。"这人很明显用了变声器。

"你为什么要这么做？"爱德拉要试探试探这人。

"如果不信任我的话，我现在就离开。"

一旁的亚当有些没好气地说："至少把你的脸给我们瞧瞧吧。"

但这人没有任何反应，亚当冷冷地瞧了他一眼。突然！亚当刚想动手的瞬间！对方手中的剑刃已经抵住了他的脖子。而背着两把短刀的人也立刻挡在了爱德拉身前。

"我想杀你们几人并不难。"这蒙着黑披风的人收起了剑。

"没事，奥斯丁。"爱德拉让挡在她身前的家伙不要太紧张，冲蒙着黑披风的家伙问道:"你到底是什么人?"

这人似乎瞥了一眼爱德拉,回答说:"你迟早会知道的。"随后三人跟着他来到位于奥瑞金北面的布兰克家族的府邸附近。

"要进入布兰克家族官邸?"亚当问道。

"没错。"

"我们是要偷偷潜入吗?"亚当再次问道。

"以这里的警报设备来看,想潜入根本不可能。"

"那就只有闯入一条路了。"爱德拉表情严肃,亚当则深吸一口气。

"爱德拉队长,这实在太危险了。"名叫奥斯丁的人冲爱德拉说。

"风险确实很高,但如果一切都如传言所说的一样,我们就必须进去一趟。"爱德拉盯着蒙黑披风的家伙。

"爱德拉大人您留在这里,就让我和亚当队长跟他进去吧。"奥斯丁看起来极为关心爱德拉的安危,尽管他那口气依旧是半死不活。但爱德拉一下子否定了这个建议,她冷冷道:"不要忘了我是普瑞克撒骑士团第二队队长,不用再说了。"

"是。"

"那现在我们?"爱德拉冲蒙黑披风的人问道。

"等到早上布兰克家族的人去做礼拜。"

清晨5点30分时,数辆轿车开出布兰克家的府邸,而爱德拉等人在同一时间展开了行动。他们先是来到后门,干掉警卫后,直接进入庭院中那栋深埋于黑暗的洋楼。

洋楼内漆黑一片,亚当冲蒙黑披风的家伙问道:"接下来怎么办?"

"我也是第一次来这里,但一定在这里。我曾在这洋楼附近听到过地下传来的悲鸣。一定有什么机关可以通往地下囚室。"

紧接着来到一层的岔路口,几人分头行动。亚当和奥斯丁直行,爱德拉和蒙黑披风的人拐向右边。当俩人来到道路尽头,发现这里竟然什么都没有。只是一条死路。他们觉得非常蹊跷,便开始找寻有没有什么机关。很快爱德拉在地上发现了一个浅浅的印记,她按下去,面前的墙面随之下沉。向里面看去,出现了向下的环状火焰。

俩人来到最下层,拉开一道石门,浑浊的空气几乎令人窒息,爱德拉警惕地观察着周围,在阴暗的铁牢里关押了不少囚犯。这时蒙着黑披风的人拍了她肩膀一下,指了指牢房尽头,一个人被锁在墙上。俩人小心翼翼地走向那人，散乱的长发几乎把这人的整张脸全都遮住了。这人猛地睁开双眼，天蓝色的眼睛如鹰一般盯着正在靠近的俩人说："爱德拉？……是你吗？"爱德拉听到对方叫自己名字时，心中一怔。而蒙着黑披风的人更是没多说先用剑劈开其铐住双手的锁链。这人双手撑地，略显疲惫。他看着自己被解开的双手突然笑出了声，"呵呵呵……哈哈哈哈！"

"亚伯拉罕大人?!"爱德拉扶着对方的肩膀问道。

"爱德拉，我们好久没见了。"对方语气突然沉着下来，将长发向后拨去，露出额头正中的黑色十字架印记。

"你真的是亚伯拉罕大人？"爱德拉还是不敢相信眼前这满脸胡子的人才是真正的……

"你忘记了当年我和芬是怎么把你从海奥斯家族手里救出来的？"

听到这话爱德拉确信了眼前这个面容憔悴的囚徒才是真正的骑士团团长。那么，长久以来给骑士团下达命令的那人是……

正当爱德拉发愣时，"快扶起他，走！"蒙着黑披风的人着急道。亚伯拉罕瞅了他一眼，似乎对此人的身份有所了解，并未问什么。

可是石门又一次被拉开了。"真是令人感动的重逢，你说是不是啊？巴尔瑟拉。"黑豹盯着亚伯拉罕几人，露出雪白的獠牙，与手持长刀的公爵一同挡住了出口。

蒙着黑披风的人对爱德拉说："扶着团长快走，剩下的交给我。"

爱德拉扶起亚伯拉罕，公爵笑着说："谁也别想走。"说时他轻轻一挥刀，瞬间，整个地下囚室里刮起一阵风，嚓，嚓！！蒙着黑披风的人身上的衣服突然看裂开许多口子，披风的帽子也稍被切开，露出了浅橘色的长发。而爱德拉和亚伯拉罕也相继被割伤。蒙着黑披风的人赶紧冲上前用剑阻止了公爵看似缓慢，实则快到肉眼看不清的挥刀！

"你似乎很强……"公爵看着眼前这人伸出舌头舔了舔嘴唇。

爱德拉扶着亚伯拉罕想赶紧离开地牢，但黑豹巴尔瑟拉似乎不同意，一下子向他们扑了上去。一刹那，爱德拉推开团长的同时，轻抚了一下黑豹巴尔瑟拉的身体，扑空的它竟突然抽搐着摔倒在地，拼命想用两支前爪支撑起身体却发现动不了，两支前脚全都麻痹了。

"快走！！"蒙着黑披风的人大声喊道，这时他和公爵缠斗在一起，俩人出招的速度已不是普通人肉眼所能分辨的。

当爱德拉扶着亚伯拉罕走出黑暗的洋楼时，在不远处看到一个金发，

安魂曲B小调

穿着高领棕绿色大衣的人，是金。这次他整个右臂上装着一支银白色的巨型枪械，枪身圆状的中部嵌入他的肩膀作为支点让其可以更加灵活，看起来沉重的尾部在其肩后稍稍向上倾斜起到平衡前面巨型枪身的作用，弹夹插在长方形的枪身上侧，而内侧还有一个凸出来的屏幕，是热能探测仪，通过它可以清晰辨别周围的情况。枪械前端的炮孔上方闪烁着红外线瞄准装置，整支炮管的长度足足有一米五。

奥斯丁已被打得支离破碎惨不忍睹，亚当则伤痕累累地躲在掩体后面，而且他的一支机械臂已经折断。金看到刚跑出来的爱德拉以及亚伯拉罕，便向他们走去。亚当见势不妙想要阻止他，但金稍一抬右臂，瞬间枪口闪了一道电光，砰的一声巨响！亚当被炸飞老远。

再看地下牢房里，满墙的伤痕是刚刚激战所留下的，而牢房中的囚犯几乎都被俩人四散出去的空气利刃杀光了。公爵露着诡异的微笑，但浑身的伤口却显示他这一战似乎并不乐观。公爵咧着嘴，一边淌血一边说："好强，好强，你甚至比阿尔佛还要厉害，我曾听阿尔佛说过，他一生在剑技上面只遇到过一个超越他的人，不会就是你吧？"

对方没有回答而是直接穿过他离开了牢房。听到对方的脚步声远去，公爵一屁股坐到了地上，长舒一口气说："真是个厉害的家伙。"接着他又看了看一边，趴在地上的黑豹巴尔瑟拉，笑出了声，"真是不能小看教团，不过也正因为有这样的家伙在，活着才充满乐趣啊。"

蒙着黑披风的人来到地面后，以极速冲向金，趁其红外线还未瞄准之际，将他的枪管砍断，随即枪身内部冒出一团黑烟，金不得已退开。

之后蒙着黑披风的家伙和团长、亚当等人一起逃出了布兰克家族的府邸。不他始终也没透露自己的身份，几人逃到安全的地方后，便独自离开了。

那之后几经辗转，亚伯拉罕·克劳斯纳秘密回到教团在光明地带的根据地，他的第一件事便是悄悄处决了假冒的自己，教团内大多数人对此都一无所知。接着他要做的便是休养身体，重整教团，等待时机向整个黑暗联盟复仇，而首当其冲的自然是布兰克家族。

"我曾说过，我必会重新执掌一切。那时，主的审判将会降临。"在光辉的大厅中，亚伯拉罕俯视着数千的教徒喃喃道。

节选自《所罗门文书·堕天卷》中'普瑞克撒骑士团'一节